国家社科基金重大项目“《文心雕龙》汇释及百年‘龙学’学案”（批准号：17ZDA253）特辑

中國文论

［第九辑］

戚良德／主编

山东人民出版社·济南

国家一级出版社　全国百佳图书出版单位

图书在版编目（CIP）数据

中国文论．第九辑/戚良德主编．-- 济南：山东人民出版社，2021.9
ISBN 978-7-209-13504-7

Ⅰ.①中…　Ⅱ.①戚…　Ⅲ.①中国文学—文学理论—研究　Ⅳ.①I206

中国版本图书馆CIP数据核字(2021)第200900号

中国文论（第九辑）
ZHONGGUO WENLUN（DIJIUJI）
戚良德　主编

主管单位　山东出版传媒股份有限公司
出版发行　山东人民出版社
出 版 人　胡长青
社　　址　济南市英雄山路165号
邮　　编　250002
电　　话　总编室（0531）82098914
　　　　　市场部（0531）82098027
网　　址　http://www.sd-book.com.cn
印　　装　山东华立印务有限公司
经　　销　新华书店

规　　格　16开（169mm×239mm）
印　　张　18.25
字　　数　299千字
版　　次　2021年9月第1版
印　　次　2021年9月第1次
ISBN 978-7-209-13504-7
定　　价　38.00元

目　录
CONTENTS

文心雕龙

文之枢纽

论文叙笔

剖情析采

知音君子

学科纵横

文场笔苑

不可忽视的“低音”
——论王志彬先生的《文心雕龙》研究

左东岭

摘　要：王志彬先生从写作理论视角对《文心雕龙》的研究，由于种种的复杂原因，长期未能成为学界的主流声音，但是其学术价值不容低估。他对于《文心雕龙》一书写作理论根本性质的强调，对于其创作论、文体论与批评论等主要特征的论述，对于诸多重要文本的独特解读，尤其是其既为当代写作理论提供鉴戒又兼具严谨学术品格的特性，都显示出其重要的学术启示，具有无可替代的学术地位。

关键词：《文心雕龙》；写作理论；创作实践；文术概念

用“低音”一词来评价王志彬先生的《文心雕龙》研究，与其实际业绩相比，似乎有些不符。但此处的“低音”是具有独特内涵的，并无任何轻视之意，而且恰恰相反，我认为极为准确地概括了王先生《文心雕龙》研究的特点与价值所在。“低音”一词是近年来一位历史研究的学者在反思民国学术史时所提出的一个特定概念，他曾解释“低音”的内涵说：

> 最初的设想只是想重访近百年来被新派论述所压抑下去的声音，但是后来我决定将被忽略而仍具有重要性的思维方式、观念等也包括进来讨论。本文所说的“低音”大致是四个层面：一是省视被近代学术及思潮一层一层复写、掩蔽、遮盖、边缘化，或属于潜流的质素。二是对历史研究而言，“创造性转化”与“消耗性转换”的同一性，以及它对历史研究造成“意义倒置谬误”的现象。它还包括一些无所

> 不在的学术框架，一些无所不在的假设——假设西方是普遍的，中国的历史是个案的。三是方法或视野上面的问题，譬如后见之明之类的思维如何影响我们的史学。四是一些长期以来被认为具有永恒性，在近代却被长期忽略的主题。①

可知这位历史学家所说的“低音”，就是在近代西方学术方法输入之后，建构了中国现代各门类的学科体系及与之相应的理论研究方法，从而形成的一种压倒性的主流优势。在这种形势下，既对历史研究造成了“消耗性转换”与“后见之明之类的思维”等一系列的负面影响，同时也覆盖、遮蔽了非主流的研究方法及学者的贡献，从而使其边缘化，也就是所谓的“低音”，其负面结果则是常常忽略中国历史传统中那些“具有永恒性”的主题。他之所以要强调“低音”的重要，就是要重新发掘、认识与评价那些被主流遮蔽了的学人的研究成果与理论方法。

正是在这种学理层面上，我将王志彬先生的《文心雕龙》研究称之为“低音”。因为从《文心雕龙》研究界看，自现代学术体系建立以来，形成了两大研究优势：一是对于《文心雕龙》的文献研究与注释翻译，出现了范文澜、刘永济、杨明照、王利器、詹锳等一大批一流学者与重要成果；二是对于《文心雕龙》的理论研究与美学阐释，出现了黄侃、王元化、牟世金、张文勋、罗宗强、张少康等重量级的学者与成果。但是王志彬先生却是从写作学的角度去研究《文心雕龙》的，既没有纠缠于文献版本的考辨，也没有系统性的文学理论的思辨性建构，他甚至不把《文心雕龙》视为文学理论批评著作，可谓是一种非主流的研究套路。此外，从学科的归属上看，国内《文心雕龙》研究的主要学者分属中国古代文学与文艺学两个学科，在20世纪90年代以前，国内有复旦大学、南开大学、华东师范大学与四川大学设立过中国文学批评史的二级学科，几个掌门人诸如郭绍虞、王达津、王元化和杨明照也都是研究《文心雕龙》的重要代表性学者。王志彬先生所在学科则既非古代文学，也不属于文艺学，而是写作学科，而在如今的一级学科博士点下，却并没有写作学科的位置。加之内蒙古师范大学地处北方边鄙的呼和浩特而非学术

① 王汎森：《执拗的低音：一些历史思考方式的反思》，北京：生活·读书·新知三联书店，2020年，第1—2页。

中心的京沪之地，志彬先生本人又行事低调，为人谦逊，也造成了客观上的边缘地位。因此，无论从学术研究的现代趋势还是从学科归属乃至所处地域的角度，志彬先生可谓都没有能够处于主流的位置，说他的研究属于“低音”，实在是不无道理。

然而，志彬先生的“低音”仅仅是表面的，或者说是被主流学术所掩盖、遮蔽而形成的“低音”。以前学界用角度独特、富于个性来概括与评价志彬先生的《文心雕龙》研究，可能大大低估了其学术研究的价值与地位，此一处于“低音”位置的研究方式与学术成果所蕴含的价值意义，需要在反思学术史的眼光下予以重新的讨论与认识。我认为，起码在以下三个方面，王志彬先生的《文心雕龙》研究显示了其无可替代的价值。

首先是对《文心雕龙》这部古代经典基本性质的认识。志彬先生在其《文心雕龙创作论疏鉴》《文心雕龙文体论今疏》《文心雕龙批评论新诠》这三部著作中，都将《序志》篇作为首篇予以介绍论述，其主要目的便是要通过刘勰本人对于《文心雕龙》一书内容主旨的表述，来阐明该书的性质。为此。他还专门撰写了《〈文心雕龙〉性质述评》的学术论文予以发表[①]，文章认为：“本文针对多年来学术界对《文心雕龙》性质的不同认识，从《文心雌龙》的写作动因、内容体系以及其对后世的影响等方面，进行综合辨析，论证《文心雕龙》不是文体论专著或文章学专著，也不是文学理论、批评专著。《文心雕龙》虽曾被誉为古代文论的‘百科全书’，但就其本体而言，它是一部具有中国特色的典型的写作理论专著。”当然，本段文字仅仅是作者对于自己观点的精炼概括，在其学术著作与论文中，他列举有大量的文献包括刘勰本人的表述，方才得出以上的结论。尽管这样的结论与现代学术上的主流观点具有很大差异，但却是符合实际的。正如作者所说：“《文心雕龙》的四个部分，篇篇不离‘为文之用心’这个宗旨，既提出了写作的指导思想，又论述了各体文章的规格要求，原则和方法；既阐述了写作的客观条件，又强调了写作的主观因素，把这样一部著作称为写作理论专著，不是名副其实的吗?”[②] 也许会有人认为志彬先生是出于自己所从事的写作专业的角度和感觉，才提出了有别于主流学术的看

---

① 林杉:《〈文心雕龙〉性质问题述评》,《内蒙古师范大学学报》1991 年第 1 期。林杉系王志彬先生的笔名,其学术著作的出版与学术论文的发表多署此笔名。

② 林杉:《文心雕龙创作论疏鉴》,呼和浩特:内蒙古教育出版社,1997 年,第 18—19 页。

法的，但如今看来这显然是误解。这不仅有刘勰本人“夫文心者，言为文之用心也”① 的话作为内证，而且同时还列举了现代学术史上老舍、王运熙、李曰刚、裴显生、张寿康等同属“低音”学者的相同观点作为旁证，支撑起了自己的学术结论。其实，在中国古代文人的眼中，《文心雕龙》一向被视为写作的指南与教科书，自明代人冯允中、张之象到清代人黄叔琳、唐彪，乃至清末民初的姚永朴，无不认为《文心雕龙》乃是“作文之津梁”。这是因为中国古代的论文与现代意义上的文论存有较大差异，古代人的论文与评文，大都是为了有利于学习作文，像当时的诗文选本，论诗著作，目的大都是便于初学者的模仿学习，所以与创作结合得很紧，就连金圣叹评点《水浒传》，也振振有词地说：“旧时《水浒传》，子弟读了，便晓得许多闲事；此本虽是点阅得粗略，子弟读了，便晓得许多文法。不惟晓得《水浒传》中有许多文法，他便将《国策》《史记》等书，中间但有若干文法，也都看得出来。”② 他甚至认为读了他的《水浒传》评点，就能够提高制艺之文的写作水准。而现代学术史的文学理论却是一个独立的学科，有其完整的体系以及与之相应的各种理论范畴，而且与创作实践渐行渐远。那么用现代的文学理论方法去研究古代的文章写作理论，就会进行理论的切割从而失去一些原本非常重要的东西。志彬先生似乎早已觉察到这一点，所以才会如此说：

> 《文心雕龙》作为将我国古代文论“成书之初祖”，体大思精，旨深论宏，笼罩群言，而雄视百代，被誉为古代文论之“百科全书”。历代文家从不同角度、不同层次上，对它进行了多方面的研究，诸如《文心雕龙》之经学、史学、子学、美学、修辞学、创作论、文体论、批评论、风格论、章法论等等，都曾有学者专门著书撰文，而自成体系。但是，这些论著的内容价值，无论多么重要，都只能是“百科”中之“一科”，整体中之一部。令人费解的是，某些渊博、睿智的学者，却往往以局部为整体，以“一科”涵盖“百科”，将《文心雕龙》“攫为已有”。且往往“与世推移”“代有所变”，似乎什么学科时兴，《文心雕龙》就可能变成什么“专著”。翻阅一下研究《文心雕龙》性

① 刘勰著，范文澜注：《文心雕龙》，北京：人民文学出版社，1998 年，第 725 页。

② 朱一玄、刘毓忱编：《水浒传资料汇编》，天津：百花文艺出版社，1981 年，第 254 页。

> 质的历史，我们发现，它由“文体论专著”而“文学理论批评专著”，而“文章学专著”，现在竟又有学者誉其为“美学专著”，或“古代文艺心理学著作”了，从这些角度去研究《文心雕龙》固无不可，但绝不能断章取义，而无视它的本体。“研究问题，忌带主观性、片面性和表面性”，不能“只看见树木，不看见森林”。我们的某些学者，该“反思”一下自己治学的态度和方法了。①

用现代文学观念与理论方法从事《文心雕龙》研究，自然会关注其文学属性，聚焦其审美特征，以彰显其学科属性，这或可称之为创造性转化，以适应现代读者的需求，成为现代文学理论建设的思想资源。然而在创造性转化的过程中，消耗性转换也在所难免，“有很多东西在转化的过程中被人们遗忘，或是变成低音”②。于是，就有了志彬先生所指出的，将“体大思精，旨深论宏，笼罩群言，而雄视百代”的“百科全书”式的《文心雕龙》切割成各种“专著”了。在切割成为“专著”的过程中，最为不幸的是将讨论“为文之用心”这种实践性很强的性质与功能给遮蔽甚至丢失了。而从写作理论角度研究《文心雕龙》的方式，也从带有“永恒性”的常识性地位被挤压到学术的边缘，成为主流之外的“低音”。时至今日，学界确实应该从方法论方面进行深入的反思，以使《文心雕龙》研究回到学术的正途。

其次是志彬先生从写作理论的角度对《文心雕龙》的研究，凸显了该书最为显要的特性与核心的范畴。他先后出版的《创作论疏鉴》《文体论今疏》与《批评论新诠》，紧扣《文心雕龙》的创作理论、文体理论与批评理论，对五十篇内容进行了新的组织调整、注释说明与理论概括，显示了作者对于该书的叙述认知与独特创见。尽管其编排的内容选择与次序容或尚有商量的余地。比如将“文之枢纽”的五篇总论置于批评论的框架中而不是文体论的体系内，就是可以讨论的安排。因为《征圣》与《宗经》两篇最重要的核心观念就是“尊体”，且不说《宗经》中将一切文体的源头均归之于经书，将经书文体作为所有文章的楷模，从而提出“文能宗经，则体有六义”的理想体貌特征，即使《征圣》篇的“圣文之雅丽，衔华而

① 林杉：《〈文心雕龙〉性质问题述评》，《内蒙古师范大学学报》1991年第1期。

② 王汎森：《执拗的低音：一些历史思考方式的反思》，第18页。

佩实”的总体原则，也依然从尊体的角度出发的。以前人们理解“雅丽”的内涵，往往视之为内容充实而文采华美，自然也不能说没有道理，但此处的“雅”不是一般意义上的儒家雅正之观念，而是“文体之正”或者说是“正文体”之意。尤其是本篇还提出了“易称辨物正言，断辞则备；书云辞尚体要，弗惟好异。故知正言所以立辩，体要所以成辞”①。“体要”是《文心雕龙》中最为重要的文体观念之一，它包括文章之体式功能，与之相适应之典型体貌，以及实现其体貌功能的重要写作手段等等。后来“体要”的观念一直贯穿在20篇文体史论中，成为论述文体的重要指导思想与衡量文章是否“得体”的重要标准。因此，我以为将《征圣》《宗经》二篇置于文体论之总体指导原则地位是比较合适的。当然，既然是重新编排组织，便会存在见仁见智的差异，此不足为奇。志彬先生最为可贵之处是，他的《文心雕龙》研究，并非纯粹的学究式研究，而带有鲜明的现实针对性。当年，刘勰创作《文心雕龙》，就是为了纠正齐梁文坛“文体解散”“将遂讹滥”的弊端。志彬先生研究《文心雕龙》也是为了当代文坛的写作进行理论性的探索，而文体论的研究无疑更具有现实的针对性。自从现代文学观念流行以来，受伤害最大的乃是对于各种文体的认识与把握。《文学概论》里讲文体，仅剩下诗歌、小说、戏剧与审美性散文，讲写作方法也就是议论、抒情、叙事与说明四种。通用写作成为高校里可有可无的课程，甚至成为被讥笑讽刺的对象，而整个社会的书写能力也在日趋下降。志彬先生的《文心雕龙》研究，无疑带有很强的目的性与使命感，他要为写作课程找到悠久的历史传统与丰富的思想资源。这从其《文体论今疏》中可以获得有力的证明，作者除了一以贯之的以《序志》开篇外，将诸种文体分为上、中、下三卷，上卷除了将《辨骚》从总论内移至此卷，还将祝盟、檄移二篇移之中篇，而将谐隐、杂文从后边移至上卷。上卷的内容依次是：辨骚、明诗、乐府、诠赋、谐隐、杂文。中篇的内容则为：颂赞、祝盟、铭箴、诔碑、哀吊、史传、论说、诸子、书记。原来位置较为靠前的诏策、檄移则被移至卷下，其依次为：诏策、檄移、封禅、章表、奏启、议对。王志彬先生在本书序言中对此概括说：

《今疏》在编排顺序上，对《文心雕龙》文体论部分的有关篇章

---

① 刘勰著，范文澜注：《文心雕龙》，第16页。

> 做了调整，分为“以文学性文体为主”的上编和“以一般实用文体为主”的中编，以及“以宫廷专用为主”的下编。这种科学的编排体系，反映了著者研究之精深和思理之精妙，对读者也起到了引导和提示作用；同其研究“本体论”一样，都有着开山立宗的性质。[①]

此处所言的“精深”与“精妙”，其实质在于有效地进行古今之间的对接。从刘勰对各体的编排次序看，他的确是真正从论文的立场出发的，并没有将朝廷所看重的诏策、檄移置于前列的位置，而是将诗赋等文学性文体排在首位。从此一点说，《今疏》的分卷方式与排列次序是合乎刘勰本意的。但是他又没有完全亦步亦趋地附和刘勰，而是根据现代读者的需求，将后来还活在文坛上的应用文体排在中卷，而将随着历史发展已经成为僵死的朝廷宫廷应用文体置于末卷。作者研究的宗旨便在于打通历史、折衷古今，为当代的写作提供文体参考借鉴。所以在该书序言中说：“刘勰的‘论文叙笔’中，有些文体是古老而又年轻的，如论说之于今之学术论著，史传之于今之方志传略，哀吊之于今之悼词祭文，书记之于今之公务文书，都是息息相通，具有新的生命活力的。即使那些已被历史淘汰了的曾专用于封建统治的文体，诸如诏策、奏启、章表、封禅等等，也有名亡而理存的情况。”[②] 我想，任何一门学问，其生命力就在于能否对现实生活继续发挥作用，而最终决定其价值与地位。最近这些年来，人们不断抱怨古代文学研究越来越被挤压到边缘化的位置，从20世纪80年代的显学变成目前的冷门学问。然而，如果《文心雕龙》研究能像志彬先生这样，令其在现代写作教学中发挥积极的作用，也许会导致主流与“低音”的位置互换。

其三是志彬先生从写作实践的角度，对《文心雕龙》的文本进行了独特而富有成效的解读阐释。对于《文心雕龙》的解读，存在着许多有争议的理解与认识，学界以前对待此类问题的解决大都靠版本搜集、文字校勘与音韵训诂等方面的硬功夫，于是就有了大量的校注、集注及翻译等著作的出版，积累了大量的学术成果与研究经验。这些无疑是研究的主流，而且是极为重要的。但是，其中有许多理解并不是仅仅依赖文字训诂就能解

---

① 林杉:《文心雕龙文体论今疏》,呼和浩特:内蒙古教育出版社,2000年,第3页。

② 林杉:《文心雕龙文体论今疏》,第12页。

决的，它还要依靠对于文本产生的语境的还原，对于相关知识背景的把握，对于阐释方法的了解等等，于是便有了《文心雕龙》的经学、佛学、玄学、文学史及艺术史的种种研究。志彬先生的优势既不在文献考辨，也不在文字训诂，尽管他在研究中也作了最大努力去汲取这些方面的成果，但其自身最大的优势还是从写作实践的角度去理解与阐释文本。比如对于《神思》篇中“视布于麻，虽云未贵，杼轴献功，焕然乃珍”理解，他引述了三种看法：一种是“此言文贵修饰润色”，是黄侃先生的；另一种意见认为这“形象地说明了想象活动就是作家对现实生活素材进行艺术加工”。这是王元化先生的；也有人认为“‘杼轴’具有经营组织的意思，是指作家的构思活动而言”。对此，他判断说：“毋庸赘述，《神思》篇既然是以论述写作构思为中心，那么在上述两种意见中究以哪一种为上，理应是不言而自明的。”① 判断的依据是写作构思，而结论则含蓄否定了黄侃先生的看法，既是非分明，又宅心仁厚，体现了一位学者的良好学风。又如对于《镕裁》篇中“设情以位体”的诠释，学界也存在争议，王先生列出了三种不同的说法：或以为“体裁”，或以为“艺术风格”，或以为既指体裁也包含对此一体裁的风格要求。而他自己则折衷众说分析道：

> “设情以位体”的“体”，确实含有“体裁”和“艺术风格”或“风格要求”的意思。但从整体上看，“体”的内涵是较为宽泛的，不宜把它单纯地视为“体裁”“艺术风格”或“风格要求”。如本篇前此所述，“设情以位体”之“体”，指的是在文体论中被视为“文之纲领”的、具有“式”“制”“大要”“大略”等意义的“大体”。它体现着文章在内容、形式、格调等多方面的原则和要求。如《祝盟》篇中说：“盟之大体，必序危机，奖忠孝，共存亡，勠心力，祈幽灵以取鉴，指九天以为正，感激以立诚，切至以敷辞，此其所同也。”又如《檄移》篇中说：“檄之大体，或述此休明，或叙彼苛虐，指天时，审人事，算强弱，角权势；标蓍龟于前验，悬鞶鉴于已然；虽本国信，实参兵诈。谲诡以驰旨，炜晔以腾说。凡此众条，莫或违之者也。”由此显而易见，“体”本身就具有内容和形式等方面的规范性，把“体”所包含的种种内容，仅用现代文学理论中的术语“体裁”和“风格”

① 林杉：《文心雕龙创作论疏鉴》，呼和浩特：内蒙古教育出版社，1997年，第56页。

来涵盖，是远远不够的。否则，就把刘勰强调“位体”的理论和实践意义贬低了。[①]

关于《镕裁》篇的诠释，学界多认为刘永济先生之解说最得其要旨。但仅言：“‘位体’，犹言立干也。”[②] 如此解释当然没有问题，可惜稍有笼统含糊之感，一般读者依然无法得其具体内涵。王先生从创作实践的角度，不把“位体”之“体”视为具体的体裁、风格的表述，而是包含了更为丰富的内容，诸如“式”“制”“大要”“大纲”等等，而统归之于“文之大纲”。如此理解是合乎刘勰原意的，其实也就是刘勰所言之“体要”。“体要”不仅仅包含了体式或者说今人所言的体裁，还包括此种体式所具备的文体功用，由此体式与功能所衍生出的体貌，以及达成此种功能与体貌所应采取的重要写法。尽管王先生在此没有引入“体要”的范畴，但从其征引的《祝盟》《檄移》的论述文字，正是对此二种文体的标准“体要”概括。这是一种整体性的思维，构思必须要照顾到方方面面，而不是仅顾及一种要素，凡是对创作实践有真实体验的，都会具有如此的认识。正如王先生所言，如果仅用现代文学理论中的术语“体裁”和“风格”来涵盖，“就把刘勰强调‘位体’的理论和实践意义贬低了”。研究《文心雕龙》有许多方式，或考证翔实，或体系严密，或视野开阔，或触类旁通，但从创作实践的角度对其做出将心比心的体验沟通，也具有其无法替代的学术优势与鲜明特色。

王志彬先生的《文心雕龙》研究由于是从写作理论的视角展开的，具有特定的研究目的与读者群体，因而也形成了其自身相应的学术风格，即注释务求其简明，翻译务求其畅达，概括务求其简练，论说务求其实用。他一般不会采用旁征博引的方式去展开论述，而喜欢集合诸家之说折衷评议择其善者而采之，或者以创作理论与经验为依据而独辟蹊径加以申说。以他所注译的《文心雕龙》为例，在其前言中即声明：

本书以《文心雕龙》原文为主体内容，按其篇目顺序，分段排列组合，并辅以题解、注释和译文。题解在每篇之前，旨在概括提示该

---

① 林杉:《文心雕龙创作论疏鉴》,第167页。

② 刘永济:《文心雕龙校释》,北京:中华书局,2007年,第109页。

> 篇之主要内容和重要歧疑，使读者明确其学术价值、实践意义和存在问题的症结，而不作翔赡的论述和辨析。注释和译文均在每段之后，注释一是给难认的字加注汉语拼音；二是解释僻字僻词、专用字词或多义字词……注重吸收、借鉴各家的考证和研究成果，力求简洁准确，并验之以写作实践，避免孤立的以词解词和生硬的旁征博引。译文则是将该段原文译为白话文，主要是直译，部分难解的词语则辅以意译，重在贯通前后文意，不做节外生枝的发挥。[①]

在此，有一些表述是志彬先生所独有的，如“使读者明确其学术价值、实践意义和存在问题的症结，而不作翔赡的论述和辨析”，“注重吸收、借鉴各家的考证和研究成果，力求简洁准确，并验之以写作实践，避免孤立的以词解词和生硬的旁征博引”。概括起来其实就是“简洁准确”与“验之以写作实践”这两个核心要素。然而，这并不意味着王志彬先生的研究缺乏深度与系统性，他只不过是为了自己的学术目的而采取了相应的行文方式与学术风格，将知识的传播与学术的探索融为一体，以达成古为今用的文化传承目的。其实，在他所发表的为数不多的学术论文中，可以清晰感知到其学术的创造力与学风的严谨性，《〈文心雕龙〉性质问题述评》[②]对于本书写作理论性质的有力论证，《刘勰“论文叙笔”今辨》[③]对于《文心雕龙》文体论内涵与价值的系统论述，《〈文心雕龙〉文术论今说》[④]对于文术论性质与价值的反思，都是言之有物、持之有据的高水平文章。这些论文不因为它们发表在普通刊物上而减色，也不因为它们发表较早就失去其应有的学术价值。以《〈文心雕龙〉文术论今说》为例，它不仅通过具体的论述分析从学理上概括出了文术论所包括的篇章与内容，更通过大量的证据探讨归纳了文术论的性质与价值。他通览现代学术史，举出了将《文心雕龙》关于创作的理论表述的种种观点，诸如“创作论”“写作理论与写作规律”“写作方法统论”等等，他认为，所有这些说法包括自己曾经一再坚持的“写作理论”，都不如“文术论”更能概括刘勰的思想。原因为一则是“‘文’与‘术’都是《文心雕龙》本有的‘关键词’”，二则

---

① 戚良德主编:《中国文论》第4辑，上海:上海古籍出版社，2016年，第261页。

② 《内蒙古师范大学学报》1991年第1期。

③ 《广播电视大学学报》1999年第4期。

④ 《内蒙古师范大学学报》2004年第5期。

是“‘文术’（笔术）之说，曾是龙学研究中的专门术语”，三则是“‘文术论’是《文心雕龙》的核心部分，是指导‘才童学文’的‘法程’”。可谓论据可靠，论述充分。尤其是第三点，作者特意指出：“‘文术论’作为这样一部著作的‘中心部分’，则集中体现了全书在‘文之枢纽’部分所确立的指导思想；概括了‘论文叙笔’部分所论列的三十余种文体的写作‘大要’；总结了历代文家的写作经验，既有一般原理，又有具体要求。它涵盖面宽，内容丰富，实用性强。”其影响自唐代开始一直延伸至晚清近代，是学界公认的公共话语。这样的看法与论证，是令人心服口服的，用作者自己的话说：“它不仅是准确的、贴切的，富有表现力的，而且是本土的、传统的，独具民族特色的。”我以为，这样的文章不仅是具有专业水平的，而且一定会在龙学研究史上拥有持久的学术生命力。一位学者的一生成就既不在学术著作的厚薄，也不在发表论文的多少，而是在于他是否真正解决了学术问题。以此而言，志彬先生无疑是解决了真问题的学者。

王志彬先生的《文心雕龙》研究无论从其论述角度、研究方法与行文风格方面，均带有鲜明的特点与学术的开创性，值得学界认真总结，并在此基础上继续向前推进。这种推进不仅仅体现在对于相关文本的理解诠释及理论方法的完善补充上，而且在对刘勰整体思想观念的把握上，也依然有新的余地可供开掘。《文心雕龙》一书的主要目的与主要内容是关于写作理论的归纳与阐述，这是志彬先生的核心学术主张，这当然是没有问题的，也是他对龙学研究的重要贡献。但如果进一步追问，这难道也是刘勰本人的最终人生理想与思想观念的全部吗？恐怕尚需继续探索。志彬先生在概括《程器》篇的内容时，将其分为三个方面：辨正时论对文人的批评，强调文人应兼通文武政事，论文人的政治抱负与穷达进退。① 应该说这种概括是全面的，其他龙学专家也基本如此理解。但我每每看到这些，都深深感叹大家并没有完全理解刘勰感慨的真正内涵。这牵涉到中国古人的生命观与大文观的问题，此种观念贯穿中国古代千年，它不仅仅是文章写作问题，更是人生价值问题。《程器》篇需要辨明的，主要包括文人之无行与文章之无用，而主旨则是如何实现其人生理想。本文最后一段文字说：“是以君子藏器，待时而动，发挥事业，固宜蓄素以弸中，散采以彪外，楩楠其质，豫章其干；摛文必在纬军国，负重必在任栋梁，穷则独善以垂文，达则奉

---

① 林杉：《文心雕龙批评论新诠》，呼和浩特：内蒙古教育出版社，2002 年，第 177—179 页。

时以骋绩：若此文人，应梓材之士矣。”① 志彬先生对此解释说：“综观《程器》篇，可知其要旨在于阐述为文要经纶政务，增华邦国，不可‘徒以辞人终老’。”② 并认为此乃“文以致用”之观念。此论于刘勰之思想庶几近之。“文以致用”当然是刘勰的思想，他之重体要而正文体，均系出自此一目的。但需要注意的是，刘勰心目中的“文”非惟文章之一途，天文、地文与人文通谓之文，礼乐制度、人文教化与经国济世皆为文之内涵，《征圣》篇之圣人“政化贵文”“事迹贵文”与“修身贵文”，实乃其最具体之体现。而落实在文章上，则如《序志》篇所说：“唯文章之用，实经典枝条，五礼资之以成，六典因之致用，君臣所以炳焕，军国所以昭明。”③ 从政化到事迹，从事迹到修身，从修身到致用，从致用到文采，这是刘勰“文”之主要内涵，包括了文明、文化、文教、文章、文学的丰富内容。刘勰的底线在于“穷则独善以垂文”，而理想则是“达则奉时以骋绩”。从此一点讲，他的人生是失败的，因为“逐物实难，凭性良易”④，他没有机会在现实政治舞台上实现其礼乐教化的经国济世理想，就只能退而著述，论述“为文之用心”。在全书的结尾，他实在难以按捺自己的失落悲慨之情，写下如此的弦外之音，而这才是其“耿介于程器”的真实内涵。如此的深沉之音，实乃中国古代文人的千古之叹，也是中国古代文人贯穿千年的“文”之观念。古今的时空转移，专业的分工差异，使身处当代的学者已经与古代以经理天下为己任的文人之间产生了巨大的历史鸿沟，因而在阐释他们的观念时不自觉地发生了“消费性的转换”。因此，学术没有止境，后人应该在前辈学人的肩膀上攀登至更高的学术层面，这才是学术薪火相传的正途。

（作者单位：首都师范大学文学院）

---

① 刘勰著，范文澜注：《文心雕龙》，第720页。

② 林彬：《文心雕龙批评论新诠》，第179页。

③ 刘勰著，范文澜注：《文心雕龙》，第726页。

④ 刘勰著，范文澜注：《文心雕龙》，第728页。

《二十四诗品》作者问题辨疑

张柏青　张泽寰

摘　要： 否定司空图著《二十四诗品》，不合文献史实，亦不合《一鸣集》包括其组成的《诗品》，更不合历代《一鸣集》与《诗品》互见例及载于《宋人品诗韵语》中《二十四诗品》全诗事实（有五首后面残缺数联）。司空图“吾适又自编《一鸣集》”及《王官谷集·序》中所言，其子司空荷为之编诗文集各十卷（有论者言系宋人将《一鸣集》三十卷删成）与《诗格》，五代及宋人分别编成司空图文集三十卷与司空图《一鸣集》三十卷，元明清“一鸣集”与“诗品”等佐证。如元马端临《文献通考》中《司空图〈一鸣集〉三十卷》及其内撮录苏轼言司空图《二十四韵》等，明毛晋《津逮秘书》与其《诗品二十四则》，明清《司空表圣诗集》残卷本与其“补遗”《诗品二十四则》，另有《诗品》与《诗格》互通，“诗论”“二十四韵”的语序及增一“如”字比较、两例《诗品》语法及语境辨析，《诗品》、司空图诗中禅宗思想互联及内因“老庄”的考求，《二十四品》用韵的时代与个性特征亦可证。

关键词： 司空图；诗品；诗格；二十四品；二十四韵

历经二十余载的研讨，《二十四诗品》（以下简称《诗品》）的史料搜集殆尽，但其作者迄今仍存分歧。这固然由于晚唐社会大动荡、《诗品》流传特殊情况的影响，但与论者们的研究观点和方法不无关系。有人依据所谓《诗家一指》中“三造”“十科”“四则”“二十四品”的撰写整体性与“集之《一指》”一语及其内容禅宗思想等，断言《二十四品》作者为元代虞集①；

① 张健:《〈诗家一指〉产生的时代与作者——兼论〈二十四诗品〉作者问题》,《北京大学学报》1995 年第 5 期;朱良志:《论〈诗家一指〉的“实境”说》,《北京大学学报》2016 年第 4 期。

有人依据所谓晚唐文献未载司空图《诗品》及其诗，遂谓“存疑”①；亦有人坚持传统所言司空图曾撰《诗品》，但未从理论上说明其依据和实践上明言其“直接证据”。② 为此，本文另辟蹊径，以《诗品》文献的历史性为依据，以“一鸣集”包括其组成的“诗品”为中心论点，并以“一鸣集”与“诗品”互见及古籍著录《诗品》全诗等为佐证。即：辨析俞樾言“大名”代“小名”说、五代司空荷为司空图编诗文集各十卷与《诗格》、元马端临《文献通考》于《司空图〈一鸣集〉三十卷》下撮录洪迈引苏轼“二十四韵”等、明清《司空表圣诗集》十卷残本与“补遗”附《诗品二十四则》，以及《诗品》与《诗格》互通，“论诗”、《诗品》语序和增一“如”字比较，两例“二十四品”（即《诗品》）语法和语境辨析，司空图诗及《诗品》中阐宗思想考求，探明其作者。又从《诗品》二十四首四言诗用韵的考证，其结论与之相同。请方家指正。

一、《一鸣集》包括其组成的《诗品》

清代学者俞樾在《古书疑义举例》卷三中说：“古人之文，有举大名以代小名者，后人读之而不能解，每每失其义矣。”又举例说：“《仪礼·既夕篇》乃行祷于五祀。”郑玄注：“五祀，博言之。士二祀：曰门，曰行。”③ 以五祀称代门祀、行祀，是以全体代其部分。俞氏又于该文末段说，古籍记载古人籍贯等多以“大名”指代其具体地点的“小名”。我国第一部系统论述古今汉语修辞学专著——陈望道《修辞学发凡》，亦征引俞樾“大名”代“小名”说，定为“对代”辞格之一，并具体补述郑玄言时人于《仪礼》注疏中的失误，如：“贾（逵）疏曰，‘今祷五祀，是广博言之，望助之者众’，则误以为真祷五祀矣。”④ 杨树达《汉文文言修辞学·代用》亦征引俞氏《古书疑义举例》所言，并补述“五祀者，曰门，曰行，曰户，曰灶，曰中霤”。还列举《左传·昭公二十一年》《荀子·正道篇》《孟子·梁惠王上篇》等书的篇章中例句以证明⑤。如《孟子》中言“晋国天下莫强焉”，以“晋国”指代往昔的魏大夫所掌管之国。只见其

---

① 《增订注释全唐诗》第四册，北京：文化艺术出版社，2001 年，第 661 页。

② 祖保泉、张少康、余恕诚等分别从文献方面证明司空图撰。

③ 俞樾等：《古书疑义举例五种·以大名代小名例》，北京：中华书局，1956 年，第 53 页。

④ 陈望道：《修辞学发凡》，上海：上海文艺出版社，1962 年，第 89—90 页。

⑤ 杨树达：《汉文文言修辞学》，北京：中华书局，1980 年，第 150 页。

“大名”，未书其“小名”，但实际上是以“大名”（晋国）代其“小名”（魏国）。清刘宝楠《愈愚录》卷四云：“《孟子》梁惠王自称晋国，魏人周霄亦自称晋国。”此晋国即魏国也。1957年安徽出土的《鄂君启金节铭文》“大司马邵阳败晋师于襄陵”，楚国亦称魏国为晋国①。上述这种现象，诚如陈、杨二位先生所言是“代用”修辞格以“大名”代“小名”的问题。这种例子在古书里多见，如：《史记·孙子吴起列传》“孙子武者，齐人也”“吴起者，卫人也”。又《大宛列传》以郡之“大名”代“小名”，如“张骞，汉中人”。唐代亦有其例，如张籍《闲居》诗曰：“东城南陌尘，紫幰与朱轮。”诗中“东城”以秦汉时县名指代其辖地乌江，其意为：“乌江南头的大路上，扬起蒙蒙的灰尘。紫色的车幔微风吹拂，滚动着朱红的车轮。”史载，韩愈《〈张中丞传〉后叙》所言，张籍于大历（766—779）中曾在乌江家中闲居。由此乃知是沿用秦汉时行政区划东城县辖乌江，故以其县之“大名”指代“小名”乌江。这种表述的文字很经济，现今还常用，如言“中国有56民族”，其中必包括其组成的“小名”，如汉族、苗族等；“某师范大学共有十个系”，其中必包括其组成的“小名”，如中文、数学等。不言其“小名”者，因修辞学中以“大名”称代之。由此可知，司空图言“吾适又自编《一鸣集》”应包括其组成的“小名”《二十四品》。

司空图除在《与王驾评诗书》中言“吾适又自编《一鸣集》”，又于《王官谷集·序》中言：“知非子雅嗜奇，以为文墨之伎，不足曝其名也。盖欲揣机穷变，角功利于古豪。及遭乱窜伏，又顾无有忧天下而访于我者，曷以自见平生之志哉！因捃拾诗笔，残缺亡几，乃以中条别业‘一鸣’以目其前集，庶警子孙耳……唐光启三年，泗水司空氏中条王官谷濯缨亭记。”② 亦证实司空图曾撰《诗品》。公元908年图卒后，其子司空荷又为之编撰诗文集。据陶礼天《司空图年谱汇考》言：“《北梦琐言》卷六原文前有‘司空图侍郎撰〈李公磎行状〉’（按即内含《一鸣集》三十卷）。”又引罗联添《司空图事迹系年》按语曰：“《李公磎行状》，当为《一鸣集》三十卷中之文，今集不载，盖自宋以来即已佚失。”陶先生还于其下补述

---

① 张柏青、余恕诚：《项羽死于乌江辨》，《张柏青古汉语研究论集》，芜湖：安徽师范大学出版社，2016年，第111页。原载《历史研究》2010年第2期。

② 转引自祖保泉《司空表圣诗文集笺校》，合肥：安徽大学出版社，2002年，第8页。另见《全唐文》中司空图《王官谷集·序》。

“乾宁三年或四年司空图编成《一鸣集》”全诗[①]。其后五代后梁时司空荷为司空图编诗文集与《诗格》（据南宋陈振孙《直斋书录解题》卷十六所言），后晋刘昫等编《旧唐书·文苑下·司空图》有《文集三十卷》，宋代宋祁等亦编司空图《〈一鸣集〉三十卷》，皆以“大名”包括组成的“小名”，司空荷还以唐代通行的《诗格》称之。

南宋俞充言“近得《〈一鸣〉全集》”亦可证。陶礼天先生说：“俞充《王官谷十咏并序》和《贻溪怀古十篇并序》二组诗，实为二十二首的全部诗作，仅见于《王官谷集》，为司空图《一鸣集》版本和司空图作《二十四诗品》的确认问题提供了佐证。”并说：“俞充所得《一鸣全集》本……把它与北宋和南宋时期已经发现的有关《二十四诗品》的文献结合起来看，就成为证明《二十四诗品》为司空图所作之较为有力的文献佐证。”[②] 诚然，俞充所言“近得”，只是言其新近获得其书的时间，并未说明其书撰写的年月。因此，据其内容可追溯到司空图编选、誊抄其《一鸣集》之时。因为《一鸣集》与《一鸣全集》两书之名基本相同；再者，南宋俞充为司空图故乡虞乡之县令时多处开掘、兴建亭台，当是此时所得《诗品》的文本。从俞充描述得书之后爱不释手的心情等文字看，可以证实。

《诗格》的具体内容，从查屏球先生《〈二十四诗品〉的另一传本——〈枝指生书宋人品诗韵语集〉考辨》一文中可知。

查屏球先生翻阅《四库全书》，见清人卞永誉《式古堂书画汇考》中《（明）枝指生书宋人品诗韵语集》有《二十四诗品》之“品目”及其四言诗（其中有六首诗末尾残缺数联）。查氏多方面考察，认定其文中明言明人祝允明所书写的“底本”是《宋人品诗韵语》。查氏还对祝允明的书法进行研究，说：“祝允明（即“枝指生”）于书法钻研极深，并对宋人书法有专门的研究，其《怀星堂集》中收有很多关于宋人书法作品的题跋，如卷二十五中《跋华光禄藏宋代遗墨》。”[③] 此外，清王士禛言“《司空表圣集》（诗集）十卷”与《二十四品》、南宋末年严羽言《诗家一指》与王

---

① 陶礼天：《司空图年谱汇考》，北京：京华出版社，2002年，第127页。

② 陶礼天：《〈王官谷集〉与明代司空图研究的兴盛——兼考〈二十四诗品〉应为司空图所作之问题》，《中国文论》第7辑，济南：山东人民出版社，2020年，第9页。

③ 查屏球：《〈二十四诗品〉的另一传本——〈枝指生书宋人品诗韵语集〉考辨》，《南京师范大学文学院学报》第4期，南京：南京师范大学出版社，2004年，第149页。

晞言《二十四品》，亦可证明查氏的论断。

查屏球先生还对旧说元代范德机《二十四品》、虞集《二十四品》（今存“十六品”）的“品目”及四言诗进行全面校勘与书名等考证，认为元人合刊本中的语言文字有拼凑痕迹等，断言卞氏所得“《二十四诗品》是由宋代流传下来的”，是“司空图《二十四诗品》另一传本”。再者，清王士禛《居易录》还说：“卞中丞永誉贻《书画汇考》六十卷，凡诗文题跋悉载，上溯魏晋下迄元明，所收最为详博。”① 至于晚唐居于其中。同时，其《诗品》的二十四首四言诗基本同于元明清的单行本与合刊本中所载。其“品目”的原文分别为“曰……者”等，其后载其诗，如：雄浑、冲淡、纤秾、沉着、高古、典雅、洗练、劲健、绮丽、自然、含蓄、豪放、精神、清奇、委曲（缺后四句）、悲慨、实境（缺后两句）、形容（缺后两句）、超诣（缺后八句）、飘逸（缺后六句）、旷达、流动、缜密（缺后两句）、疏野。每首有六联不等，每句四言（其中《悲慨》第七句末缺一字）。此外，其“品目”前所言：“诗有《二十四品》，偏者得其一，能者得其全，会其全者推李杜二人而已。”可知其次第与元代合刊本的相差不大，但与其“品目”前面的文字则悬殊，范德机本有“偏者得一偏，能者兼取之，始为全美。古今李、杜二人而已”。而虞集本则无片言只字，明黄省曾本《二十四品》在范德机的启示下乃有：“中篇秘本，谓之发思篇，以发思者动荡性情使之若此类也。偏者得一偏，能者兼取之始为全美。古今李杜二人而已。”② 卞本与其不同，其存古性质显而易见。可见《宋人品诗韵语》中的《二十四品》，当是晚唐司空图所撰的传本或再传本。何况还有晚唐人所用“曰……者”（即“曰雄浑者”各品之首皆然）的句式？

按“曰……者，××也”，系古文中典型的判断句式，古文里多以名词加“者”“也”字的结构出现，如司马迁《史记·高祖本记》“吕公者，好相人也。”韩愈《师说》：“师者，所以传道、受业、解惑也。”主语后稍做停顿，其后部分为谓语。同时还有“曰……曰……云者”变异形式出现，如“士大夫之族，曰师曰弟子云者，则群聚而笑之”。其中多一“云”字，义为“如是说”的意思，由于是复句，便增多一字。至晚唐便见有卞永誉

---

① 转引自查屏球：《〈二十四诗品〉的另一传本——〈枝指生书宋人品诗韵语集〉》，《南京师范大学文学院学报》第4期，第148页。

② 前二书之文字分别见张健：《元代诗法校考》，北京：北京大学出版社，2001年，第283、309页；黄省曾本见祖保泉：《司空图诗文研究》，合肥：安徽教育出版社，1998年，第110页。

《式古堂诗画汇考》中转录、保存的《二十四品》各品首句的表述句式，如“曰雄浑者，大用外腓……”。品目首句“曰××者”是用以提示该品之内容，句末皆无“也”字煞句。据我们抽检，宋元诗文献里很少见到这种句式。这种独特的大量的“者”字结构形式，亦可证明《二十四诗品》系晚唐司空图所作。

二、《司空表圣集》（诗集）十卷与《诗格》互见例

南宋陈振孙《直斋书录解题》卷十六与十九是依据《二十四诗品》传本转述司空荷为司空图编的诗文集，曰：“《一鸣集》一卷（按：《文献通考》作三十卷），唐兵部侍郎虞乡司空图表圣撰（按：虞乡即今解州，原本作虞卿，误，今改正）……蜀本但有杂著，无诗。自有诗十卷别行，《诗格》尤非晚唐诸子所可望也。其论诗以梅止于酸、盐止于咸，咸酸之外醇美乏焉。东坡尝以为名言。自号知陈子，又曰耐辱居士。”又于其卷十九中言：“《司空表圣集》十卷……别有全集，此集皆诗也。其子永州刺史荷为后记。”① 详审陈氏所述，乃是五代后梁时司空荷所言：首先，其书名《直斋书录解题》已明言是他人所著之“书”。“直斋”是陈氏的书室名；“书录解题”，分明说不是给自己的著作解题，而是如其卷十九引文落款所言：“其子永州刺史荷为后记”（“东坡尝以为名言”，系据传本之误）。此前晁公武《郡斋读书志》亦言“子荷别为集后记”，又见于元马端临《文献通考》卷二百三十三《司空图〈一鸣集〉三十卷》。由此可证，是其子司空荷于后梁时为司空图所编之集②。其次，晁公武所言“集自为序”是指司空图亲自作的《王官谷集·序》，并有相同的司空图自号“知非子”等为依据。再次，从“《诗格》尤非晚唐诸子所可望也”亦可看出，《诗格》是唐人常用的术语，如《四库全书总目》言“唐人《诗格》传于世者”。否则，不一定要以“晚唐诸子”来作比较。此外，将“虞乡”写“虞卿”，“《一鸣集》三十卷”（皆如是记载）而为“十卷”，以及误用苏轼名言，陶礼天认为皆是依据传本误述所致。我们认为陶氏所言是有据可凭的。

有位论者说：“‘诗（集）十卷’是错误解读。”又说：“《诗格》标以

---

① 陈振孙：《直斋书录解题》（第二册），北京：中华书局，1985 年，第 457、544 页。

② 陶礼天：《司空图年谱汇考》，第 127 页。陶言是根据罗联添《司空图事迹系年》，有文献依据。

书名号亦不妥。”据检查，有古书例证，碍难逞其私说。上句中“诗十集”即“诗集十卷”，亦即陈氏于其卷十九中所言：“《司空表圣集》十卷。别有全集，此集皆诗也。”按：古代“集”“卷”作量词，古人谓多者为“集”少者为“卷”，但用法并不固定，有时以“集”指“卷”。“集”又作普通名词，古指“诗集”“文集”等，但古书里往往省略。对照陈氏于该书卷十九中所言“《司空表圣集》（诗集）十卷”，便一目了然。近人刘承干刊刻的《司空表圣诗文集》，于其诗集扉页题“司空表圣诗集三卷”（按缺七卷），亦可为其证。其次，《四库全书总目》馆臣言：“《诗品》一卷，唐司空图撰。……唐人《诗格》传于世者，王昌龄、杜甫、贾岛诸书，率皆依托。即皎然杼山《诗式》，亦在疑似之间。惟此一编，真出图手。”[①]基于上述，应加上书名号为是。

此外，今人张伯伟先生说：“作为专有名词的‘诗格’，是到唐代才有的。”[②] 其实晚清擅长诗画的安徽当涂县人黄钺早就鼎力仿效司空图《二十四诗品》之作。他在《二十四画品序》中言：“仿司空表圣著《诗格》之例，而为《画品》二十有四篇，专言林壑理趣。”并录其“品目”（即该诗标题），如“气韵”“神妙”“高古”等，而且其诗共二十四首，每首皆六联，每句皆四言。[③]

有论者认为“‘大名’与‘小名’互见”是“强制阐释”。我们审阅《史记》《汉书》等书及其他书中古注，多见有“大名”与“小名”互见例。如上所述，陈望道先生《修辞学发凡·积极修辞一·对代》中说：“俞樾在《古书疑义举例》里，曾经批评其时注释家对这一组称代的误解。”接着引其“古人之文有举大名以代小名者……”，并指出“就是我们所谓用全体代部分”。[④] 据我们抽检，古籍《史记》《汉书》等著作里还有“大名”与“小名”互见例，如：《史记·屈原贾生列传》长沙县与汨罗江，《史记·匈奴列传》平城县与白登山、《史记·项羽本纪》东城县与乌江亭、《史记·鲁仲连邹阳列传》聊城县与济北[⑤]，等等。如果不按“大

---

① 《四库全书总目》卷一九五，北京：中华书局，1965 年，第 1781 页。

② 张伯伟：《全唐五代诗格汇考》，南京：凤凰出版社，2002 年，“前言”，第 1 页。

③ 黄钺著，陈育德等点校：《壹斋集》，合肥：黄山书社，2014 年，第 772 页。

④ 陈望道：《修辞学发凡》，上海：新文艺出版社，1955 年，第 90 页。

⑤ 张柏青、余恕诚：《项羽死于乌江辨》，《历史研究》2010 年第 2 期。又见《张柏青古汉语研究论集》，第 110 页。文中多有“大名”与“小名”互见例及古代政区的考证。

名”“小名”相互补充参照来理解，不按其时古代行政区划来分析，肆意将二者割裂开来，就背离了史实，定会错解为：“屈原在长沙的湘江沉水”“汉高祖刘邦在平城县城被匈奴四十万骑兵团团围住”，甚至会如某论者所强调：“项羽死于东城县邑（即今安徽定远县城之东，即今大桥乡），而不死于乌江”的错误结论。因此它是训诂中用来表明“总体”的“大名”与其组成的“部分”的“小名”。互见文例，即言其“大名”者必包括所组成的“小名”，言其“小名”者必表明所隶属的“大名”，与古书中“互文见义”等有明显区别，不可等而同之。

应当强调，这是古书里客观的事实，不可矢口否认其存在。虽然古书里无此术语，但我们应据实发而明之。否则，后人不详其前后之关系及古今政区的差异。因此五代后梁司空荷言“自有诗（集）十卷别行，（其中）《诗格》尤非晚唐诸子所可望也”（即卷十九中《司空表圣集》十卷……此集皆诗也。皆据南宋陈振孙《直斋书录解题》卷十六中所言，我们加上“其中”二字），应是“大名”与“小名”互见例。但必须有古书或古注中出现其“小名”一词，并显示出其为“大名”中的一“部分”。如《史记》中《屈原贾生列传》篇末曰：“太史公曰：‘余读《离骚》《天问》《招魂》《哀郢》，悲其志。适长沙，观屈原所自沉渊，未尝不垂涕，想见其为人。’”与其前正文言：“（屈原）于是怀石遂自投汨罗以死”互补。唐张守节《史记正义》云：“秦置长沙郡而为县也。按县北有汨水及屈原庙。”证明“长沙”是其时县名，“汨罗”是其所辖水名，表明其时二者行政区划为“总分”关系。又如《项羽本纪》文末曰：项羽“身死东城”，与其前正文末段言项羽自刎“乌江”的“小名”亦有联系，义即“项羽身死于东城县乌江（亭）”。这样既避免后人不知其地之所在，又免于被相同的“小名”所混淆（如贵州省的“乌江”）。而这一文例，与俞樾所举《仪礼·既夕篇》“今祷于五祀”的修辞学中举“大名”以代“小名”有别，亦与《史记》中“详略互见”、《木兰诗》中“互文见义”（“雄兔脚扑朔，雌兔眼迷离”）有所不同。因为“互见”，商务印书馆《古今汉语词典》谓之“相互补充参照”，故名。当然，论者对此有不同的看法，而我们认为古书里确实存在这种现象（详后）。

了解古书里上述文例和征引的情况，即便不详《诗品》因社会动荡以及一时难以考明其具体的流传情况，亦不会对晚唐文献所载司空图曾撰《诗品》而产生怀疑。因为司空图在《与王驾评诗书》中已明言“吾适又自编《一鸣集》”及《〈王官谷集〉序》所言，同时五代以降文献里又载其“小名”《二十四诗品》。如：五代后梁时其子（即其甥）司空荷已编“诗（集）十集”即《司空表圣集》（诗集）十卷（见于南宋陈振孙《直斋书录解题》卷十六与卷十九中所言）与《诗格》。元代史学家马端临《文献通考》卷二百三十三有《司空图〈一鸣集〉三十卷》与其内撮录洪迈引苏轼《二十四韵》等，明清及近代文献又载《司空表圣诗集》十卷残本与“补遗”附《诗品（二十四则)》。顺便指出，元代《虞侍书诗法》的《二十四品》（仅存十六品)，明代怀悦《诗家一指》中的《二十四品》的所录四言诗文字，皆与明清时单行司空图《诗品》文本基本相同。此外，文献又见有宋人言及的《诗家一指》《二十四品》等词语。因此有论者以为元人或明人作《二十四品》说，委实难以成立。

三、苏轼《司空图〈一鸣集〉三十卷》与《二十四韵》

元马端临《文献通考》卷二百三十三《司空图〈一鸣集〉三十卷》，其下撮录洪迈称苏轼所言司空图撰《二十四韵》，曰：“东坡称：司空表圣诗文高雅，有承平之遗风。盖尝自列其诗之有得于文字之表者二十四韵，恨当时不识其妙。”应当说明，《司空图〈一鸣集〉三十卷》与苏轼言司空图“二十四韵”乃是显而易见的“互见”文例，并有较多的引用《诗品》词语，如其诗作《十八大阿罗汉颂》第九首中有“幽人空山，水流花开”，当是化用和引用《诗品》中的《自然》与《缜密》。语例无须多举，现就苏轼《书黄子思诗集后》中言及的重要语词作一诠释，证明司空图曾撰《诗品》。

苏轼《书黄子思诗集后》中《二十四韵》，今称为司空图《二十四诗品》。这是苏轼对司空图撰《诗品》的肯定，并被其后的南宋、元、明一些文献所沿承。如：南宋洪迈《司空表圣诗》称“东坡称：司空表圣诗文高雅”，并称“二十四韵”；元代马端临（1254—1323）《文献通考》卷二百三十三有《司空图〈一鸣集〉三十卷》，其下亦撮录洪迈及其秉承苏轼“跋”中所言司空图撰《二十四韵》，明代郑鄤《峚阳草堂文集》卷九《题诗品》，其内亦言及《诗品》为司空图《二十四韵》。其中“韵”即“诗”，“二十四韵”即“二十四诗”。详见本文中唐宋有“韵”义同“诗”的考证。

顺便指出，有人说虞集有四言诗，又有“集之《一指》”一语，当为虞集撰《诗品》之证。这一见解值得商榷。虞集虽有四言诗 11 首及其多篇五、七言诗，但其中无一例用韵与《诗品》“脂微合韵”等晚唐诗歌用韵的特征相合，徐朝东通检元虞集全部诗韵可证明①。再如“集之《一指》”，今多解为“汇集‘三造’‘十科’‘四则’‘二十四品’而成《诗家一指》”。退一步说，即便如其论者解为“虞集撰《（诗家）一指》”，则上断其“源”下截其“流”，岂能与源流兼具的司空图《诗品》相比？再者，如上所述，单行的《诗品》署名司空图，其二十四首四言诗的文字与合刊本未署名作者的基本相同，亦不失为司空图所作之证。此外，虞集对佛教的禅宗研究确实是“后出转精”，但岂可对“前修未密”的司空图而否定其撰《诗品》？

苏轼“跋”中“有得于文字之表者”的“表”字训为“外”，其句是说司空图《诗品》中以诗语描绘的人或物比喻其二十四种风格，意义全在其文字之外，而非其词语的表层的意思。这是对司空图撰其《二十四韵》的高度肯定，据陶礼天研究，在苏轼前的文本中已有人论及。从《书黄子思诗集后》中“其时不识其妙，予三复其言而悲之”，亦可看出。因为司空图是晚唐诗人，诗作较多，但不全是上乘之作。如宋蔡居厚《蔡宽夫诗话》言：“司空图善论前人诗……及自评其作，乃以‘南楼山最秀，北邑路偏清’为假令作者复生，亦当以著题见许。此殆不可晓，当局者迷，固人情之通患。”②

有论者说苏轼“予三复其言而悲之”中“言”字是指最前面的论诗语。此说不合语言的层次性。该文前后两层意思：前面是“味在咸酸之外”的“论诗”语；而后面几句则是言“二十四韵”。苏轼强调司空图以其诗语妙喻诗之二十四种艺术风格，而自己当时不识其妙。末句由因及果，句意为“予三复其诗而悲之”。表明苏轼“悲”的不是不识其“论诗”之“味外味”，而是不识司空图以诗语比喻诗格之妙。文意脉络显豁，不容曲解。此外，“言”字训为“诗”，古书里不乏其例。如宋陆游《老学庵笔记》卷三云：“汤岐公自行宫留守出守会稽，朝士以诗送行甚众，周子充在馆中，亦有诗而亡之。岐公以书再求曰：‘顷蒙赠言，乃为或者藏去。’”

---

① 《关于〈二十四诗品〉用韵的答疑》载《张柏青古汉语研究论集》，第 42 页。原载安徽大学《古籍研究》2003 年第 1 期（答徐朝东先生）。

② ［宋］魏庆之：《诗人玉屑》（下），北京：中华书局，2007 年，第 476 页。

其“言”义即“诗”。又如王勃《滕王阁序》“一言均赋，四韵俱成”，杨炯《宴族人杨八宅序》“人赋一言，同哉四韵”。商务印书馆《古代汉语词典》“一言”之“言”字亦训为“诗”。

四、司空图诗集残卷与补遗《诗品二十四则》

据《四部丛刊》本载，司空图诗集在历史变迁中流散多卷。明胡震亨(1569—1645)《唐音统签》戊签七十四言：“司空图有《一鸣集》三十卷，内诗十卷，今存诗五卷。”① 据祖保泉先生考证，清席启寓所刻之版本已据胡氏所言增附“补遗”司空图《诗品二十四则》②，其后刊出的《全唐诗》，遂于司空图诗集散失五卷后乃附录“补遗”《诗品二十四则》。近人刘承干刊刻朱氏结一庐剩余丛书《司空表圣诗文集》，于其诗集扉页题“司空表圣诗集三卷”，因遗失七卷而特作“补遗：附《诗品二十四则》”。这是司空图撰《诗品》又一证明。

应当说明，上述的“补遗”反映其他系列的古书中已载司空图《诗品二十四则》。清初王士禛《香祖笔记》“表圣论诗（风格）有《二十四品》”③，明郑鄤与毛晋所录司空图《诗品》的“诗题”（即“品目”）及全诗文字亦基本与之相同，皆可证实。但二者角度不同：一是言其诗集的残缺卷数与“补遗”其篇名，一是言其今存诗集的全部卷数与其篇名，这是从“今存”与“补遗”两个方面证明《诗品》已收入司空图《一鸣集》中，并有宋元明清文献资料证实。这种辩证思维与其所用方法，悉合历史实际。据悉，陶礼天先生正全力征引文献直接证明司空图撰《诗品》，目前已觅得一些引用或化用的诗句。例如“不着一字”“人如淡菊”“水流花开”“清露未稀”，至于苏轼《六观堂老人草书》中“如草灰实不枯”，化用《诗品·精神》中“不着草灰”（即指其诗语活泼有精神）；“清诗要锻炼，乃得铅中银”，亦是化用“犹矿出金，如铅出银。超心炼冶，绝爱缁磷”（《诗品·洗练》）而来。据分析，其单行的司空图《诗品》有的流传于民间书肆，有的流入收藏家之手，有的流传到境外如朝鲜、日本等国。故而晚唐则以司空图《一鸣集》三十卷等“大名”包括其组成的“小名”，

① [明]胡震亨:《唐音统签》(第七册),上海:上海古籍出版社,2003年,第146页。

② 《祖保泉诗文理论研究论集》,芜湖:安徽师大出版社,2016年,第181页。

③ 《王士禛全集》卷八《香祖笔记》,济南:齐鲁书社,2007年,第4628页。

表明《诗品》的存在。当然，不言其“小名”，与蒋寅先生分析跟唐代“诗缘情”的社会风尚亦有关系。因为司空图以二十四首诗喻二十四种风格，故而违背其时风尚，不受晚唐文人的重视（蒋文载南京大学《中国诗学》第5辑）。

五、《诗品》与司空图《诗格》“互通”

《诗品》，元好问《遗山集》卷三十七中已见。是否悉同南宋陈振孙《直斋书录解题》中所转述的司空图《诗格》？下面做一比较。

金元时期，元好问《遗山集》卷三十七《陶然集诗序》云：“而《诗评》《诗品》《诗说》《诗式》，亦不可胜读。”① 由于该《序》连言数书之名，没有分别言其著者。不过文献载元氏曾言“司空表圣最为通论”②，同时他在《诗文自警》中又言及“委曲”（同《诗品》品目），而且其他学者亦言及司空图撰《诗品》。

元代史学家马端临（1254—1323）《文献通考》卷二百三十三明确说：《司空图〈一鸣集〉三十卷》。并于其下分别撮录南宋晁公武、陈振孙、洪迈三家转述关于司空图“论诗”、《诗格》《二十四韵》之言。特别是马氏将陈振孙转述司空荷所言司空图“诗（集）十卷”与其言司空图“《诗格》尤非晚唐诸子所可望也”置于其下，表明马氏亦认同《诗品》的作者是晚唐司空图。此外，据徐朝东《再论〈从《二十四诗品》用韵看它的产生时代与作者〉》通检虞集全诗的用韵，仅见《新编翰林珠玉》诗集有1例与《诗品》的用韵有瓜葛。如：《记子昂画》一诗的前四句：“春风动兰叶，庭户光陆离。言收竹上露，石角挂彩衣。”其韵脚“离”“衣”，晚唐“离”为“邻之切”，属脂微韵；而元代“离，凌低切”，属齐微韵，同时“衣”字又与古入声字“席”、去声字“被”等字相押（均见王力《汉语语音史》），甚合元代周德清《中原音韵》齐微韵。因此虞集诗韵无一例合晚唐《诗品》用韵的时代特征③。从用韵看亦证明《二十四品》非虞集所作。

《诗品》以及《二十四品》之“品”字，其义不是指诗歌的等级，而是指称诗歌艺术风格。如南宋末年严羽《沧浪诗话》中“诗之品有九”、

---

① 《文渊阁四库全书》第1191册，台北：商务印书馆，1986年影印，第429页。

② 《文渊阁四库全书》第1191册，第422页。

③ 《从〈诗品〉用韵看它的产生时代与作者》载《文学遗产》2001年第1期。《〈二十四诗品〉用韵的时代特征与个性特征》载《国学研究》第21卷，第285页。

南宋王晞为高鹏飞所作《〈林湖遗稿〉序》中言“该二十四品”（按“该”字为“读”字之误），以及清王士禛、《宋人品诗韵语》中的“二十四品”之“品”字，义皆训为“风格”。商务印书馆《应用汉语词典》“品”字第7义项云：“‘品’字跟在某些名词后面，构成名词，表示品格、风格。”其“品格”条第2义项云：“［名］风格（多指文艺作品）：这部小说品格低下，不值一读。”《汉语大词典》“品”字第6义项亦云：“品性，品格。明徐渭《李伯子画册序》‘其为品则画家所称精神与逸靡不具。’”清乾隆时黄钺亦言“仿司空图著《诗格》之例，而为《画品》二十有四篇”，其“品”亦训“风格”。

唐宋时期的“格”字亦有释为“风格”者，如杜甫《壮游》诗句：“吾观鸱夷子，才格异寻常。”又如司空图《题柳柳州集后》亦云：“然则作者为文为诗，才格亦可见。”句中的“格”皆指人的风格（见商务印书馆《古今汉语词典》“格”之第8义项）。文学作品中亦有指诗之“风格”者，如司空图《与李生论诗书》中“以格自奇”“格在其中”，祖保泉先生谓其句中“格”皆指（诗之）“风格”。①宋陈善《扪虱新话·欧阳公不能变诗格》，商务印书馆《古今汉语词典》“诗格”之第2义项释为“诗之风格”。

往上追溯，中唐文献已见“品”与“格”意义相同的联合式复合词“品格”。如：韩愈《画记》“至河阳，与二三客论画品格，因出而观之”。商务印书馆《古今汉语词典》“品格”第3义项谓其指艺术风格。李中《庭苇》诗：“品格清于竹，诗家景最幽。”1989年修订本《辞海》改训其“品格”为“风格”。此外，宋苏轼《书蒲永升画后》亦有“然其品格，特与印板水纸争工拙于毫厘间耳。”商务印书馆《古代汉语词典》“格”之第7义项谓其“品格”即“风格”。

由于“品”“格”在其句中两个词素意义相同，其后便演化为意义相同的两个偏正结构复合词《诗品》与《诗格》。可见元明清人言《诗品》与唐代五代所言《诗格》概念悉同。

六、“二十四韵”非“论诗”例证

检宋代文献，苏轼《书黄子思诗集后》中言司空图有“二十四韵”。

---

① 祖保泉:《司空图〈诗品〉解说》,合肥:黄山书社,2013年,第152页。

有论者谓洪迈称其“二十四韵”即“二十四联诗”，是其“论诗”例证。孰正孰误，一经验证，便昭然若揭。

苏轼在《书黄子思诗集后》（以下简称苏“跋”）中说：“唐末司空图崎岖兵乱之间，而诗文高雅，犹有承平之遗风。其论诗曰：‘梅止于酸，盐止于咸。’饮食不可无盐梅，而其美常在咸酸之外。盖自列其诗之有得于文字之表者二十四韵，恨当时不识其妙，予三复其言而悲之。”[①] 其后南宋洪迈遂沿称。但有论者谓洪迈认为此句中“二十四韵”解为“二十四联”诗，是其“论诗”的例证，并非如传统所言指司空图所著《二十四诗品》。为此，现将苏轼“跋”中所言“论诗”“二十四韵”的语序，与陈振孙《直斋书录解题》卷十六、洪迈《容斋随笔》卷十《司空表圣诗》中所言语序加以比较，不难看清其真面目。

南宋陈振孙转述司空荷语，其《直斋书录解题》卷十六中更易其名《二十四韵》为《诗格》，并颠倒其语序，将《诗格》置于“论诗”前，而后言及司空图“论诗味外味”，即“诗之醇美而在咸酸之外”等。此外，南宋洪迈《容斋随笔》卷十《司空表圣诗》征引苏轼《书黄子思诗集后》，曰：“东坡称：司空表圣诗文高雅，有承平之遗风，盖尝自列其诗之有得于文字之表者二十四韵，恨当时不识其妙。”其后紧接着说：“表圣论其诗，以为得味外味。如‘绿树连村暗，黄花入麦稀’，此句最善。”[②] 对照苏轼的原话[③]，可知洪氏、陈氏（转述）先言司空图“二十四韵”“诗格”，而后始言“表圣论其诗”的“论诗”语。这表明前后两项，各自独立，互不修饰，颠倒其语序而其义不变。

有论者指出，洪迈的看法，与将苏“跋”中“二十四韵”解为“二十四联”，可谓若合符契。其实苏轼在《书司空图诗》一文中对此已分析清楚，洪迈等又着一“如”字加以强调。

洪迈《容斋随笔》卷十《司空表圣诗》共有三段，其中第二段引苏轼《书司空图诗》时还特地着一“如”字，他说：“表圣论其诗，以为得味外味，如‘绿树连村暗，黄花入麦稀’，此句最善。”[④] 本段中洪氏特地增著“表示举例”的“如”字，明确认定后面所引“绿树连村暗，黄花入麦稀”

---

① 孔凡礼点校：《苏轼文集》，北京：中华书局，1986年，第2124页。

② 《文渊阁四库全书》第815册，第352页。

③ 孔凡礼点校：《苏轼文集》，第2119页。

④ 《文渊阁四库全书》第815册，第352页。

等联是其“论诗”的例证。宋人何汶《竹庄诗话》亦谓此曰：“东坡云：图诗得味外味，如‘绿树’一联最善。”元代揭傒斯《诗法正宗》亦云：“唐司空图教人学诗须识味外味，坡公尝以为名言，如所举‘绿树连村暗’‘棋声花院闭’‘花影午时天’等句是也。”顺便说明，元马端临《文献通考·司空图〈一鸣集〉三十卷》除洪迈引苏轼语用“如”字，晁公武《郡斋读书志》中还用“谓”字来表示所征引“棋声花院静，幡影石坛高”等诗句。此皆铁的事实，证明非指《二十四诗品》。

详审洪文第三段亦可证明，其文曰：“予读表圣《一鸣集》，有《与李生论诗》一书，乃正坡公所言者。其余五言诗句云：‘人家寒食月，花影午时天。’……七言诗句云：‘孤屿池痕春涨满，小栏花韵午情初’‘五更惆怅回孤枕，犹自残灯照落花’。皆可称也。”① 从上节中着一“如”字以及本段所举五言、七言诗看，洪迈是说司空图《一鸣集》中有《与李生论诗书》一文，但没有说“绿树连村暗”“孤屿池痕春涨满”等是苏轼“跋”中所言“二十四韵”，岂能移花接木、忽悠读者？再者，祖保泉先生曾指出“二十四韵”解为“二十四联”与宋代文献所载其诗之“联”数不合，不赘述。此外，看不出上述诗句具有“有得于文字之表者”所指的“风格”。如“绿树连村暗，黄花入麦（一作‘入陌’）稀。远陂春早渗（一作‘草绿’），犹有水禽飞”（《独望》）是司空图目力所及的虞乡景物，充其量只是“著题”而已。再者，这类诗句皆用“得于”表示诗句觅得的时令、处所。如司空图《与李生论诗书》曰：“得于早春，则有‘草嫩侵沙短，冰轻着雨销’”，形象地写出“早春”之旨趣；又，“得于山中，则有‘坡暖早生笋，松凉夏健人’”，描写夏日山坡的景物。而“二十四韵”则不同，它以人或物比喻诗之风格，如以“窈窕深谷，时见美人”喻“纤秾”，以“畸人”象征“高古”，以“可人”妙喻“清奇”，以“高人”比喻“飘逸”等；还有以物为喻的例子，如论“洗炼”便言“犹矿出金，如铅出银”；论“含蓄”便言“不着一字，尽得风流”，等等。

七、两例“二十四韵”语法、语境的“互比”

陆宗达先生《训诂简论》一书中指出：“一个词或一个词组的意义，必须通过语法组织才能确定下来。只有正确地分析语言结构，才能准确理

① 《文渊阁四库全书》第815册，第352页。

解词和词组的意义。"① 考察古代文献中的"韵"训为"联"较多见，但唐宋时文献亦有少数"韵"字训为"诗"或训"首诗"。由于用例少而未引起人们注意，往往以偏概全，有些论者对司空图著《二十四诗品》的怀疑，最初即是从"二十四韵"一语引起的。是否唐宋时"韵"无"诗"义呢？

唐宋文献中是否有"韵"义为"诗"？经比较即可鉴别清楚。如：宋黄庭坚诗题《子瞻诗妙一世乃云效庭坚体……恐后生不解以韵道之》，而苏轼有《闻正辅表兄将至以诗迎之》；宋吕本中《中秋日沈宗师约游城西泥雨不果因成四十字兼寄赵仲才》中"传杯有新韵"，而苏轼有《汪秀才久留山中见寄次其韵》"投名入社有新诗"；苏轼诗题有《书寄韵》，晚唐河北士人有《寄内诗》。此皆"韵""诗"见于相同的语言结构。还有司空图《与李生论诗书》中言"韵外之致"（即诗外要含有不尽之意。同时亦避免与"诗题"中"诗"字重复）。又如司空图诗，《红茶花》有"景物诗人见即夸，岂怜高韵说红茶？"商务印书馆出版《古代汉语词典》"高韵"条云："（1）指高雅的诗文。"按此句中指"诗"。又，《力疾山下天村看杏花十九首》（其十五）"亦知王大是昌龄，杜二其如律韵清？"据我们考察，司空图谓王昌龄边塞诗堪称第一，杜甫的边塞诗只能算第二，故此诗中"律韵"即"律诗"（因"韵"字是去声，属仄声字；而"诗"字是平声。故用"韵"字正合该七言律绝的出句"平起平收"与对句"仄起平收"相连的平仄格律）。晚唐杜牧《感怀诗一首》末联"聊书感怀韵，焚之遗贾生"。按此"韵"字是该诗第七句末一字，必须是仄声字，故对照诗题"感怀诗"应训"韵"为"诗"。余恕诚等先生亦见唐宋文献有"韵"训为"诗"者，如：宋陈止良《再用〈喜雪〉〈除夕〉二韵寄宗简》。唐李肇《国史补》卷上："（郭暧）盛集文士，即席赋诗……（李）端曰：'愿赋一韵。'"其动词"赋"与名词"韵"直接连接时，其中"韵"明显训为"诗"。如果"赋"与"韵"之间有数词，其"韵"字或训"诗"，或训"联"，则视其句法功能和语境而定。余恕诚等先生谓苏轼《书黄子思诗集后》曰："二十四韵有可能是指《二十四诗品》。"② 基于上述诸例，苏轼《书黄子思诗集后》"盖自列其诗之有得于文字之表者二十四韵"中

① 陆宗达：《训诂简论》，北京：北京出版社，1980年，第44页。

② 徐礼节、余恕诚：《一首诗可称为一韵——苏轼所谓"二十四韵"是否可指〈二十四诗品〉》，《光明日报》2006年9月29日。

“二十四韵”，是指以诗语描绘人或物比喻古诗二十四种风格。

有论者说：“‘韵’字并不作量词解。”① 杨伯峻、何乐士《古汉语语法及其发展》说得很清楚：“量词是表示事物的计量单位的，它本质上是名词，有时就以名词作量词。”② 事实正如是，《论语·雍也》中有“一箪食，一瓢饮”，《史记·货殖列传》中有“马二百蹄”“千树枣”。虽然南北朝时已产生名量词，但唐宋人仍多沿袭先秦两汉的用法。故苏轼《跋》中“二十四韵”的“韵”字又兼作量词，义即“二十四首诗”。

顺便说明，苏轼“跋”的句首“盖”字亦须重视。这类句首“盖”字今称句首语气词，表示要发表议论，一般译为“大概”。但由于本文“盖”字后面的内容是苏轼自责，而不是议论。据其文意以及何乐士等编《古代汉语虚词通释》释“盖”为“原来”的例子，故苏轼“跋”后面几句可译为：“原来司空图列举那诗中得于文字之外的二十四首诗所比喻的风格，我遗憾当时不知其中的奥妙，如今多次反复吟咏其诗才感到自己可悲。”虽然与前面几句言司空图的论诗“味外味”有关联，但毕竟不同，前者是赞扬司空图论诗之味，犹如滋味之醇美全在其咸酸之外；而后句著一“盖”字，表示转向另一层意思，说明自己原先不识《二十四韵》是比喻二十四种风格奥妙的愧疚。

八、两例“二十四韵”的句法功能与语言环境

唐宋文献中“××韵”义为“××联”，比比皆是。如：杜甫《奉赠韦左丞丈二十二韵》，刘禹锡《历阳书事七十韵》（取其整数而言，实际是74韵），杜牧《寄内兄和州崔员外十二韵》，等等。此类“韵”字皆指一首诗内的“联”。苏轼的“诗题”中亦见其例，如《李公择过高邮见施大夫与孙莘老赏花诗忆与仆去岁会于彭门折花馈笋故事作诗二十四韵见戏依韵奉答亦以戏公择云尔》。按此“诗题”中“作诗二十四韵见戏”义即“作诗二十四联嘲笑我”，其中“二十四韵”作兼语，一身二任，既做“作”的宾语，又做“见戏”的主语，其“韵”字指一首诗内的“联”。该句后面又有“依韵奉答”一语，证明苏轼亦作一首“次

① 陈尚君：《〈二十四诗品〉辨伪追记答疑》，《中国诗学》第5辑，南京：南京大学出版社，1997年，第55页。

② 杨伯峻、何乐士：《古汉语语法及其发展》，北京：语文出版社，1992年，第204页。

韵”诗嘲讽他。

审察苏轼“诗跋”中“二十四韵”语法功能与上不同：“有得于文字之表者”与“二十四韵”的地位相等（即同作一个句子成分）、互不修饰，并非“者字结构”是前面名词“诗”的“后置定语”。清末马建忠《马氏文通》卷十《论句读》称此为“同次”，曰：“同次者，同乎前次也，即所指者与前次所指者一也。”马氏举例说：“《左传·僖公二十三年》‘狄人伐廧咎如，获其二女叔隗季隗。’‘叔隗季隗’本名，与‘二女’同次。”又如《史记·高祖本纪》“汉王之国，项王使卒三万人从，楚人与诸侯之慕从者数万人从杜南入蚀中”，《马氏文通》谓其中“慕从者”与“数万人”为“同次”，即“同位语”。考察古籍，同位语的前项多是名词或“者字结构”，后项为“数量结构”。如《庄子·骈拇》“臧与谷二人相与牧羊而皆亡其羊”类似的句例，如《列子·汤问》中所云：“遂率子孙荷担者三夫。”张拱贵、黄岳洲《文言文的语言分析》谓“三夫”为“荷担者”的复指成分（二者相当于“同位语”），“子孙”为其定语，其后可著一“之”字[①]。古文里还有无定语例，如《孟子·滕文公上》“有为神农之言者许行，自楚至滕。”洪诚玉说：“‘有为神农之言者’与‘许行’是同位关系。”并说：“‘者’在古代汉语中还没有发现有连接定语和中心语的语法作用。”[②] 说明“者字结构”的特殊性，与其后名词或数词结构合成“同位语”充当该句的“宾语的中心语”。总之，相同的“二十四韵”，可凭语法功能与语言环境辨明其中“韵”字意义。如上所述，苏轼《跋》中的“二十四韵”前有“有得于文字之表者”，后有“不识其妙”，瞻前顾后，它是比喻二十四种风格。而苏轼“诗题”，后有“见戏”“依韵奉答”等语，其“韵”字应训为“联”。

九、《诗品》与司空图诗中禅宗思想“互联”

《诗品》是以诗语描绘的人或物比喻二十四种风格，从其与司空图诗中所反映的禅宗思想看，其作者当是晚唐司空图；其内因则是源于老庄思想。有人强调虞集对佛教禅宗思想研究精深，因而否定司空图撰《诗品》，不合

---

① 张拱贵等:《言文的语言分析》,兰州:甘肃人民出版社,1982 年,第 170 页。

② 洪诚玉:《“N 之 P 者”结构的语法关系和语法关系》,《古汉语研究》第 4 辑,北京:商务印书馆,1989 年,第 26、24 页。

文献的历史事实。

著名学者袁行霈先生在《诗与禅》中指出："禅宗在唐代确立以后，就在诗人中间产生了广泛的影响，他们谈禅、参禅，诗中有意无意地表现了禅理、禅趣。"[①] 袁氏还举了王维《鹿柴》"空山不见人，但闻人语响。返景入深林，复照青苔上"，指出其诗体现禅宗的"返照"，使人联想到其教义；同时全诗亦反映出禅宗所提倡的清静虚空心境。考察晚唐司空图诗与《诗品》还可见到一些联系，如司空图诗《送道者二首》（其一）："洞天真侣昔曾逢，西岳今居第几峰？峰顶他时教我认，相招须把碧芙蓉。"他所送的"道者"与《高古》"畸人秉真，手把芙蓉"中的"畸人"，皆手持芙蓉，泠然而去。形象何其相似！再如司空图那首《偈》诗，曰："人若憎时我亦憎，逃名最要是无能。后生乞汝残风月，自作深林不语僧。"禅味何其浓厚！祖保泉释之曰："第一句表示超越是非之分的人生态度，亦即《诗品》所说的'道不自器，与之圆方'。（按见《委曲》）这正是禅者自我解脱的思维方式，也是他们的处世哲学。第二句表示无营无待，对一切物质的、超物质的都不执着，深悟'浓者必枯，淡者屡深'（按见《绮丽》）的自然之道。第三四句表述排除一切纷扰，'自家修清净'（《坛经》语）这也即是《诗品》所说的'素处以默'（按见《冲淡》）、'蓄素守中'（按见《劲健》）。《偈》的表达方式与《诗品》的表达特点如出一辙，语言模糊，而中心意念却又清晰，正有超以象外、不落言筌的禅味。"[②] 张中行《禅外说禅》亦言："以禅入诗……可以举唐末司空图为代表"，并接连举了《诗品》十六例"富于禅意"的句子。[③]

杨曾文在《五代禅宗史》中说："《老子》称'道'是'无''一'。认为（它）是世界万物的本源，但同时又否定有造物主，说'人法地，地法天，天法道，道法自然'，'是以万物莫不遵道而贵德……夫莫之命而常贵自然'。"[④] 按《诗品》所反映的道、释、儒合流的禅学思想，从其内因的源头看，可上溯到先秦的《老子》《庄子》[⑤]。如《庄子·齐物论》"枢始得其环中，以应无穷"，又《逍遥游》"夫列子御风而行，泠然善也"，

① 袁行霈：《中国诗歌艺术研究》，北京：北京大学出版社，1987 年，第 106 页。

② 祖保泉：《司空图诗文研究》，合肥：安徽教育出版社，1998 年，第 99 页。

③ 《祖保泉诗文理论研究论集》，芜湖：安徽师大出版社，2016 年，第 264 页。

④ 杨曾文：《唐五代禅宗史》，北京：中国社会科学出版社，1991 年，第 248 页。

⑤ 范文澜：《中国通史简编》修订本第三编上册，北京：人民出版社，1965 年，第 613 页。

与《诗品》的《雄浑》“超以象外，得其环中”“荒荒油云，寥寥长风”等何其相似！又如《老子》说：“致虚极，守静笃”，《庄子·在宥》说：“至道之极，昏昏默默”，与《诗品》中的《冲淡》“素处以默，妙机其微”，如出一辙！《高古》“畸人乘真”、《洗炼》“乘月还真”，是来自《庄子·大宗师》“畸人者，畸于人而侔于天”，亦是来自《渔父》“真者精诚之至也。所以受于天也，自然不可易也。故圣人法天贵真，不拘于俗”。祖保泉指出：“这种释、道两相契合的中国化的禅宗思想体系，是到中晚唐之际才完成的。”① 应当肯定，元虞集对佛教禅宗思想的研究确实“后出转精”，但是岂可因此而对“前修未密”的晚唐司空图否定撰《诗品》？因此我们认为杨曾文等从其内因来溯源不无道理。否则，容易陷入外因决定论的泥淖。

十、《二十四诗品》的用韵

由于《二十四诗品》都是用四言诗写成的，其用韵必然会留下其时代特征和个性特征。是否为司空图所作？现不妨效法前贤刘盼遂先生等《胡笳十八拍》用韵考证，对《诗品》用韵做一分析，证明其作者。

（一）《二十四诗品》韵谱分析与杜甫、苏轼等诗韵比较

二十四首四言组诗，共146个韵脚。从韵谱看出，《二十四诗品》用韵方式可分为三类：一、独用。如东韵（《雄浑》《劲健》）、屋韵（《典雅》）、侵韵（《绮丽》《实境》）、微韵（《冲淡》《超诣》）。二、同用。如冬钟（《高古》）、阳唐（《豪放》《委曲》）、庚清（《沉着》）、真谆（《纤秾》《自然》《形容》）、灰咍（《悲慨》《精神》）、虞模（《流动》）、尤侯（《含蓄》）、尤幽（《清奇》）、歌戈（《旷达》）、支之（《疏野》）。三、通押。如“真（欣）文”（依明、元本《广韵》欣、文独用。按“垠”字有“语巾切”，真韵；“语斤切”，欣韵②，故《飘逸》一品中为“真文”通押；支脂之微四韵在《缜密》一品中通押）。上述独用的4韵、同用的9部，王力先生说：“同用的两韵或三韵，实际上是同一韵部。”③ 而两则通押则超出“同用”范围，系当时实际语音反映。

---

① 祖保泉：《司空图诗文研究》，合肥：安徽教育出版社，1998年，第98页。

② 陈复华、何九盈：《古韵通晓》，北京：中国社会科学出版社，1987年，第312页。

③ 王力：《汉语语音》，北京：中国社会科学出版社，1985年，第215页。

《二十四诗品》"同用"韵与杜甫、苏轼等近体诗用韵比较表①

《诗品》	冬钟1	阳唐2	庚清1	真谆3	虞模1	灰咍2	尤侯1·尤幽1
初唐百余诗人，近体诗两千余首	1（另有东钟3，东冬1）	97	115（另有庚清青1，庚青2）	129（另有真谆清1）	22（另有鱼虞1，鱼虞模1）	180	55·12（尤侯幽12）
盛唐杜甫近体诗七百余首	1（另有东冬1）	58	61	48（另有真谆臻欣3）	26（另有鱼虞2，鱼虞模1）	51	49·3（尤侯幽5）
中唐白居易近体诗一千六百余首	未见（只有东钟1）	69（另有阳唐漾4，阳漾5）	117	145（另有真欣4，真谆欣6）	59	112	78·3（尤侯幽6）
晚唐司空图近体诗三百七十余首	1	11	16（另有庚青1，耕侵1）	16	4	12	6·3
北宋苏轼近体诗一千五百余首	2（另有东冬2，东钟2）	94	59（另有庚清青1）	81（另有真欣1，真谆欣1，真谆文魂1）	26（另有鱼虞12，鱼模6，鱼虞模12）	65（另有灰咍皆2，咍皆1）	48·4（尤侯幽4）
南宋杨万里近体诗三千五百余首	2（另有东钟30，东冬5）	181（另有阳唐江1，阳江1，唐江1）	203（另有庚清真18，庚清蒸5）	106（另有真谆文2，真谆欣1，真谆魂1）	40（另有鱼虞模25，鱼虞11，鱼模5）	194（另有佳灰咍2）	97·5（尤侯幽7）

从上表看到，《二十四诗品》中的"同用"7部，司空图近体诗有6部与之尽合，仅"庚清"部有2例出韵；而其他诗人的近体诗用韵与《二十四诗品》出入较多：初唐有5部，杜诗有4部，白诗有4部，苏轼诗有6部，杨万里诗有7部。其中最值得注意的是"冬钟"部。与《诗品》"冬钟"同用相合的只有司空图的近体诗：七言律绝《率题》"宦路前衔闲不

① 该表的统计数据，分别见鲍明炜《唐代诗文韵部研究》《白居易元稹诗的韵系》、张世禄《杜甫与诗韵》、唐作藩《苏轼诗韵考》、杜爱英《杨万里诗韵考》（后二文转引自《宋辽金用韵研究》，香港文化事业出版有限公司，2002年）；司空图的诗韵系笔者统计。

记，醉乡佳境兴方浓。一林高竹长遮日，四壁寒山更闰冬”（光启三年闰十一月）。通检司空图近体诗，未见一例“东钟”或“东冬”混押。《二十四诗品》中“东”“屋”独用，司空图近体诗分别有12例、2例（详后），而上表中其他诗人的近体诗虽或有“冬钟”同用一、二例，但同时也都有“东冬”或“东钟”混押。至于其他诗人，如盛唐孟浩然有2例：《田家元日》“东、农、童、丰”，《洛中送奚三还扬州》“风、中、同、逢”；中唐元稹有1例：《行宫》“宫、宗”。晚唐李商隐用韵比较规范，其近体诗亦有“东”混押3例：《少年》“钟、封、中、丛、蓬”，《无题》（“凤尾香罗薄几重”）“重、缝、通、红、风”，《垂柳》“中、东、风、松、空”；又，皮日休1例：《天门夕照》：“空、舂、红、鸿、中”；崔道融1例：《铜雀妓二首》（其一）“风、慵”。这种现象，晚唐李涪早就指出过，他在《刊误》中批评《切韵》说：“何须东冬中终妄别声律！”王力《汉语语音史·晚唐——五代的韵部》将“东冬钟”合为一部。我们通检贾岛、杜牧、温庭筠的全部诗作，其近体诗东、钟独用分别是：贾岛东韵17例、钟韵9例，温庭筠东韵19例、钟韵7例，杜牧东韵27例、钟韵4例（另有冬韵与江韵、唐韵通押1例：《秋晚早发新定》“缸、江、降、淙”1例）。此类皆无“冬钟”同用，与《诗品》用韵亦不吻合。另外，《广韵》规定“尤侯幽”同用，但《诗品》中只有“尤侯”同用、“尤幽”同用，无一例“尤侯幽”同用；与此悉同者仅司空图近体诗用韵。而上表中其他诗人近体诗用韵，既有“尤侯”同用、“尤幽”同用，也都有“尤侯幽”同用，这与《诗品》用韵亦不尽合。由此可见，《诗品》中“东”“屋”独用，“冬钟”同用与司空图近体诗的用韵有着相同的特征，这无疑是其用韵个性反映。

（二）《诗品》中“支脂之微”“真（欣）文”通押等的时代特征

国内外语言学家普遍认为：古诗文用韵在一定程度上反映实际语音。瑞典语言学家费尔迪南·德·索绪尔（Ferdinand de Saussure），在其所著《普通语言学教程》第七章《音位学》中说：“诗歌是认识发音的宝贵文献：诗法的体系有的以音节的数目为基础，有的以音量或语音的相同（头韵、韵脚）为基础，这些不朽的作品可以给我们许多关于这方面的知识。……要知道a、i和u的音量，就只好去请教诗人。”[1] 周祖谟先生也说过，

---

① ［瑞士］索绪尔：《普通语言学教程》，北京：商务印书馆，1996年，第64页。

文人赋诗抒发情性，用韵毋庸与韵书尽合。《二十四诗品》这部24首大型组诗的用韵，自然也不例外，反映时代特征。

如前所述，《诗品》中《缜密》支脂之微通押、《飘逸》真（欣）文通押，与《广韵》规定“同用”的条例不合。检明、元校本《广韵》，皆文、欣（《切韵》为“殷”，《广韵》因避宋宣祖名弘殷之讳而改为“欣”）独用（清顾炎武、段玉裁考定杜甫诗欣韵已并入真韵），这无疑是当时实际语音的反映。又，微韵与“支脂之”通押，多见于晚唐古近体诗韵，宋代则“支脂之齐”四韵合流，王力《汉语语音史》另立“兹思”韵。下面，对此做一具体阐释，并从汉语语音史来定位。

一是支、脂、之、微四韵通押。细察《二十四诗品》的《缜密》与《疏野》韵脚的声韵地位，其中支脂之三韵11字，无一精组字（即今声母为［ts］、［ts‘］等舌尖音的字），表明其精组字已独立成“资思”韵；结合《二十四诗品·飘逸》“真（欣）文”通押只见于晚唐近体诗来考虑（详后），这当是晚唐实际语音的反映。王力先生《汉语语音史·晚唐——五代韵部的分合和转移》说：“资思是（晚唐）一个新兴的韵部。朱翱反切一律用齿头字（按即精组字）切齿头字，说明了这个新情况。”① 又在《韵部音值的拟测》中说：“《切韵指掌图》把‘兹雌思词’‘紫此死兕’‘恣截自笥寺’列在一等，反映了这种情况。《切韵指南》把‘兹雌慈思词’‘姊此鮆枲似’‘恣次自四寺’列在一等，并在字旁加圈，也反映了这种情况。”② 此其一；其次，《诗品·缜密》支、脂、之、微四韵通押，晚唐古近体诗里皆见有。我们通检《全唐诗》本第19分册（中华书局1960年版）和司空图《一鸣集》中28篇有韵之文，古诗文有此四韵通押的平声韵6例：司空图《冯燕歌》“飞、追、衣”，李咸用《读睦修上人歌篇》“机、髓”，聂夷中《古别离》“衣、处、迟、去”（交韵诗），司空图《卢公神道碑》“疑、饥、咨”《释怨》赋“期、追、随、姬、夷、飞、悲、遗”，“违、移、亏、眉、悲”；近体诗有6例：罗隐《冬暮寄裴郎中》“悲、迟、谁、祈”，罗邺《东归》“归、危、肥”，曹唐《小游仙诗九十八首》（其八十九）“稀、诗”，来鹄《鹦鹉》“奇、飞”，方干《谢王大夫奏表》“移、支、肥、期”，罗虬《比红儿诗》（其二十一）“儿、帏”。另，

---

① 王力:《汉语语音史》,北京:中国社会科学出版社,1985年,第25页。

② 王力:《汉语语音史》,北京:中国社会科学出版社,1985年,第285页。

杜牧《题木兰庙》“儿、眉、妃”；刘得仁《寄春坊顾校》“宜、时、移、违”。储泰松新著《唐五代关中方音研究》统计：支脂之微通押的古体诗22例，韵文19例，近体诗5例；近体诗中另有支微4、脂微7、支脂微4、支微14、之微4、脂微5（其中多见于晚唐）。① 晚唐这些不合韵书规定的近体诗韵，应是当时实际语音的反映。最值得重视的，还有晚唐视“龟”“归”同音字避家讳1例。宋洪迈《容斋续笔》卷十一《唐人避讳》条云：“唐人避家讳甚严（按指晚唐人避家讳还包括当时实际读音相同而韵书分部迥异的字）……《语林》载崔殷梦知举，吏部尚书归仁晦托弟仁泽，殷梦唯唯而已。无何，仁晦复诣托之，至于三四。殷梦敛色端笏曰：‘某见进表让此官矣！’仁晦始悟己姓，殷梦讳也。按《宰相世系表》，其父名龟从……父名龟从，子不列姓归人于科籍。”② 史载，崔殷梦系晚唐人，曾在咸通年间（860—872）为官，他视“龟”“归”为同音字（声母皆见纽），正反映晚唐“官”话中脂、微二韵合流。这正合王力先生依据晚唐诗歌用韵、反切读音的分部：“支脂之”中的精系字为“资思”部；其余的与“微”韵合成“脂微”部。

二是真（欣）、文通押。细察《二十四诗品·飘逸》韵脚的声韵，我们通检《全唐诗》本第19分册（晚唐诗一小部分）及司空图《一鸣集》，真欣与文韵通押的古诗文有3例：晚唐顾云《池阳醉歌赠匡庐处士姚岩杰》“文、垠欣或真、云”，李咸用《古意论交》“君、云、芬、醺、困”，司空图《释怨》赋“津、云、春”；近体诗2例：罗隐《寄窦泽处士二首》（其一）“闻、云、身”，郑损《星精亭》“邻（一作‘群’）、云、闻、人”；另，杜牧有五言律诗1例：《寄崔钧》“津、人、麟、君”。储泰松新著《唐五代关中方音研究》统计：真（含欣）文通押的古体诗7例，韵文中有5例，近体诗9例。（其中多见于晚唐）③。晚唐近体诗韵中这些不合韵书的规定，应是当时实际语音的反映，正合王力先生依据晚唐诗韵、反切读音将“真欣文”合为一部。

《二十四诗品》中支脂之微通押与真（欣）文通押同时出现，与王力《汉语语音史·晚唐——五代的韵部》的分部悉合，证明它是晚唐实际语音

① 储泰松:《唐五代关中方音研究》,合肥:安徽大学出版社,2005年,第111页。

② 《文渊阁四库全书》第851册,第487页。

③ 储泰松:《唐五代关中方音研究》,第114页。

在诗韵上的反映。但有论者认为，《诗品》24首诗中只有两则特殊用韵，不足以证明其时代特征。这个问题，我们是这样认识的：唯物辩证法认为，"各种物质运动形式中的矛盾，都带特殊性。这种特殊的矛盾，构成一事物区别于他事物的特殊本质。只有注意了这一点，才有可能区别事物"①。语音是语言的物质外壳，也处于运动（渐变）之中，亦当带有特殊的矛盾，表现在诗歌中就是不同时期的少数特殊用韵（在实际口头语言中较多）。对此，李荣《庾信诗文用韵研究》说："无论一韵独用或者几韵合用，我们在考虑次数的时候，尤其是在次数不多的场合，还要同时考虑每一次用韵的字数，这样才能充分了解次数的意义。独用是每次用韵字数越多，意义越大；合用是每次用韵字数越少，意义越大。"② 并以庾信《和张侍中述怀》诗为例说明：全诗共有60句30韵，中间"药韵"仅有"药、缴、鹊"三字，跟8个觉韵字、19个铎韵字相押，也算"药觉铎"合韵一次。张世禄先生《杜甫与诗韵》也如是归纳。如杜甫《夏日叹》中只有齐韵一个"泥"字与佳咍二韵的字相押，《佳人》中觉韵一个"浊"字与屋、烛二韵的字相押，《两当县吴十侍御江上宅》中职韵一个"黑"字、德韵一个"息"字与陌、麦、昔、锡四韵的字相押，张先生皆将数韵分别合为一类，并据以判定杜甫古体诗用韵反映唐代长安音。以此类比，《二十四诗品》中两则古体诗通押韵亦当分别归为一类，毋庸置疑。至于这两则通押是否反映晚唐诗韵的特征，还得考察微韵与支脂之韵、欣韵与真韵及文韵的分合历史来确定。

（三）两则通押与宋元用韵的比较

瑞典语言学家索绪尔说过："古法语的（诗歌）韵脚可以告诉我们，例如gras'肥'和faz（拉丁语faciō'我做'）的词末辅音直到什么年代还有区别，从什么时候起就已相互接近以至相混了。"③ 汉语亦如是。虽然隋唐宋元诗人用韵有韵书可遵循，但其用韵并非韵书的翻版。周祖谟先生说过："语音随时转移，迭有更变，文人抒写情性，发为歌咏，无庸与韵书尽合。"④ 到了晚唐，古近体诗韵真欣文、支脂之微才分别真正合而为一，王力《汉语语音史·晚唐——五代的韵部》拟测"脂微"（另立"资思"

---

① 毛泽东：《矛盾论》，《毛泽东著作选读》（甲种本），北京：人民出版社，1966年，第65页。
② 李荣：《音韵存稿》，北京：商务印书馆，1982年，第234页。
③ ［瑞士］索绪尔：《普通语言学教程》，第65页。
④ 周祖谟：《宋代汴洛语音考》，转引自《宋辽金用韵研究》。

部）韵值为［i］，真（欣）文韵值为［ən］。

宋代诗文用韵，现今研究者多认为支脂之微齐为一部，真谆欣文痕魂为一部（王力先生《汉语语音史》据朱熹《诗集传》等反切读音分为真群、闻魂两部）。我们依据周祖谟先生《宋代汴洛语音考》一文的引例统计：支脂之微齐通押 11 例（仅计平声韵，下同），真谆欣文痕魂通押 6 例。唐作藩先生《苏轼诗韵考》考明：古体诗支脂之微齐有合为一部的趋势，真谆文欣痕魂合为一部。唐先生说："（齐韵与止摄诸韵通押）这明显地反映了苏轼口语里齐韵与止摄支脂之微已合流。"① 又在其后说道："苏诗臻摄古体真谆文欣魂痕可以合为一部。"② 张令吾《范成大诗词赋辞用韵研究》认定其古、近体诗支脂之微齐、真谆文欣痕魂皆分别合为一部。他说："范成大基本上是根据宋代通语押韵的，其用韵反映了当时的实际语音。"③ 由此可见，宋代诗文韵部比晚唐进一步简化了。

元代分为金元、蒙元两个阶段。金元时期的古、近体诗中分为支思、齐微两部：支脂之（举平赅上去，下同）三韵的精照组开口字，与日母开口字合成支思部；其余的与齐微祭、合口韵废灰泰、入声质职陌昔缉德锡合成齐微部。鲁国尧先生《元遗山诗词曲韵考》说："在元好问近体诗中，支思与机微应分部，分别押韵 30 次和 43 次。支思部与其他韵不发生'借''出'关系。"④ 元好问的古、近体诗亦是真谆欣文痕魂合为一部。鲁先生指出，古体诗能在一定程度上反映语音现象，近体诗不遵守功令也颇能反映当时的语音。

本文开头说过，有论者说《诗品》作者有可能是元代虞集。我们通检虞集《道园学古录》789 首诗，未见真欣文通押、支脂之微通押一例［首句入韵不计，如《题明皇按舞图》（近体诗）"（云）、频、新"，《次韵张蔡国公淡庵青山寺诗》（古体诗）"（期）、违、非、薇、微"］。新近有人抽查《新编翰林珠玉》，见古体诗《记子昂画》前四句为："春风动兰叶，庭户光陆离。言收竹上露，石角挂綀衣"，证明虞集诗韵同《诗品》。而我们认为这是虞集按元代实际语音押韵："离"是来母齐韵字（反切音"凌

---

① 《苏轼诗韵考》，《汉语史学习与研究》，北京：商务印书馆，2001 年，第 109 页。

② 《苏轼诗韵考》载《汉语史学习与研究》，第 115 页。

③ 张令吾：《范成大诗词赋辞香用韵研究》，《宋辽金用韵研究》，香港：文化教育出版有限公司，2002 年，第 644 页。

④ 鲁国尧：《元遗山诗词曲韵考》，《宋辽金用韵研究》，第 208 页。

低切”)；与晚唐反切音则为“邻之切”（反切下字用支韵字）明显不同（“衣”是喉音影母微韵字）。因此“离”在元代应属齐微韵。这与《二十四诗品·缜密》韵脚“时”“晞”相押明显有别，不能证明虞集诗韵同《二十四诗品》。蒙元时期，《中原音韵》分为19部，真（含谆臻欣痕魂）文合为一部，支脂之微齐仍分为支思、齐微两部。大都的曲艺家关汉卿、王实甫、马致远等14人的用韵皆如是。

（四）《诗品》用韵与司空图诗韵如出一辙

如上所述，《诗品》“东”“屋”独用、“冬钟”同用等与司空图近体诗用韵悉合；“支脂之微”通押，“欣（真）文”通押，既与王力先生晚唐分为“脂微”（另立“兹思”部）、“真文”的韵部相合，又与其时古近体诗用韵一致。我们通检司空图诗383首、《一鸣集》中有韵之文28篇，其四言韵语、用韵方式皆见；其《二十四诗品》146韵字，见于司空图诗文韵脚者多达113个。

一是《诗品》用韵方式在司空图诗歌与杂著的韵语中全见，据实录下：

东韵：诗12例，如《寄郑仁规》等；文3例，如《王公河中生祠碑》（公、忠）等。

侵韵：诗19例，如《喜山鹊初归》等；文1例，如《释怨》赋（音、禁、心、箴）。

微韵：诗18例，如《涔阳渡》等；文1例，如《连珠》（归、衣）。

真韵：诗20例，如《借居》等；文1例，如《春愁赋》（辰、新、尘、贫、人）。

屋韵：诗2例，如《秋思》等；文4例，如《石氏墓志铭》（哭、躅、淑、菊）等。

冬钟：诗1例，如《率题》（浓、冬）；文有东冬钟1例，如《三贤赞》（宗、容、雄）。

阳唐：诗11例，如《杨柳枝二首》（其二）等；文6例，如《解县新城碑》（杨、梁、臧、防）等。

庚清：诗16例，如《白菊二首》（其二）等；文1例，如《春愁赋》（生、城、声）。

真谆：诗16例，如《新岁对写真》等；文1例，如《王纵追述碑》（新、尘、茵、钧、亲）。

灰咍：诗12例，如《重阳阻雨》等；文2例，如《香岩长老赞》

（开、雷、恢、哉）等。

虞模：诗4例，如《王官二首》（其一。图、厨）等；文1例，如《连珠》（愚、孤、珠）。

尤侯：诗6例，如《灯花二首》（其一。头、愁）等；文有《观音赞》（游、讴、休、尤、幽，尤侯幽同用）。

尤幽：诗3例，如《寄永嘉崔道融》（游、秋、幽、留）；文同上，尤侯幽同用。

歌戈：诗7例，如《修史亭三首》（其二）等；文1例，如《共命鸟赋》（多、罗、磨、和、柯、何）。

支之：诗8例，如《闲步》等；文1例，如《王公河中生祠碑》（之、移）。

支脂之微：诗1例，如《冯燕歌》（飞、追、衣）；文2例，如《释怨》赋（违、移、亏、眉、悲，姬、飞、悲、遗）等。

真（欣）文：真文一例，如《释怨》赋“津、云、春”。可系联者：《重阳》“春、人”，《许国公德政碑》“人、神、勤、亲”；《复安南碑》“用警殊伦，斯为荡辙，勒颂海垠，式昭天伐”（交韵），《偶诗五首》“春、伦、身”。故“津、云、春、人、神、勤、亲、伦、垠”为一部。

二是《诗品》146韵字，有113字见于司空图诗文韵脚。据实录下：

《雄浑》《劲健》（首句入韵）东韵13字，其中“风、中、空、雄”四字重出，实则9字，见于司空图诗文韵脚7字：《南北史感遇十首》（其七）“终、风”，《偶题三首》（其一）“雄、空”，《春愁赋》“中、同、穷”；未见“虹”“充”为韵脚。

《绮丽》《实境》侵韵12字，其中“阴、琴、深”三字重出，实则9字，见于司空图诗文韵脚8字：《送道者二首》（其二）“金、心、林”，《山中》“深”《寄赠诗僧秀公》“寻”，《释怨》赋中“音、襟”，《即事九首》（其二）“琴”；未见“阴”为韵脚。

《冲淡》《超诣》微韵12字，“归、微、晞、违”四字重出，实则8字，皆见于司空图诗文韵脚：《月下留丹灶》“飞、衣、稀”，《涔阳渡》“晖、微、归”，《有感二首》（其一）“非”，《释怨》赋“违”。

《洗炼》真韵6字，见于司空图诗文韵脚4字：《冯燕歌》“人、身”，《下方》“真、神”；未见“银、磷”为韵脚。

《典雅》屋韵6字，见于司空图诗文韵脚3字：《秋思》“屋”，《春愁赋》“逐”,《石氏墓志》“菊”;未见“瀑”“竹”“读”为韵脚。

《高古》冬钟二韵6字,见于司空图诗文韵脚3字:《送道者二首》(其一)“蓉”,《即事九首》(其七)“钟”,《三贤赞》“宗”;未见“踪”“从”“封”为韵脚。

《豪放》《委曲》(首句入韵)阳唐二韵13字,见于司空图诗文韵脚7字:《杨柳枝寿杯词十八首》(其七)“行”,《漫题》“肠”,《牡丹》“香”,《华下》“方”,《重阳四首》(其一)“荒”,《狂题十八首》(其四)“狂”,《乐府》“旁”;未见“苍”“凰”“桑”“藏”“翔”“羌”为韵脚。

《沉着》庚清二韵6字,皆见于司空图诗文韵脚,如:《河上二首》(其二)“明、声”,《偶书五首》(其四)“行、生”,《偶诗五首》(其四)“横”,《力疾山下吴村看杏花十九首》(其十五)“清”。

《纤秾》《自然》《形容》共享真谆二韵18字,重出“春、新、人、真、邻”,实则12字,见于司空图诗文韵脚10字:《杨柳枝寿杯词十八首》(其九)“滨、人、春”,《修史亭二首》(其二)“新、邻”,《下方》“真、神”,《王纵追述碑》“钧”,《春愁赋》“贫”“尘”;未见“峋”“苹”二字为韵脚。

《悲慨》《精神》共享灰咍二韵12字,“灰、来”二字重出,实则10字,见于司空图诗文韵脚7字:《次韵和秀上人游南五台》“苔”“台”“来”,《故乡杏花》“杯”,《南北史感遇十首》(其四)“摧”,《少仪》“才”,《狂题十八首》(其十六)“胎”;未见“灰”“裁”“哀”为韵脚。

《流动》虞模二韵6字,见于司空图诗文韵脚3字:《释怨》赋“珠、愚”,《淮西》“无”;未见“枢”“符”“乎”为韵脚。

《含蓄》《清奇》共享尤侯幽三韵12字,“流、秋、收”三字重出,实则9字,见于司空图诗文韵脚8字:《戊午三月晦二首》(其二)“流、舟”,《秋景》“秋、收”,《休休亭》“忧”,《偶书五首》(其四)“幽”,《携仙箓九首》(其四)“悠”,《释怨》赋“浮”;未见“沤”字为韵脚。

《旷达》歌戈二韵6字,见于司空图诗文韵脚5字:《陈疾》“歌、何、多、过、萝”;未见“峨”字为韵脚。

《疏野》支之二韵6字,见于司空图诗文韵脚5字:《山中》“时、诗”，《自河西归山二首》（其一）“期”，《王公河中生祠碑》“之”，《香岩长老赞》“为”；未见“羁”字为韵脚。

《缜密》支脂之微四韵6字，见于司空图诗文韵脚4字：《争名》“奇、知、时”，《自河西归山二首》“迟”；未见“晞”“痴”为韵脚。

《飘逸》真（欣）文二韵6字，见于司空图诗文韵脚3字：《携仙箓九首》（其二）“云、闻”，《复安南碑》“垠”（与“伦”相押）；未见“缊”“分”“群”为韵脚。

未见司空图诗文韵脚的33字，在唐代诗歌韵脚中屡见，文繁不录。

除此之外，司空图《一鸣集》中有韵之文28篇，其中19篇有韵语四言式，如：《共命鸟赋》《诗赋赞》《三贤赞》《观音赞》《香岩长老赞》《王贞公赞》《相国老君赞》《今相国地藏赞》《李翰林写真赞》《温州仙岩寺碑铭》（其中铭文部分，下同）《铭秦坑》《卢公神道碑》《复安南碑》《解县新城碑》《许国公德政碑》《王纵追述碑》《文中子碑》《王公河中生祠碑》《石氏墓志》。

以上纵向考察、横向比较，多合司空图诗、文（含用韵），证明司空图曾撰《二十四诗品》。

综上所述，我们以文献为依据，多侧面分析、论证，证明司空图于晚唐所著《诗品》，已收入《司空表圣集》十卷或司空图《一鸣集》三十卷之中。考察文例，有“大名”必包括其组成的“小名”，“大名”与“小名”互见例，以及司空图诗集残卷与“补遗”为佐证。考释句意，证明苏轼谓司空图“有得于文字之表者二十四韵”是“同位语”，并有《宋人品诗韵语》中《二十四品》四言诗参证。考明词义，唐宋有“韵”义同“诗”例与《诗品》《二十四品》之“品”字，义同晚唐《诗格》之“格”。比较其语序等，苏轼“跋”中言司空图“论诗”“二十四韵”，洪迈易其语序作“二十四韵”“论诗”，陈振孙转述其名为《诗格》，亦置于“诗论”前，连同洪迈等增著一“如”字，铁证其后列举“绿树连村暗”等是其“论诗”举例。辨析其语法功能与语言环境，苏轼《跋》中“自列其诗之有得于文字之表者二十四韵”是宾语中心语的“同位语”；而苏轼《诗题》中“作诗二十四韵见戏”的“二十四韵”则为兼语，同时其后分别有“不识其妙” “依韵奉答”等语，故“韵”一训“诗”一训“联”；考求《诗品》与司空图诗中禅宗思想相互联系，其思想体系形成于唐，但其内因则源于“老庄”思想。从《二十四诗品》的用韵考证，其韵脚分布的时代特征、个性特征与司空图诗韵相合，而与元代虞集的诗韵迥异。

作者按：本文蒙安徽师大文学院院长、音韵学专家储泰松教授审阅全文，谨致以衷心感谢。

（作者单位：安徽师大文学院，解放军某科研机构）

俄译“文心雕龙”解析[①]

［俄罗斯］莉季娅·弗拉基米罗芙娜·斯捷任斯卡亚著
许耿源译　王毓红校

摘　要：本文研究关于刘勰（465—622）创作的中世纪文学理论著作《文心雕龙》（5—6 世纪）的标题翻译问题。根据不同研究者的解读，该专著每次都会获得新的标题，但这些标题并不总是符合古汉语和古俄语（或者和另一种西方语言）的结构，而且也并不总是能正确反映该专著作者的哲学思想。

关键词：《文心雕龙》；刘勰；中国诗学；中国文学

刘勰（465—622）创作的中世纪文学理论著作《文心雕龙》（5—6 世纪）的标题在俄语中通常被处理成一个句子：第一个双音节词是第二个双音节词的定语。该专著标题最为常见的直白译法是“文学思想的‘雕龙’”。然而，还存在其他译法，例如“刻在文字中心的龙”“刻在言语中心的龙”和“文学的心和龙的雕刻”。笔者认为：该专著标题的翻译应该具备两个特点：一是标题必须最大程度接近作者所表达的思想；二是既要符合译语结构和表达习惯，又要不丢失译文的准确性。从实用的角度来看，我们所给出的最常见的译法是完全可以接受的，这一译法考虑到了俄语和西方语言标题翻译的习惯，即标题最常作称名句。此外，该译法之所以被人们所沿用，是因为它实现了自身的历史作用——指出具体作者的具体著作。

---

① 基金项目：广东省普通高校基础重大培育项目“国外龙学文献整理与研究”阶段性成果。作者莉季娅·弗拉基米罗芙娜·斯捷任斯卡亚现为俄罗斯国立研究大学高等经济学院副教授，俄罗斯科学院远东研究所高级研究员。

“文心”——文学思想

专著后记的第一段对标题做出了解释。我们在这里将引用该后记的译文：“文心”指的是为文学而用心。过去有涓子的著作《琴心》和王孙子的著作《巧心》。可见“心”这一词在这里用得有多好！所以，“心”一词才用作书名。自古精致的作品反映在精细的雕刻中，所以，我在这里使用在许多人口中用作驺奭[①]外号的“雕龙”一词。[②]

这一段具有明显的结构特点。在汉语文本中，引起句子的虚词“夫”的后面紧跟着专著标题的第一部分——“文心”，而该段的结尾则为专著标题的第二部分——“雕龙”，雕龙之后紧跟着是常用来修饰名词句的句尾助词“也”。如果只读后记第一段的开头和结尾，我们大概能获得一个这样的句子——“文心是雕龙”。标题两部分都用“言”（这里是“称作”的意思）字引入。同时，这一段中还有“昔”（过去）和“古”（古代）两个字的对比。这种结构的二重性是骈文的平行性。另一方面，正是由于这种平行性，“文心”的展开解释才会与“雕龙”的简短解释形成鲜明对比。按理说应该认为：“文心”这一词组对于当代读者来说有些陌生，因此需要更详细的解释，而“雕龙”这一词组大家都听过，也就无须过多解释。

刘勰解释道：他把“文心”理解为“为文学”或者“在创作文学时”“用心”或者“被用的心”。“用心”无疑表明了作者想将文学（文）划分到单独的活动领域这一特定想法。然而，这里没有足够的依据认为：“文学”（文）是心活动的自然结果。汉语中的“心”既指“心灵”，也指“头脑”。“用心”这一词组强调的正是头脑的注意力集中在某个活动上，也就是意图、目的、勤恳的、细心的、集中注意力、关心、关怀某个东西。[③] 在现代汉语中，这个双音节词就保留了这个含义[④]，但这一含义也总

---

① 驺奭是公元前4—3世纪齐国文学家，在同时代人中享有“雕龙奭”的荣誉称号。正如司马迁在文中所说：驺奭只不过是采用以“五德始终说”闻名的哲学家邹衍（公元前305—前240）的作品来著述文章。详见司马迁《史记》卷七十四《孟子荀卿列传》，鲁道夫·弗谢沃洛多维奇·维亚特金俄译，第171—172页。

② 詹锳：《文心雕龙义证》，上海：上海古籍出版社，1989年，第1898—1899页。

③ 伊利亚·米哈伊洛维奇·奥沙宁：《汉俄大辞典》第三卷，莫斯科：科学出版社，1984年，第214页。

④ 《汉俄词典》，北京：商务印书馆，1977年，第1093页。

用于古代和中世纪的文本中。通常说，某人在完成某一任务时需要努力和竭尽全力（用心）①。“心”也可以是某物的自然来源，但在这种情况下，会使用工具动词或介词“由”，而不是工具动词或介词“用”。在强调“文”是“心”的自然来源这一想法时，注释者和研究人员通常指出陆机（261—303）的《文赋》中类似的表达：

> 余每观才士之所作，窃有以得其用心。夫放言遣词，良多变矣，妍蚩好恶，可得而言。②

依据陈世骧英译文，此段的大致意思是：每当我观察到才华横溢的人所写的东西时，我就会发现他们使用了“心”。有很多方法可以放置单词和句子，但你可以理解并说出哪种是巧妙的，哪种是平庸的；喜欢什么，不喜欢什么。③ 因此，正如我们所看到的，这里我们并不是在谈论“从心里”创作。相反，接下来陆机用过去大师的例子展示他们是如何取得杰出成果的，也就是说，本质上，他是指出了大师们关注的东西是什么。这种情况下，英译本仍然“模棱两可”，因为“mind”这个词涵盖了“注意力”和“头脑”两个含义。

“雕龙”——雕刻的龙

刘勰是“追求辞藻华丽”的反对者，不管怎样，由于这一根深蒂固的

---

① 米哈伊尔·瓦西里耶维奇·克留科夫（刘克甫）、黄淑英：《古代汉语》，莫斯科：科学出版社，1978年，第210页。

② 萧统撰，李善注：《文选》，台北：五南图书出版股份有限公司，1991年，第415页。该段俄语译文由瓦西里·米哈伊洛维奇·阿列克谢耶夫译。详见瓦西里·米哈伊洛维奇·阿列克谢耶夫：《中国文学论集》，莫斯科：俄罗斯科学院东方文学出版社，2002年，第367页。其原文为：“Я всякий раз, когда читаю то, что творили люди с дарованием, тотчас решаю как—то про себя, что есть во мне чем постигать стремленье воли их усердной. А между тем, словам свободу дать, отправить в жизнь их сочетанья — для этого всего, о, было очень много у них разнообразных претворений! И все—таки о том, что нас пленяет формой иль, наоборот, уродливо для нас; о том, что я готов любить иль ненавидеть, — об этом всем, пожалуй, я имею право говорить.”

③ 陈世骧译：《文赋》，波兰：安腾森出版社，1953年；西里尔·伯奇：《中国文学选集》，美国：格罗夫出版社，1965年。英译原文为：“I have often studied the works of talented men of letters and thought to myself that I *obtained some insight* into *their minds at work*. The ways of employing words and forming expressions are indeed infinitely varied. But, accordingly, the various degrees of beauty and excellence can be *distinguished* from what is common and weak.”

看法，刘勰著作标题中的“雕龙”一词才难以理解。因此，本不应该将文学作品比作“雕龙”。这一点上，在刘勰专著的后记中，通常也会读到相应的句子：

古来文章，以雕缛成体，岂取驺奭之群言“雕龙”也！①

自古以来的文章都是用华丽的修饰写成的，难道能采用在许多人口中的驺奭外号——“雕龙”吗？！

解释“岂取驺奭之群言雕龙也”这个句子的最后部分是有困难的，而难点就在于虚词副词“岂”，它应该引出的是一个反问句。这个反问句的意思应该是：“雕龙”这个词实际上作为刘勰专著的标题并不合适。这种语气被许多研究人员所接受，他们将追求文章内容丰富的拥护者——刘勰和他同时代以及过去的追求华丽辞藻的拥护者进行深入对比，而其中一名追求华丽辞藻的拥护者，据说就是驺奭。刘勰所提到的“群言”就归咎到了后者，据说这是驺奭的“雕龙”。然而，首先，“雕龙”一词位于专著的标题中。其次，前面的句子说“雕缛”早已成为文章的实质（“成体”）。如果抛弃上述评价刘勰的目的时的那种成见，只遵循他文本的逻辑的话，那这里理解成一个带否定词的反问句——“为什么不用呢”会更合适。这样一来，刘勰也不会把自己和“追求华丽辞藻”的驺奭做对比。而且，根据定语修饰成分“之”的位置来判断，未必“群言”就确定了驺奭风格。双音节词“群言”，与其说它强调的是很多，不如说是强调各种不同声音，即来自不同流派的不同观点和言语。对驺奭众说纷纭的评价便融合为一个判断——他是“雕龙”，但这个句子并没有否定词。

下一个结构上的难点是，句尾的“也”在这里应该是起一个不太明显的疑问功能，即它替换了本该在这个位置上的与其读音（第二声取代第三声）和书写不同的“邪”（或“耶”），而且专著中的其他任何地方都不再出现这样的替代。因此，例如，中国语言学家李庆甲（1933—1985）认为：“岂”在这里不是起反问句的一般功能，而是另一种语气的标志——推测，即句子的开头读起来大概是这样的：“难道不采用……吗？”但即使是这种解释也没有消除整个段落逻辑上的不通。如果作者自己已经给出了这个标

① 詹锳：《文心雕龙义证》，第1899页。

题，那为什么还要推测?!

中国语言学家王利器（1912—1998）提出了另一个观点。他发现“岂”不论是在读音还是书写方面都可以替换另一个字。《文选》的注释者李善（630—689）曾指出过这种替换。[①] 这部选集是在南朝梁（502—557）太子萧统（501—531）的领导下编写的，收录了曹植所创作的诗，曹植的诗中“岂”代替了“冀”，“冀”这个字本身也可以代替带有相同含义的“觊”。李善的注释是根据李斯（公元280—前208）所编的中国汉字的古代教材——《仓颉篇》的解说所作的。李斯也指出了《礼记·檀弓下》的文本中的这种替换。

“岂”替换“觊”的实质很明显，“岂”字没有部首。有一点非常清楚，按照同样的规则，“岂”很经常用来替换汉字“凯”和“恺”，这两个字实际上是同一个字的不同书写方式，因为它们有相同的读音“kai”和相同的含义，即“胜利归来”，因归来而有的“高兴”，所以，“岂取”可以读成“凯取”或者“恺取”，即快乐地拿、取，或者获得胜利后地拿、取。“凯复”——收复，这一固定词组的存在证明了上面读法存在的可能性。除此之外，“几”（第一声）也能替换“岂”。现代词语“几乎”对大家来说都很熟悉。如果假定反过来的替换成立，那么“岂取”可以读作“几取”，用来作另一个近义词。“岂”作状语表示彼此站得很近、不远。[②] 此外，当不将“岂”看作虚词，而视为实义副词时，多半和相近或甚至相反的选择替代有联系。然而，我们不知道这个虚词有这种使用情况。推测汉字的替换和基于该后记第一段最后一句话的结构，可以设想刘勰说：“雕龙”将是他专著的其中一个或另一个标题。我们注意到，最新的杨国斌英译本中用倒装强调了标题两部分的“平等”。[③]

我们在上面简要介绍了解释这一段落的现有方法，甚至提出了可能有助于在上述几个方面取得进展的建议。所以我们回到上面所指出的句子，

---

① 《文选》是一部文集，6 世纪由南朝梁太子萧统（501—531）领导下的语文学家小组编纂。《文选》收录了公元前 4 世纪初到公元 6 世纪的 129 个作家的 578 部诗歌和散文作品。详见玛丽娜·叶甫盖尼耶夫娜·克拉芙佐娃俄译萧统《文选》，收录于季塔连科·米哈伊尔·列昂季耶维奇主编的《中国精神文化大典》（五卷本），莫斯科：俄罗斯科学院东方文学出版社，2006 年。

② “岂”字可能是语音相近的汉字的替代或者是其他汉字的讳笔写法时，已故帝皇名字中禁忌汉字的替换问题仍然不属于该文章的研究范围。这里也不会对与此相关的汉字“取”的具体含义问题进行研究。在中世纪汉语中，该词在构成延续性动词时也具有助词功能。

③ 刘勰著，杨国斌英译：《文心雕龙》，北京：外语教学与研究出版社，2003 年。

来尽力理解它的意思：

古来文章，以雕缛成体，岂取驺奭之群言“雕龙”也！

这里说到三样东西：“文章”“雕缛”“雕龙”。“雕龙”作为某种不一致的事物，与“文章”和“雕缛”相对立。这很荒谬，或者委婉地说，逻辑上并不一致，因为个体概念和整体概念是相对立的。但是，“雕龙”与“文章”也是对立的。这一点又不一致，但这只有在它们的内容也和概念一样相对立时才成立，毕竟“文章” = “雕缛”。如果它们是作为文中的词相对立的呢？上述的“文章”在标题中已经被命名为“文”了，这是“雕缛”的替换，然而，作者重新强调了“雕缛”的概念，但却是以另一种言语表示，即“雕龙”。因此，与其说这种不一致是逻辑上的，不如说是文体上的。专著的标题似乎是重复的，显然，标题中的“雕龙”是多余的。只要比较一下《文心雕龙》和上面提到的其他同时代的文学作品的标题就足以证明这一点。

因此，如果不考虑所谓的刘勰“论战”，他对驺奭所持态度的一些特点就会愈发明显。因此，约瑟夫·弗农·谢（Joseph Vernon Shea）和海陶玮（Hightower）指出“雕龙”的概念与“雕虫”的对比对刘勰来说是有美学价值的[①]。刘勰谈及一位文学家，虽然他生活在早于刘勰800年的时代，但刘勰及其同时代的人对他的外号却非常熟悉。

值得注意的是，约瑟夫·弗农·谢和海陶玮或多或少同意他们的中国同行对驺奭的“追求华丽辞藻”所持的消极态度。海陶玮和约瑟夫·弗农·谢都引用了司马迁的《史记》[②]，并在译文中将古代文学家“难施”的风格描述为“没有结果”或“徒劳”（Inefectual），就是因为他的“超编”（over-elaboration），但在注解中会发现这句话并不完全清楚[③]。实际上，如果把“难施”读成“Nanshi”，则它的意思为“难以实现的”。但“施”

---

① 海陶玮（Hightower），施友忠译：《文心雕龙：中国文学中的思想与形式研究》，《哈佛亚洲研究》第22卷，1959年，第286页。

② 司马迁：《史记》，北京：中华书局，1963年，第2343—2350页。鲁道夫·弗谢沃洛多维奇·维亚特金俄译、鲁道夫·弗谢沃洛多维奇·维亚特金和阿纳托利·卢多尔夫维奇·维亚特金释司马迁《史记》（九卷本），莫斯科：俄罗斯科学院东方文学出版社，1972—2010年，第168—172页。

③ 海陶玮（Hightower），施友忠译：《文心雕龙：中国文学中的思想与形式研究》，《哈佛亚洲研究》第22卷，1959年，第286页。

也可以读成“yi”。这样，这个字指的便是“获得、达到”，那么整个双音节词的意思就是“难以达到”或“难以传播”。然而，司马迁关于驺奭的整句话却是这样的：“文具难施。”在这种情况下，第一个双音节词是指具有形状或能见的东西[①]（但是，这个能见背后的内容可能是真实的，也可能是空洞的）。驺奭作品的内容不属于他。正如司马迁在文中所说，驺奭只不过是采用以“五德始终说”闻名的哲学家邹衍（公元前305—240）的作品来著述文章。因此，如果我们认为驺奭是用文学赋予难以实现的东西一种形式，那么“文具难施”这句话在形式上与专著标题——“文心雕龙”（即用文学赋予“雕龙”“心”）将会是相反的。或者，根据我们的研究，从文学专业的角度来合理评论文学声誉或文学本身。

司马迁的话对刘勰专著标题的影响只能猜测出来。但是，“雕龙”一词在刘勰专著的标题中出现，自然也不能没有解释。因此，所有评注者都错误地认为：标题的解释应在后记的第一段结束。这一说法似乎是以第二段的语法结构为依据，第二段句首也为“夫”。但这一依据未必充分，只不过是作者被要求对整个段落作出详细解释。[②] 该解释的重点是说明“雕龙”一词的存在，以避免同时代的人批评专著标题中的重复。因此，这段话以“孟子”的一句话结尾：“我喜欢争论吗？我不过是必须这样做！”[③]

刘勰的主要思想是人死后留下的只有“名”，即他的荣誉、纪念和名声，“名”比“金属和石头”更坚固、更持久。“君子”的名字蕴含他在这个世界或者生活中的重要使命。名字是通过事件和文字获得的，它意味着人是被划入时代潮流背景和诸多同时代人中的，或者是从时代潮流背景和诸多同时代人中被挑选出来的。名字的获得，要么依靠技能，要么依靠文学创作。正是在文学创作层面上，人的“本性”（性）和“精神”或“理性”（灵）的价值观念不断发展。这些品质保障了人在世上的独特地位。但如果没有文学，它们将是“孤立”（不群）的，即“虚无缥缈的”。

无可争辩的是，刘勰把名字理解为文学家的一种个性特征，并提到了

---

① 伊利亚·米哈伊洛维奇·奥沙宁：《汉俄大辞典》（四卷本），第62页。

② 詹锳：《文心雕龙义证》，第1899页。

③ 波波夫、科布泽夫、卢基扬、贝列罗莫夫俄译：《四书》，莫斯科：俄罗斯科学院东方文学出版社，2004年，第289页。

“雕龙爽”。但是，他未必认为文学创作的内容是作者个人“本性”和“精神”的反映。相反，文学创作的内容被描述为全人类的特性，并且，它们甚至应该从儒家角度去理解。总的来说，刘勰认为文学是揭示人类本性和精神的共同事业。然而，这项任务不是文学家们一起完成，而是由各个文学家独立完成。文学的二分法本来也应该在专著的标题——《文心雕龙》中得到体现。

（作者单位：广东外语外贸大学）

历史唯物论与中国传统文化的传承与发展

林其锬

摘　要：坚持历史唯物论的立场、观点、方法，是发展中国哲学、社会科学必须遵循的原则，但是对于历史唯物论的内涵，马克思、恩格斯有前后两个不同的定义性表述：一是马克思在1859年1月撰写的《〈政治经济学批判〉序言》的表述；一是恩格斯在1884年3月到5月撰写的《家庭、私有制和国家的起源·1884年第一版序言》的表述。前后两《序》表述的不同在于："历史中的决定因素"，前《序》是一种生产即"物质资料"生产决定论；后《序》是"两种生产"，即"生活资料生产"和"人类自身的生产，即种的繁衍"。后《序》定义更加全面、科学。由于东西方民族生存环境自然条件和选择的历史发展道路不同，形成了不同的文化类型，运用后《序》定义的历史唯物论为指南研究中国传统文化和儒家思想，将会发现中国更为丰厚的文化资源和具有"继承性、民族性""独特魅力、永恒魅力、当代魅力"的"最基本的文化基因"，特别是在农耕生产、农业经济"普照的光"和"特殊以太"作用下形成的思维方式和特殊历史发展道路所带来的家族网络和社会结构形成的"道德主体""和谐意识"等儒家思想。这对于激活全民族文化创新活力，建设社会主义文化强国，铸就中华文化新辉煌都具有重大意义。

关键词：历史唯物论；中国传统文化；儒家思想；思维方式；家族网络结构

中国文化历史悠久，是世界上独立自创，绵延几千年未曾中断发展的唯一文化。儒家学说自孔子创立迄今也已绵延将近2500年，成为中国学术思想史上一个影响最大的学派，在中国历史上起了维系“世道人心”的教化作用，而且以其为核心，影响周边国家日本、韩国、朝鲜、越南以及东南亚社会，活在这个地区人民心灵中，形成“汉文化圈”。随着6000万华侨华人走向世界近200个国家和中国崛起、中华文化影响扩大，形成庞大的经济文化网络，因此又有“新汉文化圈”之说。中国传统文化、儒家学说作为文化生命体跨时空的存在，足以证明它的强劲生命力。面对世界大发展、大变革、大调整“百年大变局”；在全球化多元文化语境下，如何从深层次发掘中国传统文化，特别是儒家学说跨时空生存发展的生命基因，面向世界多极化、全球化、信息化、多元化实际，加以创造性转化，为“铸牢中华民族共同体意识”“推动构建人类命运共同体”贡献智慧，正确理解、全面、准确把握马克思主义历史唯物论，具有重大意义。

一、马克思主义历史唯物论定义及其发展历史

马克思、恩格斯共同创立的辩证唯物主义和历史唯物主义是人类智慧的结晶，是经过无数实践检验过的科学世界观和方法论。但是，马克思和恩格斯对历史唯物主义的内涵，有前后两种不同的定义性表述：一是马克思在1859年1月撰写的《〈政治经济学批判〉序言》的表述；一是恩格斯在1884年3月底至5月26日撰写的《家庭、私有制和国家的起源·1884年第一版序言》的表述。两个前后相隔25年的表述，内涵是有差异的。为便于大家对比研究，今将两《序》有关历史唯物论的表述内容抄录如下：

> 我所得到的、并且一经得到就用于指导我的研究工作的总的结果，可以简要地表述如下：人们在自己生活的社会生产中发生一定的、必然的、不以他们的意志为转移的关系，即同他们的物质生产力的一定发展阶段相适合的生产关系。这些生产关系的总和构成社会的经济结构，即有法律和政治的上层建筑竖立其上并有一定的社会意识形态与之相适应的现实基础。物质生活的生产方式制约着整个社会生活、政治生活和精神生活的过程。不是人们的意识决定人们的存在，相反，是人们的社会存在决定人们的意识。社会的物质生产力发展到一定阶段，便同它们一直在其中活动的现存生产关系或财产关系（这只是生产关系的法律用语）发生矛盾。于是这些关系便由生产力的发展形式变成生产力的桎梏。那时社会革命的时代就到来了。随着经济基础的

变更，全部庞大的上层建筑也或慢或快地发生变革。在考察这些变革时，必须时刻把下面两者区别开来：一种是生产的经济条件方面所发生的物质的、可以用自然科学的精确性指明的变革，一种是人们借以意识到这个冲突并力求把它克服的那些法律的、政治的、宗教的、艺术的或哲学的，简言之，意识形态的形式。我们判断一个人不能以他对自己的看法为根据，同样，我们判断这样一个变革时代也不能以它的意识为根据；相反，这个意识必须从物质生活的矛盾中，从社会生产力和生产关系之间的现存冲突中去解释。无论哪一个社会形态，在它们所能容纳的全部生产力发挥出来以前，是决不会灭亡的；而新的更高的生产关系，在它的物质存在条件在旧社会的胎胞里成熟以前，是决不会出现的。所以人类始终只提出自己能够解决的任务，因为只要仔细考察就可以发现，任务本身，只有在解决它的物质条件已经存在或者至少是在生成过程中的时候，才会产生。大体说来，亚细亚的、古代的、封建的和现代资产阶级的生产方式可以看作是经济的社会形态演进的几个时代。资产阶级的生产关系是社会生产过程的最后一个对抗形式，这里所说的对抗，不是指个人的对抗，而是指从个人的社会生活条件中生长出来的对抗；但是，在资产阶级社会的胎胞里发展的生产力，同时又创造着解决这种对抗的物质条件。因此，人类社会的史前时期就以这种社会形态而告终。①

根据唯物主义观点，历史中的决定性因素，归根结底是直接生活的生产和再生产。但是，生产本身又有两种。一方面是生活资料即食物、衣服、住房以及为此所必需的工具的生产；另一方面是人类自身的生产，即种的繁衍。一定历史时代和一定地区内的人们生活于其下的社会制度，受着两种生产的制约：一方面受劳动的发展阶段的制约，另一方面受家庭的发展阶段的制约。劳动越不发展，劳动产品的数量、从而社会的财富越受限制，社会制度就越在较大程度上受血族关系的支配。然而，在以血族关系为基础的这种社会结构中，劳动生产率日益发展起来；与此同时，私有制和交换、财产差别、使用他人劳动力

---

① 马克思：《〈政治经济学批判〉序言》，《马克思恩格斯选集》第二卷，北京：人民出版社，2012年，第2—3页。

> 的可能性，从而阶级对立的基础等等新的社会成分，也日益发展起来；这些新的社会成分在几个世代中竭力使旧的社会制度适应新的条件，直到两者的不相容性最后导致一个彻底的变革为止。以血族团体为基础的旧社会，由于新形成的各社会阶级的冲突而被炸毁；代之而起的是组成为国家的新社会，而国家的基层单位已经不是血族团体，而是地区团体了。在这种社会中，家庭制度完全受所有制的支配，阶级对立和阶级斗争从此自由开展起来，这种阶级对立和阶级斗争构成了直到今日的全部成文史的内容。①

恩格斯撰著《家庭、私有制和国家的起源》背景是这样的：1883 年 3 月 14 日，马克思与世长辞。恩格斯在马克思逝世后，在整理马克思遗下的手稿时，发现有马克思在 1880 年到 1881 年对美国民族学家、原始社会史学家摩尔根大约费了 40 年时间对印第安人的社会作了实地调查和大量文献资料进行了研究，然后以人类的婚姻制度、亲属制度和氏族制度的发展演变过程为主要内容撰写并于 1877 年在美国出版的《古代社会》（书名全称：《古代社会，或人类从蒙昧时代经过野蛮时代到文明时代的发展过程的研究》）一书所作的详细摘要，其中还有马克思的批语、自己的观点和补充材料。恩格斯在研究了马克思这个手稿之后，确信摩尔根《古代社会》的某些结论和实际材料，证实了马克思和他两人所提出的唯物主义历史观和对原始社会的看法，因此有必要广泛利用马克思的批语以及摩尔根书中的某些结论和材料写一部专门的著作。于是在 1884 年 3 月底动手，到 5 月底，费了两个月时间撰成《家庭、私有制和国家的起源》一书并于同年 10 月初在苏黎世公开出版，根据马克思晚年研究新成果重新定义马克思历史唯物主义的该书“第一版序言”，也就是在同一时间撰成的。

恩格斯《家庭、私有制和国家的起源》副标题是：“就路易斯·亨·摩尔根的研究成果而作。”在“第一版序言”一开头就明确申明：“以下各章，在某种程度上是执行遗愿，不是别人，正是卡尔·马克思曾打算联系他的——在某种程度内或可以说是我们两人的——唯物主义的历史研究所得出的结论来阐述摩尔根的研究成果，并且只是这样来阐明这些成果的全

① 恩格斯:《家庭、私有制和国家的起源·1884 年第一版序言》,《马克思恩格斯选集》第四卷,北京:人民出版社,2012 年,第 13 页。

部意义。”他还说：“我这本书，只能稍稍补偿我的亡友未能完成的工作。不过，我手中有他写在摩尔根一书的详细摘要中的批语，这些批语我在这本书中有关的地方就加以引用。”① 所以完全可以认为：恩格斯的《家庭、私有制和国家的起源》，是恩格斯和马克思的合著，书中的基本观点，包括“第一版序言”对历史唯物主义论的重新定义，也正是他们二人根据摩尔根对印第安人的社会长期调查和大量资料研究的新成果以及其他人新发现和研究的新成果，进行了综合研究后从哲学的高度作出科学的概括和完整表述，从而把他们自己创立的历史唯物主义表述推上更加全面、精到、更加科学的新高度。这一事实，也向我们展示了马克思主义创始人从不故步自封，思想从不僵化，唯真理是求，与时俱进，从不停步，直到生命的终点。这也给后人树立了楷模，留下了伟大的形象。

认真阅读，比较马克思1859年写的《〈政治经济学批判〉序言》和恩格斯《家庭、私有制和国家的起源·1884年第一版序言》关于历史唯物论的表述，我们可以看到，前、后两《序》最重要的不同就在于：“历史中的决定性因素，归根结底是直接生活的生产和再生产”本身究竟是一种生产还是两种生产。前《序》表述只有一种生产，即制约整个社会生活、政治生活和精神生活全过程的“物质资料”的生产、再生产；后《序》表述则是两种生产，即“一方面是生活资料即食物、衣服、住房以及为此所必需的工具的生产；另一方面是人类自身的生产，即种的繁衍。一定历史时代和一定地区内的人们生活于其下的社会制度受着两种生产的制约”。这也就是说：作为马克思主义历史唯物论的核心，由生产过程中形成的生产关系总和，即决定法律、政治和社会意识形态等上层建筑，制约整个社会生活、政治生活和精神生活的社会基础和人类历史发展的决定性因素，究竟是由一种生产及其形成的生产关系构成还是由两种生产及其形成两种生产关系构成？两种生产都是人类生存与发展以及人类社会客观存在的最根本的条件，但就其性质和作用而言是不同的。

“食、色，性也。”（《孟子·告子上》）“饮食、男女，人之大欲存焉。”（《礼记·礼运》）饮食，是人的生命得以生存的条件；男女，是人类得以延续的条件。所以物质生产即为满足人类得以生存的衣食住行生活需

---

① 恩格斯：《家庭、私有制和国家的起源·1884年第一版序言》，《马克思恩格斯选集》第四卷，第12、13页。

要的生产，而人类的自身生命的生产、再生产，则是种的繁衍和延续。后一生产及其形成的生产关系和前一生产及其形成的生产关系相比较，有五方面特点：

一是自然性。这种社会关系的发生是随着人自身的“增殖”“种的繁衍”自然而然地产生，是不以人们的意志为转移的，是非人为选择的结果。每一个人一出生，就处在既定的社会关系之中，子女不能选择自己的生父和生母，父母也不能任意选择自己的亲生子女，只要生育，骨肉关系就自然而然地产生，所以具有与生俱来的“先天性”。相比之下，物质资料的生产和再生产过程形成的社会关系，则是以社会劳动分工为基础，而这种分工，同各人从事的职业有关，而每个人对自己的职业，是可以按自己的意志选择，也是可以变动的。

二是本原性。正如马克思、恩格斯所说：“全部人类历史的第一个前提无疑是有生命的个人存在。”[①] 而人的“增殖”“种的繁衍”，“这就是夫妻之间的关系，父母和子女之间的关系，也就是家庭。这种家庭起初是唯一的社会关系，后来，当需要的增长产生了新的社会关系而人口的增多又产生了新的需要的时候，这种家庭便成为从属的关系了（德国除外）”[②]。由此可见，由人的生命生产和再生产形成的骨肉亲缘关系，及其社会结构——家庭，是后来随着人口的增加，社会交往的扩大，逐步衍生出来的诸如地缘、神缘、业缘、物缘以及政治和其他领域的社会关系和社会组织结构的源头，因而具有本原性。

三是系谱性。人类“种的繁衍”是代代延续的，“彼此发生关系的个人世世代代是相互联系的，后者的肉体的存在是由他们的前代决定的”[③]。人类繁衍世代的延续性，使其上下左右联系呈现出有脉可循的，即以姓氏称谓等世系为标志的系谱性。“故人之相仁偶也，始于知生我之母。知有母，则知有与我同母之人焉。由此而推之，则又知有母之母焉；又知有与母同母之人焉”[④]。因此有人将这种关系称之为系谱树。

---

① 马克思、恩格斯：《德意志意识形态》，《马克思恩格斯选集》第一卷，北京：人民出版社，2012年，第146页。

② 马克思、恩格斯：《德意志意识形态》，《马克思恩格斯选集》第一卷，第159页。

③ 马克思、恩格斯：《德意志意识形态》第一卷，《马克思恩格斯全集》第三卷，北京：人民出版社，1972年，第515页。

④ 吕思勉：《中国制度史》，上海：上海教育出版社，1985年，第367页。

四是情感性。聚合人群的基本纽带有二：一是利益纽带；一是情感纽带。人类社会生命生产和再生产形成的社会关系，比较突出的一个特点就是带有强烈的亲情色彩。子女的出生是父母生命的延续，父母与子女有骨肉相连的亲缘关系，骨肉关系自然地产生骨肉亲情：父母爱子女，哺育其子女；子女长大后，也爱自己的父母而生孝敬之心。“孝弟也者，其为仁之本欤”（《论语·学而》）仁心出于骨肉亲情，而骨肉亲情又源于骨肉关系，这乃是人之自然本性。父母与子女的骨肉亲缘关系，固然也隐含着利益，但是主要的是情感，这同以利益为主导的物质资料生产过程所产生的社会关系，是有区别的。由亲缘而产生的亲缘文化，其核心便是人类这种自然产生的亲情和爱心。正是这种亲情和爱心，跨越历史和地缘的时空，联结着人类生生不息的繁衍血脉，形成人群的强大、坚韧的亲和力、凝聚力，维系着大大小小民族群体的生存与发展，“在被人们认为是不可缺少和不可避免的人类的统一的过程中”[①] 也将成为“铸牢中华民族共同体意识”和“推动构建人类命运共同体”世界各族人民“心相通”的强大力量。

五是稳定性。人类自身生产和再生产及其形成的生产关系，由于它具有的自然性、本原性、系谱性、情感性的特点，使其更加贴近“人的一般本性”，它相对于因科学技术突飞猛进而使生产力迅速发展的物质资料生产所形成的生产关系，更具有稳定性。生产力的迅速发展，必然要求及时调整和变动生产关系，否则便有滞后不适应乃至阻碍生产力发展和社会进步之虞。而人类自身的生产和再生产，由于人的自然生理条件，不可能像物质资料生产和再生产那样迅速地变化，因此在相当长的历史阶段的变化，是不易显现而被人注意的。所以这种生产关系相对于物质资料生产，具有更大的稳定性。

两种生产形成两种生产关系，它们产生的基础是不同的：物质资料生产再生产过程，人与人的关系主要以物质利益，亦即经济利益为纽带。以经济利益为基础的生产关系，因为在生产过程中所处的地位不同，经济利益分配也就不同。因此在私有制社会里，便会产生阶级对立和阶级斗争，导致社会的分裂和失衡。人类自身的生命生产和再生产，形成的生产关系，是从生命繁衍开始自然而然建立起来的，生命延续自然发生的亲缘关系也

---

① 荀春生等译:《展望二十一世纪——汤因比与池田大作对话录》,北京:国际文化出版社公司,1985 年,第 294 页。

自然地发生亲情，这种亲情产生强劲的凝聚力而使家庭、群体、社会趋于和谐、稳定。两种生产及其形成的生产关系对社会制度、社会生活的制约，因其形成原因不同，所起的作用也不同，特别是在私有制占统治地位的社会里。历史唯物主义，是马克思主义辩证唯物论在社会生活和社会历史中的应用，在两种生产制约论中对立统一辩证关系得到更加充分的体现。两种生产及其形成的两种生产关系都是人类社会的客观存在的反映，它比起马克思25年前的定义与表述，是更加全面、科学的。这也正是马克思、恩格斯晚年对人类作出的新贡献。

但是，我们如果从马克思、恩格斯共同创立历史唯物主义的前后过程考察，可以看到：以人的存在为前提、两种生产、再生产及其形成的生产关系都是“人类历史中的决定性因素”，这是他们的一贯思想。

1842年10月，马克思在科伦担任《莱茵报》主编，在此期间马克思从唯心主义转向唯物主义，从革命民主主义转向共产主义。差不多在同一时期，恩格斯也实现了这个转变。同年11月，恩格斯在前往英国曼彻斯特父亲纺织厂实习经商途中，访问科伦《莱茵报》编辑部，同马克思首次见面，第二次会见是1844年在巴黎。按照恩格斯自述：“1844年夏我在巴黎访问马克思的时候，才知道我们在一切理论方面是完全一致的。从那时候其就开始了我们的合作。”[①] 他们首次合著在书中提出被称为“最深刻、最重要的历史唯物主义原理之一”的《神圣家族》，于1844年8月28日左右到9月6日完成，于1845年2月出版。马克思和恩格斯在书中批判了青年黑格尔派把自然界和人变为纯粹的逻辑范畴，否定客观规律性和人民群众活动的头等意义，认为“批判地思维的人”才是历史的主要动力、因此提倡个人崇拜等唯心主义；提出了历史的真正创造者不是“英雄”，而是人民群众的观点。

1845年9月至1846年夏，马克思和恩格斯又合作致力于《德意志意识形态》的著述。此书被认为是“共产党的理论基础、哲学基础——辩证唯物主义和历史唯物主义的一个重要阶段”，是第一次表述了经济结构的兴替规律和受历史条件制约的思想，是“第一次详尽地阐述了他们的唯物主义史观”。[②] 特别该书第一卷第一章，马克思和恩格斯叙述了历史唯物主义的

---

① 转引自[苏联]叶·斯捷潘诺娃：《恩格斯传》，北京：人民出版社，1955年，第38页。

② 罗森塔尔·尤金主编：《简明哲学辞典》，北京：人民出版社，1955年。

基本原理，论证了人们的社会存在决定社会意识的原理，阐述了生产力和生产关系发展的客观规律，提出了无产阶级为建立自己的阶级统治，必须首先夺取政权的重要原理。马克思和恩格斯在本书中指出："全部人类历史的第一个前提无疑是有生命的个人的存在。因此第一个需要确认的事实就是这些个人的肉体组织，以及由此产生的个人对其他自然的关系。"① "一当人开始生产自己的生活资料，即迈出由他们的肉体组织所决定的这一步的时候，人本身就开始把自己和动物区别开来。人们生产自己的生活资料，同时间接地生产着自己的物质生活本身。" "人们用以生产自己的生活资料的方式，首先取决于他们已有的和需要再生产的生活资料本身的特性。这种生产方式不应当只从它是个人肉体存在的再生产这方面加以考察。更确切地说，它是这些个人的一定的活动方式，是他们表现自己生命的一定方式、他们的一定的生活方式。"② "意识在任何时候都只能是被意识到了的存在，而人们的存在就是他们的现实生活过程。" "我们的出发点是从事实际活动的人，而且从他们的现实生活过程中还可以描绘出这一生活过程在意识形态上的反射和反响的发展。"③ "不是意识决定生活，而是生活决定意识……后一种符合现实生活的考察方法（按：指唯物史观）则从现实的、有生命的个人本身出发……它的前提是人，但不是处在某种虚幻的离群索居和固定不变状态中的人，而是处在现实的、可以通过经验观察到的、在一定条件下进行的发展过程中的人。"④

马克思、恩格斯在书中阐述了"最初历史的关系的四个因素、四个方面"：

"首先应当确定一切人类生存的第一个前提，也就是一切历史的第一个前提，这个前提是：人们为了能够'创造历史'，必须能够生活。但是为了生活，首先就需要吃喝住穿以及其他一些东西。因此第一个历史活动就是生产满足这些需要的资料，即生产物质生活本身，而且这是人们从几千年前直到今天单是为了维持生活就必须每日每时从事的历史活动，是一切历史的基本条件。"⑤

---

① 马克思、恩格斯：《德意志意识形态》，《马克思恩格斯选集》第一卷，第 146 页。
② 马克思、恩格斯：《德意志意识形态》，《马克思恩格斯选集》第一卷，第 147 页。
③ 马克思、恩格斯：《德意志意识形态》，《马克思恩格斯选集》第一卷，第 152 页。
④ 马克思、恩格斯：《德意志意识形态》，《马克思恩格斯选集》第一卷，第 152—153 页。
⑤ 马克思、恩格斯：《德意志意识形态》，《马克思恩格斯选集》第一卷，第 158 页。

“第二个事实是，已经得到满足的第一个需要本身、满足需要的活动和已经获得的为满足需要而用的工具又引起新的需要，而这种新的需要的产生是第一个历史活动。”①

“第三种关系是：每日都在重新生产自己生命的人们开始生产另外一些人，即繁殖。这就是夫妻之间的关系，父母和子女之间的关系，也就是家庭。这种家庭起初是唯一的社会关系，后来，当需要的增长产生了新的社会关系而人口的增多又产生了新的需要的时候，这种家庭便成为从属的关系了（德国除外）。”②

“不应把社会活动的这三个方面（按：即指上引‘三种关系’活动）看作是三个不同的阶段，而只应该看作是三个方面，或者，为了使德国人能够明白，把它们看作是三个‘因素’。从历史的最初时期起，从第一批人出现以来，这三个方面就同时存在着，而且现在也还在历史上起着作用。

这样，生命的生产——无论是通过劳动而生产自己的生命，还是通过生育而生产他人的生命，就立即表现为双重关系：一方面是自然关系，另一方面是社会关系；社会关系的含义在这里指许多个人的共同活动，不管这种共同活动是在什么条件下、用什么方式和为了什么目的而进行的。由此可见，一定的生产方式或一定的工业阶段始终是与一定的共同活动方式或一定的社会阶段联系着的，而这种共同活动方式本身就是‘生产力’；由此可见，人们所达到的生产力的总和决定着社会状况，因而，始终必须把‘人类的历史’同工业和交换的历史联系起来研究和探讨。”③

“只有现在，在我们已经考察了原初的历史的关系的四个因素、四个方面之后，我们才发现：人还具有‘意识’。”（在此句页边上马克思还写着：“人们之所以有历史，是因为他们必须生产自己的生命，而且必须用一定的方式来进行：这是受他们的肉体组织制约的，人们的意识也是这样受制约的。”）④

1867 年 9 月，被称为“马克思主义的百科全书”“马克思最主要的著作”的《资本论》第一卷出版。在此书的第二篇第四章《由货币到资本的转化》和第五篇第十五章《劳动力价格和剩余价值量的变化》这两章节

① 马克思、恩格斯：《德意志意识形态》，《马克思恩格斯选集》第一卷，第 159 页。
② 马克思、恩格斯：《德意志意识形态》，《马克思恩格斯选集》第一卷，第 159 页。
③ 马克思、恩格斯：《德意志意识形态》，《马克思恩格斯选集》第一卷，第 159—160 页。
④ 马克思、恩格斯：《德意志意识形态》，《马克思恩格斯选集》第一卷，第 160 页。

里，把人作为劳动力载体进行考察的时候，又多次阐述了人的自身生产、再生产：

“劳动力只是作为活的个人的能力而存在。因此，劳动力的生产，要以活的个人的存在为前提。假设个人已经存在，劳动力的生产就这个个人本身的再生产或维持。活的个人要维持自己，需要有一定量的生活资料。因此，生产劳动力所必要的劳动时间，可以归结为生产这种生活资料所必要的劳动时间，或者说，劳动力的价值，就是维持劳动力占有者所必要的生活资料的价值。”①

“劳动力所有者是会死的。因此，要使他不断出现在市场上（这是货币不断转化为资本的前提），劳动力的卖者就必须‘像任何活的个体一样，依靠繁殖使自己永远延续下去’。因消耗和死亡而退出市场的劳动力，至少要不断由同样数量的新劳动力来补充。因此，生产劳动力所必要的生活资料的总和，包括工人的补充者即工人子女的生活资料……”②

“还有两个因素决定劳动力的价值。一个是劳动力的发展费用，这种费用是随生产方式的变化而变化的；别一个是劳动力的自然差别，是男劳动力还是女劳动力，是成年劳动力还是未成年劳动力。这些不同劳动力的使用（这又是由生产方式规定的）在工人家庭的再生产费用上和在成年男工的价值上，都造成很大的差别。”③

从以上马克思、恩格斯共同创建历史唯物主义，由《神圣家族》《德意志意识形态》到《资本论》直至恩格斯《家庭、私有制和国家的起源第一版序言·1884年第一版序言》都可以看到：以人的存在为前提、两种生产决定论是一贯的思想。因为“任何人类历史的第一个前提无疑是有生命的个人存在”，“而人们的存在就是他们的实际生活过程”，“不是意识决定生活，而是生活决定意识”，“符合实际生活的”唯物史观，“考察方法则是从现实的、有生命的个人本身出发”，“它的前提是人，但不是处在某种虚幻的离群索居和固定不变状态中的人，而是处在现实的、可以通过经验观察到的、在一定条件下进行的发展过程中的人”。而人类为了生存（维持）和发展（延续），就必须进行生活资料和所需工具的物质生产、再生

① 《资本论》第一卷，《马克思恩格斯全集》第四十四卷，北京：人民出版社，2001年，第198—199页。

② 《资本论》第一卷，《马克思恩格斯全集》第四十四卷，第199—200页。

③ 《资本论》第一卷，《马克思恩格斯全集》第四十四卷，第593页。

产和人自身生命的生产、再生产（增殖、种的繁衍）。而两种生产过程不仅与自然发生关系，而且形成社会关系。“一定历史时代和一定地区内的人们生活于其下的社会制度，受着两种生产的制约：一方面受劳动发展阶段的制约，另一方面受家庭的发展阶段的制约”。所以两种生产制约论是马克思、恩格斯的一贯思想，正如恩格斯在1890年致约·布洛赫信所说：“根据唯物史观，历史过程中的决定因素归根到底是现实生活的生产和再生产。无论马克思或我从来没有肯定过比这更多的东西。如果有人在这里加以歪曲，说经济因素是唯一决定性的因素，那么他就是把这个命题变成毫无内容的、抽象的、荒诞无稽的空话。”[①] 恩格斯在这里用的是“现实生活的生产和再生产”，显然不是单指物质资料即经济方面的生产和再生产。

那么，为什么马克思、恩格斯也在一些场合和文章中强调经济基础，只讲一种生产、即属经济范畴的物质资料即包括生活资料和所需要的生产生活资料的工具的生产和再生产呢？对此，恩格斯在晚年曾做过不止一次的说明。他说：“青年们有时过分看重经济方面，这有一部分是马克思和我应当负责的。我们在反驳我们的论敌时，常常不得不强调被他们否认的主要原则，并且不是始终都有时间、地点和机会来给其他参与交互作用的因素以应有的重视。但是，只要问题一关系到描述某个历史时期，即关系到实际的应用，那情况就不同了，这里就不容许有任何错误了。”[②] 在1893年7月14日致梅林的信中也说：“此外，被忽略的还有一点，但是这一点在马克思和我的著作中通常也强调得不够，在这方面我们两人都有同样的过错。这就是说，我们最初是把重点放在从经济事实中探索出政治观念、法权观念和其他思想观念以及由这些观念所制约的行动，而当时是应当这样做的。但是我们这样做的时候为了内容的缘故而忽略了形式的方面，即这些观念等等是由什么样的方式和方法产生的。这就给了敌人以称心的理由来进行曲解和歪曲，保尔·巴尔特就是个明显的例子。”[③] 所以恩格斯强调：“我们的理论不是教条，而是对包含着一连串互相衔接的阶段那种发展过程的阐明。”[④] 因此，我们要全面、准确地把握马克思、恩格斯的历史唯物论，就要密切联系他们文章特定的语境，从“一连串互相衔接的阶段那

---

① 《马克思、恩格斯书信选集》，北京：人民出版社，1962年，第466页。

② 《马克思、恩格斯书信选集》，第468页。

③ 《马克思、恩格斯书信选集》，第508—509页。

④ 《马克思、恩格斯书信选集》，第441页。

种发展过程”来理解他们的论述。

二、正确理解恩格斯“阶级对立和阶级斗争”与“血族关系”消长预测

恩格斯《家庭、私有制和国家的起源·1884年第一版序言》在对马克思主义历史唯物论给予新的、全面、科学的定义之后，还分析了私有制社会物质资料生产力提高、商品交换、财产差别、占有他人劳动力从而阶级对立等社会新的成分产生，阶级冲突、阶级斗争导致以地区团体为基层单位的国家出现，以血族关系为基础的社会结构的支配地位也必然让位给以地区团体为基层单位的国家，婚姻、家庭制度也必然受其影响，但婚姻、家庭不会灭亡。我们应该如何理解？我认为这种地位和影响程度，在东西方不同民族的历史发展过程中是不能一概而论的。因为社会与国家有别，社会空间大于国家，所以血族为基础的社会结构及其地位与作用在社会占有的空间，还要视不同民族、不同地区而加以具体分析。不同地区和民族历史发展的道路有其共性，但也有其特殊性。由此形成的不同文化类型和传统对民族心理素质、价值观念、社会结构、人际交往方式都会产生深刻影响。我们必须承认：以中国为代表的东亚与希腊为代表的西方，从野蛮社会进入文明社会的历史发展道路以及由此形成古代文明和文化是属于不同类型的文明和文化。由物质资料生产力的提高，产生私有制，产生阶级、阶级斗争，产生国家，这是东西方社会发展的共性；但以血族关系为基础的社会结构在国家出现之后的地位与作用，由于生存环境、历史发展道路差异，中国就同西方不同。

古希腊人分布和定居在欧洲巴尔干半岛南部、爱琴海诸岛及小亚细亚沿岸一带地区。这里地少山多，土地跷瘠，食物不丰，但地中海沿岸海上交通便利，宜于商业和海外移民。所以古希腊人海上贸易和海外移民特别兴盛，而海上劫夺也特别猖獗。这种生存环境和商品经济活动，使它在孩童时期由野蛮进入文明的道路选择及其文化原生结构上，形成了西方文化固有的特点。古希腊人海外移民，遵循一条“分裂繁殖”的殖民路线：夺取当地居民点的筑城聚居，变当地居民为“依附民”（奴隶）；经二、三代后，又开始二次移民，到新地方重建新的殖民地。以此类推，形成母邦—子邦—孙邦，组成海上贸易网。为拓建新殖民地，因感人力不足，便吸收非希腊血统的“依附民”参与，这样血缘界限和原殖民种族统治与被统治

界限就逐渐泯灭，这对新的政治体制产生发生了重大影响。对此，英国著名历史学家阿·汤因比有较深入的研究和精辟的阐述：

“跨海迁移的第一个显著特点是不同种族体系的大混合，因为必须抛弃的第一个社会组织是原始社会里的血族关系。一艘船只能装一船人，而为了安全的缘故，如果有许多船同时到异乡去建立新的家乡，很可能包括许多不同地方的人——这一点和陆地上的迁移不同，在陆地上可能是整个血族的男女老幼家居杂物全装在牛车上一块儿出发，在大地上以蜗牛的速度缓缓前进。”

“在民族大迁移的过程中，跨海迁移的苦难所产生的另一个成果不是在文学方面，而是在政治方面。这种新的政治不是以血统为基础，而是以契约为基础。”“根据古代希腊宪法史仅存资料来看，根据法律和地区组织原则而不是根据习惯和血统的组织原则，最早是出现在希腊的这些海外殖民地，到后来才由希腊的欧洲大陆部分效仿实行。在这样建立的海外城邦那里，新的政治组织‘细胞’应该是船队，而不是血族。他们在海洋上‘同舟共济’的关系，在他们登陆以后好不容易占据了一块对付大陆上的敌人的时候，他们一定还同在船上的时候一样把那关系保持下来。这时在陆地上同在海上一样，同伙的感情会超过血族的感情，而选择一个可靠的领袖的办法也会代替习惯的传统。事实上，组织一个船队到海外去开辟一个新居，到后来会很自然形成一个城邦，那里的各族人民由一个公推出来的行政官进行管理。”①

由古希腊独特的地理条件生存环境造成的古希腊人海上贸易商品经济和海上移民社会生活，使他们在“原始—古代”社会转型进程中，选择了抛弃旧形式、改造旧内容的“革命”道路，以“战友关系”代替“血缘关系”，彻底摧毁了原始氏族社会血缘人伦，发展了商品私有制经济和城邦民选政治制度及个体本位，自由至高为核心的文化。西方文化奉行的是个人主义，强调的是人权、独立和自由，社会人际关系主要靠契约来维持，所以人称西方社会为“契约社会”“自由世界”。由此可见：西方原生文化及其发展，是在商品经济基础上，凸显了人类社会最根本的结构要素——自由与伦理对立统一中自由的一面。

---

① ［英］阿·汤因比著，曹未风等译:《历史研究》(上)，上海：上海人民出版社，1986年，第130、132页。

中华民族生存的环境和历史经历与西方不同。中华民族生存的空间是北半球辽阔的东亚大陆，东临太平洋，西面秦岭以东大沙漠，西南是青藏高原，北面是戈壁和大草原。从东北到西南由戈壁、草原、高山、峻岭形成巨大马鞍形地带和由东到西南漫长海岸线环绕着中国东部黄河、长江流域，东西相距五个时区，南北相隔三个气候带（亚热带、温带、寒温带），为中华民族的生存与发展提供了“自然之富，物产之丰”多元经济区域发展的自然基础，而且也为了战胜天灾人祸，克服民族生存危机提供了回旋余地。① 正是由于这个与古希腊人不同的生存环境，使中国在距今5000年前即神农氏时代就出现了原始农业，进而发展成“以农立国”基础，同时也使中华民族在“原始—古代”社会转型时选择了同古希腊人不同的历史道路：走“旧瓶换新酒”“旧酒渗新酒”的“脱化”“维新”道路。对此，沙文汉先生曾做了深入研究并有精辟的阐述：

“（中国奴隶社会）是直接从氏族社会末期部落公有制财产的基础上发展起来的。看来在过渡到奴隶社会之前，中国的社会形态和马克思所说的‘大多数基本的亚细亚的形态’是一样的。那里不但都是公社，没有私有土地；不但公社自身有着一切再生产的条件，进行农业与手工业相结合的生产，并且还有着高层在这一切之上，终极表现了一人化的统一体（马克思又称之为一体之父）。这个统一体，实质上是那里的财产的最高所有者和唯一的所有者。全部土地都归属于他，公社只不过是承袭的占有者。而公社的剩余劳动，或作为表彰统一体，或作为部落保险目的之用的公共储藏，也统统归属于他。”

“（中国奴隶社会最主要特征）在这里（按：指氏族社会末期，即马克思说的古代亚细亚）差不多都可以找到它的来历，看到它的前身。只是部落（或者部族）已变成了国家；集体之父已变成了国王；土地的部落共有制已变成了国有制；公社变为奴隶生产的管理奴隶的单位组织；公社成员变成了奴隶；作为表彰统一体与公共储藏的剩余劳动，现在都变为强制的剥削而已……从外表上看，几乎可以说，国家仅是部落形态的扩大与提高，生产方式在外形上也和原来的很少差别。”

“在亚细亚，或者说在中国，氏族社会发展到末期，在集体所有制的基

---

① 参见陈连开：《关于中华民族起源说的由来与发展》，《中华民族研究新探索》，北京：中国社会科学出版社，1991年，第63页。

础上，随着生产力和社会公共职能的发展，集体之父权力的一天天膨胀和私欲一天天扩大，一切财产事实上都渐次成为集体之父所有，公社成员都失去了其集体所有制的性质而渐次变成集体之父的奴隶了。这样就使社会过渡到奴隶时代，生产与消费资料的所有者形式和社会间人们的相互关系，在外形上都不须有什么重大的改变，社会的旧形态也无须经过剧烈的破坏。换句话说，两个性质上根本不同的社会制度交替，就在这种外形上没有剧烈变动（按马克思的说法是‘改变最小’）的情况下进行的。”这也就是说：“（在中国）从氏族社会到奴隶社会的过渡，是只能经过‘蜕变’或‘维新’的形式来实现的。”而不是用“希腊、罗马的形式，据有一部分的土地，用俘虏或购买来的奴隶进行剥削。”所以，“中国的奴隶制度和希腊、罗马的奴隶制度，实在是在古代世界里并行的两种不同形式的奴隶制度……它们具体的社会特点和其发展的具体形式，却有很大的不同。”“所以这是很明白的，西方与中国这两种奴隶制，都是各依其不同的历史、社会条件发展起来的。虽则它们同是奴隶制度，但却是同类而别种”①。

东方中国与西方古希腊，从原始氏族社会进入奴隶社会（即所谓从“野蛮”进入“文明”），都是各依不同的生存环境，走不同的历史发展道路而产生“同类而别种”的文明原生结构，从而形成了各具特点的不同类型的文化，对东西方民族的心理特征、价值取向、思维方式、性格特点的形成都有深刻影响，结果是出现很大差异。正如我国著名学者李学勤先生所说，生活在19世纪西方社会的马克思、恩格斯，“当时的欧洲，东方学和考古学还没有得到充分的发展，所以马克思和恩格斯在他们的著作里很少提到现在大家比较满意的，比如像古代的埃及，古代的两河流域，就是美索不达米亚，还有古代的印度。他们完全没有提到古代中国，这也是当时的历史条件所决定的”②。马克思主义是以全人类的视野，与时俱进不断吸收人类历史发展经验和智慧的科学理论体系，所以根据恩格斯一再强调的：“我们的理论不是教条，而是对包含着一连串互相衔接的阶段那种发展过程的阐明。”我们可以推想：如果他们能够具备今天这样由考古学提供的东方社会，特别是中国的以血缘和泛血缘为纽带形成的宗法制度、家族网

① 以上所引均见《沙文汉诗文选集·中国奴隶制度的探讨》，上海：上海社会科学院出版社，1998年，第289—293页。

② 李学勤：《追寻中华文明的起源》，《大国精神》，北京：国家图书馆出版社，2017年，第4页。

络为核心的社会结构及其宗法思想、伦理道德得以长期延续，并同阶级对立、斗争而产生的国家体制长期共存等丰富资料，一定会对发展的特殊性作出不一样的判断和阐述。因为恩格斯对历史唯物论作出“两种生产”新定义，马克思在接触、研究了俄国等社会资料后提出“亚细亚的形态”、甚至可以在解决政权前提下，有可能利用遗存的“农村公社”公有制形式过渡到共产主义的论断。而这一论断后来已被中国在建立了由中国共产党领导下人民政权的前提下，许多处于氏族社会、奴隶、农奴社会阶段的少数民族，通过民主改革，实现了跨越式进入社会主义的成功实践所证实。人类社会发展有共性，共性寓于特殊性之中，同样的阶级斗争，在不同民族和文化的环境里，表现的形式也是不完全一样的：在中国由于经历不同，阶级对立斗争与血缘关系结合，不是不存在，而是改变了它的存在方式，所以阶级斗争既有如法国七月革命所反映的激烈对抗的“街头政治”形式，也有如中国《红楼梦》所反映的在“温情脉脉”外衣包裹下的斗争形式。恩格斯根据与马克思晚年研究摩尔根《古代社会》的成果，给历史唯物论作出更加全面、准确的定义，是科学的理论，是普遍真理，后面对阶级斗争和血缘关系消长的预测，则需要联系东西方不同民族特殊环境和经历的实际做具体分析，从实质上加以理解和把握。

三、深入发掘中国优秀传统文化资源，铸就中华文化新辉煌

中国有五千年的文明史，中华民族是以华夏—汉民族为主体，包括56个民族在内多元一体的民族。所以中国传统文化也是以汉文化为主体，包含诸多少数民族文化在内的多元一体的文化，是多民族文化的总汇，是一个不断发展的文化体系。就汉文化而言，早在魏晋南北朝时期，对其多元一体的文化结构就已经有了自觉。梁刘勰在其《刘子·九流》中就有明确的表述。他在分别指出先秦以后形成的道、儒、阴阳、名、法、墨、纵横、杂、农九家学派的特点和长短之后作了概括：“观此九家之学，虽理有深浅，辞有详略，偕僪形反，流分乖隔；然皆同其妙理，俱会治道，迹虽有殊，归趣无异……道者玄化为本，儒者德教为宗，九流之中，二化为最。”① 这就是肯定了汉文化是以道儒为主体，包含九流的文化结构。这里的“九流”也只是就主要学派而言，实际是应该是更多的“百家。”由此

① 林其锬：《刘子集校合编》，上海：华东师范大学出版社，2012年，第1122页。

可见：儒家虽同道家一起居于主体地位，也只是“九流”之一，只是到了西汉汉武帝为大一统集权的需要，实行“罢黜百家，独尊儒术”国策，才使儒家跃升为官学，儒家思想成为国家主流意识。所以我们今天发掘中国传统优秀文化资源，应该从中华文化整体着眼，当然也要重视儒家在历史中的特殊地位、作用和影响。

中国传统文化博大精深，是中华民族几千年生存发展生产、生活经验的积累和知识、智慧、理性思辨的体现，资源异常丰富而且具有民族主体性和原创性特色。它既是我们的“根”和“魂”，也是我们成长发展的深厚基础和独特优势。研究历史，归根结底就是为了“古镜今鉴”，为建设社会主义文化服务。我们发掘中国传统、儒家优秀文化资源的目的，就是为了激发全民族文化创新活力，建设社会主义强国，实现中华民族伟大复兴的“中国梦”。因此我们要坚持马克思历史唯物主义，用恩格斯定义的“两种生产”论为指南，从物质资料生产和人类自身生产基础同独特的生存环境和道路经历产生的原生文化结构、基本观念着手，深入发掘那些“跨越时空、跨越国界、富有永恒魅力、具有当代价值”[①]，能真正体现“继承性、民族性”“独特魅力”“最基本的文化基因”[②]。按照法国19世纪史学家兼批评家丹纳的说法，这是“我们精神上的地质形态”“是原始地层”“原始的花岗石，寿命与民族一样长久”“在最初祖先身上暴露的心情与精神本质，在最后的子孙身上照样出现”[③]。

马克思在《〈政治经济学批判〉导言》中说：“在一切社会形式中都有一种一定的生产决定其他一切生产的地位和影响，因而它的关系也决定其他一切关系的地位和影响。这是一种普照的光，它掩盖了一切其他色彩，改变着它们的特点。这是一种特殊的以太，它决定着它里面显露出来的一切存在的比重。”[④] 按照恩格斯对历史唯物主义定义的“两种生产”论，“在一切社会形式”中存在的“支配其他一切生产地位和影响”的“普照的光”和“特殊的以太”，也就是特定的物质生产和人的自身生产结合及其关系的生产方式和社会结构，这也就是人的生活环境和基础。“意识在任

① 习近平：《谈治国理政》，北京：外文出版社，2014年，第161页。

② 习近平：《谈治国理政》第二卷，北京：外文出版社，2017年，第340页。

③ [法]丹纳：《艺术哲学》，傅雷译，北京：人民文学出版社，1981年，第351、353、355、354页。

④ 马克思：《〈政治经济学批判〉导言》，《马克思恩格斯选集》第二卷，北京：人民出版社，2012年，第707页。

何时候都只能是被意识到了的存在，而人们的存在就是他们的现实生活过程。”“不是意识决定生活，而是生活决定意识。”① 社会结构是基础，价值观念是核心，我们从这个根本出发，考察中华民族生存、发展、实际生活过程，并且将其同西方古希腊加以比较，那么我们就会发现：以中国传统社会由其自然条件形成的大陆农耕生产方式农业经济，同古希腊自然条件形成的海上贸易商品经济相异；由“野蛮社会”进入“文明社会”的特殊道路形成的宗法制度、家族网络社会结构，同古希腊海上殖民城邦体制不同。因而导致了东西方不同的历史发展和不同类型文化的产生，特别是作为民族心理结构外在表现、民族文化和实践活动在方法论上的抽象的思维方式尤为明显，所以呈现出不同民族文化在创造力上的特点。“思维模式和思维方式是比立场观点更具有稳定性和持久性的东西。它在相当长的时间内，不会随着时代的不同和社会条件的更易变化，因此成文化传统的一个基因”②。

中国地处北半球辽阔的东亚大陆，有空间的广阔性、环境的多样性和气候的完备性，为农业生产提供了优良的自然环境，早在公元前7000年到5000年，也就是新石器早期和中期的“神农氏制耒耜，教民农作”“耕而食”时代，即已产生农作物栽培的原始农业，以农业生产、陶器制作、部落定居为标志的农业文明即已出现；在3000年前的周代，农业生产已经成熟成了社会主要生产部门，取得能够支配其他一切生产的地位和影响。农业立国是中国几千年传统社会物质资料生产的最基本特征。在农业生产起支配地位和影响的传统社会里，农业生产的“普照的光”“特殊的以太”，支配和影响着社会生活的方方面面：农人（农奴、农民）以农为务，同有机的生命体稻、麦、蔬、果和牛、羊、鸡、豚为伍，这些动植物生命体和生长、繁殖离不开生存环境土地、气候和人力，农作物春播、夏长、秋收、冬藏，动物从生到幼、到壮，都与天、地、人密切相关，在同天、地、人互动中顺应自然规律生存发展。由于整个社会依赖农业经济的支撑，因此“政则以农为本，人生要务在农，政府法令重农，社会风俗亦发端于农，归宿于农。月令篇有‘毋变天之道，毋绝地之理，毋乱人之纪’。”“中国人之传统观念，则道与理一本于天，由此天地大自然而人文化成，人类文化

① 马克思、恩格斯：《德意志意识形态》，《马克思恩格斯选集》第一卷，第152页。
② 王元化：《思辨录》，上海：上海古籍出版社，2004年，第42页。

乃得赞化育，参与天地与天地合。此可谓中国传统文化精神一特征。”“唯吾中国，乃以生意生机说宇宙，宇宙不啻一生命，人类生命亦包含在此大自然大生命之中”“天生万物，各有分别，但万物同具一天，则同我为一体。”“修身、齐家、治国、平天下，自小生命至大生命，一以贯之，乃成共道，和即大生命之总体。”① 概括地说，“生活决定意识”，在农业生产支配和影响“普照的光”和“特殊的以太”作用下形成了中华民族原始地层：有机整体系统和谐、阴阳变易圜道运行思维方式（或模式）。

《老子》第四十二章说：“道生一，一生二，二生三，三生万物。”第四十章文说：“天下万物生于有，有生于无。”因此，“无”即是“道”，“一”即是“有”，“一有”生“万有”。《周易·序卦传》：“有天地然后万物生焉。盈天地之间者唯万物。”“有天地然后有万物，有万物然后有男女，有男女然后有夫妇，有夫妇然后有父子，有父子然后有君臣，有君臣然后有上下，有上下然后礼义有所措。”这就是如前引所说的“以生意生机说宇宙”，把整个宇宙天、地、人三大系统及其衍生的子系统以至于个体“万有”“万物”都视为是一个彼此联系、相互依存、和谐共生的大小生命体。“中国学术思想即为寻求此一生命总体而加以认识，并求充实发挥光大，此谓之道。道亦一体，而有生命性，故能不继续有其生长与变化。此体亦有部分，但各部分仍相汇通，非可独立，更不容相争。”“道之作用，曰‘化’，曰‘育’。无生言化，有生曰育。化育二字，实亦相通。此总体乃是一有机的，亦可谓之是一生命总体。”② 因此有机整体系统和谐不是静止僵死的，而是来自内部的动力阴阳互易沿着圜道作周而复始的周期性运动，一切自然、社会、人事都在发生、发展、消亡，都在这一周而复始、周期性或长或短的运动中进行。③ 在农业经济基础上，社会生活过程中产生的有机整体系统和谐、阴阳变易圜道运行思维方式，同西方传统思维就不一样。例如整体与部分，中国人认为先有整体，才始有部分，因此着重整体；西方人则认为先有部分，才始有整体，因而着重部分。又如抽象与具体，中国人好会诸异以求同，好于具体中作抽象观，好由此来追寻一原始，好统万归一，再由一推万；西方人好具体分别，重具体不重抽象，重具体分别，

① 钱穆:《晚学盲言》(上)，桂林:广西师范大学出版社，2004 年，第 13—37 页。

② 钱穆:《晚学盲言》(上)，第 6 页。

③ 参见刘长林:《中国系统思维——文化基因探视》，北京:社会科学文献出版社，2008 年，第 14—22 页。

分门别类。中国人主由合而分，主群中分有己；西方人则主由分而合，主由个人合为群。中国人对人生不喜从事事上作分别之具体观，必凌空驾虚作共通超越之抽象观；看人生意义与价值，把立德、立功、立言作为主旨，将个人有限生命融入无尽的历史，与无止境的历史同在实现“三不朽”，如岳飞、文天祥等时代英烈“舍身取义”“杀身成仁”实现不朽的“道德生命”。而西方人则如《圣经》训示那样以追求“个体灵魂与上帝同在”，到彼岸世界去实现永生和超脱。中国人主内因，阴阳变易圜道发展；西方人则从外部寻找上帝推动初始动力，二元对立，直线单向进化发展。

中国传统社会有机整体系统和谐、阴阳互易圜道发展思维方式还直接影响并导致了具有民族特殊性的致知途径和思想感情表达的方式。以儒、道为代表：儒家以德教为宗，重人道，重实际，提出“格物致知”；道家以玄化为本，重天道，讲清虚，通过“涤除玄览”“体悟致智”。什么叫“玄览”？河上公对《老子》第十章“涤除玄览，能无疵乎”注云：“心居幽冥之处，览知万物，故谓之玄览。”“玄览”，帛书《老子》作“玄鉴”，高亨《老子正诂》：“鉴者镜也，玄鉴者，内心之光明，为形而上之镜，能照察事物，故谓之玄鉴。”《淮南子 · 修务训》：“清明之士，执玄鉴于心，照物明白。”“心居幽冥之处”也就是冯友兰所说的进入了“天地境界”，是“从殊相认识寓于其中的共相更深一层的理解”。冯友兰说：“所以称为天地境界，因为这种境界所牵涉的是人与宇宙（特别是自然）的关系。一个完整的哲学体系，必须能够说明个人及其周围各方面的关系，如何处理好这些关系。”① 寓于天地万物殊相中的共相就是老子所说的“道”。只有通过修道、悟道、得道，在最高层次把握天地万物整体才能掌握“观妙观徼”“智周乎四海明察乎万物”的玄览、玄鉴能力，这个能力就是智慧。“所以知之在人者谓之知，知有所合谓之智”（《荀子 · 正名》）智慧同知识虽有联系，但不属于同一个层面。“道可道非常道，名可名，非常名”，智慧是不能复制、复述和口授言传的。古人有“可以授之以技，不可授之以巧”的说法，现代作家有“创作找到了灵感”，演员有“对人物找到了感觉”，工人也有“熟练未必能生巧”等等的体验。这“巧”“灵感”“感觉”都属于智慧层面。《庄子》里有“小知”“大知”“真知”的提法，《逍遥游》云：“小知不及大知”；《齐物论》云：“大知闲闲（广博之貌），小知间间

① 《冯友兰自述》，北京：中国人民大学出版社，2010 年，第 203 页。

(细别的样子)”;《大宗师》云:“且有真人而后有真知。”什么叫“小知”“大知”和“真知”?有人认为:“小知也就是受限于感官知觉、经验内容而建立起来的理论和理解方式”“也可以说这是受限于时空关系与人类身体及感官的关系而造成的知识”“‘小知的极限’正就是‘理性的限制’”。“大知”就是“打破地球生活式的人类学知识体系而产生的整体性理解,或者我们应该把它定义为:超出地球生活式的人类知识体系之世界本貌时空与存在物认识”。“真知”是“呈现对生命存在于时空中最完整的洞察达到‘通道为一’‘物我两忘’的‘极整体’理解”。“小知”“大知”“真知”既区别又联系:“大知”是“真知”的内涵,但不是全部;“小知”是“大知”的注脚,许多“大知”共同交织构成了“真知”的全貌。所以“大知”“真知”就是对“小知”理性限制的突破,它的认知途径不同于“小知”,逻辑思维从感性—知性—理性的分析推理,因为作为天地万物宇宙“极整体”的“道”,只是顺自然之路“而寓诸庸”,不能作知性分析形成概念进行逻辑推理。[①]《庄子·大宗师》云:“夫道,有情有信,无为无形,可传而不可受,可得而不可见。”这就是说:“道”可传可得,但不可口授目见,只能“以心印心”“妙契无言”。《庄子·应帝王》对把握“大知”“真知”的“至人”“真人”能够体悟广大无比的大道境界,行无为之事,游心于寂静的境遇,承受着自然的本性而不自我夸矜,这也达到空明的心境。至人的用心有如镜子,任物的来去而不加迎送,如实反映无所隐藏,所以能够胜物而不被物所损伤。[②]道家认知追求的境界是“极整体”“道”的真知:智慧思维方式是体知、重意会,致知途径是“体悟致智”,它同西方知性认知的思维方式不同。

中国儒家重人道,重实际,它重正名、知识,致知途径是“格物致知”。但是,儒家也在不断吸收、发展,魏晋南北朝时期兴起的玄学思潮,援道入儒,儒道汇通;佛教与玄学结合,佛学玄化,产生了“穷源无二圣,测善非三英”的三家同源说。在这样社会背景社会思潮影响下,杰出的文论家、思想家刘勰就提倡把道、儒两家(实际还有佛家的高级智慧“般若”,即“灵智”,也是主张要超越知识、经验,通过直观体悟,也就是通

---

① 欧崇敬:《混沌之知的构造》,台北:洪叶文化事业有限公司,1998年,第22—34页。

② 参阅陈鼓应:《庄子今注今译》,北京:中华书局,1983年,第227—228页。

过修持之后“舍染得净，转识成智”[1] 的高级思维能力，把握整体对象）的思维方式结合起来：“是以陶钧文思，贵在虚静，疏瀹五藏，澡雪精神，积学以储宝，酌理以富才，研阅以穷照，驯致以怿辞，然后使玄解之宰，寻声律而定墨；独照之匠，窥意象而运斤。”并以此作为“驭文之首术，谋篇之大端”。刘勰描述的“形在江海之上，心存魏阙之下”“寂然凝虑，思接千载，悄焉动容，视通万里；吟咏之间，吟咏之间，吐纳珠玉之声；眉睫之前，卷舒风云之色；其思理之致乎！故思理为妙，神与物游。神居胸臆，而志气统其关键；物沿耳目，而辞令管其枢机。枢机方通，则物无隐貌，关键将塞，则神有遁心。”[2] 在这里，刘勰描绘和阐发的“神思”，既包含了“知识”也包含了“智慧”，既体现了“格物致知”也包含了“体悟致智”。刘勰提倡的这种思维方式，在其晚年的著作《刘子》中更加详尽具体地展开阐述。《文心雕龙》“言为文之用心”，以《原道》开篇，又以《神思》为创作论“驭文首术”；《刘子》论“修身治国之要”，以《清神》为修身之纲，以《贵农》《爱民》为治国之本。“清神”通过《防欲》《去情》《韬光》达到“清虚栖心”“神怡心清”“神照垢灭”“心和形全”“性自全”“道自至”的境界，这正是道家的思维方式。而随后之《崇学》《专学》《辨乐》《履信》《思顺》《慎独》正是儒家“积学以储室，酌理以富才”。儒家修身思维方式的展开，通过“因学而鉴道”“假学以光身”“必先正心，而后理入焉”，通过“雅乐”熏陶，“内和情性”；通过“履信思顺”“慎独”践行修养，培养“君子忠孝仁义履信”品德。这就是儒家“德教为宗”的思维方式。刘勰把道、儒两家思维方式合二为一，形成中华民族独特的思维方式。成事需要知识，创新要靠智慧。这种思维方式使中国传统优秀文化具有强大创造力的特点，这也正是中华民族得以生生不息的内在因素，其中所包含的文化基因，具有跨越时空的“独特魅力”和“永恒魅力”。2013 年，著名物理学家杨福家在谈到“钱学森之问”时提道：温家宝看望钱学森时曾问：“为什么我们的学校总是培养不出杰出的人才?”钱学森答：“一个有科学创新能力的人不但要有科学知识，还要有文化修养。难道搞科学的人只需要数据和公式吗?”杨福家转达这段著名的对话，旨在重申艺术修养对科学创新思维开阔的重要性。他进而表示：“科学

---

① 熊十力:《佛家名相通释》,北京:中国大百科全书出版社,1985 年,第 7 页。
② 刘勰著,范文澜注:《文心雕龙注》,北京:人民文学出版社,1958 年,第 493 页。

创新不是单靠逻辑推演，科学创新的萌芽在于形象思维，大跨度地联想会带来启发，产生灵感，有了灵感，再按逻辑思维去推算、计算，设计实验加以证实，从而有了创新。”[①] 杨福家还说：“一所大学不能培养一流的人才了，那就不是真正的大学，我们要回归大学的本原。‘教’和‘育’是两个概念，‘教’是由外向内的传授，‘育’是由内向外的提升和升华。正如丘吉尔在剑桥大学所言，大学不应满足于知识的传授，而要传授智慧；大学不应满足于技术的培训，大学应该是教育培养人才。”[②] 当然，丘吉尔所说的“知识的传授”和“传授智慧”，两个“传授”不应作同等看待，“传授智慧”不应作“口授目见”解。中华民族思维方式也导致了形象思维特别发达，在思想感情的表达上也重形象：观物取象，连类比物；切类指事，触物园览。具有鲜明的民族特点。

中国传统思维方式系统和谐、阴阳变易、圜道发展，内涵极其丰富，其中潜藏着“独特魅力”“永恒魅力”的基本基因。比如系统和谐中的和谐理念，阴阳变易中的对立统一朴素辩证法，圜道发展中的周期规律和审美观念等等。总之，有机整体系统和谐、阴阳变易圜道发展，正是中华民族生存大陆环境产生的农业经济基础上社会生活、心理积淀形成的思维方式，与西方在海洋环境产生的商业经济基础上社会生活、心理积淀形成的思维方式分属不同类型文化，各有自己特性，各有长处和短处，没有优劣高低之分，应该互相尊重、互鉴互补，“各美其美，美人之美，美美与共，世界大同”（费孝通语）。

中国传统文化原生结构产生的另一个最基本的基础就是由“人的自身生产”在中国古代社会转型选择独特的历史道路而带来的血缘共同体延续造成的宗法制度和家族网络社会结构。所谓“宗法制度”，就是由原始氏族社会后期父系家长制演变而成的古代贵族以血缘关系为基础，用立子立嫡之制建立统治世系，区分大宗小宗的支配从属关系，规定各级统治权力分配，确立君臣上下的名分和等级制度，强调“尊祖敬宗”“尊尊亲亲”合族之义，也就是以“尊祖”的名义和理由，要求“敬宗”服从宗子的领导支配权，把家族道德伦理同国家政治制度结起来，实现贵族世袭统治，避免争端，稳定统治秩序。所以宗法制度有鲜明的“家国同构”特征，宗法

---

① 《“科学创新萌芽在于形象思维”》，《文汇报》2013 年 5 月 27 日。

② 程洁：《不要掩盖大学的最重要功能》，《社会科学报》2013 年 6 月 6 日。

家族成为“国”与“民”的中介，“国”与“家”彼此沟通，君权与父权互为表里，这对中国传统社会家族结构和社会生活以及群体本位、伦理中心道德礼仪文化的形成都具有深刻影响。“宗法制度”始于夏代，成熟于周代，周公制“礼”，把宗法人伦用制度文化的形式正式规定了下来，又以“乐”配“礼”，“礼以辨导，分别贵贱的等级，乐用以求同，缓和上下矛盾”（范文澜语），“礼”强调宗法人伦森严宗法性的一面；“乐”突出了宗法人伦中人伦情感的一面。宗法制度经春秋战国“礼崩乐坏”，到秦始皇统一中国建立郡县制，基本已消亡。但由宗法制度产生的宗法观念影响下，宗法制度从贵族转移到民间演变为家族网络。这种网络仍以父系血缘为基础，以亲缘为纽带，以家庭为中心，从纵横两个方向，由亲到疏，由近到远扩展。纵向：依“亲缘以三为五，以五为九”“上亲父，下亲子；以父亲祖，以子亲孙；以祖亲曾、高；以孙亲曾、玄”的原则上下扩展形成九族世系。横向：以家—宗—族—国—天下扩展，形成“家国同构”“天下一家”的社会结构。家族网络同宗法制度不同之处在于：庶民家庭提高了相对的独立性，大宗小宗的结构不存在了，代之而起的是家长和族长，按一般习俗，族长多半是公推辈分高、年纪大，德行服众的人担任，由他来处理族务，族长已不再由嫡长继嗣了。家族把大多数家庭联系在一起，形成如费孝通《乡土中国》所说的像水波纹似的由内到外，圈圈扩大，伸缩自如的“差序格局”社会网络，它产生的凝聚力、协作力形成的社会力量和潜在的社会资源是巨大的，这对于农业社会的个体和小家庭而言，还是抗御天灾人祸的靠山，因而“人们形成一种牢不可破的心理：一切关系只有纳入家族宗法人伦关系，或类似的准家族宗法关系，才觉得落到实处，才算是井然有序的可靠关系。”① 这种社会心理，使得血缘为基础的亲缘关系泛化、影响扩大。而这也还是儒家思想学说产生和发展的社会基础。

梁启超说：“大抵中国之所长者在实际问题，在人事问题。”② 儒家主张入世，以天下为己任，以“修身、齐家、治国、平天下”为人生目的，从“天道”与“人道”相通，“天人合一”，重心在人的有机整体思维出发，以追求人的身心、人与人、人与社会、人与国家、人与自然的和谐为

---

① 杨适：《〈人伦与自由〉——中西人论的冲突和前途》，北京：商务印书馆，1991年，第18、22页。

② 梁启超：《论中国学术思想变迁之大势》，上海：上海古籍出版社，2001年，第43页。

最高理想。以群体为本位，以伦理为中心，弘扬崇德向善的传统，重视修身养性，追求自我完善，以圣人为楷模，培养高尚的人格，行“内圣外王”之道，以“止于至善”。[①] 美国外交家亨利·基辛格从中西比较的视野，对儒家学说有如下概括，他认为：“孔子更注重社会和谐而不是权术。孔子的核心思想是施仁政，重礼教，行孝悌。”“身处乱世，孔子提出的对策是施行正义的和谐社会之‘道’。孔子称，远古的黄金时代曾实现过这种正义与和谐。在信仰上，人类最重要的使命，就是挽救这一岌岌可危的合理秩序。信仰的目的不是启示或解脱，而是耐心地恢复已被遗忘的克己美德。在一个儒家学说主导的社会里，好学是一个人显达的关键。”“孔子提倡一个等级制社会，认为一个人的首要任务是‘恪守本分’。儒家秩序激励人们走治国平天下的道路。孔子与一神论宗教的先知不同，他绝口不谈人类如何获得个人救赎。孔子主张通过个人修养获得国家的救赎。孔子思想着眼于现世，肯定的是一种社会规则，而不是来世的救赎。”[②] 儒家学说作为传统社会主流文化，经过2500年的发展，形成了博大精深，凸显民族特色，具有“独特魅力”的庞大体系，其中沉淀的人类“自身生产”生存和发展的“知识、智慧和理性思辨”文化资源，其丰富、全面、系统可以说是世界仅有。我们如能以历史唯物主义“两种生产”论为指南审视儒家思想学说，一定会发现有更多具有全人类共识现代价值的文化基因，对世界解决面临的问题解答“时代之问：人类向何处去”有很大帮助。当然，中国传统文化、儒家学说是在农业社会、宗法制度“普照的光”隐没中形成的，其中包含有小农意识、封建宗法观念的历史局限性，特别是儒家学说作为封建王朝的国家主流意识，渗透有维护封建统治阶级利益的附加思想内容也更无须讳言，但是，正如王元化先生所指出：“道德伦理是中国传统中最根本的问题”“梁启超对于时代的思想作了这样的区分：‘须知凡一种思想，总是以他的时代做背景，我们要学的是那思想的根本精神，不是它派生的条件，因为一落实到条件，就没有不受时代支配的。’显然，这里将思想的‘根本精神’与其在一定时代所‘派生的条件’作了严格的区别。”[③] 王元化还说：“如果清醒地、理性地看中国文化问题，不能不说，在很多地方，

---

① 参阅：侯俊文、张王安：《交流互鉴造就亚洲文明黄金时代》，《参考消息》2019年5月13日。

② ［美］亨利·基辛格：《论中国》，胡利平等译，北京：中信出版社，2015年，第10—11页。

③ 王元化：《关于斯城之会及其他答问》，《九十年代反思录》上海：上海古籍出版社，2000年，第42页。

中国传统的资源的确丰富，足以与西方抗衡，如‘道德主体’‘和谐意识’等等。”① 因此，我们一定要“坚持古为今用，推陈出新，有鉴别地加以对待，有扬弃地予以继承”“重点做好创造性继承，创新性发展。”② 鉴别就是要区分“根本精神”和“派生条件”，就是要扬弃“派生条件”的历史局限性内容，发掘阐释其“根本性精神”，并加以“创造性转化，创新性发展”。

总之，坚持马克思历史唯物主义立场、观点、方法，遵循恩格斯定义的“两种生产”论指引的方向，抓住“两种生产”中国表现的特殊形态，以及在此基础上产生的原生文化最根本的特点，深入发掘由其衍生的中国传统文化的基本基因，对激活全民族文化创新活力，建设社会主义文化强国，铸就中华文化新辉煌具有重大意义。

（作者单位：上海社会科学院 上海五缘文化研究所）

① 王元化:《思辨录》,第 16 页。

② 习近平:《谈治国理政》,第 164 页。

再谈“走出自然之道的误区”

——兼答韩湖初先生的驳议

魏伯河

摘　要：《文心雕龙·原道》之“道”是本于《易经》的“天道”，从文中“自然之道也”这一叙述性语句中节取“自然之道”四字认作刘勰论文原道之“道”并将其归本于老庄属于误读。这一误读的产生其来已久。《走出“自然之道”的误区——读〈文心雕龙·原道〉札记》一文专门梳理了这一认识误区形成的源流，试图以正视听。韩湖初先生认为其全系“错误”，并撰文批评，但理据并不充分，且语言逻辑颇为混乱，远未能做到以理服人。对所谓“自然之道”做进一步探讨，兼答韩先生的驳议，应该很有必要。

关键词：《文心雕龙》；自然之道；认识误区；语言逻辑

拙文《走出“自然之道”的误区——读〈文心雕龙·原道〉札记》①（以下简称“拙文”）在《中国文论》第四辑刊布后，本以为会引起较大反响，以期真理越辩越明。但或许因为笔者人微言轻，学界朋友留意者鲜，两年多来，竟未见有人提及。既无人赞和，亦无人反对。此种心情，颇如鲁迅先生（1881—1936）当年所说：“以我所感到者为寂寞。”② 笔者在继续探索过程中，又写出《〈文心雕龙·原道〉之“道”为两层次说——基于文本细读的结论》③ 一文，发现“刘勰所谓‘道’包含了两个层次：一

---

① 魏伯河：《走出“自然之道”的误区——读〈文心雕龙·原道〉札记》，《中国文论》第四辑，上海：上海古籍出版社，2018 年，第 64—78 页。

② 鲁迅：《呐喊·自序》，《鲁迅全集》第一卷，北京：同心出版社，2014 年，第 154 页。

③ 魏伯河：《〈文心雕龙·原道〉之“道”为两层次说——基于文本细读的结论》，《中国文化论衡》2020 年第 1 期，第 106—120 页。

是形而上的、充满神秘色彩的‘天道’（或称‘神道’），此‘道’带有哲学本体的意味；一是周孔圣人之‘道’，《宗经》篇则称其为‘恒久之至道’，这种‘道’是圣人‘原道心以敷章，研神理而设教’的产物。刘勰‘原道’的过程，就是把‘天文’落实到‘人文’、把前一层次的‘道’落实到后一层次的‘道’的过程”。自以为对《文心雕龙》之“道”的认识又深入了一步。但能否会有反响，尚不得而知。

寂寞探索之中，见到《中国文论》第八辑刊登的韩湖初先生（1939— ）宏文《〈文心雕龙〉“文道自然”说的理论意义——兼评魏伯河先生对龙学界肯定该说的错误批评》①（以下简称“韩文”），眼前为之一亮，尽管被韩先生直指为“错误”，心里却是高兴的：终于有人提出切磋了。而韩先生年逾八旬，“数十年来在高校从事龙学的研究和教学（在本科和研究生开设《文心雕龙研究》选修课），曾任《文心雕龙》学会理事多年”（韩文中语），堪称龙坛老将（先生自称“老兵”，自是谦辞），他能于百忙中拨冗垂览拙文，自是在下之幸。于是先睹为快。

拜读之后，发现韩先生对笔者的批评至少有两点是正确的：一是韩先生指出：“（他）和龙学界的许多学友一起见证了20世纪80年代以来龙学的蓬勃发展。总的来说，其间并没有魏先生所说的严重情况，即使有也是个别的（有年会和研讨会的论文集可查）。”这是就笔者批评的“误读文本或脱离文本、任意发挥无限引申”的现象而言，就是说，笔者对此种现象的程度估判过于严重。对此，笔者虚心接受韩先生的意见。进一步检索、思考发现，其实所谓“自然之道”说的影响面也并没有那么宽，许多论著虽然没有直接对其否定，但却不过是有意回避这个似是而非的话题而已。二是韩先生指出：“《情采》篇的‘诸子之徒’是承上文‘辞人’（辞赋家）而言，并非指包括庄、韩的诸子。”笔者承认，韩先生的意见是对的，虽然仅是对一个词的指称理解有误，但毕竟是明显瑕疵。为此，笔者要向韩先生表示感谢，并将在后续研究中严加注意。

不过反复通读韩文之后，却感到韩先生的多数批评，并未能使我心服，当然更不足以使我改变观点。因此，笔者不揣浅陋，再就韩文提出的与所谓“自然之道”有关的几个问题略述己见，以就教于韩先生及龙

① 韩湖初：《〈文心雕龙〉“文道自然”说的理论意义——兼评魏伯河先生对龙学界肯定该说的错误批评》，《中国文论》第八辑，济南：山东人民出版社，2020年，第49—64页。

学界同仁。

一、关于“自然”与所谓“自然之道”

韩文固守“自然之道”为刘勰《原道》所“原”之“道”之说，视质疑该说者皆为“错误”。看来，有必要对这一问题进一步探究。“自然”本来就是一个多义词，在不同语境中，词义、词性、具体所指都不相同。讨论“自然之道”，理应首先厘清“自然”的用法。拙文原本缺少这一环节，今酌予补充。

“自然”的通常用法有以下几种：

1. 指宇宙中生物界和非生物界的总和，即整个物质世界，今称自然界、大自然。称世间万物为“自然界”“大自然”并成为通识，是西学传入之后的事，此前中国话语用于此义者难得一见。韩先生认为此说“值得商榷”，可见在他头脑中古今所谓“自然”本无区别。西学传入，尤其西方文论之“自然主义”“模仿说”为国内文艺界所接受并流行开来之后，人们看到诗文中描写到日月、山川、动物、植物等景观，便以现代用语称其为“自然”，便联想到“自然主义”①；或者看到文献中有“自然”字样，就马上归本于老庄哲学。这种习惯，其实是以今例古，不足为训。须知古人对世间自然生成、不假于人力的事物，多称其为“天”或“外物”，以与“人”“我”或人之“内心”相对。《原道》篇首段写到了大量自然现象，但并没有将其称为自然界、大自然意义上的“自然”，而只是将其分别称为“两仪”“万品”而已，在《物色》篇则称之为“物色”。《文心雕龙》全书出现的所有“自然”，均非现代自然界、大自然意义上的“自然”。而对诗人感于外物而取得的创作成就，刘勰将其称为得“江山之助”（《物色》），亦与所谓“自然主义”扯不上关系。

2. 指本来如此，自己如此。常语中所说的“自然、自然而然、理所当然”及“固然”之类，皆属此义。此种用法，如徐复观先生（1903—1982）所说：此之所谓“自然”，“只说明前件与后件的密切关系，密切到

---

① 如黄晖（1909—1974）《论衡校释·自序》：“到了仲任（按指王充），才大胆地有计划地作正式的攻击，用道家的自然主义攻击这儒教的天人感应说，使中古哲学史上揭开一大波澜。《论衡》全书就是披露这天人感应说的妄诞。用自然主义为其理论的出发点”（《论衡校释·自序》，北京：中华书局，2018年，第1页）云云，其实王充认为所谓“天”并没有意志，而是本来如此，与文艺学中所谓“自然主义”并无关系。民国学人于“主义”运用颇为随意，此即一例。

后件乃前件的‘自己如此’，不代表任何特定思想内容”①。《文心雕龙·原道》及其他各篇所出现的“自然”，均属此类。

3. 指人的行为做派或诗文的一种风格，与矫揉造作、拘谨呆板或过分藻饰相对。唐司空图（837—908）《诗品》中有“自然”一品，显然是指诗的一种风格。韩先生引其中“俯拾即是，不取诸邻”及“精神”品里“生气远出，不着死灰。妙造自然，伊谁与裁?”为例，认为“俯拾即是”“妙造自然”等语指的是“世间万物”，显然属于误读。“俯拾即是”者，犹今言信手拈来也；“妙造自然”者，即所谓臻于化境也。韩先生为饱学宿儒，且对美学研究有素，不知何以穿凿如是?

4. 用作哲学术语。这方面情况较为复杂，需要多说几句。

“自然”一词与老子哲学的关系，比较复杂。《老子》中最先出现“自然”一词，导致后人常把“自然”径直视为老子之“道”，其实并不准确。在《老子》第二十五章“人法地，地法天，天法道，道法自然”的表述中，“法”意为“效法”，各句之间为由低到高的递进关系，可知“道”与“自然”并非在同一层级，更非同义复指。如为同义复指，则成了“道”自己效法自己，是很难讲通的。对“道法自然”一语，王弼（226—249）注云：“道不违自然，乃得其性，法自然也。法自然者，在方而法方，在圆而法圆，于自然无所违也。自然者，无称之言，穷极之辞也。”② 并没有把“道”与“自然”视同一物。而且老子思想的核心并非“自然”，而是“无为”。当然，“自然”与“无为”有一定关系，因为所谓“无为”，并非什么也不做，而是顺应自然。徐复观先生曾对《老子》中的“自然”进行过深入探究。他发现：“现行《老子》一书，出现有五个‘自然’。其基本意义，皆为不受他力所影响、所决定，而系‘自己如此’。”③ 而“与黄（侃）先生以‘文章本由自然生’，因而以《原道》之道为‘自然之道’的说法不相合”④。也就是说，看到“自然”之类字眼，就直接联系到老庄哲学，只是现代人思维习惯的错误，而并非科学严谨的结论。

其实，“自然”并非仅与老庄哲学有关；换言之，所谓“自然”，也并非道家的专利。见到“自然”二字就断定其出于老庄，认定其人为老庄之

① 徐复观:《中国文学论集》,北京:九州出版社,2014 年,第 355 页。

② ［魏］王弼注,楼宇烈校释:《老子道德经注校释》,北京:中华书局,2008 年,第 64 页。

③ 徐复观:《中国文学论集》,第 350 页。

④ 徐复观:《中国文学论集》,第 354 页。

徒，往往容易出错。对此，钱锺书先生（1910—1998）有过精辟的论述。他说：

> 所谓法天地自然者，不过假天地自然立喻耳，岂果师承为“教父”哉。观水而得水之性，推而可以通焉塞焉，观谷而得谷之势，推而可以酌焉注焉；格物则知物理之宜，素位本分也。若夫因水而悟人之宜弱其志，因谷而悟人之宜虚其心，因物态而悟人事，此出位之异想、旁通之歧径，于词章为“寓言”，于名学为比论，可以晓喻，不能证实，勿足供思辨之依据也。凡昌言师法自然者，每以借譬为即真，初非止老子；其得失利钝，亦初不由于果否师法自然。故自然一也，人推为“教父”而法之，同也，而立说则纷然为天下裂矣。《中庸》称“君子之道，察乎天地”，称圣人“赞天地之化育”，然而儒家之君子、圣人与道家之大人、圣人区以别焉，盖各有其“天地”，“道”其所“道”而已。①

> 今人论西方浪漫主义之爱好自然，只引道家为比拟，盖不知儒家自孔子、曾皙以还，皆以怡情山水花柳为得道。亦未嗜胾而谬言知味矣。譬之陶公为自然诗人之宗，而未必得力于老庄。②

钱先生之言，对于破除许多人对“自然”的执念，应有指点迷津、使人开悟之功。说到底，《原道》中“自然之道也”一语，只是平常的叙述语句，意为“这是自然而然的道理”。此语实为汉魏以来之常语。例如：扬雄（前53—18）《法言·君子》：“有生者必有死，有始者必有终，自然之道也”③；王充（27—约97）《论衡·自然》：“妖气为鬼，鬼象人形，自然之道，非或为之也”；④ 阮籍（210—263）《乐论》：“日迁善成化而不自知，风俗移易而同于是乐，此自然之道，乐之所始也。”⑤ 王弼（226—

---

① 钱锺书：《管锥编》第二册，北京：生活·读书·新知三联书店，2011年，第673—674页。

② 钱锺书：《谈艺录》，北京：生活·读书·新知三联书店，2011年，第580—581页。

③ ［西汉］扬雄著，韩敬译注：《法言》，北京：中华书局，2012年，第382页。

④ ［东汉］王充著，黄晖撰：《论衡校释》，北京：中华书局，2018年，第680页。

⑤ ［三国魏］阮籍：《乐论》，严可均辑：《全三国文》，北京：商务印书馆，1999年，第483页。

249）《老子道德经注》：“信不足焉，则有不信，此自然之道也。”[①] 或称“自然之理”，如向秀（约 227—272）《难嵇叔夜〈养生论〉》：“口思五味，目思五色，感而思室，饥而思食，自然之理也。”[②] 这些语句中的“道”或“理”，都是指前文所说的众所周知的某种常识或现象，而“自然”本身并没有特定的内容，可知并非专门术语。将其径直视为哲学术语，并归本于老子，做过度解读，实不可取。笔者称其为“误区”，自认绝非误判。《原道》第一段泛论天地万物包括作为“天地之心”的人无不有文，且皆为“道之文”，并没有说明“道”为何物。此段之“文”，只是“文（纹）采（彩）”，还远非文章，亦非指文字。如果像黄侃先生（1886—1935）那样，将“言立而文明”之“文”认定为即是当时之“文章”，把所谓“自然之道”理解为即是刘勰所“原”之“道”，似乎刘勰“原道”的任务至此即已完成，是说不通的。如果是那样，以语言逻辑和篇章布局而论，则不仅“傍及万品，动植皆文”直到“有心之器，其无文欤”的一大段话失去了存在的必要；下一节中“人文之元，肇自太极”和“自鸟迹代绳，文字始炳”的历史追溯也便失去了意义。

二、韩文副题有失严谨

读过拙文者都会清楚，拙文所涉及的龙学前辈们都是谈的“自然之道”，而对韩先生从《原道》中引申出的“文道自然”说并未涉及。“文道自然”说固然与“自然之道”说有密切联系，但毕竟有所不同。因为“自然之道”至少在字面上是节取的《文心雕龙·原道》的文字，“文道自然”则是韩先生引申出来的产物。韩先生说：“笔者称为‘文道自然’说”（摘要中语），“其说可称‘文道自然’说”（首段中语），可知“其说”是韩先生自己的创见，是根据个人理解，引申出来并予以命名的（可惜韩文中又一再称之为“刘勰的‘文道自然’说”，不无以己意加诸刘勰之嫌，或者对此说的知识产权尚缺乏自信？）从历史文献、原始资料中提炼、引申出某种新说作为一家之言，固然是做学问的重要路径，但既是一家之言，便很难说具备唯一性，如童庆炳先生（1936—2015）读《原道》，从中提炼

① ［三国魏］王弼注，楼宇烈校释：《老子道德经注校释》，北京：中华书局，2008 年，第 40 页。

② ［西晋］向秀：《难嵇叔夜〈养生论〉》，严可均辑：《全晋文》，北京：商务印书馆，1999 年，第 764 页。

出的新说就与韩先生不同，不叫“文道自然”说，而是称为“道心神理”说，也曾一论再论[①]；其他学者是否还另有新说，笔者囿于见闻，不得而知。对同一篇（部）古籍，理解不同，见解各异，是很正常的事情。如后人对于《离骚》：“才高者菀其鸿裁，中巧者猎其艳辞，吟讽者衔其山川，童蒙者拾其香草”（《辨骚》），无非是见仁见智、各取所需、各道其道而已，只要能言之成理，自圆其说，并且不去强加于人，就有其存在价值。笔者此前曾拜读过韩先生早年发表的《略论〈文心雕龙〉的“文道自然”说》一文，对其基本观点“所谓‘文道自然’，就是从天（自然）人相通的思想出发，抓住自然及其合乎规律的运动同艺术审美的联系，一方面认为美和艺术根源于自然，符合自然；另一方面认为通过人对规律的掌握，可以创造出超越自然的艺术美”[②]，认为虽未必完全出自刘勰原意，但却是可以言之成理的。不过因为与拙文论题并非直接有关，故未涉及。

凡耐心读过拙文的人都会知道，笔者是为了梳理“所谓‘自然之道’说的发展演变”，所以才对从明代的曹学佺（1574—1646）、清代的纪昀（1723—1805）直至当代若干名家的观点逐一征引点评的。就所涉人物而言，仅限于提出、认同或支持“自然之道”说者；就所涉内容而论，仅限于他们有关“自然之道”的表述。对他们的一些正确观点，拙文也多有征引。要之，笔者绝非抓住一点不及其余，整体否定他们的学术成就（当然也是否定不了的）。拙文有言：“以上回溯所涉及的现代以来的各家，均为龙学研究领域的大家名师，素为笔者所钦仰。”这并非仅仅出于礼貌，而完全是真心诚意的。而对虽本于“自然之道”、但另立新说、自成一家之言者概不涉及。所以设立这一界限，是为了尽量减少枝蔓，以免牵涉过多，分散论题。不过，在所征引各家中，笔者并未发现有人直接肯定所谓“文道自然”说（至少字面上未见此类措辞），也无人提及韩先生大名。而且仅就所涉人物的生存年代来说，不要说明代的曹学佺、清朝的纪昀，即便现代以来的黄侃、刘永济（1887—1966）、范文澜（1893—1969）、郭绍虞（1893—1984）诸位先生，也已早成古人，他们即便赞同韩先生于1986年初提出的“文道自然”说，只怕也没有机会出来表态。就此而论，韩文的

---

① 童庆炳：《〈文心雕龙〉“道心神理”说》，《遵义师范高等专科学校学报》1999年第1期，第3—5页；《〈文心雕龙〉“道心神理”说新探》，《文学评论》2014年第4期，第5—14页。

② 韩湖初：《略论〈文心雕龙〉的“文道自然”说》，《华南师范大学学报》1986年第1期，第130—134页。

副标题《兼评魏伯河先生对龙学界肯定该说的错误批评》（以及行文中所说“自纪昀以来龙学界肯定刘勰的‘文道自然’说”云云），显然是不够准确、有失严谨的。因为副题承接正题：所谓“该说”者，韩先生之“文道自然”说也；“肯定该说”者，“自纪昀以来龙学界”也。能让已故前人表态支持自己的新说，这当然是匪夷所思的。韩先生或许要说，所谓“文道自然”说其实就是“自然之道”说，诸位先贤肯定“自然之道”说就是肯定“文道自然”说！那么问题又来了：倘若如此，韩先生的“文道自然”说到底还算不算是自成一家的“新说”？如果仅仅是已有成说的改头换面、变换其词，那么“该说”还有没有独立存在的价值，是否还值得一论再论?!

韩先生屡屡批评笔者“不明‘自然’乃‘道’之异名”。按：称“自然”为“道之异名”，是刘永济先生《文心雕龙校释》中的说法①。其说只是一家之言，并非天下通义，笔者对其并不认可，在拙文中已有征引和评点，既非“不知”，谈何“不明”？看来韩先生所谓“不明”者，即“不认同”也。笔者认为，韩先生赞同刘永济先生的观点，将其作为定论并进而作为立论或驳论的依据，是他的自由，但大可不必以此作为标准划线站队，以为凡不认同其说者均为无理取闹，必须闭口。学术论争的目的是追求真理，语云：“学术乃天下公器”，其最佳生态是百花齐放、百家争鸣。古人尚且提倡“当仁不让其师”“弄斧必到班门”，在当今民主开放的学术氛围中，更应倡导平等讨论，任何企图“定于一尊”的想法和做法都是不可取的。

三、关于拙文对纪昀的批评

清人纪昀固然如韩文所说，是“清代大学问家、四库全书总编辑”，有很高的学术地位，他对《文心雕龙》的评点也确有许多精彩之处，可为重要参考，但可以肯定地说，“纪评”并非字字珠玑，而是瑕瑜并存的。即其对《原道》的“齐梁文藻，日竞雕华。标自然以为宗，是彦和吃紧为人处”② 的评语而论，拙文为紧扣论题，只涉及其中“标自然以为宗”一语，认为刘勰（约465—约532）不会“一主二宗”（韩先生两次均误引为“一宗二主”，不知何故），此处不再重复。其实纪昀这一评语还隐含着另一判

① 刘永济：《文心雕龙校释》，北京：中华书局，1962年，第2页。

② 转见戚良德辑校：《文心雕龙》，上海：上海古籍出版社，2015年，第6页。

断，即：刘勰“标自然以为宗”的原因，是“齐梁文藻，日竞雕华”。现在看来，纪昀的这一认识也很不严谨，在对历史时间的把握上即有明显错位，犯了低级错误。“齐梁文藻，日竞雕华”，诚然如是；但既已确定《文心雕龙》成书于齐代[①]，而全书对历代文学所作的历史考察，仅至刘宋而止，对齐代文学即基本全无涉及，对梁代文学更无从置喙，两者之间根本无法对应。我们知道，后世所谓“齐梁文学”，主要是指梁代而言，因为整个齐代历时不过23年（479—502），当时文学创作领域虽已出现讲求“四声八病”的“永明体”，开始出现“日竞雕华”的倾向，但历史地看，还没有达到登峰造极的程度；而且通过《文心雕龙》全书来看，刘勰批判的主要对象并非“雕华”，而是离实向虚的玄风及其造成的远离现实的文弊（笔者另有专文《论刘勰崇实黜虚的学术价值取向——从纪昀的一条评语说起》，待发）。《隋书·文学传》论南朝文学有云：“自汉、魏以来，迄乎晋、宋，其体屡变，前哲论之详矣。……梁自大同之后，雅道沦缺，渐乖典则，争驰新巧。简文、湘东，启其淫放，徐陵、庾信，分路扬镳。其意浅而繁，其文匿而彩，词尚轻险，情多哀思。格以延陵之听，盖亦亡国之音乎！”[②] 说明在隋唐人看来，南朝文风大坏，主要发生在梁代，尤其是梁武帝改元大同（535—545）之后。历来评论家对此并无异议。不过，那时刘勰已经去世，他早年所写、成书于齐代的《文心雕龙》，其批判对象是不可能包括尚未问世的梁代文学，尤其是萧纲（503—551）、萧绎（508—555）兄弟时期达于全盛的宫体文学的。纪昀这一评语显然是以今例古、以后概前的产物，混淆了时间界限，闹出了“关公战秦琼”的笑话。此例可以证明，“纪评”并非无懈可击，更不应该是批评不得的。可惜由于纪昀评语在《文心雕龙》研究领域影响甚大，多年来随声附和者众，冷静思考者稀，导致在许多人的印象中，《文心雕龙》似乎是与“齐梁文藻”甚至梁代宫体文学直接对立的，动辄称刘勰如何激烈地批判齐梁浮艳文风云云。韩文中也未能免俗，可知其对历史背景的认知在时间上是并不清晰的。

四、关于拙文对黄侃先生的批评

黄侃先生“首先在大学开设《文心雕龙研究》课程、对龙学有重大贡

---

① 纪评有云：“据《时序》篇，此书实成于齐代。今题曰‘梁’，盖后人所追题，犹《玉台新咏》成于梁，而今本题‘陈徐陵’耳。”转见戚良德辑校：《文心雕龙》，第6页。

② ［唐］魏征等：《隋书·文学传》，北京：中华书局，1973年，第1729—1730页。

献”（韩文中语），是众所周知的；尽管其《文心雕龙札记》只是早期的授课讲义，不成系统，不少意见属率性而发，但因其问世在前，有筚路蓝缕之功，仍不失为经典之作。但“经典”并非不会有白璧微瑕。笔者发现：在《原道》篇的札记中，黄先生持论就颇有自相矛盾之处。例如：他这样解释“心生而言立，言立而文明，自然之道也”：“盖人有思心，即有言语；既有言语，即有文章。言语以表思心，文章以代言语，惟圣人为能尽文之妙。所谓‘道’者，如此而已。”① 这样的阐释当然通俗、浅显，但笔者以为，其中欠准确之处有二：一是此处之“文”，与“夫以无识之物，郁然有采，有心之器，其无文欤”之“文”相同，只是“文采”，还远不是文章，而且连文字也不是（刘勰明言文字、文章是“庖牺画其始”之后才产生的）。恰如徐复观先生所说：《原道》第一段“之所谓‘文’，不是文章文字之文，而是广义的文采之文，即今日之所谓‘艺术性’。‘心生而言立’，只说明人高出于其他动物的特征；‘言立而文明’，则只是追原溯始地说明人含有艺术性的本质；这是就‘原始人’或‘初生人’而立论，距离所谓文学乃至文字的出现，在时间上尚有很大的一段距离。”② 黄先生将其径直解作“文章”，与《原道》第一段泛论天地万物无不有文（文采）的题旨不合。二是此处之“道”，只是一般所说的“道理”，与作为天地万物包括人文之本根的“道”并非同一概念。因为刘勰此处并非回答“道”为何物的问题。不然的话，他明明泛论天地万物莫不有文，且皆为“道之文”，为何仅称“心生而言立，言立而文明”为“自然之道”？刘勰《文心雕龙》的行文，每篇都要“释名以彰义”，只有《原道》是个例外。既未开宗明义，也未曲终奏雅，当然也没有在行文中给出定义。至于其原因，则如拙文所说，是因为他之所谓“道”，“集中体现于《易经》之中”，“既是天地万物的本原，又是万物运行的规律。这样的‘道’，称为‘易道’‘天道’‘神道’‘大道’，或简称为‘道’，都无不可，至少在我国古代士人心目中，无须解说，不言而喻，不会产生歧义”。正是由于这种“道”无名亦复多名，颇难“释名以彰义”，所以刘勰才不得已避开了这一环节。黄先生对两个基本概念的把握有失准确，其结论的可靠性当然会受到影响。对此，自不宜盲从轻信。

① 黄侃:《文心雕龙札记》,北京:商务印书馆,2014 年,第 3 页。
② 徐复观:《中国文学论集续篇》,北京:九州出版社,2014 年,第 159 页。

韩文中一再批评笔者“认定《原道》篇之道非儒家之道不可”，是违背拙文本意的，笔者认为：《原道》之“道”，只是道统的本根和起源，“属于儒家学派的话语系统”，并不直接就是儒家之道，与《宗经》篇所说“恒久之至道”属于两个层次。韩先生发此责难，恐系读文粗疏所致，对此不必深究。其实，明确表示不同意“自然之道”即刘勰所“原”之“道”者颇不乏人，如徐复观、吴林伯（1916—1998）、陈伯海（1935—　）、张少康（1935—　）、刘凌（1940—　）等诸位先生。徐复观先生并将所谓“自然之道”视为读解《文心雕龙》的“死结”[①]，刘凌先生则称所谓“自然之道”为“学说神话”[②]。韩先生带了有色眼镜作选择性阅读，自然对这些意见视而不见。拙文引述的张少康、陈伯海先生的意见，则被韩先生认作“过分强调二者的区别”，轻易予以否定。其实又怎能轻易否定得了？

黄侃先生后文又说：“案庄、韩之言道，犹言万物之所由然。文章之成，亦由自然。故韩子又言圣人得之以成文章。”而在反诘“文以载道”之说时，他的思维逻辑却是：“今曰文以载道，则未知所载者即此万物之所由然乎？抑别有所谓一家之道乎？如前之说，本文章之公理，无庸标揭以自殊于人；如后之说，则亦道其所道而已，文章之事，不如此狭隘也。”[③]语意很明确，如果所“载”之“道”属“文章之公理”，即没有特别“标揭以自殊于人”之必要；如果仅属一家之言、“一家之道”，就失于“狭隘”。笔者和黄先生一样，并不赞成“文以载道”之说，也认为他的反诘不无道理。不过，如果按照黄先生的逻辑来检视一下他自己对“自然”的解说，就会发现是不能自洽的：他认为“心生而言立，言立而文明”的“自然”就是刘勰所“原”之“道”，而这个“道”又是属于“万物之所由然”的“文章之公理”，那么刘勰有何必要将其“标揭以自殊于人”（事实上刘勰也并没有将其“标揭以自殊于人”，后人误解其意强加于他而已）？如果将这“自然”认作老子“一家之道”，就只不过是“道其所道而已”，岂不又失之“狭隘”？刘勰《文心雕龙·论说》有云：“义贵圆通，辞忌枝碎。必使心与理合，弥缝莫见其隙；辞共心密，敌人不知所乘：斯其要也。”黄先生在阐述己见和反诘他人时所运用的逻辑迥然不同，何以服

---

① 徐复观：《能否解开〈文心雕龙〉的死结？》，《中国文学论集》，第363页。

② 刘凌：《披文入情探文心》，《古代文化视野中的文心雕龙》，长春：吉林大学出版社，2010，第5页。

③ 黄侃：《文心雕龙札记》，第3—4页。

人？他关于“自然”和“道”的解说，自是一家之言，又怎能被尊为金科玉律，怎么就质疑不得？

拙文中对“牟世金把‘自然之道’即‘万事万物必有其自然之美的规律’作为刘勰论文的一个基本观点”提出质疑：“试问刘勰通过《宗经》进而《征圣》、最终推原出来作为全书压卷的就是这样一个尽人皆知的浅显道理吗？”此为拙文唯一涉及韩先生之处，因为韩先生把牟世金先生（1928—1989）此说誉为“对《文心》研究的重大贡献。”① 可惜韩先生没有发现，其实笔者这里所运用的逻辑，正与黄先生诘难“文以载道”的逻辑相同：笔者对“万事万物必有其自然之美的规律”并无异议；认为牟先生对于龙学之贡献可谓多矣、大矣，被誉为“大陆龙学三大家”之一②，是当之无愧的；但其重大贡献并不在斯。拙文质疑的是，既然这样的规律属于“万物之所由然”的“文章之公理”，刘勰即没有必要“标揭以自殊于人”；指出刘勰“发现”了这样的“规律”，又怎能算得“重大贡献”呢？

钱锺书先生谈及《原道》中“天文”“人文”话题时曾指出：其说“盖出于《易·贲》之‘天文’‘人文’，望‘文’生义，截搭诗文之‘文’，门面语、窠臼语也。刘勰谈艺圣解，正不在斯，或者认作微言妙谛，大是渠侬被眼谩耳”③。此说指出《原道》首段并非“微言妙谛”，更非对“道”为何物做出回答，拙文前已征引，韩先生视而不见，却另外拿了钱先生《管锥编》所引唐代孔颖达（574—648）关于“乾，元亨利贞”的解释（与《文心雕龙》并无直接关系）大谈所谓“体、用”，仍坚持将其认作“微言妙谛”，以维护其对“自然之道也”的误读，偏执如此，夫复何言！

五、关于《原道》与《易经》之关系

拙文认为：《原道》所“原”之“道”集中体现于《易经》之中，并且《易经》“应该是属于华夏文化早期的共同经典”，所以，刘勰《原道》推原到《易经》，才可谓“得其本焉”。当然，这并非笔者的新见，因为早在此前，杨明照先生（1909—2003）就指出：“‘文原于道’的论点……来

---

① 韩湖初：《再论文心雕龙的生命美学思想》，见《论刘勰及其文心雕龙》，北京：学苑出版社，2000 年，第 64 页。

② 戚良德：《百年“龙学”探究》，上海：上海古籍出版社，2019 年，第 31 页。

③ 钱锺书：《管锥编》第四册，北京：生活·读书·新知三联书店，2008 年，第 2163 页。

源于《周易》。……只不过刘勰有所发展罢了。”[①] 敏泽先生（1927—2004）也在《〈文心雕龙〉与〈周易〉》一文中指出：“《周易》对于《文心雕龙》的影响，绝不只是篇章安排上的，所谓‘彰乎大易之数，其为文用，四十九篇而已’（《序志》），更重要的，则是关于宇宙本体及道与文的这一根本关系的认识上的。”“作为儒家群经之首的《周易》对于它（按指《文心雕龙》）的影响不仅是重大的，而且是多方面的。研究《文心雕龙》与传统文化思想的关系，就不能弃《周易》于不顾。即使要研究《文心雕龙》所说的‘道’的内涵，给它以比较确切的解释，离开对于《周易》的分析和探讨，也是不大可能的。”[②] 刘文忠先生（1936— ）则认为：“综而论文，《易传》对他（刘勰）的影响最大，这一影响贯穿全书之中，构成《文心雕龙》的理论基础。可以这样说，没有《易传》，就没有‘体大而思精’的《文心雕龙》。”[③] 戚良德先生认为《周易》是《文心雕龙》的思想之本，他指出：“《周易》一书对《文心雕龙》的影响不是枝节性的，而是全方位的；离开《周易》，我们很难准确认识和把握《文心雕龙》。在一定程度上可以说，没有《周易》，便没有《文心雕龙》。”[④] 他们的观点已获得学界较为普遍的认可。[⑤] 朱文民先生（1948— ）曾对“《易》学视阈下的《文心雕龙》研究”进行过详尽的梳理，他指出：“用《易》学视角研究《文心雕龙》，应该说是抓住了根本，避免了‘徒锐偏解，莫诣正理’的弊端，避免了《文心雕龙》指导思想是道家、儒家或释家的争论。”[⑥] 可知其意义至为重大。《易经》以“天人合一”观念为其基础，其最大特点为“视天地万物为一己，忧患与同，而无小我之迷执”[⑦]。韩文中所说的“道是万物的本原，它不会孤立存在，只存在于万物之中”，此义即来自《易经》。用哲学术语表达，谓之“体用不二”。刘勰《原道》及《文心雕龙》

---

① 杨明照：《学不已斋杂著》，上海：上海古籍出版社，1985 年，第 479 页。

② 敏泽：《〈文心雕龙〉与〈周易〉》，饶芃子主编：《文心雕龙研究荟萃》，上海：上海书店出版社，1992 年，159—166 页。

③ 刘文忠：《试论〈易传〉对〈文心雕龙〉的影响》，《文心雕龙研究》第 3 辑，北京：北京大学出版社，1998 年，第 97—110 页。

④ 戚良德：《〈周易〉：〈文心雕龙〉的思想之本》，《周易研究》2004 年第 4 期，第 25—30 页。

⑤ 据中国知网统计，截至 2019 年，专门研究《周易》与《文心雕龙》关系的研究论文亦有 68 篇（其中硕博学位论文 8 篇）。

⑥ 朱文民：《〈易〉学视阈下的〈文心雕龙〉研究述论》，《中国文论》第四辑，上海：上海古籍出版社，2018 年，第 202—219 页。

⑦ 熊十力：《体用论》，北京：中国人民大学出版社，2006 年，第 9 页。

全书，其所“本”者就是这样的“道”。

韩先生坚称：“从《原道》篇反复强调所原之道乃是‘自然’‘自然之道’，可见与老、庄的‘自然’一致，显然比视为源自《易经》更为直接，不能以后者否定前者。”令人不解的是，《易经》虽然古老，但并非失传之秘，刘勰《宗经》始终将《易》列居首位，为什么推原到“老、庄”就比《易经》“更为直接”？拙文前已指出，刘勰强调：“圣贤并世而经子异流”，老子其人在刘勰心目中仅属于“贤人”，《老》《庄》在刘勰眼中只属于“子书”，而子书尽管也都从不同方面“述道言治”，不失其价值，但其地位，只不过是五经的“枝条”而已（《诸子》：“述道言治，枝条五经”），所以并无资格进入“文之枢纽”。刘勰《原道》如果“原”到“老庄”那里去并至此而止，与“（文）与天地并生”、与“人文之元，肇自太极”，如何统一起来？而且，否认刘勰所“原”之“道”本自《易经》而另拉老庄顶缸，对刘勰思想的深度和高度而言，何啻于迫使其舍深就浅、舍高就低？

老庄思想当然是中华文化的重要思想资源，但并非文化源头。众所周知，被《大英百科全书》称为“中国当代哲学之杰出人物”的熊十力（1884—1968）先生对佛、道都有深入的研究，但最后归宗于《易》。他认为：“道家之宇宙论，于体用确未彻了。”[①] 因其大谬有三：“老言混成，归本虚无。其大谬一也。……老庄皆以为，道是超乎万物之上。倘真知体用不二，则道即是万物之自身，何至有太一、真宰在万物之上乎？此其大谬二也。……道家偏向虚静中去领会道，此与《大易》从刚健与变动的功用上指点，令人于此悟实体者，便极端相反。……此其大谬三也。”[②] 刘勰以崇实黜虚为主要学术价值取向、《文心雕龙》全书从不离物言道、自始至终充盈着自强不息的精神，凡此种种，皆本于《易经》，怎能将其归宗于老庄？

韩先生又说：“《原道》篇先用近半篇幅一而再、再而三曰‘道之文’‘盖自然’和‘自然之道也’，前者是道之体，后二者是道之用。这是研究‘自然之道’的主要文本依据。”此语颇为含混。体用是中国哲学的一对范畴，指本体和作用。一般认为，“体”是最根本的、内在的、本质的，

① 熊十力:《体用论》,第7页。

② 熊十力:《体用论》,第6—7页。

“用”是“体”的外在表现、表象。“道之文”一语偏重在“文（文采）”，所谓“道之文”即“道”在世间的艺术性的具现，分明是“道之用”，怎么忽然又成了“道之体”？持“自然之道”说者明明将“自然之道”视为“道”之本身，亦即道之体，如黄侃先生所说“所谓道者，如斯而已”；又如刘永济先生所说：“此所谓自然者，即道之异名”，怎么到了韩先生笔下，又仅成了“道之用?”看来韩先生此一表述，似乎把何为“体用”弄颠倒了。韩先生批评笔者“连其体、用二义也没有弄清就遍批龙学界”，问题是，韩先生自己对何为“体、用”弄清楚了吗？他的这种解说，与其力挺的黄、刘解释还能一致吗？刘勰本人并无体用二分观念，韩先生强为分说，还自以为得了独家之秘，动辄指责别人“错误”，其实，通过其大作，并无法让人理解他所说的“体用”到底是什么。因为“以其昏昏”，是不可能“使人昭昭”的。

韩文还对笔者“《原道》中的道是源于《易经》、神秘微妙的‘天道’（或称‘神理’）”的表述横加抨击，认为“《易经》和刘勰均认为天道并非神秘莫测”。《易经》之神秘微妙众所周知，此处姑且不论，《原道》篇明言“道心惟微”，《征圣》篇明言“天道难闻”，《正纬》篇明言“神道阐幽”，《夸饰》篇明言“神道难摹”，可知在刘勰心目中“天道”本来就是“神秘微妙”的，必须经过“圣因文而明道”的过程，才能为世人所理解和接受，“为文”所以必须征圣、宗经，盖因此也。我们知道，鲁迅先生（1881—1036）曾对《文心雕龙》有过很高评价，认为堪与古希腊哲人亚里士多德（前384—前322）《诗学》媲美，但在《汉文学史纲要》一书中，却批评本篇：“梁之刘勰，至谓‘人文之元，肇自太极’，三才所显，并由妙道，‘形立则章成矣，声发则文生矣’，故凡虎斑霞绮，林籁泉韵，俱为文章。其说汗漫，不可审理”①，这并非矛盾，更绝非无由。因为刘勰《原道》篇的确存在着神秘色彩，在概念使用上也不够严谨。还有，王元化先生（1920—2008）是研究“龙学”的大家，在《〈日本研究文心雕龙论文集〉序》一文里，也认为刘勰的“宇宙构成论和文学起源论都采取了极其混乱而荒诞的形式并充满神秘精神”②。可知《原道》论“道”具有神秘微妙的特点，是学界的共识。韩文所引“《宗经》篇云：‘夫《易》惟谈

① 鲁迅:《汉文学史纲要》,《鲁迅全集》第十卷,北京:同心出版社,2014年,第304—305页。
② 王元化:《文心雕龙讲疏》,上海:华东师范大学出版社,2017年,第167页。

天，入神致用'；《书记》篇云：'阴阳盈虚，五行消息，变虽不常，而稽之有则也'；《征圣》篇云：'夫鉴周日月，妙极机神'"，也根本无法说明所谓"天道"不具有神秘微妙的特点。有趣的是，韩先生在文中振振有词地质问："竟然说《易经》和《文心·原道》篇视天道为神秘不可知，这不是公然违反文本原旨吗?"不难发现，其中"不可知"三字是韩先生强加的；至于是谁"违背了文本原旨"，读者不难判断。不过，进行这样无关宏旨的笔墨、口舌之争，大非笔者所愿。就此打住吧。

六、结语

学术论争应有平等交流之意，而无党同伐异之心，同时讲究语言逻辑，不能只是条件反射般地反唇相讥而已。笔者无意进行意气之争，而且逐一作答，势必殃及梨枣。所以，除了个别重大问题，如"商周文学顶峰论"是否臆断等，笔者将另文作复外，权做简短答辩如上，诚望韩先生及读者诸君批评指正。

韩文中有几句颇有意思的话："俗云：秀才见了兵，有理说不清。不是秀才讲不清道理，而是兵根本不懂道理、不讲道理。"在这一语境里，韩先生显然是以"秀才"自居、将论争对象视为"兵"的。而言下之意，"兵"们是不应该、也无资格参与"秀才"们的高端雅集的。不过，韩先生文中又自称"老兵"，不免让人有些糊涂，弄不清楚此君究竟是"兵"还是"秀才"了。其实，在笔者看来，大可不必在谁是"秀才"谁是"兵"之类的问题上纠结，对不同观点，"择其善者而从之，其不善者不从之"（《论语·述而》）即可。不过，无论是"秀才"还是"老兵"，愚以为均不宜盛气凌人，肝火太盛，否则，既不利于学术研讨，也不利于身体健康。

东汉哲学家王充（27—约97）《论衡·别通》有言："涉浅水者见虾，其颇深者察鱼鳖，其尤甚者观蛟龙。足行迹殊，故所见之物异也。入道深浅，其犹此也。浅者则见传记谐文，深者入圣室观秘书。故入道弥深，所见弥大。"[①] 学术研究总是在反复辩难中向前发展、逐步深入的，所可惜者，学界此类论争还不多见。大家"足行迹殊，故所见之物异"，却各自在那里自说自话。其结果，"涉浅水见虾"者与"入深水见龙"者均自以为见到了真龙，而视与其不同之说为奇谈怪论，虽不免腹诽口议，却不敢或

---

① 黄晖：《论衡校释》，北京：中华书局，2018年，第517页。

不愿诉诸论争。此种心理，孔子谓之“乡愿”（《论语·阳货》），其结果，既“包容”了谬说，也淹没了新见。与之相比，韩先生对拙文的驳议虽非有力，离言之成理颇有距离，但毕竟把问题提了出来，并引发了笔者的进一步思考，因而还是有值得肯定之处的。愚以为，龙学研究要进入深水，见到真“龙”，不可能超越反复辩难的过程。即便对于名家大师的成说，也应该允许质疑。因为学术观点既经发布，便成为公共产品，要经受历史检验。即便今日碍于情面不去质疑，今后仍然会有人质疑，而且会愈来愈不讲情面。只要论辩中恪守学术规范，避免陷入意气用事即可。愿与诸君共勉。

（作者单位：山东外事职业大学）

庄子“齐物”思想的生态审美意蕴

黄　炜

摘　要： 在庄子的“齐物”思想中万物与人一样，都是自然界生命的存在，在同一个生态共同体的根基下互通共融，相互依存。庄子强调了万事万物在生态自然中的平等关系模式，故而体现出其思想中深刻的生态审美意蕴。“齐物”是庄子用生态智慧的逻辑从人类主体的角度去思考万物的平等性，通过“吾丧我”而打破人类自视高贵的狭隘；也是庄子通过生态间性视域而审视万物之间千丝万缕的关系，不侵占自然本性而实现生态存在的“自喻适志”；更是庄子冥合于道所追求的生态共生境界，最终实现“万物与我为一”的最高理想。庄子通过“齐物”观念打破人类中心主义的视野而进入到生态共生共融的审美境界，从而人与自然万物实现了无差别的和谐共处，实现了真正的自适与自由，其生态审美意蕴体现出了深刻的思想追求。

关键词： 庄子；齐物；生态审美

“齐物”是贯穿庄子思想的一条核心线索，不仅将人与自然万物紧密地联系在了一起，以自然自性为美的理想，更饱含了浓厚的生态审美意蕴，为后世人类所遇到的生态困境提供了别样的视角与思路。生态万物于庄子而言是美的存在，庄子在《知北游》中提出“天地有大美而不言”①，他所追求的是融于天地自然的无限之美，生态万物便存在于无差别的大美之中。这一种美的境界需要主体摆脱分别之心与功利之心，将自然生态中万事万物真正视为与道相契合的平等存在，将审美的情怀投射于生态自然中的一草一木、一山一石、一鱼一鸟之上。想要真正达到这一自适自由、与道相

---

① 方勇译注:《庄子》,北京:中华书局,2010 年,第 362 页。

合的境界，庄子采用的便是“齐物”的思想。“齐物”是庄子用生态智慧的逻辑从人类主体的角度去思考万物的平等性，通过“吾丧我”而打破人类自视高贵的狭隘；也是庄子通过生态间性视域而审视万物之间千丝万缕的关系，不侵占自然本性而实现生态存在的“自喻适志”；更是庄子冥合于道所追求的生态共生境界，最终实现“万物与我为一”的最高理想。庄子强调了万事万物在生态自然中的平等关系模式，故而体现出其思想中深刻的生态审美意蕴。可以说，庄子的“齐物”思想不仅具有审美意义，更在当下具有重要的生态意蕴，它让人们跳脱出人类中心主义的偏执，从更广阔的生态层面去寻找生存的价值，从更深远的自然维度去安放存在的意义。

一、“吾丧我”的生态智慧逻辑

庄子主张自然生态中的万事万物都具有平等的性质，不存在孰高孰低孰贵孰贱，因为生命虽具有各自的特性，但都是与道相合、与自然相始终的。故而庄子从自然生态的角度出发去思考世间万物的存在，这是他所具有的生态智慧逻辑。

万物生死存亡都是由气聚气散所决定，无论人还是生物植物，都不过是大道气化的一种体现。因此从大道气化的角度来看，自然万物并无贵贱之分，是平等的存在，都来源于大道，亦归复于大道。因此人与自然万物不应以彼此是非加以区别，而是应该顺应万物的本性，肯定所有生态存在的价值。

《齐物论》中，庄子通过南郭子与子綦的对话提出了“吾丧我”的观点：

> 南郭子綦隐机而坐，仰天而嘘，荅焉似丧其耦。颜成子游立侍乎前，曰：“何居乎？形固可使如槁木，而心固可使如死灰乎？今之隐机者，非昔之隐机者也。”子綦曰：“偃，不亦善乎，而问之也！今者吾丧我，汝知之乎！汝闻人籁而未闻地籁，汝闻地籁而未闻天籁夫！”[1]

吾是本真自我，我则是偏执之我，陈鼓应先生认为丧我则表示“去除‘成心’（成见）、扬弃我执、打破自我中心”，“由‘丧我’而达到忘我、

---

① 方勇译注:《庄子》,第16页。

臻于万物一体的境界”。[①] 人们都以自我的观点去看待世间一切事物，难免会带有偏见和固执，“丧我”就是要摒弃这些固有的主体成见与杂念，不再自我之囿中迷失，回到“吾”之天真本性上。偏见与固执往往会蒙蔽了本真自我，对自然万物的关照以自我价值为中心进行片面的评判。庄子认为万物虽在外形态上有所异，然皆因道而生，本源相同，那么对万物的认识就不应局限于“我”，而应放在天地自然之间进行整体性地把握。故而对于人而言，必须从纠正自我的片面性出发，改变人的中心视域，而视万物为共通共融的存在。当“吾”破除了自我中心，才能从狭隘的偏执中超脱出来，将“吾”之本性与自然相合，容纳万物平等对待，进而体悟生态浑融一体的境界。

当主体从自身的标准去评判其他自然存在物之时，就已经是以主体的需要和成见出发，无法真正领悟天地万物的多样性，割裂了生态自然的统一性。当人们从自我出发而对其他生态存在物做种类的区别和价值的区分时，只是用狭隘的眼光评判大小、是非、美丑，忽略了所有存在于生态自然中的事物都有其存在的根据及合理性。以道观之，万物齐一。

平等其实是人与自身、人与万物、万物与自然得以和谐相处的重要原则，庄子的“齐物”思想将主体从人类泛化至一切自然生态存在物，这便消解了以人为中心的片面性。只有理解到万物平等共存，放弃对主体性的执着，才能真正体会到生态系统中万物生命共感共生的自然之道和共融共存的生存之美。

世间普遍存在的是非成心，这是对自然的极大戕害，对此庄子提出以空明若镜的心灵面对自然万物，关照自然：

> 物无非彼，物无非是。自彼则不见，自知则知之。故曰彼出于是，是亦因彼。彼是方生之说也。虽然，方生方死，方死方生；方可方不可，方不可方可；因是因非，因非因是。是以圣人不由而照之于天，亦因是也。是亦彼也，彼亦是也。彼亦一是非，此亦一是非。果且有彼是乎哉，果且无彼是乎哉？彼是莫得其偶，谓之道枢。枢始得其环中，以应无穷。是亦一无穷，非亦一无穷也。故曰莫若以明。[②]

---

① 陈鼓应注译:《庄子今注今译》,北京:中华书局,1983 年,第 38、41 页。

② 方勇译注:《庄子》,第 24 页。

世界上没有绝对孤立的是非对立，事物之间往往是相互依存、相互联系的，如果以彼此相分，以自我为是，以他者为非，那么很容易冲突失衡。因而庄子是通过平等对待、相互统一的方式——“莫若以明”来解决是非彼此问题的。对此，蒙培元先生认为：“从庄子的论述看，揭示为自然相明更符合他的意思。所谓‘自然相明’，就是在自然之道的关照下，万物相互尊重，相互发明，而不是相互对抗，相互争胜。相互发明，则能看到相一之处而不妨害其异；相互争胜，则只能看到其相异之处而妨害其一。一就是和谐统一，相互平等。”① “莫若以明”便是没有成心与偏见，是心灵达到空明若镜的状态，开放公平地看待万事万物，承认一切生态存在的平等性，从而进入“齐物”的境界。

这一点庄子在《秋水》中再次进行了强调：

> 以道观之，物无贵贱；以物观之，自贵而相贱；以俗观之，贵贱不在己。②

自然万物都是生态世界中平等的一员，无谓孰高孰低孰贵孰贱，唯有消解了以自我为中心的观念，进入万物一体的“齐物”境界中，才能真正冥合自然之道。

人与自然万物都处在循环相生的生态自然中，是不分彼此，同气连枝的，唯有休乎天钧、顺性而为才能使得一切生态存在物平等共生。如果人类过度地看重自我，将自身抬高于自然万物之上，那么便会陷于人类与自然之间的差异与矛盾。因此，人类应该摆脱“我执”的价值判断，通过“吾丧我”进入到人与自然完全和谐的生存状态之中，对此庄子认为“和之以是非而休乎天钧，是之谓两行。”③ 在此，“两行”表现出了不是纯任是非，而是或往可回、向左向右皆无不可，犹如陶钧一般的圆融状态。“庄子这种天钧的观念对外来讲，就是天道的均衡，或自然的和谐，用现代科学的术语来说，也就是生态的中和。对内来讲，就是保持心中的中和，不因外界的刺激而‘喜怒为用’。再进一步说，庄子所谓‘休乎天钧’，也就

① 蒙培元:《人与自然——中国哲学生态观》,北京:人民出版社,2004 年,第 221 页。
② 方勇译注:《庄子》,第 260 页。
③ 方勇译注:《庄子》,第 26—27 页。

是使内心和万物保持和谐，而达到我与万物相融共化的境地”[1]。庄子提倡不要执着于本身，而要放下偏执，实现物我不分，人与自然完全融合的存在状态。庄子的“天钧”思想亦是“吾丧我”的一种延伸，主体不再执着于当下的形态而进入万物相互循环转化的自然本真境界，这是合于天地自然之道的，也是庄子生态智慧逻辑的又一体现。他发现天地万物自然运行的循环状态，更俯察到人与万物彼此关联、普遍共生的生态背景。

万物所处的“天钧”状态在《至乐》中也有所描述：

> 种有几，得水则为继，得水土之际则为蛙蠙之衣，生于陵屯则为陵舄，陵舄得郁栖则为乌足。乌足之根为蛴螬，其叶为胡蝶。胡蝶胥也化而为虫，生于灶下，其状若脱，其名为鸲掇。鸲掇千日为鸟，其名为乾余骨。乾余骨之沫为斯弥。斯弥为食醯。颐辂生乎食醯，黄軦生乎九猷，瞀芮生乎腐蠸，羊奚比乎不箰。久竹生青宁，青宁生程，程生马，马生人，人又反入于机。万物皆出于机，皆入于机。[2]

庄子在此列举了生物转生衍化的过程，从细微状态的“几”，在不同地域所化生的不同形态，最后又返回造化之初的混沌之中。万物都产生于自然的造化，也都全部返回自然的造化之中，庄子已经意识到了万物没有不可以逾越的界限，自然中的所有生命体都共处于一个相互转化、循环往复、生生不息的生态系统之中。“人是万物链条的一环，离开了万物，不会有人；离开了人，万物也是不完整的，这即所谓‘天地与我并生，而万物与我为一’。”[3] 庄子通过“吾丧我”的想法不为生命划分等级，不把人视为生命存在中的最高级，在生命的境域中呈现出万物相互依赖相互承载的生态共生的状态。既然生命的演化离不开这个生态共生的境界，那么在此之中的任何一员都不拥有优先权，生态万物在这个整体系统之中应该是一种平等的关系，“齐物”思想再一次在生命和谐的整体生态之中展现了它的智慧光芒。

庄子的“齐物”思想消除了人主体认识方面是非判断的对立，消除了

---

① 吴怡:《逍遥的庄子》,桂林:广西师范大学出版社,2006 年,第 102 页。

② 方勇译注:《庄子》,第 291—292 页。

③ 方勇:《庄子生态思想研究》,北京:学苑出版社,2016 年,第 73 页。

自然世界中一切事物之间的高低贵贱的对立，将一切生态存在物安置于平等的境界。“齐物”思想是从自然之道的立场出发，承认生态存在的多样性及合理性，故而能从平等的观念去看待万事万物，这体现出庄子潜在的生态智慧逻辑。庄子的“齐物”首先通过“吾丧我”来打破对主体“我”的执着，进入到物我冥合的“丧我”之境，认识到自然循环的可贵，从而尊重生态的平衡与发展。“吾丧我”的生态智慧逻辑为当代人梳理生态文明观提供了宝贵的思想方向，反思过去在人类发展历史中所长期存在的人类中心主义观念，正视人不是生态自然唯一价值的事实。

二、“自喻适志”的生态间性视域

庄子看到了自然环境中的万物处在一个循环的生存之链上，彼此之间相互联系、相互依赖。那么，人只是生态链中的一员，与其他自然万物没有任何的优劣高下之分，都是平等共存的。人不是生态自然的中心，天地万物都有各自的存在价值。《齐物论》有云：

> 民湿寝则腰疾偏死，鳅然乎哉？木处则惴栗恂惧，猿猴然乎哉？三者孰知正处？民食刍豢，麋鹿食荐，蝍蛆甘带，鸱鸦耆鼠，四者孰知正味？猿猵狙以为雌，麋与鹿交，鳅与鱼游。毛嫱丽姬，人之所美也；鱼见之深入，鸟见之高飞，麋鹿见之决骤。四者孰知天下之正色哉？自我观之，仁义之端，是非之涂，樊然淆乱，吾恶能知其辩！①

同在自然中生存，人与其他生物却有诸多不同：人不能安睡的潮湿处，却是泥鳅的乐土；人无法居住的树梢，却是猿猴的爱巢；人无法下咽的百草、蛇脑、老鼠却是麋鹿、蜈蚣、猫头鹰和乌鸦的佳肴；人们觉得美丽的女子，动物们见到了却四处逃窜——万物各有喜好，没有真正统一的标准。因此庄子认为自然万物都有其自身的自然生存规律，人不能成为衡量它们的标准，而应该看到同在这个生态自然中存在的联系，用间性的视域去肯定多元性。庄子没有从某一类别看待这大千世界，而是以整体性的视角平等对待生态自然。

每一个生态个体都存在于自然这一整体之中，无论是相互之间还是与

① 方勇译注:《庄子》,第35页。

天地自然之间都是交融合生亲密无间的，只有顺应每个生态个体的本性，才能保证整个生态关系的和谐与稳定。每一个体，无论物种和属性，都是在生态自然的运化之下而展开生命的，并无真正的彼此之分，而不过是在自然中找到安置自己天性的生态位置而已。并且自然生命之间又存在相互依存和相互转化的关系，自然万物之间是一种可交互的关系模式，彼此制衡，同气连枝。故而对于自然万物的生存发展，要用生态间性视域进行审视，才能真正体察到万物的生态本位和生命之美。

庄子在《马蹄》中批驳了无视生物天性妄图人为驯化的行为：

> 马，蹄可以践霜雪，毛可以御风寒，龁草饮水，翘足而陆，此马之真性也。虽有义台、路寝，无所用之。及至伯乐，曰："我善治马。"烧之，剔之，刻之，雒之，连之以羁馽，编之以皂栈，马之死者十二三矣；饥之，渴之，驰之，骤之，整之，齐之，前有橛饰之患，而后有鞭策之威，而马之死者已过半矣。①

对于千里马而言，马蹄可以踏霜雪，毛可以御风寒，这都是它的真性情。然而当世间出现了伯乐，并要人为地为千里马套上笼头、订上铁掌、加上马鞍以"治马"，那么便是没有认识到其自然本真。假若违背了马的自然天性，妄图用人的主观力量去对马加以驯化和改造，那么结果只能是"马之死者已过半矣"。以马养马，而不是对它们加以供奉和驾驭，根据其本性加以对待，顺应自然，便可以得到自由发展，"以天合天"。庄子通过反对束缚千里马而提出顺应自然万物本性，不应以人的功利之心妄加羁绊，从而才能实现生态物类的和谐并存。想要万物和谐，就必须承认和尊重万物之间的平等及存在的权力，唯有认识到生态存在的间性体系，站在万物的立场上同情共感，才能得以健康的生存和发展。

在庄子看来，四时的更替，万物的生长，都各自依据其自然本性，不需要任何外在的干涉，各适其性，各得其所，才符合天地之道。自然万物是相通的，人也不例外，人的天性亦合于天地之道。故而人与天地万物在生态自然中是在"齐物"境界中的相交相化，共生共融。

自然万物构成了一个有机的生态整体，同源异貌、相辅相成、和谐共

---

① 方勇译注:《庄子》,第 142—143 页。

生。那么人如何能进入这个万物一体的境界中？庄子在《齐物论》的结尾提出了通过“物化”而“齐物”的方式：

> 昔者庄周梦为胡蝶，栩栩然胡蝶也，自喻适志与，不知周也。俄然觉，则蘧蘧然周也。不知周之梦为胡蝶与，胡蝶之梦为周与？周与胡蝶，则必有分矣。此之谓物化。[①]

在庄子的梦中，他通过身体的意向性活动，“异化”为了他者——蝴蝶，从而使得“物化”打通了人与物之间的间隔。当人的身体进入到对“道”的体认之时，便可以实现与物相通，达到他者，感他所感。主体身躯与他者外物的界限在“道”的统摄和“气”的通融下被消解，实现了自由和超越，达到了“物化”的境界。“物化”突破了主体身体的有限性而进入无限，从而使主体达到了万物齐一的境界。这种冥合为一便是“自喻适志”，徐复观先生认为：“此时与环境、与世界，得到大融合，得到大自由。”[②] 通过“物化”消解了主体与一切事物的对立，让身体有可能成为一切生物，达到物我浑融一体的状态。梦境中，庄子自觉抛弃了主体身体的定位，与蝴蝶在大化流行中成为彼此，同归于道。只有建立在抛却了以自我为中心的偏执，舍弃了作为人类形体的身躯，认可与肯定蝴蝶的生态价值与意义，庄周梦蝶或蝶梦庄周才有可能实现。在这个故事中，无须弄清庄周化蝶与蝶化庄周这两个相反的状况孰是孰非，无须确定谁是自我谁是他者，因为只有泯灭了主体与他者的差异，消除了人与物的分际，人才有可能成为那只“栩栩然”的蝴蝶。庄子通过一梦，取消了人与蝴蝶之间的界限，这象征着人与生态存在之间平等、和谐、友好的关系。这正是通过生态间性视域而达到的审美自由和生态自由，从而进入了“不知庄周梦蝶还是蝶梦庄周”冥合为一的领域，这其实也就是“天地与我并生，万物与我为一”的齐物境界。

庄子这种“物化”的思想和“齐物”的境界，都是将身体自我转向了生态自然，将身体处在了自我与他者平等共生、浑然一体的生态共生状态之中。因为我与蝴蝶、与他者都是归属于悠然自得的自然世界，我与物之

---

① 方勇译注：《庄子》，第42页。

② 徐复观：《中国艺术精神》，上海：华东师范大学出版社，2001年，第58页。

间不存在主客，不存在功利，因此物自在地存在，而我自由地回归道的本体。建立在道本体上的天地自然一切万物都有了安身立命的归宿，在这个自由平等的生态家园中，人的身体可以游于天地之间，与物同化，与自然相融。庄子“自喻适志”的生态间性视域就是看到自然中的生态存在都是相互关联而又各有特性的，只有让万物的自然天性得到正视和关怀，才能有利于万物的自然生存，也有利于生态关系的健康发展。

三、“万物与我为一”的生态共生境界

人与万物的相处都离不开广阔无边、生生不息、循环不尽的道，顺应天地之道便是顺应万物本性，维护和调节自然的平衡与有序，进入生命互感、生态共生的境界。当认识到万事万物皆源于道，化于道，那么便不会再有大小长短之分，而只是与天地浑然一体了。故而，庄子在《齐物论》中提出了最与道相冥合的境界：“天下莫大于秋毫之末，而太山为小；莫寿于殇子，而彭祖为夭。天地与我并生，而万物与我为一。”[①] 只有自然中的一切生态存在泯灭了区别和高下，才能使万物进入自适自得的逍遥状态，实现生态和谐共生的境界，真正地实现了得道的自由。道涵盖了天地自然这个巨大的整体，内部蕴含着生生不息的生态系统，这些都并非受人类主体的干预与控制。如果仅仅从功用利害的角度对自然之物进行定义和取舍，不仅否定了自然本真之美，更无视生态存在的价值。

道是混沌不分的状态，是万事万物的源初，一切生命的化生都源自道的整体性。如今的自然界虽然已经处于天地相对、阴阳两分的状态，生态存在依然同气连枝，同归于淳朴的自然之道，那么想要生生不息，唯有“齐物”才能走向道的整体，归复于生态和谐圆融的状态。对此，庄子具体采用了与物同化的方式。

在庄子的思想中，身体的感知是可以游移的，从此身移入彼身。只要是在生态自然中的存在物，主体都可以与之冥合，不分彼此，无谓物我。其中最典型的就是庄子在《秋水》中所谓“鱼之乐”的故事：

> 庄子与惠子游于濠梁之上。庄子曰：“儵鱼出游从容，是鱼之乐也。”惠子曰：“子非鱼，安知鱼之乐？”庄子曰：“子非我，安知我不

---

① 方勇译注:《庄子》,第31页。

知鱼之乐?”惠子曰:“我非子,固不知子矣;子固非鱼也,子之不知鱼之乐,全矣。”庄子曰:“请循其本。子曰‘汝安知鱼乐’云者,既已知吾知之而问我,我知之濠上也。”①

庄子与惠子的濠梁之辩之所以有分歧,原因在于他们是站在不同的视域看待鯈鱼出游从容。庄子看到鯈鱼出游从容,便心领神会地提出了此为“鱼之乐”。然而惠子站在人与鱼非同一生命主体地角度发出疑问:“子非鱼,安知鱼之乐”,也就是说,惠子认为人是无法理解和认识到其他生命体的经验和感受的。庄子之所以提出“鱼之乐”,是因为他于濠梁之上看到鱼在水中欢快出游,鱼遵循着其自然本性,那么便是快乐的,因此庄子从这从容出游中体会到了鱼的快乐。这不仅是鱼之乐,亦是人之乐,这是一种生态共感的体贴。人之乐之在审美体验中,将鱼的感知移入自身感知之中,因为个体生命体验与他者的生命体验是有普遍共通性的,无论是人也好,是鱼也好,并无差别。庄子思想中的“齐物”观念,使得他认为世间万物都是无差别无区分的,只不过彼此处在一个暂时的状态之中,从天地万物处于整体的这个角度看,这些形态都是可以相互变化的。庄子道本体论思想认知中,既然鱼与人没有什么差别,鱼身与人身没有什么区分,那么人可感知鱼之乐,鱼之乐与人之乐可以等同。

庄子不拘于个体生命有限视域,而通过“以道观物”的方式去体认世界,实现了由人身入鱼身,从而体悟到了“鱼之乐”的从容状态。这是一种物我冥合的状态,没有了物我彼此的分别,作为宇宙生态中的一种存在,是自然而然的契合与圆融。惠子的发问只是建立在知识层面,产生了物我主客的对立,并没有进入万物齐一的境界之中,故而惠子无法感知鱼之乐。

庄子所看见的是生命中欢游的鱼,这与沉浸在自由生命状态下的人是可以等同的,鱼从容出游的畅快之感人亦可感悟。虽然游是鱼的行为,从容是鱼身的感受,然而人与万物相通,庄子既已化为鱼身,悠游自在的相融于自然生态之间。“鱼之乐”即是“人之乐”,鱼身悠游畅快的感知即是庄子无拘无束的体验,在此庄子已不再是观鱼濠上的他者,而是与鱼融为一体,与生态自然融为一体的自由存在。

庄子“以道观物”的视域是建立在其“齐物”的思想观念之上的,这

① 陈鼓应注译:《庄子今注今译》,北京:商务印书馆,2016年,第513页。

便奠定了庄子的生态逻辑基础，从而实现了在濠上情境中能够实现对“鱼之乐”的体认与把握。庄子始终秉持着“天地与我并生，而万物与我为一”的信念——只有在这种对于世界观照的基本思维与态度引导之下，庄子才可能用“以道观物”的视域来体味“鱼之乐”的状态，从而实现“独与天地精神往来而不敖倪于万物”① 的物我融通。在以“道”为哲学基础的万物合一的思想观念下，这种“和以天倪”的精神体认方式，打破了物我分别从而实现生态意义上的万物融通。庄子之“道”是对生态共同体的原始描述，可见庄子的“齐物”思想中已经包含着生态的意蕴了。庄子尊重自然生灵的平等性，从生态间性的视域出发，便发现了自然万物共同栖居于生态自然整个唯一的家园中，而在此栖居者都组成了紧密而又复杂的生态共生境界。

庄子从关注生态的平等而不断走向关注生态的循环共生，这是其生态智慧逻辑和生态间性视域所决定的。庄子在《在宥》中提出了“物化”的观点：

> 云将曰：“天气不和，地气郁结，六气不调，四时不节。今我愿合六气之精以育群生，为之奈何？”……鸿蒙曰：“乱天之经，逆物之情，玄天弗成；解兽之群，而鸟皆夜鸣；灾及草木，祸及止虫。噫，治人之过也！”云将曰：“然则吾奈何？”鸿蒙曰：“噫，毒哉！仙仙乎归矣。”云将曰：“吾遇天难，愿闻一言。”鸿蒙曰：“噫！心养。汝徒处无为，而物自化。”②

这是庄子用诗性人格化的形象描绘了代表元气未分整体的鸿蒙与分裂未合部分的云将，采用了生态间性视域，蕴含着丰富的生态智慧。鸿蒙指责云将从主体的功利与欲望出发，无视自然的整体性而肆意分割滥用，必然会导致生态失衡，荼毒天地万物。自然的生长凭借的是万物群生共生的一种生态气象，如果无视这种生态间性而以为破坏与索取，那么必将失去“仙仙乎”这种生生不息的整体稳固性，必定会有无尽的祸乱与灾难。

---

① 陈鼓应注译:《庄子今注今译》,第 1016 页。

② 方勇译注:《庄子》,第 169 页。

天地万物顺应生态自然的运化，安置于各自最惬意的位置，呈现出欣欣向荣的生命状态。在这有序和谐的生态自然中，世间万物互不侵扰、交融和谐，呈现出生生不息的和谐之美。任何一个生命或物种都不可能独立于这个息息相关的生态而存在，它们之间构成了生命间的普遍联系。万物虽然呈现出不同的形态，但是它们都依赖于整个生态整体，都源于同一生命共同体。这就是万物共生的特性，是庄子“齐物”思想的更深一层显现。

万物与人一样，都是自然界生命的存在，故而在同一个生态共同体的根基下互通共融，相互依存。庄子通过“齐物”强调了万事万物在生态自然中的平等关系模式，故而体现出其思想中深刻的生态意蕴。生态共生境界体现为各部分的循环交互趋向完整和稳定的有机整体，其中价值的参照体系不是人类，而是包括人类在内的整个生态复合体。那么在这个生态共生的境界中，人类应该突破原来僵化的以自身为参照标准的思想，建立新的与生态自然同呼吸共命运的理念。大自然是人类的母亲，而生态系统中的一切与人类一样，是大自然的产物，没有高低贵贱之分，因此生态共同体间应该是尊重、爱护、理解的。

庄子的“齐物”思想真正意义上超越了人类中心主义，追求人与生态万物和谐共生的状态，并将这种同气连枝的关系转化为对生态万物的体贴，由平等带来共情，由共情转向尊重。自然界中存在的每一个个体都是生态共同体中的一员，无论是人类、其他动物、山川、河流、大气都只是生态共同体中的普通成员，它们之间是同气连枝的。并且生态共生境界中每一个成员相互渗透、相互影响、相互依存，都按照整个生态系统运行的规律生存发展、平等存在、共生共融。庄子“齐物”思想就是建立在人与世界和谐统一、生态万物相互交融的关系之上，这种思想对自然界的种种纷争与隔阂能起到很好的协调作用，引导生态走向和谐，使得人类与其他生态存在共生共荣。庄子“齐物”思想的生态审美的意义便在于将生态自然中万事万物和谐共生的过程及错综复杂的关系通过审美视野的无限性和共生性表现出来，指导着人类融入这同气连枝的生态共同体之中，随着生态整体性流转，从而实现天地万物相互感发的生生之美境界。

庄子通过“吾丧我”的生态智慧逻辑强调生态自然中万事万物的平等关系模式，通过“自喻适志”的生态间性视域审视自然万物之间千丝万缕的共生关系，最终达到“万物与我为一”的最高理想境界。这一境界也是生态共生共融的审美境界，在此境界中人与自然万物实现了无差别的和谐共处，实现了真正的自适与自由，这是生态文明的最高追求。庄子的“齐物”思想是古代哲人对于生态关系的一种深刻思考，其理论思想所包含的生态意蕴对于当下生态文明观念的树立，科学发展观的认识，和谐人生观的构建，都有着尤为重要的价值和意义。

（作者单位：山东大学文艺美学研究中心）

“按实而书”的《文心雕龙·史传》篇①

张晓丽

摘　要：《文心雕龙·史传》篇作为中国历史上现存第一篇全面系统评论史学的专论，对中国史学具有重要的理论贡献。《史传》篇在向我们呈现其史学价值的同时，也展现了刘勰在史书写作方面存在的宗经与写实等方面的矛盾观点。本文以刘勰所重的史之写实为核心，从史学与经学不同的价值维度所求，史学与经学、文学不同的实录精神建构，以及秉笔直书与世情利害不同目的求索等方面，对刘勰于《史传》篇中所现之宗经与实录、隐讳与直笔、掩恶与素心等矛盾进行阐释，以期呈现刘勰通过《史传》篇所书写的关于经、史、文三者的关系，以及于此呈现出的乌托邦理想与偏颇。

关键词：《史传》；彰善瘅恶；按实而书；依经树则

《史传》是《文心雕龙》的第十六篇，刘勰在此篇中分别为“史”“传”释名，论述了作为古代史书主要表现形式的历史散文这种文体，也是我国第一篇史评文献。篇中刘勰梳理了史书的发展过程，申明史书写作应有的内容和承载的意义，强调史书写作应遵循“依经以树则”的指导思想等。这些内容都从不同侧面呈现了刘勰对史书本体的认识和应该怎样写的理解。正因如此，目前学界对《史传》篇的研究多围绕史学方面展开。已

---

① 本文为内蒙古师范大学“十百千”人才工程第二层次项目立项资助（RCPY-2-2012-K-006）“《文心雕龙》之文章学研究”的阶段性成果；国家社科基金重大项目“《文心雕龙》汇释及百年‘龙学’学案”（17ZDA253）阶段性成果之一。

有关于史体[①]、信史[②]、修史方法[③]、《史传》篇在史学中的地位与影响[④]、《史传》篇的局限性[⑤]、《史传》篇的中西比较[⑥]等与史相关的研究。除此之外，王先霈先生从叙事学角度对《史传》篇的研究，为《史传》篇注入了新的研究视角[⑦]。本文也拟走出史学研究视角，从问题出发，在史学、经学与文学等方面，对刘勰于《史传》篇中所现之种种矛盾进行探究，以期呈现刘勰《史传》篇关于经、史、文三者的矛盾之因，以及刘勰在阐述此系列问题时存在的偏颇与凝聚的理想所在。

一、依经树则与直笔实录间的经史徘徊

《文心雕龙》一书将《征圣》《宗经》列入文之枢纽部分，从其所处位置，我们便可知刘勰对《征圣》《宗经》两篇的重视。或者可以说刘勰思想中对圣人典范、经书楷模的推崇。以此，刘勰确立了以圣人为师、以经典为标准的为文指导思想，这种思想贯穿《文心雕龙》全书，影响着他对文体的认识与文章优劣的评判。《史传》篇也不例外。《史传》篇在论述史书写作时强调："是以立意选言，宜依经以树则；劝戒与夺，必附圣以居宗；然后诠评昭整，苛滥不作矣。然纪传为式，编年缀事，文非泛论，按实而书。"[⑧] 在这段言语中，我们可以清晰地看到刘勰的征圣、宗经思想，并运用这种思想来指导史书的写作。但征圣、宗经思想与史书所需的"按实而书"之间是存在矛盾的。如果说"实录无隐""按实而书"是史书这

① 如叶建华《论〈文心雕龙〉在古代史评史上的地位》(《杭州大学学报》1987 年第 2 期)一文认为:刘勰对史、传的精辟评述具有"首创之功"。

② 如徐善伟《刘勰与琉善史学批评思想之比较》(《齐鲁学刊》1996 年第 4 期)一文认为:"琉善与刘勰的贡献在于将前人的史学实践及成就加以总结,并将直书精神当成史学的一种优良传统,当成撰史的一条普遍准则来看待。"

③ 如金毓黻《文心雕龙史传篇疏证》(《中华文史论丛》1979 年第 1 辑)文中认为:《史传》篇"所举之四事(寻繁领杂之术,务信弃奇之要,明白头讫之序,品酌事例之条),乃刘勰所建立之修史总纲也"。

④ 如施锡才《从〈史传〉篇看〈文心雕龙〉文体论的得失》(《福建师范大学学报》2001 年第 2 期)一文认为:《史传》是我国史评的第一篇专论,开我国"史评的先河"。

⑤ 如江震龙《从〈史传〉篇看〈文心雕龙〉文体论的得失》(《福建师范大学学报》2001 年第 2 期)在谈及《史传》文体论的偏颇时,指出刘勰在"在理论自洽性方面存在问题,有观点自相矛盾之处"。

⑥ 如汪荣祖《史传通说》一书认为:"以《文心雕龙 · 史传篇》为基础,分立二十四题目,通论中西史学。其彰善瘅恶、百世千载、铨评、贯通、史任诸目,尤为功力所萃。举凡中西之大脉络、大关节,皆经指陈分析,而精见亦随之而出,中西史学之异同亦观。"

⑦ 王先霈:《〈文心雕龙 · 史传〉篇"传体"说发微》,《文艺理论研究》2012 年第 2 期。

⑧ 王志彬译注:《文心雕龙》,北京:中华书局,2012 年,第 191 页。

种文体所必需的对历史真实的呈现，那么征圣、宗经则是对文本要具有一定社会教化功用的伦理之善的发掘。简言之，实录与宗经之间是求真与尚善之间的矛盾。指导思想与文体性质需求之间的矛盾，使刘勰在评论史书的优劣时呈现出了观点的自相矛盾。这种矛盾还体现在《史传》篇中对《史记》为吕后立传的评价中：

> 及孝惠委机，吕后摄政，班、史立纪，违经失实，何则？庖牺以来，未闻女帝者也。汉运所值，难为后法。“牝鸡无晨”，武王首誓；妇无与国，齐桓著盟；宣后乱秦，吕氏危汉：岂唯政事难假，亦名号宜慎矣。张衡司史，而惑同迁、固，元帝王后，欲为立纪，谬亦甚矣。寻子弘虽伪，要当孝惠之嗣；孺子诚微，实继平帝之体；二子可纪，何有于二后哉？①

此处，刘勰批判司马迁《史记》为吕后立传是不合于“实”的。就历史而言，吕后虽未称帝，但却是真正的摄政之人。虽无称帝之名，却有为帝之实。据此，司马迁为吕后立传是符合历史的真实。刘勰所言之“失实”乃是一种有违经义“名号”的“违经”不实，不可为后世效法。故此种实录乃为不妥，当在批判之列。由此可知，在刘勰的历史观与价值观中，至少有两种“实”的价值判断。其一，所记录的历史真实，属于事实判断，是史学之所求。其二，所体现的历史建构真实，属于价值判断，为经学之所需。刘勰对“史”的这两种“实”的认识，在《史传》篇中并生共存，同时出现，如此便呈现出价值真实与事实真实之间的矛盾。当这种矛盾出现后，刘勰本着“征圣”“宗经”原则，对《史记》中“违经”的事实加以批判。这同时也展现出刘勰对于吕后，以及之后的“元帝王后”摄政的一种道德评判。

书写历史、表现历史人物，离不开“道德判断”与“历史判断”的纠缠。依牟宗三言，二者不可偏废：“道德判断足以保住是非以成褒贬，护住理性以为本体，提挈理想以立纲维；而历史判断足以真实化历史，使历史成为精神之表现与发展史，每一步历史事实皆因其在精神之表现与发展上有其曲折之价值而得真实化。无道德判断，而只有历史判断，则历史判断

① 王志彬译注：《文心雕龙》，第185—186页。

只成为现象主义、历史主义，此不足以真实化历史。无历史判断，而只有道德判断，则道德判断只是经，而历史只成为经之正反事例，此亦不足真实化历史。”① 道德判断与历史判断二者既不可偏废，但二者如何协调却是不易之事。同时，何为道德判断，何为历史判断并非总是泾渭分明，不同的人站在不同的立场，即使面对于同一历史事件、历史人物的道德判断也往往并非一致。诚如刘勰与司马迁对吕后之评判。在经、史建有不同价值维度之时，在史学理论初建之际，刘勰找来经学作为史学的指导思想，在《文心雕龙》全书中重视对经学指导思想的建构与践行。如此，刘勰于《史传》篇中所呈现出的“史”与“实”之矛盾，是史学与经学价值维度不同的矛盾，更是不同人面对同一历史呈现出的历史判断与道德判断的矛盾。此种矛盾，孰轻孰重，孰对孰错，自古争议不断。但不论如何，我们都必须要看到刘勰企望融会道德判断与历史判断的努力。他尝试将历史判断融入道德判断之中，用道德判断匡正历史判断的走向。刘勰的尝试是带有瑕疵的，但这份带着乌托邦式的理想尝试精神却是值得我们尊崇与反思的。

二、尊贤隐讳与编年缀事间的文史取舍

文史之间存在着剪不断的关联。比如“细节”的运用，纯历史性著作《春秋》中是没有的，是“褒见一字”“贬在片言”的实录。然而在后世的史书中却出现了为编年缀事而增添的细节、心理等方面的描写。如《史记》中就出现了大量的细节描写。“细节描写在史传著作中，是文史结合的产物，是由《左传》开其端而到《史记》才畅其致的。……而无数生动、真实的细节描写的存在，正是体现《史记》的文学特征的最直接、最显著的标志。”② 书写了颇多细节的《史记》仍然被目为“实录无隐”的史篇。《史记》在记事之时，已与《春秋》不同。司马迁对其所记之事是有所选择、取舍的。这样的剪裁取舍不仅没有影响他对历史的记录，反而成就了他的“一家之言”。对此，司马迁很清楚，后世对《史记》多有借鉴的史家们亦清楚，刘勰也不会不了然于此。但他并没有否定《史记》中合情合理却并无目击证人的细节描写。文史的此种融合或可说明：对史书的实录

---

① 牟宗三：《政道与治道》，桂林：广西师范大学出版社，2006年，第190页。

② 可永雪：《〈史记〉文学成就论稿》，呼和浩特：内蒙古教育出版社，1991年，第147页。

标准在刘勰时期并不明晰。也就是说“实录”到底要实到什么程度，虚构的内容到底因何而出现其实并没有严格的规定。司马迁凭《史记》进行着探索，刘勰也在评判史篇中进行着探索，探索一种书写有别于以往史书的实录性叙事。两人达成了可以对历史进行剪裁、取舍的共识，但其目的却并不完全相同。

司马迁清晰地表明过自己写作《史记》的目的：究天人之际，通古今之变，成一家之言。所谓“究天人之际”，就是要探究天道与人事之间的关系。在这个问题上，司马迁继承了先秦以来所谓“天人相分”的唯物主义传统，他反对天道可以干预人事，认为社会现象是由人的活动构成，天是天，人是人，天是属于自然现象，与人事没有什么必然联系。正是由于司马迁有这种“天人相分”的朴素唯物主义思想，因此他在编撰历史的时候，总是对人事、人谋做仔细的观察和记载，并从历史人物的客观活动中，分析其成败得失的原因，总结出有益的历史教训。比如他借此思想，综观项羽兵败乌江的主要原因与其性格相关，据此而批判项羽所言“天亡我，非用兵之罪也”① 的谬误。这也正是《史记》一书能够保证历史科学性的一个原因。所谓“通古今之变”，就是要说明历史的发展演变，寻找出历代王朝兴衰成败之理。在此过程中，他既肯定历史中出现的政治改革，又去记载一代帝王、一个时代或一项具体制度由盛而衰的原因所在，去探究在“盛”中已包含的“衰”之因素。秉持如此相对科学地对待历史的一副手眼，便成就了《史记》的一家之言。司马迁对历史事件、人物的剪裁、取舍乃是为了编年缀事的历史叙事需要，是为了探究盛衰的诠评昭整需要。如此一番心力，诚如金圣叹在评《水浒传》时所言“以文运事”的不易：“以文运事，是先有事生成如此如此，却要算计出一篇文字来，虽是史公高才，也毕竟是吃苦事。”②

我们再来看刘勰对史书可以有所剪裁的看法。刘勰的《史传》篇属于整部《文心雕龙》的论文叙笔部分，这一部分遵循全书的创作意图，以期通过《文心雕龙》的写作，达到一改文坛“去圣久远，文体解散，辞人爱奇，言贵浮诡，饰羽尚画，文绣鞶帨，离本弥甚，将遂讹滥”的目的。在

① ［西汉］司马迁：《史记》（上），长沙：岳麓书社，2016 年，第 82 页。

② 金圣叹：《金圣叹全集·贯华堂第五才子书水浒传（上）》，南京：江苏古籍出版社，1985 年，第 18 页。

这样的目标下，《史传》篇中对史作宗经征圣的要求乃是其整体写作目的的具体化："若乃尊贤隐讳，固尼父之圣旨，盖纤瑕不能玷瑾瑜也；奸慝惩戒，实良史之直笔，农夫见莠，其必锄也。若斯之科，亦万代一准焉。"① 刘勰所论对历史的剪裁乃是出于征圣，避尊者、贤者讳所需，且将此种对历史事实的取舍看作是万世共同遵守的准则。"尊贤隐讳"是经书中的化用之语。《公羊传·闵公元年》有语云："《春秋》为尊者讳，为亲者讳，为贤者讳。"即要避讳如农夫除去莠草一般有意识地取舍。如此取舍乃是为了塑造尊者、亲者、贤者的伟大形象，以使其可以"并天地而久大"。刘勰所论呈现出对史学"直笔"的有意抹杀，察其原因或非其主观的有意为之。回到刘勰身处的历史语境，一种原因或应理解为当时文史尚未分离的一种表征。先秦时期文学概念有别于今，乃是一种对于文字记录的整体概括，是兼及文史的大概念。此际的《尚书》《春秋》《左传》等典籍成为后世历史性叙事和文学性叙事的共同源头。中国的史学中并不乏文学化的描述。刘勰所言之锄去尊者、贤者之小瑕疵，而利用聚焦其王霸之迹、王霸之业的书写，使得后世千秋可以从中取法借鉴。这种通过聚焦、剪裁尊者、贤者的历史，建构起了尊者、王者的伟大形象，这种塑造人物的方法，在文学写作中亦为常见。如此，是否可以说：刘勰等人所默许的史学著作中的这一类在后世文学中常见的虚构、删减，实则代表着文学性叙事在史传母体内的一种孕育、生长。到底是历史迁就了文学，还是历史孕育且服从了文学？此论或不易厘清。

但不论如何，刘勰"尊贤隐讳"地对历史的剪裁，就历史著作而言，确非高明之论。史官一旦心中有所"隐讳"，即使能够做到不虚美，但却没办法做到不掩恶。如此，史书便偏离了史官秉笔直书，不隐恶、不虚美的直笔叙事轨道。而此一"尊贤隐讳"去除纤瑕的准则，乃是对历史基本史实的一种选择性遗忘与否定，也是一种以自身之文饰逻辑完成的对既有史实解构与抹杀式的史学建构。同时，也因对史官附加了一层"隐讳"的要求，使得史官的秉笔直书变得难以实现。就此而论，由于以宗经与征圣为史作的指导思想，刘勰被束缚住了手脚，使其面对史传的剪裁、取舍之见呈现出了观点的自相矛盾。

---

① 王志彬译注：《文心雕龙》，第195页。

三、世情利害与素心直笔间的史责担当

修史最重要的品格是实录。然而史书所录就真是纯客观的吗？其实，史书之中也有撰史者的主观存在。因为即使是历史著作，其背后也必然有一个人，甚至是一个时代的人，存在着一种精神。在中国史书的撰写进程中，不乏不顾身家性命秉笔直书的史官精神。就如刘勰在《史传》篇中反复所言的南史氏和董狐氏。他们的这种良史精神铸成了中国的史官精神。"中国的史官精神，其核心之处在于记事之笔外关神明内系良知，对所记之事绝对不能因循苟且"①。既如此，历代史官只要承此精神，则历史的实录之迹便不会断绝。然而，实际的历史语境使得史官即便具有想要继承南、董精神的初心，但真正要将其付诸实践，在历代之中均非易事。在南、董之时，周王室向各诸侯之地派出很多史官，他们虽然身在各个诸侯国中，但其身份却属于周王室，而非各方诸侯。南史氏所记"晋赵盾弑其君"，董狐氏所载"齐崔杼弑其君"，此处所言之"君"是晋国之君、齐国之君，却不是南、董的周之君。南、董由周天子派来，义不臣于诸侯。因此，崔杼可以把当时的齐史官杀掉，但却不能另派一个人来担当史官，于是齐史之弟可以接替其兄之职再来照写"崔杼弑其君"。崔杼再把他杀了，又有他们的三弟继续照写，崔杼没有办法，只得不杀。这鲜明地呈现出中国人重视历史精神，重视对所发生事实的记载。史官的良知成就了历史中此等可歌可泣的伟大故事。

这样的故事也向我们展示了史官良知与帝王曲隐之间的矛盾，或者说是史官职责与王权之间的矛盾。如果南史氏与董狐氏不隶属于周天子，而是各诸侯直接任命的史官呢？当二人所记不合帝王心意，帝王不仅可以要了他们的性命，且可以任命听命于王权的史官。历代帝王对史官们的载言记事，都是字斟句酌，斤斤计较的。至于"君举必书"②，也是有选择、有条件的。帝王将相有了功绩，做了伟业，当然要大书特书。就是没有功绩，没做好事，也要虚构一些载入史册，留名千古。对此，《史传》篇中刘勰亦有所记与所忧，影响史官实录的除了史官自身"欲伟其事"而"穿凿傍说"的弊病外，还会受到权力人情的影响："至于记编同时，时同多诡，虽

① 傅修延:《中国叙事学》,北京:北京大学出版社,2015年,第65页。

② 《左传·庄公二十三年》:"君举必书。书而不法,后嗣何观?"

定、哀微辞，而世情利害。勋荣之家，虽庸夫而尽饰；迍败之士，虽令德而嗤埋。吹霜煦露，寒暑笔端。此又同时之枉，可为叹息者也。”[①] 面对因“世情利害”而使笔尖不再实录的“史实”，歪曲历史的现象，刘勰没有提出很好的解决方案，只能将“直笔”之期指向史官的“素心”，即史官的天地良心。这份天地良心不仅要务信弃奇，还要能够经得住世情利害的诱惑与威压。史官秉持“素心”“析理居正”，成就有耿介精神的历史实录。这种期望显然带有刘勰无奈的乌托邦精神。对此，我们又能批评刘勰什么呢？只要权力者饰美的私心不除，史官的“直书”便会受到阻挠。

“世情利害”与“素心直书”之间的矛盾，刘勰之后的刘知几也多有论述，且言说更为直接。刘知几在《史通》的《杂说》《曲笔》等篇中都有论述。或者“假人之美，藉为私惠；或诬人之恶，持报己仇”；或者颠倒黑白，把坏事说成好事。总之，“略外别内，掩恶扬善”，“国自称为我长，家相谓为彼短”。然而史官却又留下了秉笔直书的史官精神，这一精神鞭策史官对“君举必书”要认真对待：“夫所谓直笔者，不掩恶，不虚美，书之有益于褒贬，不书无损于劝诫。”[②] 因此，对帝王们的言行，随时都要记录下来，不管你“举”得对与不对，都要“直书其事”。哪怕把屠刀架在脖子上，也要直录无隐。于是，帝王和史官，一个要“掩恶扬善”，一个要“不掩其瑕”；一个要文过饰非，一个要“君举必书”；一个要名垂青史，为自己树碑立传，一个要秉持职责，对后人“申以劝诫”。实录者与被录者心存两种目的，建构两个标准，形成两种力量的较量。较量的结果，往往是世情权力压倒直笔者。

刘勰《文心雕龙·史传》篇在论述史书的写作时，存在着“依经树则”“尊贤隐讳”“世情利害”与“按实而书”之间的矛盾。这种种矛盾使得刘勰在论及修史的原则，以及评价史书功过时难免有所偏颇。但我们也应看到，刘勰论述“实录”所现的局限性，与他所处时代之文学观、史学观尚未完全明晰，经史、文史之文体混杂相关。同时，这种局限性也与史书这种文体所求实录，史官所铸实录精神与“世情利害”之间不易调和的

---

① 王志彬译注：《文心雕龙》，第 193 页。

② 以上所引均出自《史通》。[唐]刘知几著，白云译注：《史通》，北京：中华书局，2014 年，第 332 页、第 337 页、第 781 页。

矛盾相关。据此，我们无法站在今天的立场上去苛责一千多年前的刘勰，让他远远走在时代前端，能够做到明晰各种文体之实，对史书做到铨评昭整。相反，我们在刘勰所言史官的“素心”一说中，体味到了刘勰深深的无奈与乌托邦的理想期待。这使得我们在看到刘勰的不足之时，却又愿意反思他所言之“依经树则”标准：宗经或不可成为文体书写的具体准则，但宗经所期之文字应负有一定的社会职责的指导思想或不可完全加以舍弃不顾。

（作者单位：内蒙古科技大学文法学院）

《文心雕龙·书记》“书”体辨析

徐维瑜

摘　要：《文心雕龙·书记》篇作为“论文叙笔”之末，包括“书”“记”在内等二十六种文体。其中“书”体名目繁多，在发展流变过程中与“奏”“表”“笺”三种奏议类文体有着错综复杂的关系。本文对“书”与“奏”“表”“笺”三种应用文的书写对象、文体属性以及写作风格进行辨析，从而明确“书”体属性与特质。

关键词：《书记》；书；奏；表；笺

“书”体的概念，从指代书写记录的公文笔札到专门指代私人往来的书信文体，其中经历了繁杂的与其他文体相分离的过程。如《文心雕龙·书记》云：“战国以前，君臣同书。秦汉立仪，始有表奏。”① 又如明代吴讷《文章辨体序说》中曰：“昔臣僚敷奏，朋旧往复，皆总曰书。近世臣僚上言，名为表奏；惟朋旧之间，则曰书而已。”② 这些说明“书”与“奏”“表”“笺”三种文体有千丝万缕的联系。因此，在对“书”体与“表”“奏”“笺”三种文体进行辨析的过程中，可以明确“书”体文的属性和特点，从而建构较为准确、全面的“书”体观，对书信文体发展脉络的梳理亦有帮助。

一、“秦初定制，改书曰奏”：“书”与“奏”

“书”体文名目繁多，在发展流变的过程中与其他应用文体存在错综复

① ［梁］刘勰：《文心雕龙·书记》，周振甫：《文心雕龙注释》，北京：人民文学出版社，1981年，第278页。

② ［明］吴讷撰，于北山点校：《文章辨体序说》，北京：人民文学出版社，1982年，第41页。

杂的关系，刘勰《书记》篇有“战国以前，君臣同书”之语，说明战国之前“书”“奏”同源。《章表》篇又有“秦初定制，改书为奏”之说①，将“书”与“奏”之间的关系进一步明确化。

刘勰认为，先秦时期“奏”体与“书”体无异，而“书”与“奏”两种文体之所以产生分化，是受到当时的礼仪制度的影响。《书记》篇曰：

> 若夫尊贵差序，则肃以节文，战国以前，君臣同书，秦汉立仪，始有表奏。②

在礼制的影响下，书写对象存在“尊贵差序”，在写作上也要根据礼节条文来表达书写对象的恭敬。“节文”一词在《章表》篇和《诔碑》篇都出现过，指代礼节、仪式。如《诔碑》篇曰：“读诔定谥，其节文大矣。”③《章表》篇曰：“义必弘伟，肃恭节文。”④“节文”语出《礼记》，指代制定礼仪，使人行之有度。《礼记·檀弓下》载：“辟踊，哀之至也。有算，为之节文也。”⑤孔颖达疏曰：“男踊女辟，是哀痛之至极也，若不裁限，恐伤其性，故辟踊有算，为准节文章。”⑥《礼记·坊记》中亦载：“礼者，因人之情而为之节文，以为民坊者也。”⑦这一说法在后世亦较为普遍，如《史记·刘敬叔孙通列传》载：“礼者，因时世人情为之节文者也。”⑧《管子·心术上》亦云：“礼者，因人之情，缘义之理，而为之节文者也。”⑨又有宋代苏轼《礼以养人为本论》云：“夫礼之初，始诸人情，视其所安者而为之节文。”⑩这些所谓“节文”都是指代制定礼仪，使人行之有度。

此外，“节文”一词词义在汉代有所延伸，亦指代礼节仪式，如《隋

---

① ［梁］刘勰：《文心雕龙·章表》，周振甫：《文心雕龙注释》，第243页。

② ［梁］刘勰：《文心雕龙·书记》，周振甫：《文心雕龙注释》，第278页。

③ ［梁］刘勰：《文心雕龙·诔碑》，周振甫：《文心雕龙注释》，第127页。

④ ［梁］刘勰：《文心雕龙·章表》，周振甫：《文心雕龙注释》，第245页。

⑤ ［唐］孔颖达：《礼记正义·檀弓下》，《十三经注疏·礼记正义》，北京：北京大学出版社，1999年，第269页。

⑥ ［唐］孔颖达：《礼记正义·檀弓下》，《十三经注疏·礼记正义》，第269页。

⑦ ［唐］孔颖达：《礼记正义·坊记》，《十三经注疏·礼记正义》，第1400页。

⑧ ［汉］司马迁：《史记·刘敬叔孙通列传》，北京：中华书局，1959年，第2722页。

⑨ ［春秋］管仲著，吴文涛编：《管子》，北京：北京燕山出版社，1995年，第282页。

⑩ ［宋］苏轼：《礼以养人为本论》，苏轼撰，孔凡礼点校：《苏轼文集》，北京：中华书局，1986年，第49页。

书·经籍志二》载："汉兴，叔孙通定朝仪，武帝时始祀汾阴后土，成帝时初定南北郊，节文渐具。"① "节文渐具"反映了时至汉代，礼节制度已渐趋完善。正是因为礼仪制度渐趋完善，因此刘勰在《书记》篇指出，在书写文饰方面"肃以节文"，根据书写对象的尊卑等级差异和书写功用不同，而使用不同的文体来进行写作。现代学者亦认为"节文"是礼制发展下对"书"体的节制，如李曰刚在《文心雕龙斟诠》中将《书记》篇中"节文"一词释义为礼节文饰。其曰："节文，谓礼节文饰也，因人情以为节度而存礼敬之容。"② 因此，"书"体在写作方面要求根据礼节条文来表达对书写对象的恭敬。

礼制的发展推动了"书"体写作的发展，因此在刘勰看来，先秦时期政治和礼仪制度尚未完善的时候，君臣之间往来的书信也不存在"书""奏"之间的文体差异，皆同称为"书"，故曰："战国以前，君臣同书，秦汉立仪，始有表奏。"黄叔琳注曰："如乐毅报燕王，燕王谢乐毅，上下无别，同称书也。"③ 战国之前，不论是臣下写给帝王的书面意见，还是帝王写给臣子的书面意见，皆称之为"书"。因此，严可均在《全上古三代文》中，辑有许多君臣之间往来的书信，如燕惠王《以书让乐毅且谢之》，燕王喜《以书谢乐间》和《遗乐间书》，乐毅《献书报燕王》，麴武《报燕太子书》以及无名氏所撰《为齐献书赵王》《献书秦王》《献书燕王》等均以"书"相称。这一说法在史书中也得到了证实，如《战国策·燕策二》曰："望诸君（乐毅）乃使人献书报燕王（惠王）。"④ 又如《战国策·燕策三》中又载有："乐（毅）间入赵，燕王（惠王）以书且谢（道歉）焉。"⑤ 这些史料都说明了战国时期无论君王给臣子的下行文，还是臣下给君王的上行文尚不存在"书""奏"两种文体的区别。

"君臣同书"的说法流行于战国时期。时至秦汉，随着典章制度进一步的完善，君臣之间身份的尊卑差异，使得君王的下行文同臣子的上行文不再统一地以"书"相称。至此，战国时期"君臣同书"的情况不复存在。

---

① ［唐］魏徵、令狐德棻：《隋书·经籍志》，北京：中华书局，1973 年，第 972 页。

② 转引詹锳：《文心雕龙义证》，上海：上海古籍出版社，1989 年，第 936 页。

③ ［梁］刘勰：《文心雕龙·书记》，黄叔琳注，李详补，杨明照校注：《增订文心雕龙校注》，北京：中华书局，2012 年，第 347 页。

④ 范祥雍笺证：《战国策笺证》，上海：上海古籍出版社，2011 年，第 1747 页。

⑤ 范祥雍笺证：《战国策笺证》，第 1775 页。

“书”与“奏”两种文体的区别也日渐明晰，如刘勰认为秦汉时期建立了完善的政治制度，因此，才出现“改书为奏”的现象。例如，《书记》篇曰“秦汉立仪，始有表奏。”《章表》篇曰：“秦初定制，改书曰奏。”[①]《奏启》篇曰：“秦汉之辅，上书称奏。”又曰：“秦始立奏，而法家少文。”[②] 秦代“改书为奏”的说法在史书中也有所记载，如《汉书杂事》曰：“秦初定制，改书为奏。”[③] 又如《汉书·艺文志》中有载：“《春秋》家有《奏事》而二十篇，自注：‘秦时大臣奏事及刻石名山文也。’”[④] 这些史料都说明了“改书为奏”这一行为是受政治制度的影响而形成的。在《奏启》篇中，刘勰不仅明确秦代改上书为奏，而且说明了秦时最初“奏”体的面貌，其曰：“秦始立奏，而法家少文。”[⑤] 认为初期法家的奏议缺少文采，并列举了王绾上书于天子的奏颂勋德之作，这篇奏议写于秦始皇统一六国之时，秦始皇令臣下议论帝号，《史记·秦始皇本纪》载：

> 丞相（王）绾、御史大夫（冯）劫，廷尉（李）斯等皆曰：昔者五帝地方千里，其外侯服夷服诸侯或朝或否；天子不能制。今陛下与义兵，诛残贼，平定天下，海内为郡县，法令由一统，自古以来未尝有，五帝所不及。臣等谨与博士议曰：古有天皇，有地黄，有泰皇，泰皇最贵。臣等昧死上尊号，王为泰皇，命为制，令为诏，天子自称曰“朕”。[⑥]

王绾的奏议文辞质朴而意义浅显，歌颂了帝王的功德，其中还提及秦始皇为天下定制一事。因此，范文澜认为：“秦改上书为奏，当亦在始皇二十六年李斯与博士议改命令为制诏时。”[⑦] 天下定制，改命为诏，规定了天子的称号和尊卑制度，可知，臣下与君王的尊贵差序决定了“奏”在书写上与“书”体的差异。

---

① ［梁］刘勰：《文心雕龙·章表》，周振甫：《文心雕龙注释》，第 243 页。

② ［梁］刘勰：《文心雕龙·奏启》，周振甫：《文心雕龙注释》，第 252 页。

③ ［清］王先谦：《释名疏证补》，上海：上海古籍出版社，1984 年，第 296 页。

④ ［汉］班固：《汉书·艺文志》，北京：中华书局，1962 年，第 1714 页。

⑤ ［梁］刘勰：《文心雕龙·奏启》，周振甫：《文心雕龙注释》，第 252 页。

⑥ ［汉］司马迁：《史记·秦始皇本纪》，第 236 页。

⑦ ［梁］刘勰：《文心雕龙·奏启》，范文澜：《文心雕龙注》，北京：人民文学出版社，1962 年，第 410 页。

“奏”与“书”二者不仅在书写对象上有所差异，而且“奏”作为臣下向君王进呈的书面意见，其文体功用上具有明确的政治目的。如《奏启》篇云：

> 秦汉之辅，上书称奏。陈政事，献典仪，上急变，劾愆谬，总谓之奏。奏者，进也。言敷于下，情进于上也。①

这一段话说明，秦汉时期臣下向君王的上行书称为“奏”，“奏”体的功用主要包括：陈述政治问题、呈献典礼条文、上告紧急事故和弹劾罪恶过失等四个方面。而对于“奏”体的写作方面，刘勰亦提出了严苛的要求。如《奏启》篇：“夫奏之为笔，固以明允笃诚为本，辨析疏通为首。强志足以成务，博见足以穷理，酌古御今，治繁总要，此其体也。”② 在他看来“奏”作为臣子向君王的进谏，理当以“明允笃诚”为根本，以明辨分析疏通作为首要条件，所述事物要真诚客观，并且要求奏文书写者“强志”“博见”，参酌古例处理今事，在繁杂事务中抓住关键，带有对君王规劝的目的。

此外，刘勰将“书”和“奏”的两种文体进行区分辨析在当时也是一种比较普遍的说法。如萧统在《昭明文选》中已有意识地将臣子进言君王的上行公牍文和臣下之间往来的私函进行区别，将私函文体列为“书”，而将奏议类的书体文列为“上书”，其中包括了李斯《上书秦始皇》，邹阳的《上书吴王》《狱中上书自明》，司马相如的《上书谏猎》，枚乘的《上书谏吴王》《上书重谏吴王》以及江淹的《诣建平王上书》七部作品。萧统对于“书”“奏”的区分主要是以书写对象以及文体功用作为书和奏的区别，“上书”的书写对象是当朝天子，而书写内容也多是偏于规谏，后世徐师曾在《文体明辨序说》中曰：“萧统《文选》欲其别于臣下之书也，故自为一类，而以‘上书’称之。”③ 因此，在魏晋南北朝时期，“书”与“奏”两种文体的界定已颇为明晰。

由上可知，随着礼制的发展，书写对象身份地位存在尊卑差异，“君臣

---

① ［梁］刘勰：《文心雕龙·奏启》，周振甫：《文心雕龙注释》，第 252 页。

② ［梁］刘勰：《文心雕龙·奏启》，周振甫：《文心雕龙注释》，第 252—253 页。

③ ［明］徐师曾：《文体明辨序说》，北京：人民文学出版社，1982 年，第 121 页。

同书”的局面不复存在，“改书为奏”使得“奏”发展为一种用于君臣之间交流的特殊文体。“奏”的内容与政治相关，对君王有规劝的作用，在写作要求方面比书信文体要更为严苛。因此，“奏”在书写对象，文体功用以及写作要求上都与“书”体存在显著差异。

二、“汉定四品，始有表奏”：“书”与“表”

“表”与“书”二者之间的关系更为复杂。“表”与“书”同源，其属于“上书”的一种，但在秦汉礼制的推行下，“表”与“书”两种文体无论是在书写对象、文体功用、行文方式上都有所区别。

“表”与“书”同源，战国时期，臣下向君主陈述自己的政见主张都以“上书”相称，如《文心雕龙·章表》篇曰：“降及七国，未变古式，言事于王，皆称上书。”① 刘勰指出战国时期沿承古代陈奏的方式，凡是臣下向君王进言的上行文，都称为“上书”。杨明照对此在注释中罗列了战国时期的上书作品，其曰：“苏秦上书说秦惠王及为齐上书说赵王，黄歇上书说秦昭王，赵括母上书赵王，并足为‘言事于王，皆称上书’之证。”② 此外，《颜氏家训·省事》篇亦载：

> 上书陈事，起自战国，逮于两汉，风流弥广。原其体度：攻人主之长短，谏诤之徒也；讦群臣之得失，讼诉之类也；陈国家之利害，对策之伍也；带私情之与夺，游说之俦也。③

颜之推亦认为上书源于战国时代，并在汉代流行，而且时至汉代，上书已经按照具体用途，在写作上有所区别，分为谏诤、讼诉、对策以及游说四类。

随着社会的进步，秦汉礼仪制度的完善，上书按照具体用途的区别进行了更为细致的划分，出现了章、表、奏、议等具体文体名称。如《书记》篇曰：“战国以前，君臣同书，秦汉立仪，始有表奏。”④ 又如蔡邕将上书

---

① ［梁］刘勰：《文心雕龙·章表》，周振甫：《文心雕龙注释》，第243页。

② 黄叔琳注，李详补，杨明照校注：《增订文心雕龙校注》，第307页。

③ ［北齐］颜之推：《颜氏家训·省事》，王利器集解：《颜氏家训集解》，上海：上海古籍出版社，1980年，第303页。

④ ［梁］刘勰：《文心雕龙·书记》，周振甫：《文心雕龙注释》，第278页。

分为四类，为章、奏、表、驳议，其《独断》载："凡群臣上书于天子皆有四品：一曰章，二曰奏，三曰表，四曰驳议。"① 对于上述分类，刘勰在《章表》篇亦有补充说明，其云：

> 秦初定制，改书曰奏。汉定礼仪，则有四品：一曰章，二曰奏，三曰表，四曰议。章以谢恩，奏以按劾，表以陈情，议以执异。②

在刘勰看来，正是由于汉代礼仪制度渐趋完善，上书才进一步区分为章、表、奏、议等。这四种文体都属于臣下向君臣所进言的上书，却各自体现不同的文体功用。即"章"用来拜谢主恩，"奏"用来弹劾罪过，"表"用来陈述政事，"议"用来执持不同政见。这其中"表"作为臣下向君王表明心意、陈述政见时所使用的特殊文体。对此，历代学者有不同看法，如李善为《文选》之"表"作注曰："表者，明也，标也。如物之标表，言标著事序，使之明白，以晓主上，得尽其忠曰表。三王以前谓之敷奏，故《尚书》云：'敷奏以言，是也。'至秦并天下，改为表，总有四品：一曰章，谢恩曰章。二曰表，陈事曰表。三曰奏，劾验政事曰奏。四曰驳，推覆平论有异事进之曰驳。六国及秦汉兼谓之上书，行此五事。至汉魏以来，都曰表，进之天子称表，进诸侯称上疏。魏以前，天子亦得上疏。"③ 李善认为"表"以及"四品"始于秦并天下之时，战国以及秦汉时期，"四品"皆以"上书"相称，而至汉魏时期，臣下写于天子的上书统一称之为"表"。李善的观点亦得到后世学者的认可，如吴讷的《文章辨体序说》云："表按韵书：'表，明也，标也，标著事绪使之明白以告乎上也。'三代以前，谓之敷奏。秦改奏曰表。汉因之。窃尝考之，汉晋皆尚散文，盖用陈达情事，若孔明《前后出师》，李令伯《陈情》之类是也。"④ 又如王应麟《玉海》卷二百三《辞学指南》表类曰："表，明也，标也，标著事序，使之明白。三王以前，谓之敷奏。秦改为表。汉群臣书四品，三曰表。"⑤ 吴讷和王应麟都认为"表"作为"奏"体的发展始于秦代，在汉代

① ［汉］蔡邕：《独断》，上海：上海古籍出版社，1990 年，第 4 页。
② ［梁］刘勰：《文心雕龙·章表》，周振甫：《文心雕龙注释》，第 243 页。
③ ［梁］萧统编，［唐］李善注：《文选》，上海：上海古籍出版社，1986 年，第 1667 页。
④ ［明］吴讷著，于北山校点：《文章辨体序说》，第 37 页。
⑤ ［宋］王应麟：《玉海·辞学指南》，日本京都：中文出版社，1986 年，第 3815 页。

进一步发展。关于“表”命名以及“四品”出现的时间，由于缺乏史料，不可考证。但可以明确的是“表”与“书”“奏”同源，随着秦汉体制的完善，奏议类文体功能的进一步明确，“表”发展为臣下向天子陈述政见的特殊文体。

“表”作为臣下对君王的上行文体，既是秦汉时期政治制度的体现，也是对礼制的彰显，因此在行文上较书信文体更为规范，更合乎礼仪。如《文心雕龙·章表》篇曰：“表者，标也。《礼》有《表记》，谓德见于仪，其在器式，揆景曰表。”① 刘勰将“表”追溯于《礼记·表记》，并为此释名，郑玄曰：“《表记》者，以其记君子之德，见于仪表。”② 受到秦汉礼制的影响，天子与臣子的身份存在悬殊的尊卑差异。因而，相较于平辈之间的书信写作，“表”的行文更为规范。如东汉蔡邕《独断》中就详细记录了“表”文的写作要求，其曰：

> 表者不需头，上言臣某言，下言臣某诚惶诚恐，顿首顿首，死罪死罪。左方下附曰某，官臣某甲上，文多用编两行，文少以五行，诣上书通者也。公卿校尉诸将不言姓，大夫以下有同姓官别者言姓。③

上述文字可知，“表”在行文中所出现的“需头”“上言”“下言”“顿首顿首”“死罪死罪”这类固定的格式与套语，是汉代典章制度的一种要求，亦是当时政治阶级意识的直接体现。臣子对君王所表达书面用语也十分讲究礼法，如《独断》载：“汉承秦法，群臣上书皆言昧死言，王莽盗位，慕古法去昧死曰稽首，光武因而不改。朝臣曰稽首顿首，非朝臣曰稽首再拜，公卿侍中尚书衣帛而朝曰朝臣。”④ 这说明，相较于“书”体，“表”文对格式、称呼、落款方式等每一个细节都有严格的范式要求。

相较于书信文体的书写自由，“表”文在行文范式上要求十分严格。对于“表”与“书”的写作风格上，刘勰的辨析不甚明晰。《书记》篇曰：“原笺记之为式，既上窥乎于表，亦下睨乎书。”在笺文体式的叙述中，将“表”与“书”两种文体巧妙地联系在一起，勾勒出二者朦胧的关系。

---

① ［梁］刘勰：《文心雕龙·章表》，周振甫：《文心雕龙注释》，第243页。

② ［唐］孔颖达：《礼记·表记》，《十三经注疏·礼记正义》，第1468页。

③ ［汉］蔡邕：《独断》，第4页。

④ ［汉］蔡邕：《独断》，第4页。

“表”作为臣下写于君王的上行文，相较于其他公牍文更能体现个人的情感，《释名·释书契》曰：“下言于上曰表，思之于内，表施于外也。”①“表”虽是臣子内心的思想情感的反映，却是站在国家立场上的书写。《章表》篇云：“原夫章表之为用也，所以对扬王庭，昭明心曲。既其身文，且亦国华。”②“表”既是书写者自身文采的彰显，也是国家荣华的体现。如孔融写作的《与曹公论盛孝章书》以及《荐祢衡表》，一是以“书”体进行写作；一是用“表”体进行写作。同是孔融为举荐人才而写作的文章，但是“书”与“表”在书面表达上却不尽相同。这其中的差异首先表现在书写者在写作中对自己的称谓不同。在《与曹公论盛孝章书中》一文中，孔融则是以“融”自称，称曹操为“公”，出于对对方的尊重而不具备明显的政治阶级色彩。而在《荐祢衡表》中，汉献帝作为表文的接收对象，孔融作为书写者，以“臣”自居，而称汉献帝为“陛下”。“臣”和“陛下”的称呼拉开了书写者与接受者的身份距离。《独断》中对于臣子和陛下身份的悬殊差异有所说明，其言曰：“群臣与天子言，不敢指斥，天子故呼在陛下者而告之，因卑达尊之意也。上书亦如之，及群臣士庶相与言，曰殿下、阁下，执事之属，皆此类也。”③ 正是受到政治体制的影响下，“表”文写作要求必须体现出君臣之间的尊卑关系。其次，“表”文在书写风格上也与“书”体文写作大相径庭，相较书信文体写作上畅所欲言的“尽言”特质，“表”文在行文表述上是十分克制的，由于“表”文的作者一般是以一个隶属于朝廷的公职人员的身份口吻来进行写作，站在国家政府的立场上写作而非私人，那么其文辞就不可为情感所役使。如《章表》篇有言：“繁约得正，华实相胜，唇吻不滞，则中律矣。”④ 刘勰认为“表”文的写作要做到繁简得当，华实相当，文句流畅，合乎法则。他所归总的“表”文写作范式在当时也较为普遍，如李充在《翰林论》中曰：“表宜远大为本，不以华藻为先。若曹子建之表，可谓成文矣。”⑤ 李充亦认为“表”文写作应繁约得正。此外，这种说法也影响了后世，如唐代牛希济《表章论》曰：

---

① ［汉］刘熙：《释名》，毕沅疏证，王先谦补：《释名疏证补》，北京：中华书局，2008 年，第 209 页。
② ［梁］刘勰：《文心雕龙·章表》，周振甫：《文心雕龙注释》，第 244 页。
③ ［汉］蔡邕：《独断》，第 2 页。
④ ［梁］刘勰：《文心雕龙·章表》，周振甫：《文心雕龙注释》，第 244 页。
⑤ ［宋］李昉：《太平御览》卷五九四，北京：中华书局，1985 年，第 2674 页。

历观往代策文奏议及国朝元和以前名臣奏疏，词尚简要，质胜于文，直指是非，坦然明白，致时君易为省览。①

这其中牛希济所提及的“词尚简要”“质胜于文”“坦然明白”这些特点，与刘勰总结的“繁约得正，华实相胜”的观点是类似的。“表”文在写作上重在突出文章的中心思想内容，注重文章质量，用词凝练而不冗赘。

综上所述，“书”与“表”两种文体在战国之前同源一体，但是随着国家体制的发展，在礼制的影响下，“表”作为臣子向君王陈述政见主张的专用文体，有明确的文体功用，且在行文方式和书写风格同书信文体也大相径庭。

三、“上窥乎于表，下睨乎于书”：“书”与“笺”

与“书”体最接近的文体莫过于“笺”，刘勰“笺”体兼具“表”与“书”两种文体的特质，《书记》篇曰：“上窥乎于表，下睨乎于书。”“笺”与“书”同属于记事文体，二者在行文范式上较为接近却又有所区别。

《文心雕龙·书记》篇由“书”“记”及二十四种应用文体构成。对于《书记》篇的文体分类在学界一直存有争议。有的学者以为“书”和“记”应视作一个整体来认识，如王运熙主张将《书记》篇分为两大部分，分为“书记”和“二十四种应用文体”，将书信和笺记视作整体，认为“书记”是“论述一般朋友间往来的书札之后，又介绍了臣僚对上级官吏的书信，有奏记，笺记等名称”②。而另有学者以为，应该将“书”和“记”视为两种独立文体来分别看待。如以陆侃如为代表的学者则将《书记》篇分为三大部分，其认为“第一部分论书牍”“第二部分论奏记和奏笺”“第三部分论二十四种杂文”③，将“书”和“记”视为两种独立的文体加以区分。然而，综合《书记》篇全文，可以得出这样一个结论：“书”与“笺记”两种文体存有共通之处，却是两种独立的文体。

现代学者将《文心雕龙·书记》中“书记”视为一个整体，涵盖了朋

① ［唐］牛希济：《表章论》，董诰编：《全唐文》，北京：中华书局，1983年，第8878页。
② 王运熙、周锋译：《文心雕龙译注》，上海：上海古籍出版社，1998年，第230页。
③ 陆侃如、牟世金：《文心雕龙译注》下册，济南：齐鲁书社，1982年，第58页。

友间往来的私人书信，以及臣僚对上级官吏的笺记，这一看法很大程度是受到了前人文体分类的影响。如明徐师曾《文体明辨序说》中“书记”条目下云：

> “书记之用广矣。”考其杂名，古今多品，是故有书，有奏记，有启，有简，有状，有疏，有笺，有劄；而书记则其总称也。[①]

徐师曾将“书记”视为整体，将笺记和书信、启、简归为一类。又如清代李兆洛的《骈体文钞》卷十九设有“书类”，所收录的书信中包含了郑鹏《奏记萧望之》、冯敬通《奏记邓禹》及阮嗣宗《奏记诣蒋公》三篇奏记，而在卷三十设有“笺牍类”，收录了曹子建《与杨德祖书》、应休琏《与满炳书》、陆士龙《答车茂安书》、鲍明远《登大雷岸与妹书》等二十三篇平级之间往来的书信，李兆洛亦将“书”和“笺记”视作同一种文体，二者可以相互转换。又如近人吴曾祺《涵芬楼古今文钞》一书中，在第四“书牍类”条目下录有笺文七篇，将笺记和书信两种文体视作从属关系。这些文体总集将“书”与“记”视作一个整体，或又将“奏记”和“笺记”归于“书牍”名目下。由此可知，书信与笺记的文体界定并不明晰，然而，这并不能将书信与笺记视作是同一种文体的佐证。因此，在《文心雕龙·书记》篇中，笺记与书信是被刘勰视作两种独立文体而存在的。

刘勰将“笺”与“书”一同纳入《书记》篇，说明笺记与书信两种文体本身有共同之处。如王充《论衡·对作》篇云：“夫上书谓之奏，奏记转易其名谓之书。”[②] 说明汉代作为上行公文的奏记也可以称为“书”。虽然“笺”与“书”同源一体，随着后世礼制与典章制度的完善，才有了笺记与书信的文体区分。“笺”是下级向上级进言的上行文，也属于奏书的一种。《书记》篇云：

> 若夫尊贵差序，则肃以节文，战国以前，君臣同书，秦汉立仪，始有表奏；王公国内，亦成奏书，张敞奏书于胶后，其义美矣。迄至

① ［明］徐师曾著，罗根泽校点：《文体明辨序说》，第128页。

② ［汉］王充：《论衡·对作》，黄晖：《论衡校释》，北京：中华书局，1990年，第1181页。

后汉，稍有名品。公府奏记，而郡将奉笺。记之言志，进己志也。笺者，表也，表识其情也。[①]

这段话说明了“笺”的源流演变，同时也对“笺”进行了释名章义。由于汉代尊卑等级制度分明，对王公国内的奏书说法也颇为讲究，下级上书给三公之府的奏书称为“奏记”，而下级上书给郡守的奏书则称为“奏笺”。“三公”是古代中央最高官衔的合称，西汉以丞相（大司徒）、太尉（大司马）、御史大夫（大司空）为三公，东汉以太尉、司徒、司空为三公。如《通典·职官志》曰：“汉以丞相、大司马、御史大夫为三公。后汉又以太尉、司徒、司空为三公。”[②] 而“郡守”一职稍逊色于三公，乃一郡之长，兼管一郡的军事，所以称为郡将。如《汉书·严延年传》载有：“延年新将。”唐颜师古注曰：“新为郡将也，谓郡守为郡将者，以其兼领武事也。”[③] 由此可知，笺记的说法是由书写对象的职务等级所决定的。虽然“奏记”和“奏笺”在称法上略有差异，但大部分学者仍然将二者视为同一种文体。如王充《论衡·对作》篇曰：“论衡之人，奏记郡守宜奢侈，以备困乏。”[④] 上书与郡守亦可称作奏记，而汉代“奏笺”与“奏记”界限十分模糊，在大部分情况下被视为同一种文体，而不做区分。因此，刘勰在“选文定篇”部分，将“奏记”和“奏笺”归为一类，列举了崔寔的奏记、黄香的奉笺、公干的笺记和曹丕等人的作品，最后都以“笺”体概述，没有再进一步的区分。现代学者亦认为“奏记”同“奏笺”两种文体不应区分，如黄侃认为：“案笺之与记，随事立名，义非有别。观《文选》所载阮嗣宗《奏记诣蒋公》，诚为公府所施；而任彦升《到大司马记室笺》，则亦公府也。故知汉来二体非甚分析也。”[⑤] 说明“奏记”和“奏笺”两种文体在并无二致，都属于笺记这一文体。笺记虽然与书信同源，但是作为典章制度下的产物，其性质更偏向与公牍而非私函，而“笺”体的发展更是与政治制度密切相关。如《后汉书·顺帝纪》载曰：“（阳嘉元年十一月）辛卯，初令郡国举孝廉，限年四十以上，诸生通章句，文吏能笺奏，

① ［梁］刘勰：《文心雕龙·书记》，周振甫：《文心雕龙注释》，第278页。
② ［唐］杜佑：《通典·职官一》，北京：中华书局，1984年，第110页。
③ ［汉］班固：《汉书·严延年传》，第3668页。
④ ［汉］王充：《论衡·对作》、黄晖：《论衡校释》，第1181页。
⑤ 黄侃：《文心雕龙札记》，上海：上海古籍出版社，1982年，第87页。

乃得应选。"[①] 又如应劭《汉宫仪》曰："孝廉年未五十，先试笺奏。初上试之以事，非试之以诵也。"[②] 可见，笺文是东汉时期作为文吏选拔的重要条件之一，这使得笺文的内容与功用也与奏议相近。"笺"虽与"书"同源，在礼制与典章制度的发展下，其文体功用具有明显的区别。

"笺"是比较特殊的一种文体，属于奏书发展的一部分。它既有属于表奏公文的公牍性质，又有私人书函的特质。《书记》篇云：

> 原笺记之为式，既上窥乎表，亦下睨乎书，使敬而不慑，简而无傲，清美以惠其才，彪蔚以文其响，盖笺记之分也。[③]

刘勰从书写风格上对"笺记"的体制作出了准确的说明，既看到了"笺"属于奏议类公牍文的一面，又看到了魏晋时期"笺"的私函属性。他将"笺"与"表"文进行比较，认为其"敬而不慑"。将"笺"与"书"进行比较，认为其"简而无傲"。他认为"笺"与表相比"敬而不慑"，正是因为"笺"文掺杂了"书"体私函的属性。笺文虽是公牍文，但在涉及国家典章政事中却带有私人情感色彩。不过，笺记中所流露的私人情感相较于书信写作的"尽言"特质而言却是十分克制的，这种克制的表述主要体现在行文用语这一方面。在刘勰看来，"笺"是表奏公牍文的演变的一种文体，其书写风格上也沿袭了"表"文敷奏于王庭的礼法制度，体现了强烈的尊卑差异。而比较同时期萧统《昭明文选》中所录入的九篇笺文和一篇奏记中，发现笺奏文的行文语气较为谦卑，字里行间流露出作者恭敬的态度，文章的抬头或结尾处多使用"某死罪死罪"之语，或是以"臣某言"这样的谦辞置于文章的首末。书信行文在这点上与笺记有明显的差异，除去李少卿《答苏武书》、丘希范《与陈伯书》两篇文章出现"顿首"这类出于尊重双方的用语，表示书面上的跪拜之礼，所有书信文的抬头与落款均以"某白"为常用之语，在行文用语上同笺文有明显的区别。

综上所述，"书"与"奏""表""笺"虽然在战国时期同源一体，但随着秦汉体制的完善，礼制的不断发展，从而决定了"奏""表""笺"三

---

① [汉]范晔:《后汉书·顺帝纪》,北京:中华书局,1964 年,第 261 页。

② [汉]应劭:《汉宫仪》,[唐]虞世南:《北堂书钞》,北京:中国书店,1989 年,第 204 页。

③ [梁]刘勰:《文心雕龙·书记》,周振甫:《文心雕龙注释》,第 278 页。

种文体在书写对象、行文格式及文体功用三方面区别于“书”体文。因此，“书”体文不同于“奏”“表”“笺”，它是一种用于平级之间交流情感，写作上可以畅所欲言的文体。对此，刘勰在《文心雕龙·书记》中有着非常明确的认识，因而《书记》篇成为我国古代文体学史上第一篇书信体研究的专篇。

（作者单位：温州大学文学院）

八旗诗歌总集《遗逸清音集》的文献价值①

张丽华

摘 要：《遗逸清音集》是八旗诗歌总集中收诗规模较大且具有多重价值的一部作品。从文学研究角度，确定其在清诗总集、八旗文学选集序列中的坐标，探讨其在八旗诗史构建与遗民文学研究中的独特价值；从社会史研究角度，挖掘其以诗存史的史料价值；从文献学角度，考量其在辑佚、校勘清代文献方面的特殊意义。

关键词：蒙古族诗人；延清；清诗总集；文献价值

清末民初蒙古诗人延清辑录的《遗逸清音集》是一部极具特色又长期被忽视的选集型八旗诗歌总集，具有较重要的文学价值、史料价值和校勘价值。由于入选诗人身份的特殊性、诗歌生成时代的特定性以及选辑者延清强烈的遗民情怀，这部总集在八旗文学、遗民文学、民族文学、近代文学等研究领域都有较重要的价值；大量关注现实的诗作因延清个人的诗史意识入选集中，为考察清民鼎革之际的社会离乱与八旗文人的生存状态、心理变迁提供了形象而宝贵的史料；采“现存之人”入集的选诗范围与发函、登报征诗的作品获得途径，使得总集在补辑、校勘清代文献方面具有特殊意义。目前学界对于这部作品的关注很少，其具体的文献价值尚无人揭橥。

一、八旗诗史构建与逊清遗民文学研究的重要文本

蒙古族学者特木尔巴根先生曾在论著中提及《遗逸清音集》，称它在

① 基金项目：全国高校古籍整理委员会资助项目“延清《遗逸清音集》校注”（教古委[2015]135）、内蒙古哲学社会科学规划项目“延清《遗逸清音集》研究”（2014B077）阶段性成果。

"艺林广为传播，其文学文献之价值得到学人的普遍公认"①。《遗逸清音集》在文学研究领域具有多重的意义，价值不容小觑。

（一）《遗逸清音集》与八旗诗史构建

八旗文学是清代文学的重要构成，也是清代文学"有异于前朝前代各历史阶段文学史实的关键性标志之一……八旗文学应自成专著，其中以诗一体言尤可独撰诗史。"② 受汉文化积淀与语言文字等制约，八旗诗人中进入汉语文化圈堪称诗坛名家的很少，其中诗文别集得以刊行且流传后世者更是寥若晨星，记载与传播八旗诗人诗作的功能主要由文学总集与诗话来承担。有清一代，全国性的清诗总集数量可观，但能进入其视野的八旗诗人并不多，故此，专门性的八旗诗歌总集对保存八旗诗人群体的作品至为重要。八旗诗歌总集的编纂肇始于清初，康熙年间，玛尔浑辑《宸襟集》、文昭辑《宸萼集》，专收宗室作家的诗歌③；乾隆年间卓奇图所辑《白山诗存》和伊福纳所辑《白山诗抄》是较早的以整个八旗作家群体为收录对象的诗歌总集，但两书一已失传，一仅以抄本行世。嘉庆以后，八旗诗歌总集刊刻的数量有所增加，出现了如《熙朝雅颂集》《辽东三家集》《长白英额三先生诗集》《卫藏和声集》《友莲堂合璧诗存》《松鹤斋近体诗钞》《松鹤斋近体诗钞》《柳营诗传》《杭防诗存》等作。总体来看，八旗诗歌总集大多是部头偏小、收录作品较少的地方性或家族性诗集，全国性的八旗诗歌总集弥足珍贵。其中，铁保、法式善所辑《熙朝雅颂集》收录清初至嘉庆初500多位诗人6000余首诗作，堪称最完备的八旗诗歌总集之一；延清的《遗逸清音集》则是继《熙朝雅颂集》之后选诗规模较大的八旗诗歌总集之一，对于全面展现八旗诗人创作风貌、构建完整的八旗诗歌史具有重要意义。

《遗逸清音集》分元、亨、利、贞四卷，计收民国初年在世的110位各类八旗诗人1112首诗作（集末另附选辑者延清《锦官堂诗草》作品20首）。所收诗人中，满洲宗室11人、八旗50人，汉军八旗26人，蒙古八旗20人，未署旗籍者3人，这与恩华著录的《八旗艺文编目》中呈现的

① 特木尔巴根：《古代蒙古作家汉文著作考·八旗蒙古作家丛考之延清》，呼和浩特：内蒙古教育出版社，2002年，第167页。

② 严迪昌：《八旗诗史案》，《西北师范大学学报》（社会科学版）2004年第3期，第1页。

③ 详见朱则杰、周于飞：《玛尔浑〈宸襟集〉与文昭〈宸萼集〉——两种清朝宗室诗歌总集及其编者考辨》，《社会科学战线》2011年第1期，173—176页。

满、汉、蒙八旗诗人比例构成是一致的。从体例上看，作品采用传统总集的编纂方法，以诗系人，作者名下简列姓氏、字号与旗籍、仕履、别集名称。据总集前《例言》可知，总集的选辑标准主要有二：其一，“名句流传，有闻必录”，故集中诸作大多艺术水平较高；其二，“凡此唱彼和，录稿尤多”，唱和诗几占全书三分之一篇幅，八旗诗人师友交游的盛况、以诗交游的主动意识以及对汉文化接受之深于此可见。此外，总集中还收录了百余首八旗诗人热切关注时局的作品，思想性较强。

从选录对象来看，《遗逸清音集》系统地收录了清末民初八旗诗人的诗作。总集最初的编撰目标是效铁保、法式善之风雅，“征集有清道咸同光诗集”① 以接续《熙朝雅颂集》；但因遭逢时乱，搜辑艰难，且“上无当轴之提倡，外无阮文达其人为助刊刻”②，没有当政者之提倡与雄厚财力的支持，“不得不变更前议，先就现存之人编起”③。这部作品的编撰工作始于民国元年（1912），成书于民国五年（1916）秋。逐一查考可知，例言所称“现存之人”均是生于鸦片战争以后、民国初仍健在的八旗诗人，他们都经历了末世离乱与清朝的覆亡，总集正是特定时代、特殊群体诗歌的总汇。

就搜辑范围来看，《遗逸清音集》所辑录的由清入民国的八旗诗人是较全面的。源于延清个人易代之际鲜明的政治立场，作品以“遗逸清音”为名，意在凸显选辑者强烈的遗民情怀，以故刘声木《苌楚斋四笔》“延澄友劝善”条有“侍读专录八旗诸人不仕他姓者之诗，成《遗逸清音集》四卷，丙辰秋仲排印本。虽意在续《熙朝雅颂集》，而亡国之音哀以思矣”④之语。然而，仔细考察可知，集中所收八旗诗人可以确定在民国初年既已出仕的至少在 20 人以上，如贡桑诺尔布、世续、宝熙、熙彦、达寿、恩华、云书、延鸿、袁金铠、荣孟枚、堃岫、金梁、谈国楫、谈国桓、成多禄等等。事实上，民初八旗诗人未入选《遗逸清音集》者极少。据总集的序跋及例言可知，延清是以“发启征求”“复经友人登报提倡”⑤ 的方式征

① 檀玑：《〈遗逸清音集〉题后》，见延清：《遗逸清音集》，民国五年（1916）北京商务印书馆铅印本。下文所引《遗逸清音集》内容均出此版本，不赘注。

② 朱寯瀛：《〈遗逸清音集〉序》。

③ 沈宗畸：《〈遗逸清音集〉例言》。

④ 刘声木：《苌楚斋四笔》卷六，《苌楚斋随笔》（下册），北京：中华书局，1998 年，第 807 页。

⑤ 李慎修、刘庆新：《〈遗逸清音集〉附记》。

集诗歌的，对于迟迟未寄诗者还“征至再三”。秉承严谨实录之精神，也为免遗珠疏略之讥，《例言》中将包括杨钟羲在内的未寄诗者10余家注列于后，这一细节正反映出编选者主观上意欲全面搜罗当世八旗诗人作品的初衷。而客观上入选诗人的数量，则可于比较中见其大概：《遗逸清音集》所收110位诗人见于两部大型清诗总集——《晚晴簃诗汇》与《清诗纪事》者均不到10家；另，恩华《八旗艺文编目》成书于1935年，其集部共收有清一代八旗诗人710余位，而《遗逸清音集》所收110位诗人仅有36人见于恩著集部，另有5人《遗逸清音集》诗人小传中列有别集而《八旗艺文编目》未著录；再有，柯愈春先生的《清人诗文集总目提要》所收诗人时代下限与《遗逸清音集》相合，《遗逸清音集》所选110位诗人见于柯著者仅20余人。延清采用的同时代人辑选同时代诗的方式，在及时全面地保存诗人作品方面有极大的优势；此外，《遗逸清音集》收录了延清与入选的27位诗人的唱和诗，可见他与满、蒙、汉军八旗诗人多有来往，对当时的八旗诗坛是较为熟悉的，这也为他全面辑录八旗诗歌创造了条件。除例言所列未寄诗的十余家外，清末民初的八旗诗家未入选《遗逸清音集》者应是极少的。

《遗逸清音集》较全面地保留了晚清民初八旗诗歌的史料，从整体上反映了清民易代前后的重要历史时期八旗诗群的创作风貌，特别是一些名不见经传或无别集刊刻的“小人物”的作品借以流传，诗人小传更可补现有文献之不足，八旗诗人交游师承等资料也保存于大量的唱和诗中，为考察八旗诗人的诗歌活动提供了丰富的材料。显然，《遗逸清音集》对研究八旗文学与满蒙民族的汉语文学创作、构建完整的八旗诗歌史具有重要意义。

（二）《遗逸清音集》与近代诗歌、逊清遗民文学研究

从近代文学与遗民文学视角考量，《遗逸清音集》也有重要价值。总集所收八旗诗人生年皆在1840年后，所收诗歌创作时间基本止于辛亥革命之前，恰在近代文学的时段之内。因此，总集所反映的正是近代诗坛八旗诗人的创作情况，为近代文学中最具特色的研究内容之一，自是研究近代文学发展不可忽略的要素。诚如延清友人檀玑所言：“后之君子，网罗文献，于《熙朝雅颂集》外，取是编而捡择之，固清诗续别裁之资料。”① 更值得我们关注的是，《遗逸清音集》是一部表达八旗诗人深切的遗民情怀的作

① 檀玑：《〈遗逸清音集〉题后》。

品。总集的编选者延清虽为蒙古八旗子弟，但出生、成长于汉文化氛围浓郁的江苏镇江，自幼接受传统汉语文化的教育，忠君爱国的儒家观念植根于血脉之中。作为世受皇恩的八旗子弟与因政绩得光绪帝亲谕褒奖的臣子，延清对于清王朝的感情是深挚而强烈的。面对清末的动荡离乱，延清忧心如焚，曾作《庚子都门纪事》等大型组诗表现他的忧国忧民之情。清帝逊位，延清心灰意冷，颓然自放，他以搁笔不作诗立志为遗民："届此沧桑之变，兴致毫无，满肚不合时宜，又何必形之笔墨，致遭时髦之唾骂哉?"[①]八旗诗歌总集编选的缘起，即是友人不忍见延清之颓放，因以集八旗诗为任，用来振作其精神，并存一代文献；"遗逸清音"之题名正明确传达了延清欲汇辑遗民诗之意。虽然总集最终所收并不以遗民诗人为限，但编选者欲借此集彰显易代之际鲜明的政治立场的用意是显而易见的。因此，总集中收录了大量凸显八旗士人遗民情怀的诗篇，为研究清民易代之际的遗民文学保留了重要的文献资料。

八旗遗民是民初遗民群体中一个极特殊的存在。因世受皇恩，很多八旗文人在清帝逊位之后都以遗民自处，拒绝与新政权合作，以表明自己的政治立场与人格操守。延清的组诗《辛亥岁杪接同年赵绍庭内翰（曾望）诗函，答以七绝》堪为代表：

> 生民涂炭两宫忧，南北相持苦未休。逊位甘为尧舜禅，逸民容我附巢由。
>
> 隐忍偷生恋故君，知心良友示前闻。合援八大山人例，殉节毋同范景文。
>
> 一家怜我乱邦居，招隐山中屡寄书。誓不帝秦东海蹈，结邻拟傍仲连庐。

延清借诗歌表达他对逊位君王的理解与忠诚，他不赞成明末范景文的殉国行为，但以古之高士自期，声明将如巢父、许由、八大山人朱耷一样以遗民自处，并以誓不帝秦的鲁仲连为榜样，虽被招隐但坚拒入仕新朝，态度鲜明地表明了自己忠于故主的遗民立场。《辛亥岁杪漫作》云："人间羞耻事犹知，满肚牢骚不合时。阁笔自今藏我拙，纵书甲子并无诗。"

---

① 延清:《〈锦官堂诗草〉附记》,见《〈遗逸清音集〉附录》。

《阁笔诗》曰："宦情久冷义熙年，老去词臣法晋贤。多事我嫌彭泽令，奈何甲子借诗编。"王朝覆灭，延清心灰意冷，他将仕新朝、为贰臣视作背弃君国、败坏个人节操品行的大耻辱，"不幸衰龄逢鼎革，贰臣羞入史官篇"（《阅十二月二十五日抄报，书愤二首用天字韵 辛亥》）。宦情冷于易代，正反映了延清对清王朝的忠诚之心。他化用陶渊明在东晋亡后写诗纪年题甲子而不署新朝年号的事典，并转而更上一层，以搁笔不为诗来表达对于故国的忠爱之情，这对于嗜诗成癖的延清来说是痛苦而又坚定的选择。

忠于旧朝、态度鲜明地表达坚定的遗民立场的还有广荧。"真能饿死方全节，才欲偷生即抱惭"（《京寓感怀》），王朝覆灭，他痛心不已又矛盾挣扎：是忍辱偷生还是殉难以全节？"头颅有价非轻掷，姓字流芳不滥传。利故可辞名亦远，要求人格底完全。""贰臣富贵只须臾，孰若葆真光史册。人生不幸丁此时，生死关头须审择。"（《辛亥京邸偶成》）诗人以声名气节为重，强调人格完全，反对为求富贵而为贰臣。他以古代高士自期："欲做特别人，须历特别苦。富贵与功名，乌足芳千古。齐景已杳然，千驷何足数。夷齐不朽名，首阳留片土。我辈有师程，从违当自主。上寿只百年，且勿秽青史。"（《读史有感》）"仲连孤竹应招我，千古同心着美谈。"（《辛亥京邸偶成》）并劝诫时人"那堪浊富能垂久，只有清名永莫移。最是目前难忍耐，须将义命好坚持。""出处两途宜早计，漫教后悔叹徒然。"（《与友人论出处偶成》）易代之后的出处仕隐关乎气节与名誉，正是传统汉文化中典型的价值观念。此外，如吉章"不期尧舜禅，我愿附巢由"（《携眷归田留别京中各亲友作》）之归隐、瑞洵"八万四千烦恼丝，一朝斩断无牵挂"（《剪发》）之断发明志等等均传达出八旗诗人坚定的遗民立场。

缘于清王朝统治者本身的民族属性、政权更迭形式的特殊性与西方文化观念的影响等种种复杂之原因，与宋、明两代遗民不同，清代遗民身上"文化遗民"的色彩更突出①。比较之下，以延清、广荧等为代表的八旗诗人则兼具"文化遗民"与"政治遗民"的特质，也与中华传统文化中"遗民"之义更为契合。在政权更迭之后，他们大多难以割舍与清王朝的深挚情感，以诗篇表达着不仕新朝、不事二主的道德与政治操守，由此也可见

---

① 详见傅道彬、王秀臣：《郑孝胥和晚清文人的文化遗民情结》，《北方论丛》2002 年第 1 期。

清代后期汉族传统道德观念对八旗士人影响之深，也让后人感知到清民易代之际八旗士人在由核心位置向边缘化位置转换过程中与时代或显或隐的互动。

二、时代风气、社会离乱与末世八旗士人心灵史之记录

中国文学历来有以诗记史的传统，文史互证亦为学术研究的重要方法。著名史学家翦伯赞曾讲："在任何时代的文学作品中，我们都可以找到作者对当时社会所涂绘的阴影……我以为集部之书，当作史料看，它们正是各时代的社会缩写，正是各时代的人民呼声，正是千真万确的历史记录。而且其中的历史记录，往往是正史上找不出来的。"① 《遗逸清音集》的选辑者延清是一位优秀的现实主义诗人，亲历庚子事变、辛亥革命等重大历史事件之后，面对满目疮痍的中华大地、内忧外患的大清王朝，他自觉地继承杜诗的"诗史"精神，既以诗歌创作来表达自己对时局的热切关怀，也借选辑诗歌来展现时代的风云变幻。《遗逸清音集》选录了大量当时八旗文士感知时代风气、关注社会离乱的作品，既展现出新旧时代交替时期之风气与思想观念的变迁、政坛风云的变幻，更反映了旗人在纷繁错综的历史环境中独特复杂的人生体验以及对时局的认知，"其亦可以观世变也"②，具有突出的纪实性与即时性，史料价值不言而喻。

（一）时代的新事物、新风气、新观念

十九世纪后半期，西方列强的大炮打开了清王朝的封闭大门，西方文明孕育的新观念、新事物随即涌入中国。《遗逸清音集》选录了不少描写新事物、表现新气象的诗篇，形象地展现了近代社会的新气息。如世荣的七律《时辰表》：

> 传得欧洲术最精，光阴分寸自然明。凝眸恍睹蟾蜍影，侧耳如闻蟋蟀声。理悟循环随日往，机参静动并时行。爱他微物殊堪贵，昼夜无停矢迈征。

以古典诗歌形式对新事物进行了传神的描摹，也表达了国人面对西方新事

---

① 翦伯赞：《史料与史学》，北京：北京出版社，2005 年，第 64 页。

② 檀玑：《〈遗逸清音集〉题后》。

物时的新奇感受。卷二所收定信的几首长篇古风则惟妙惟肖地摹写了新事物的特征：如以“雷电合而章，幻影谁娱嬉”（《电影戏》）写电影之神奇；以“德之能流行，速且胜置邮”“官家赖其利，牒报无烦投”（《德律风》）写电话之便利；以“都来自然理，人力全无关”（《自来水》）写自来水的不赖人力；以“星驰更飚急，箕张还翼舒”（《自行车》）写自行车速度之快等。与此同时，诗人的隐忧甚而是对新事物的排斥心理也在诗中有所反映，如认为电影戏虽好却容易使人玩物丧志：“我族久暇逸，壁观浑神痴。即曰且游目，涉险知未知……奈何千金躯，玩物心俱移。咄咄电影戏，信美匪我思。”（《电影戏》）电话虽有通讯便捷的优势但言难尽意：“半晌音甫通，宣意诚难周。”（《德律风》）此外，总集中还收录了八旗诗人常忠等人走出国门后的见闻：如《海滨观浴歌》写“美南女儿擅风流，群焉来向潮头浴”的风俗，《癸巳随杨子通星使出洋过日本泊舟神户海湾饮酒望月歌》与《甲午仲夏游安的斯山即景六首并序》等作则描写了异域他邦独特的自然景观，都给人以耳目一新之感；《纪秘人争国之乱十三章并序》则以诗歌纪异国政坛风云，有一定的史料价值。

（二）清末的社会离乱与八旗文士的悲悯情怀

《遗逸清音集》中有百余首纪事类诗篇，对包括甲午战争、庚子事变、义和团运动与辛亥革命等在内的社会动荡都有极形象的描绘，展现了清末乱世之下中华大地干戈四起、生民涂炭的惨象与八旗文士深切的忧时伤乱之情。如，清末军机大臣宗室爱新觉罗·毓朗在《次韵燕京酒徒题壁诗》中追忆甲午战争造成的社会震荡与生灵涂炭：“回忆甲午三辅惊，波涛壁立风吼鸣。可怜十万良家子，青磷白骨随砰訇。”诗人还写到他遭逢庚子之乱、避地北山而复遭溃勇，归来无以为家的经历：“我亦无家客，年来逐蓬萍。万金尽劫掳，幸免填沟坑。”（《庚子之乱》）满洲贵胄尚无力保护家室，能苟全性命已属万幸，普通民众的遭遇可想而知。庚子事变后，延清曾作《庚子都门纪事诗》近四百首以纪实，一时和作如林。《遗逸清音集》中就收录了锡钧三首《题延子澄同年〈庚子都门纪事诗〉》：

汉廷儿戏用干戈，朝士伤心战守和。梦醒藜床挑蜡泪，坐听人唱凯旋歌。

离宫燠馆锁烟霞，劫火销沉十万家。西望翠华犹未返，禁城风雨绣苔花。

老我痴顽鬓已星，那堪朋辈任凋零。持君诗卷汍澜读，如对遗山野史亭。

此组诗梗概多气，诗人对清廷处事不当引发战争、帝后西狩颇有微词，对清廷败局之无奈与痛楚，对战事中伤心之朝士、历劫之百姓与凋零之朋辈的痛惜之情及拳拳爱国爱民之心跃然纸上。震钧之组诗《庚子秋乱感事诗》则写出了战后不同群体的集体表征——“侍臣立马看三殿”“万姓含悲望九阊”“多少公卿抱痛深”以及庚子之乱留下的惨象“斯民百万化沙虫，金马门前血尽红”，诗人的痛楚之情弥漫于笔端。广荧的《夜坐有感》中更有“国破家亡杀气横，妻孥留滞在神京。伤心复抱西河痛，触目难禁北地情”的沉痛之语，乱世之中八旗文士的悲悯情怀于斯可见矣。

（三）旗人的末世遭际与复杂心绪

因与满清王朝有着休戚与共的密切关系，对八旗士人而言，清民鼎革不仅意味着政权更迭，更宣告了他们特殊身份与优厚待遇的终结，王朝的覆亡对旗人的现实处境和精神世界都是巨大的冲击。《遗逸清音集》选录的诗篇，多维度地展现了八旗士人在清末政治变乱中别样的人生遭际、独特的人生体验与复杂的心绪情感。如曾任湖北荆州知府的斌俊于辛亥革命后所作之《有感》：

无端革命起阴谋，弃职归来作楚囚。告贷亲朋羞启齿，开除仆婢闷垂头。妻因米罄言含泪，女为衣单而带愁。寄语八旗诸硕彦，连筹生计莫优柔。

辛亥革命终结了清王朝，也葬送了八旗人的优越生活，大部分旗人的命运急转直下，一时无法适应。斌俊形象再现了满清覆亡之后旗人异常窘迫的生活处境，对于旗人命运的转变有着清醒的认识，哀叹之余，他对八旗群体发出了“连筹生计莫优柔”的劝诫。

面对王朝的没落，很多八旗子弟无奈又无助，消沉之意志、萧索之心绪于诗篇中俯拾皆是：“匆匆岁月又东风，乱后惟余诗句工。”（毓朗《寄伯先姊丈》）“诗吟尽诉愁千种，酒醉方休事万般。”（毓麟《题庆博如戎曹北风集》）“老人家国无穷恨，忍泪吟成绝笔篇。”（延钊《读延子澄先生〈前后三十六天诗〉寄呈澄老》）“世事茫茫天意晦，英雄易老奈愁何。”

（寿麟《丙辰春日感事》）其中，耆龄之《客宁波遇俞恪士出示新诗即题卷尾时辛丑五月》艺术水平较高："惨澹烽烟黯两京，春风也自到江城。眼中谁有匡时略，笛里愁听入破声。憔悴徒伤同越舄，飘零何意遇兰成。干戈满地惊华发，一读新诗百感生。"匡时无略，忧愁憔悴而又无可奈何，是当时文士较为普遍的状态。更有一些人意欲归田避世，不问国事。如历官西宁办事大臣的庆恕有诗云：

退归已是暮年时，离乱无烦告我知。杜口不谈天下事，闲来静坐独吟诗。（《归隐》）

共叹于今世道难，人情反复似波澜。宦途翻比穷途险，宁受饥寒不作官。（《自遣》）

正是朝秦暮楚时，国家理乱不求知。闲来独坐蕉窗下，静对书生只讲医。（《书怀》）

面对乱世的纷争与翻覆的时势，文人无力回天又如履薄冰，他们渐渐从公共和政治领域抽离，转而关注个人领域与内心世界，以独善其身的坚守来作消极抵抗，不问离乱、寄心于诗书医艺是他们无可奈何的选择。

当然，乱世之中也不尽是衰颓之音，如贡桑诺尔布以《咏怀》抒写欲挽狂澜于即倒之雄心："有志澄怀起海东，他时破浪欲乘风。戎装剑佩豪情壮，旷览全球一世雄。"历官库伦办事大臣的延祉之《漫题》则写出了驻守边疆之人不畏劳苦立志报国的豪情："病骨支离气尚豪，茫茫不问大环刀。感时愤作闻鸡舞，报国遑云汗马劳。羌笛随他怨杨柳，琵琶由我醉葡萄。羊头未烂烹羊胛，且向沙场餍老饕。"庆恕有《天雨冰后又作大雾三日白昼如夜天变非常因诗以纪之》："大雾迷漫混太清，眼中寰海不分明。赖谁能有回天力，洗净长空放晓晴。""重重密雾掩朝暾，天黑无光昼已昏。愿乞风威全扫去，闪开红日照乾坤。"两首诗都表达了作者渴盼天下早日清明太平的祈愿。

（四）八旗士人对时局的认知与政治态度

《遗逸清音集》收录了不少论时事的诗作，一定程度上反映了八旗士人群体对时局的认知以及面对激烈的社会变革不同的立场，正是晚清八旗诗人时代心声的总汇。如汉军诗人李崇瑞的《庚子初秋拳匪之乱京师沦陷两宫西幸除夕挑灯孤坐怆怀有作》：

破碎河山泪滴残，小朝廷已就偏安。虚縻缯帛输回纥，枉费金钱赂契丹。兆庶可怜罹浩劫，百僚无计挽狂澜。庙堂衮衮从亡客，屏息都从壁上观。

庚子变乱之后，两宫西狩，诗人痛斥朝廷之偏安、臣僚之无能以及当政者以赔款求苟安的做法，对罹难之百姓满怀怜悯，面对破碎之山河怆痛不已。辛亥革命后，诗人作《辛亥冬读警报愤书》："三百年来仰九阍，诏书哀痛下金门。理财有道充私槖，勘乱无谋负至尊。夹路落花悲帝子，黏天芳草感王孙。纡青托紫于于客，记否从前养士恩。"善耆《咏雪》中也有"勤王谁李愬，闭户尽袁安"之语。可见，在位者理财充私而戡乱无谋，官员贪鄙无能、贤俊为世所弃引发清末动荡，已是不少八旗士人的共识。广荧作于辛亥革命两年后的《癸丑春日中原扰扰因以赋之》则对民国初年的时局作了白描：

乱世不饿死，即是真富贵。还欲求名利，是何不知味。大陆正浮沉，群强洵足畏。域内起群雄，纷纷争党类。问谁能利国，国危无可讳。问谁能福民，民生日憔悴……

诗人写出乱世之中民生之艰难，谴责各类人物以"利国福民"为名竞相登场，而国势愈危，"民生日憔悴"，面对域外列强侵夺瓜分、宇内群雄竞争权势之局面的心灵痛楚化为声声追问。

对于清末的社会变革，八旗文人也以诗抒写了他们的不同态度。赞同者如贡桑诺尔布称："朝廷百度尽维新，藩属都应教化均。崇正先从端士习，兴才良不愧儒珍。欣看此日峥嵘辈，期作他年柱石臣。无限雄心深企望，养成器识傲强邻。"（《创办崇正学堂开日抒怀》）作为喀喇沁蒙古王公，贡桑诺尔布认识到维新变革对当时社会进步的重大意义，并率先在边塞地区创办新式学堂培养人才，以期将来与强邻抗衡。反对者如文悌则有《弹劾戊戌党人》组诗："谏猎诗成笔一挥，披鳞从不信韩非。诚难悟主心原愧，直己惊人事未违。佞远贤亲当务急，言哤事杂似今稀。朝廷有日思臣语，旧是农曹且拜归。""苏张鼓舌六王宫，履倒冰颠服不衷。改玉竟教邦国瘁，捐金虚博誉声隆。焚书事见鞅斯后，问鼎心居操莽中。联袂岂徒谋国计，菲材祈合弃繻终。"认为戊戌变法将导致邦国疲瘁，将倡导变法诸人视为奸佞。延清也借诗歌表达了他对辛亥革命后时局的认知，组诗《辛亥岁杪接同年赵绍庭内翰（曾望）诗函答以七绝》（六首）堪为代表。其一云："先辈岂知王氏腊，微官犹署晋家臣。用夷变夏瓜分兆，深恶当时作俑人。"辛亥岁末，清王朝大势已去。鼎革易代之际，延清强烈指斥变法革新，认为用夷变夏必然导致国家四分五裂的局面，对倡导变法之人深恶痛绝。可见，八旗群体内部在守旧与革新问题上有着不同的立场。

"文学作品是心声的反映。从一个人的诗赋小说，可以见这个人的心；从一群人的诗赋小说，可以见这个时代文人的心。"[①]《遗逸清音集》中收录的这批具有强烈现实主义精神的作品，为后世研究清末民初的社会状况、八旗文士末世的人生遭际提供了丰富的史料，更为勾勒晚清八旗士人的心灵史提供了直接而可信的资料。

三、清代诗集的补辑、校勘与文本动态生成过程的考察

作为一部诗歌总集，《遗逸清音集》除承载文学选本保存文献的功能外，亦具辑佚与校勘的功能，文献学价值不容忽视。兹以喀喇沁蒙古王公贡桑诺尔布为例略做说明。贡王有《夔盦诗词集》收诗词40余首，附于刑致祥等《热河省蒙古喀喇沁右旗扎萨克亲王贡桑诺尔布之略史》后。《遗逸清音集》收贡王诗11首，其中贡王和宗室毓朗之《和毓月华侍郎庭梅花韵》二首恰为《夔盦诗词集》所无，总集正可补别集之阙。另外，《夔盦诗词集》中文字多有讹误，如《山村得句》中有"堆柴填破壁，剪穗桂斜楹"语，"桂"字显然有误，据《遗逸清音集》校勘可知，"桂"乃"挂"之误，总集之校勘价值可见一斑。当然，《遗逸清音集》所录诗句也并非全部准确，仍以贡王诗为例。如《遗》所收《山村得句》云："夕阳山半掩，振耳暮鸦鸣。村犬迎人吠，邻鸡逐队行。堆柴填壁破，翦穗挂斜楹。自有天然乐，无关世上情。""壁破"，《夔盦诗词集》作"破壁"，据诗法与下文，显然当以《夔盦诗词集》为是。《十一月初二日夜雪》："方觉三冬暖，寒威半夜生。无从占气候，不足似人情。万径银装就，层云墨染成。真看天地判，黑白太分明。""足"字，《夔盦诗词集》作"定"，联系上文诗意，当以"定"为是。因此，研究者在使用《遗逸清音集》中的材料时当细加核查。

---

① 卞孝萱:《唐人小说与政治》,厦门:鹭江出版社,2003年,"导言",第5页。

还有一个更值得关注的问题。《遗逸清音集》总共收贡王诗11首，其中有9首诗亦见于《夔盦诗词集》中，两集对照可见异文16处，除却上述所言3处正误显见外，其余13处若仔细推敲则可知《夔盦诗词集》多误。从成书时间上看，《夔盦诗词集》前有辑录者刑致祥康德五年（伪满年号，即1938年）仲夏望日序，其时贡王已离世7年；《遗逸清音集》刊行于民国五年（1916）秋，且诗作均为延清向诗人发函求得或登报征得。据此大体可推知，总集所收诗歌当与贡王诗原作或初稿更为接近：集中所收诗有此情况者当不止一家。作为一部同时代人辑选的同时代诗歌总集，其中诗歌文本与作家别集中文本生成的先后关系是较为复杂的，这也提醒后世的研究者，这部特殊的总集除了可作一般意义上别集的他校材料外，有时还会在对比中显现诗歌文本从初创到诗人自己或他人修改或编纂过程中发生的变化，可为考量诗歌文本变迁的依据，对于考察诗歌文本动态之生成过程、诗集编纂之轨迹自有积极意义。因此，在以其为资料做校勘时需以更审慎的态度多方考证以勘定正误。

在故国覆亡、新政权确立之际，延清以及他身边的一批文人以文化整理事业完成了道统担当与学统承续，也完成了自我政治遗民与文化遗民双重身份的建构。以传承传统文化作为自己人生价值实现的方式，是当时诸多逊清遗民的共同选择，也是民国时期一道独特的文化景观。作为一位八旗蒙古文人，延清乱世修书的行为本身，以及于所选诗中表现出的深切的遗民情怀，都显现了汉民族传统道德文化对其深刻的影响，因而，《遗逸清音集》也是蒙汉、满汉文化融合的产物，在满蒙文学与清代社会、八旗文化研究方面也有重要的价值。《遗逸清音集》无疑是一部极具特色、颇有价值的清诗总集。

（作者单位：内蒙古师范大学文学院）

论《文心雕龙·体性》篇之“八体”[①]

李鹏飞

摘　要：“八体”是《文心雕龙》中的一个重要范畴，与刘勰的文体观念息息相关，但我们的研究可能还很不够。从《体性》篇的论述以及各篇章之间的联系中，可以看出“八体”的丰富内涵：它不仅具有文章篇章结构的八种基本类型的基础含义，还在刘勰对文体进行基本元素分析中展现出其深层意义，同时在更高层次的文体规范之中，也承担了不小的作用。

关键词：《文心雕龙》；《体性》；八体；文体论

《文心雕龙》体大虑周，其中有不少理论在现阶段的研究之中仍未被完全发掘出来，《体性》篇中“八体”一词的含义就是一例。

在早期的研究之中，《体性》篇“体”的含义被阐述为“风格”，以与“文体”概念中“体”所具备的“文类”范畴相对应。这一观点见于郭绍虞等老一辈学者，以詹锳先生的《〈文心雕龙〉的风格学》为其代表作，时至今日仍旧是主流观点。学界也有不同的看法，如台湾学者徐复观早在20世纪50年代末就指出，《文心雕龙》的“文体”概念范畴中并不包含“文类”这一含义，而只是“文学中的形相”，同时又提出了“体裁→体要→体貌”的“文体三次元”说[②]。这一观点的提出，在学界引起了不小的反响，有人反对，如龚鹏程坚持老一辈学者关于“体”包含“文类”和

---

① 基金项目：国家社科基金重大项目“《文心雕龙》汇释及百年‘龙学’学案”（17ZDA253）。

② 徐复观：《中国文学精神》，上海：上海书店出版社，第118页。

"风格"两个范畴的看法①、姚爱斌提出"体"是"文章整体存在"②的看法等，也有人承袭，如童庆炳先生提出"《文心雕龙》'文体'四层面说"③等。直到现在也没有一个权威的说法能说服众多研究者。或许正如同徐复观所说，这已然成了《文心雕龙》研究中的一个"死结"，"不得不继续争论下去"④。

实际上，"死结"之所以打不开，大多是因为方法出现了问题。《文心雕龙》的文体研究之所以陷入"死结"，是因为大多数研究者执着于"体"的"文类"含义与"风格"含义，这两者看似都有道理，不能舍弃又想要两者兼顾，因此就会陷入迷境。打破僵局的办法需要从根源上找寻，大多数学者都默认的一个观点是，中国古代和现代"文体分类"的概念范畴是基本一致的，正因此，"文体"的概念与"文类"的概念就缠夹在一起。事实上，这种观点是错误的，现代的文体分类源自西方文学理论，是依据作品的语言表述形式的不同而进行不同体裁的分类，而中国古代的文体分类则更为复杂，如先有文笔之分，后又有其他各种"体"的区分等。纵观中国古代各种集部之书，可以看出，古代的文体分类标准最大的特点，便是按照作品的内容题材进行分类。现代的文体分类是根据文采层面的语言组织形式进行分类，而古代的文体分类则是根据情理层面的不同内容构成来进行分类。现代的文体分类关注的是怎么写，而古代的文体分类关注的是写什么。

很多研究者在研究古代文体分类的时候注意到了这一点，但在研究文体的时候，却相对忽略了这一点差异。也正因此，文体的文类含义就变成了作品的种类，每一种体裁也就成了现代意义上独立的体裁。然而，古代文体分类的目的和现代文体分类的目的并不一样。刘勰称"去圣久远，文体解散"，因而"搦笔和墨，乃始论文"。他"论文"的目的很明确，是因为"近代之论文者""不述先哲之诰，无益后生之虑"，需要"释名以章义""敷理以举统"⑤，将文章引回儒家经典的文体制式。这种目的不仅体

① 龚鹏程：《文心雕龙的文体论》，原载于《"中央日报"》（台湾）1986年12月11—13日，后收入《文学批评的视野》（武汉：华中师范大学出版社，2011年）等书。

② 姚爱斌：《论徐复观〈文心雕龙〉文体论研究的学理缺失》，《文化与诗学》2008年第2期。

③ 童庆炳：《〈文心雕龙〉"文体"四层面说》，《天津社会科学》2015年第5期。

④ 徐复观：《中国文学精神》，第182页。

⑤ ［梁］刘勰：《文心雕龙·序志》，戚良德辑校：《文心雕龙》，上海：上海古籍出版社，2015年，第286页。

现在其文学理论之中，也体现在文体分类之中。《文心雕龙》的文体分类并不仅是为了区分每一种文体，同时也是为了“原始以表末”，追本溯源，梳理儒家经典中的不同题材，找出每一种文体所对应的写作制式。现代的文体分类是为了区分不同文体的语言组织形式，以《文心雕龙》为代表的古代文体分类则是为了找寻本源，在经典中找到其最初的、最基本的写作制式。

详及《体性》篇，这种“原始以表末”的文体意识依旧体现得很明显，这便是刘勰所称的“八体”。尽管学者们对《体性》篇所体现的文体观念很感兴趣，但对于“八体”却往往选择性地忽视，并不作为主要内容来考察。本文便以“八体”为研究对象，考察《体性》篇“体”的含义。

一、“总其归途”：“八体”的基础含义

《文心雕龙·体性》篇承接在《神思》篇之后，是刘勰所称下篇的第二篇。

在《神思》篇中，刘勰论述了文章写作中代表创作者的“神”与代表创作素材的“物”之间的关系。其中提到了“神”“志气”与“物”“辞令”两组对照的范畴，刘勰称，“神居胸臆，而志气统其关键；物沿耳目，而辞令管其枢机”[①]。在这里，他提到了三重范畴，即外界、创作者、文本。“物”属于“外界”的范畴，“神”“志气”属于“创作者”的范畴，“辞令”属于“文本”的范畴。刘勰认为，在外界的“物”转变成文本中的“辞令”这一过程中，创作者的“神思”起到了关键性的作用，只有运用好自己的“神思”才能更好地创作文章。

这时就出现了一个问题，如果只能靠创作者自己的神思来统摄文章的创作，那刘勰在上篇中提到的“原道”“征圣”“宗经”等范畴似乎就起不到关键的作用。所以，刘勰需要有一个概念范畴来让“道”“圣”“经”这三个范畴进入到文章的创作之始，且必须要有关键性的作用。

刘勰提到了“积学以储宝，酌理以富才，研阅以穷照，驯致以怿辞”“博而能一”，又提到了“情数诡杂，体变迁贸”[②]。在现代理论的视角下，创作者在创作时，必须要通过作者自身的文化素养来进行创作，刘勰在彼

① ［梁］刘勰：《文心雕龙·神思》，戚良德辑校：《文心雕龙》，第173页。

② ［梁］刘勰：《文心雕龙·神思》，戚良德辑校：《文心雕龙》，第173、174页。

时已然明白了这一道理，但他所叙述的方式与现代不同。现在看来，“道”“圣”“经”三个范畴属于创作者自身的文化素养，而在刘勰看来，这三者不仅是文章的源头还是创作者毕生需要追寻的最终价值实现。因而，就需要再加入一个新的范畴来统一外界、创作者、文本和“道”“圣”“经”这四重范畴。这个新范畴，便是统摄在文本之上的“体”。

所谓“情数诡杂”是说创作者与文章文本中的“情”的变化是复杂的，二者之间既要相互吻合，又要彼此各行其是；而“体变迁贸”则是指文体的变化，这里的“文体”并非文类的体，也并不仅仅是风格的体，而是如上所述统摄在文本之上的“体”。刘勰认为，创作者在外界和文本之间起到了重要的联结作用，不仅仅是因为他具备了“神思”，能好好运用自己的“神思”，还需要做到明晰“情”与“体”的变化。正如同布与麻，都是自然界存在的物质，因为有了杼轴的作用，布便“焕然乃珍”，具备了上述能力的创作者也就如同杼轴一样，能够将外界的“物”更好地转换为文章。

《神思》篇对“体”的讨论一笔带过，在《体性》篇中，刘勰专门讨论创作的“体”。如果说《神思》篇讨论的是创作者与外界之物的关系，那么《体性》篇讨论的就是创作者与文章文本的关系。在创作者与外界之物的关系中，“体”仅仅是辅助的作用，外界之“物”被假设为暂时不变，文章之“体”在不断变化，故而相同的“物”在不同的文章之“体”中就具备了不同的含义，创作者应该熟知不同的“体”与“物”的关系，方能“通变”于文章。因此，“体”就具备了统摄的意味，如果没有“体”的统摄，创作过程中的“思”也就变得杂乱，不能“贯一”。而在创作者与文章文本的关系中，“体”不再是相对于与外界之“物”的存在，而成了主要讨论的对象，创作者之人体与文章文本之文体都具备“体”的含义，而刘勰所属意的正是这两种“体”之间的关系。

刘勰称“摹体以定习，因性以练才”[①]，此处的“体”并不是指文章文本之“体”，而是专指经典文本之“体”，“雅制”之“体”。按黄侃《文心雕龙札记》称，“才气本之情性，学习并归陶染，括而论之，性习二者而已。”[②] 即在创作者“才”“气”“学”“习”四种因素中“才”“气”是先天因素，是创作者的“情性”，“学”“习”是后天因素，对创作者起到了

① ［梁］刘勰：《文心雕龙·体性》，戚良德辑校：《文心雕龙》，第179页。

② 黄侃：《文心雕龙札记》，上海：上海古籍出版社，2005年，第97页。

“陶染”的作用，概括来讲，就是“性”和“习”。因此，《体性》篇的论述也就相对应地一分为二：一则是沿着“习”“性”一脉说文章文本之“体”，即创作者“各师成心”故而文章文本“其异如面”，而从这众多文体之中可“数穷八体”[①]；一则是沿着“性”之一脉说“才”，称创作者言由志定、志以气出，故而文章文本莫不彰显着创作者的“情性”。二者汇总，也就有了最终的结论，“才由天资，学慎始习”[②]。创作者的“性”不能更改，所以要顺应自己的“才气”来练习，创作者的“习”可以自主，因而需要学习“雅制”的文本来“定习”。

在刘勰看来，文章文本有多种多样的“文体”，就如同创作者有各种各样的“人体”，“八体”是从这些文体之中总结而出的基本因素。这里就出现了一个问题，“八体”隶属于哪一类范畴，它和《文心雕龙》上篇中的众多文体有何区别？

学界普遍的看法是将“八体”阐述为八种基本风格，下文中列举的例子也就变成了八种基本风格的变化。于是，《体性》篇的内容就变成了从八种基本风格的阐发到八种基本风格的变化，《风骨》篇也就变成了刘勰所认为的“八体”之外最为理想的艺术风格。这种看法有一定道理，但却不能完美解释刘勰的意思。风格是一个古代汉语词汇，始自魏晋时期品藻人物，多用作评价人物，或与儒教名理、朝政理国等事义连用，取“风”之“风化”的含义，比喻能教化[③]，《文心雕龙·议对》篇中就有“风格存焉”[④]一语特用来指陆机等作家的文章具有教化的功能，《颜氏家训》中亦有“古人之文，宏材逸气，体度风格，去今实远”[⑤]，以与当时崇尚声律、对偶特点相对应；或与“高”“远”“峻”等词连用，称其高风亮节，有风度[⑥]。

---

① ［梁］刘勰：《文心雕龙·体性》，戚良德辑校：《文心雕龙》，第178页。

② ［梁］刘勰：《文心雕龙·体性》，戚良德辑校：《文心雕龙》，第179页。

③ 如《世说新语》称“李元礼风格秀整，高自标持，欲以天下名教是非为己任”（［南朝宋］刘义庆：《世说新语》，上海：上海古籍出版社，2012年，第1页。）又《宋书》评价蔡廓“世重清谈，士推素论，蔡廓虽业力弘正，而年位未高，一世名臣，风格皆出其下”（［梁］沈约撰：《宋书》，北京：中华书局，1974年10月，第1585页。）

④ ［梁］刘勰：《文心雕龙·议对》，戚良德辑校：《文心雕龙》，第153页。

⑤ ［北齐］颜之推：《颜氏家训》，庄辉明、章义和：《颜氏家训译注》，上海：上海古籍出版社，2006年，第175页。

⑥ 如《南齐书》称萧颖胄“风格峻远，器宇渊邵，清猷盛业，问望斯归”（［梁］萧子显：《南齐书》，北京：中华书局，1996年，第674页。）《宋书》称谢混“混风格高峻，少所交纳，唯与族子灵运、瞻、曜、弘微并以文义赏会”（［梁］沈约撰：《宋书》，第1590页。）

到了唐以后，风格一词与“风化”的含义更加密切，如《晋书》称王坦之“坦之有风格，尤非时俗放荡，不敦儒教”，称和峤“峤少有风格……朝野许其能风俗，理人伦”①。宋以后才逐渐有了“唐人风格”之类的话，用以评价文学作品，特指唐人作诗有风骨格调。近代以来，风格一词使用逐渐频繁，学界大多将“style”与“风格”对举，用来指艺术家及艺术作品所特有的艺术特征这一理论范畴。后来风格的范畴又进一步扩展，从创作者和作品逐渐过渡到艺术创作的其他方面，也就有了民族风格、地域风格、时代风格等等一系列的表现独特艺术特征的范畴。

实则，不论风格的古代释义是否具有现代理论的范畴，都不影响现代学者以现代理论的范畴来研究古代的理论。只不过不能将二者混淆，造成其含义不明。在《体性》篇的研究中将“体”和“八体”阐述为风格和八种基本风格，所使用的“风格”是现代理论的范畴，其所指应当是艺术家或艺术作品所特有的、可以区别于其他艺术家或艺术作品的艺术特征。但随着风格范畴的一步步扩展，这一界限也在变得模糊，风格的含义逐渐向艺术家或艺术作品之艺术特征的代名词靠拢。詹福瑞、赵树功《论“体”与“文体”（style）》将中国古代的“体”与西方的“style”对比时，已经默认将“风格”作为古代“体”之范畴的一部分，对风格含义的解释也只是“体格体貌，即所谓风格”，“风格”俨然成了艺术特征。虽然文章中以“中国之体偏于主体之源，西方的‘style’则斤斤于形式的显现”② 来凸显古代“体”的不同，但这种用法已经使得古代文论中的“体”的含义趋于繁杂，不仅要承担文体分类的含义，还要在每一种分类中承担其艺术特征的属性。这实际上是现代理论对古典文论范畴的重构，不仅没有以现代理论的风格范畴将古代“体”的含义阐述清楚，反而变成了一种类似于强制阐释的理论。

《文心雕龙》的“体”是一个意义明确的范畴，刘勰在下篇之中多次使用，如《风骨》篇称“曲昭文体”③，《通变》篇称“宜宏大体”④，《定

① ［唐］房玄龄等：《晋书》，北京：中华书局，1996 年，第 1965、1283 页。

② 詹福瑞、赵树功：《论“体”与“文体”（style）》，《江海学刊》2017 年第 1 期。

③ ［梁］刘勰：《文心雕龙・风骨》，戚良德辑校：《文心雕龙》，第 181 页。

④ ［梁］刘勰：《文心雕龙・通变》，戚良德辑校：《文心雕龙》，第 186 页。

势》篇称“因情立体，即体成势”[①]，《镕裁》篇称“立本有体”“规范本体”[②]，《章句》篇称“意穷而成体”[③]，《序志》篇称“文体解散”[④]。对这些“体”字，学者们在研究中大多分而论之，或名之以“体制规范”，或称之为“文章风格”，实际上这些“体”都是一个范畴。在《章句》篇中刘勰说得很明白，“夫设情有宅，置言有位；宅情曰章，位言曰句。故章者，明也；句者，局也。局言者，联字以分疆；明情者，总义以包体。”[⑤]“情”便是《体性》篇所说的“情动而言形，理发而文见”中的“情”与“理”，“言”便是“言”“文”。“体”就是创作者的“情理”通过一定的“言文”构成的“章句”组成的篇章。《镕裁》篇也称“情理设位，文采行乎其中”[⑥]，即是说创作者的“情理”用辞令表现出来形成一篇文章，便如同构成了一个虚拟的空间，“文采”就在这个空间中发挥自己特色。“体”有“正体”“大体”，即按照儒家经典传承而来的篇章构成方式；有“讹体”，即因为创作者只顾着文章之“势”而逐渐偏离了儒家的正统构成方式，所谓“势流不反，则文体遂弊”[⑦]；有“有常之体”，即是或由官方规定、或由传统习得的篇章构成方式，所谓“名理相因”；有“变体”，即创作者根据自己的“情理”与“文辞”的“势”而改变的构成方式，所谓“通变无方”[⑧]。但无论哪种“体”，其基本含义还是上述所说的，以“情理”为主导、以一定的“言文”组织模式为构成方式的篇章结构。[⑨]

“八体”则是从多种多样的文体中提炼出来的八种基本的篇章结构。为了让这一理论更明晰，他还特意给每一种加上了或情理、或事义、或字句、或文采的构成方式说明。“典雅体”是摹拟儒家经典的篇章结构，“远奥

① ［梁］刘勰:《文心雕龙·定势》,戚良德辑校:《文心雕龙》,第 189 页。
② ［梁］刘勰:《文心雕龙·镕裁》,戚良德辑校:《文心雕龙》,第 197 页。
③ ［梁］刘勰:《文心雕龙·章句》,戚良德辑校:《文心雕龙》,第 205 页。
④ ［梁］刘勰:《文心雕龙·序志》,戚良德辑校:《文心雕龙》,第 286 页。
⑤ ［梁］刘勰:《文心雕龙·章句》,戚良德辑校:《文心雕龙》,第 205 页。
⑥ ［梁］刘勰:《文心雕龙·镕裁》,戚良德辑校:《文心雕龙》,第 197 页。
⑦ ［梁］刘勰:《文心雕龙·定势》,戚良德辑校:《文心雕龙》,第 190 页。
⑧ ［梁］刘勰:《文心雕龙·通变》,戚良德辑校:《文心雕龙》,第 185 页。
⑨ 姚爱斌《论徐复观〈文心雕龙〉文体论研究的学理缺失》中将“文体”的概念阐述为“具有各种特征和构成的文章整体”,本文在此处对“体”的概括可与之参照。姚文广征博引,重在论述文章的“整体”观念,即“文体”是一个参照“人体”命名的、“有机统一”“脉络畅通、健康完整的生命整体”,故结论颇大;本文所论重在理清刘勰对“体”的理解,以及“体”在《文心雕龙》诸篇中的含义,故此处立论极小,只限定在“文体”作为最普遍意义的篇章结构的构成方式之上。二者虽有相似之处,但实有一定区别。见姚爱斌:《论徐复观〈文心雕龙〉文体论研究的学理缺失》,《文化与诗学》2008 年第 2 期。

体”是谈论玄理的篇章结构，“精约体”是经过推敲、省字省句的篇章结构，“显附体”是言辞直白的篇章结构，“繁缛体”是运用比喻和铺排比较多、喜欢炫耀的篇章结构，“壮丽体”是议论宏伟壮阔、辞采明烁的篇章结构，“新奇体”是喜欢争奇斗艳、以稀奇古怪的事义为能的篇章结构，“轻靡体”则是文辞虚浮、内容庸俗的篇章结构。尽管“八体”的名字和对其进行的描述跟文章的艺术特征“风格”的叙述很是类似，但并不能就以此就说它是在说艺术特征。因为“风格”作为艺术特征，本就是因为创作方式的不同而造成的不同特色，如果不能区分其所论之取向孰轻孰重，很容易向“风格”偏移。正如《体性》篇下文中提到的“贾生”等例子，“俊发”等词就是对人物品格的评价，然而“文洁而体清”等概念则是对其文章写作方式的说明，而非对其艺术特征的归纳。可参照《总术》篇中“精者要约，匮者亦鲜；博者该赡，芜者亦繁；辩者昭晳，浅者亦露；奥者复隐，诡者亦典”[①] 一句，虽与“八体”之说并非一一对应，但与“八体”所说之义很是相近，都是在讨论写作方式。何以《总术》篇不称风格，反而“八体”便成了艺术风格？又如《序志》篇评论诸家文论著作称“魏典密而不周，陈书辩而无当；应论华而疏略，陆赋巧而碎乱；《流别》精而少功，《翰林》浅而寡要”[②]，同样是在说明篇章结构与写作方式的问题，可以用来对比《体性》篇所举“贾生”等例子，《序志》篇说得自然不是风格，“贾生”等例子或许也值得重新考虑。

刘勰并非没有讨论文章的艺术性，但他不称作“体”，而称作“采”或者“文”，《情采》篇说，“圣贤书辞，总称文章，非采而何?”[③] 圣贤的著作都被称“文”章，难道不是因为有文采吗？“采”是文章的艺术性，“文”也是文章的艺术性。刘勰也并非没有说艺术特征，如《通变》篇称“黄唐淳而质，虞夏质而辨，商周丽而雅，楚汉侈而艳，魏晋浅而绮，宋初讹而新”[④]，便是对时代风格的总结，又如《才略》篇通篇都是评价历代文人的风格。如果在下篇之中找寻一篇与风格相关的篇目，那应该是《定势》篇。他称“因情立体，即体成势”[⑤]，“情”是创作者的情感，“体”是文章

① ［梁］刘勰:《文心雕龙 · 总术》,戚良德辑校:《文心雕龙》,第 246 页。
② ［梁］刘勰:《文心雕龙 · 序志》,戚良德辑校:《文心雕龙》,第 287 页。
③ ［梁］刘勰:《文心雕龙 · 情采》,戚良德辑校:《文心雕龙》,第 193 页。
④ ［梁］刘勰:《文心雕龙 · 通变》,戚良德辑校:《文心雕龙》,第 185 页。
⑤ ［梁］刘勰:《文心雕龙 · 定势》,戚良德辑校:《文心雕龙》,第 189 页。

的篇章结构，“势”便是文章所表现出的艺术特征。从“情”到“体”，从“体”到“势”，便是从创作者的不同情感到文章不同的外在结构，最终表现出不同的艺术特征。刘勰说“括囊杂体，功在铨别，宫商朱紫，随势各配”①，“宫商”是“声文”，“朱紫”是“形文”，他用此二者作比意在说的是“情文”，每一种文章都有自己的“势”，即不同的“风格”。刘勰罗列了二十几种文章，各归类于一种风格。他说，这就是像每种颜色的锦缎都是用自己的颜色作为底色，也即是说这几种风格的归类也不过是针对基本文体的基本风格，也不是所有文体的所有风格。文章的“体”是多种多样的，“势”也是多种多样的，因此有的创作者为了追求新奇的“势”而变成了“讹势”，这就导致了“失体成怪”“文体遂弊”②。可见，刘勰将文章的“体”和“势”分得很清楚，如果把“势”解释为风格倾向，而以“体”为风格，不仅违背了《文心雕龙》指导创作的本意，反而将其变成了批评论为主的风格理论著作。

如《序志》篇所说，刘勰认为当时的“论文者”要么是在评价当时文人的才华，要么是在品鉴前贤的著作，要么是在泛论雅俗的旨趣，要么是在总结篇章的主题，要么是在随意地议论文章的意思，并没有“论文者”去总结文章的篇章结构，从而指导文章的创作。而刘勰要做的正是这一点，他要在“辞人爱奇”的时代背景之下，回溯“贵乎体要”的文章作法，以“述先哲之诰”“益后生之虑”③。这就需要一个范畴来规范文章的创作。在《体性》篇中，刘勰将创作分为两个范畴，先天的才气情性和后天的陶染学习。才气情性是不可更改的，而陶染学习则可以掌控。《文心雕龙》下篇的诸多篇章都在探讨如何通过更好的“学”与“习”来做好文章，其中心概念便是“体”。这个范畴是刘勰刻意描摹的，上可以承接古代的“道”“圣”“经”，下可以接续当代文人的创作。正是通过这一范畴，刘勰串联起古代圣人的著作与普通作者文章的关系。

文章的创作过程是创作者通过“习”得的“体式”以及“学”来的“事义”结合自己“才”所凝结的“辞令”“气”所抒发的“风趣”来表现“情”“理”的过程。创作之先，“体”在文外，这是别人文章的“体”，

---

① ［梁］刘勰：《文心雕龙·定势》，戚良德辑校：《文心雕龙》，第189页。
② ［梁］刘勰：《文心雕龙·定势》，戚良德辑校：《文心雕龙》，第190页。
③ ［梁］刘勰：《文心雕龙·序志》，戚良德辑校：《文心雕龙》，第286、287页。

是创作者通过“习”的范畴得到的“体”，“摹体以定习”“宜宏大体”“有常之体”都属于这个范畴，学界通常称之为“体制”，即文章的写作规范；创作之后，“体”在文内，这便是文章之“体”，是创作者自身文章所表现出来的“体”，“因情立体”“规范本体”“意穷而成体”“文体解散”都属于这个范畴。

“八体”便是超脱于创作过程之外的一种抽象概括，它是各种“体”的总结，是所有文体的根本，也是文章篇章结构的基本种类。刘勰称“总其归途”，便是说虽然文体繁杂、波谲云诡，但基本的篇章结构就是这八种，创作者只要熟知了这八种结构，便能熟知“文辞”的“根”与“叶”，便能掌握一切文章的做法。所谓“根”，便是“雅制”之体；所谓“叶”，便是通过“雅制”之体变化发散出来的“文体”。刘勰说“沿根讨叶，思转自圆”“八体虽殊，会通合数”①，便是告诉创作者要熟练运用这八种基本写作方式，然后便能变化出各种各样不同的文章结构。

在刘勰称之为“体”的范畴里，大多都蕴含着“结构”的含义，将文章看作一个整体的结构，就像后世的点评家们喜欢用房屋来比喻文章的整体一样，刘勰在《练字》篇也说道：“夫文象列而结绳移，鸟迹明而书契作，斯乃言语之体貌，而文章之宅宇也。”② 在其他篇章中也说到了“宅”“位”“置”等跟结构相关的词语。因为当时的文章大多是手写，每一个字的样貌，每一个句子的样貌，整篇文章的样貌，都如同画家作画一样精心描绘在宣纸之上。在欣赏时，除了对文章内容的虚拟结构之外，还有实在的笔墨结构。故而文章的空间结构模式也就出现在创作者的心里，对文章之“体”的概念大致源于此。刘勰在讨论文章创作时，对“体”的应用也多是用到了这种基本含义。

《体性》篇“八体”的基本含义也就源于“体”的这种结构含义。“八体”是抽象的概念，是在众多文章的篇章结构中归纳出来的基本结构模式。而这其中也确实涉及了其中每一种“体”的艺术特征，但我们不能因此就以偏概全称之为八种基本风格。而且“八体”还蕴含着更深层次的意味，如果以风格论之便消弭了刘勰的用心。

---

① ［梁］刘勰：《文心雕龙·体性》，戚良德辑校：《文心雕龙》，第179页。

② ［梁］刘勰：《文心雕龙·练字》，戚良德辑校：《文心雕龙》，第226页。

二、“会通合数”：“八体”的深层含义

童庆炳《〈文心雕龙〉“因内符外”说》中提到一个观点，《体性》篇的“八体”“犹如《易》中的八卦，八卦囊括了整个宇宙，那么他的‘八体’如果加以变化，也就包括了全部文学的风格了。”[①] 这一观点童先生十几年后再次谈及《体性》篇时已不再重述。但这一观点却在《文心雕龙》与《周易》关系的研究之中继续发展出一系列理论，如“隐秀”“风骨”是《文心雕龙》风格理论的阴、阳两仪，又以“八卦”的各卦名对应“八体”各个范畴等。相关研究者甚至称以往的研究“错误地认为《体性》八体来自对各种文体的归纳”云云[②]。这一研究方法糅杂了以往《文心雕龙》研究中的风格理论与《周易》理论，虽有一定理论基础，但不免落入以《文心雕龙》中字句对照《周易》中文字的附和式研究方法。针对《文心雕龙》与《周易》的关系，也有学者提出了更为实际的看法，认为《周易》对《文心雕龙》的影响更倾向于是一种“寓言理念”[③]。

无论是“寓言理念”还是以“阴阳八卦”阐述“八体”都是对《文心雕龙》的解读，对其评判的标准仍旧需要以《文心雕龙》和刘勰的原意为准，不应该以现代理论强制阐释或凌驾在刘勰的原意之上。《周易》对刘勰的影响更多体现在方法论之上，即通过研究事物的基本元素构成来对事物进行研究的“寻根式”研究方法。

每一种成熟的哲学观点总会刻意去寻找世界构成的基本元素，在中国古代有五行、八卦学说，在古希腊有四大元素之说。甚至到了科学发达的现代社会，科学家们仍旧在研究地球的基本元素构成。这种研究方法在文学理论中亦有类似的体现，比如《毛诗序》所称的“六义”和“四始”之说，就是较早的对《诗经》的基本元素进行分析的理论。

孔颖达称：“风、雅、颂者，诗篇之异体；赋、比、兴者，诗文之异辞

① 童庆炳：《〈文心雕龙〉“因内符外”说》，《福建论坛》（人文社会科学版）2001年第5期。

② 王小盾：《〈文心雕龙〉风格理论的〈易〉学渊源——为王运熙老师80华诞而作》，《清华大学学报》（哲学社会科学版）2005年第5期。

③ 姚爱斌：《〈文心雕龙〉寓言诗学的元范例——〈周易〉与〈文心雕龙〉关系另解》，《中国海洋大学学报》（社会科学版）2006年第1期。

耳，大小不同，而得并为六义者。"[①] 即认为"风、雅、颂"是对《诗经》不同文体的总结，"赋、比、兴"是对《诗经》不同写作方式的总结。孔颖达距离刘勰已有近百年之久，距离毛亨更是久远，他的这种说法是在吸收了六朝以来的文论思想基础上对"六义"所做出的评价。实质上，毛亨在称述《诗经》"六义"的时候也有意识地在对其进行分类，所谓"是以一国之事，系一人之本，谓之风。言天下之事，形四方之风，谓之雅""政有小大，故有小雅焉，有大雅焉""颂者，美盛德之形容，以其成功，告于神明者也"[②]，他以"诗"的写作内容不同为标准，将诗分为四大类，也即是"四始"。这种分类方式在中国古代的文学分类之中一直延续了很久，刘勰对上篇"论文叙笔"的分类用的也是这种分类方式。然而这种分类标准并非以某某诗为"风"，某某诗为"雅"来分类，所谓"《七月》之篇备有风、雅、颂"[③]，这反而是一种超脱于文体分类方式之上的对"诗"之创作方式的分类。同样，"四始"之外的"赋、比、兴"三义历来被认为是对"诗"的写作方法的分类。综合这两者可以看出，《诗经》"六义"并不是用简简单单的"异体""异辞"可以阐述明白，它们是在抽象层面之上对"诗"之写作方式的基本元素分析。前文中已经提及古代文体的分类方式本就与现代文体分类方式不同，而正是这种细微的不同造成了很多理论的缠夹。《诗经》"六义"就是其中一例，"六义"是对《诗经》创作基本元素的分析，同时也因为缠夹了"四始"所代表的文体分类方式，因而在历代的研究之中基本上都是从文体分类和写作方式分类两个层面进行分析。实质上，这"六义"都是《诗经》的基本元素，毛亨正是通过这种方式来对《诗经》进行"寻根式"的研究。

刘勰深谙此道，他不仅对"六义"与"四始"的原始意义十分了解，同时也对这二者在抽象层面上的理论区别了然于胸。他在阐述赋的发生与发展过程时就提道："《诗》序则同义，《传》说则异体；总其归途，实相枝干。"[④] 刚开始"赋"是作为"六义"之一的一种表现手法，经过"骚"

---

① ［汉］毛亨撰，［汉］郑玄笺，［唐］孔颖达疏：《毛诗正义》，北京：北京大学出版社，1999 年，第 12—13 页。

② ［汉］毛亨撰，［汉］郑玄笺，［唐］孔颖达疏：《毛诗正义》，第 16、18 页。

③ ［汉］毛亨撰，［汉］郑玄笺，［唐］孔颖达疏：《毛诗正义》，第 12 页。

④ ［梁］刘勰：《文心雕龙·铨赋》，戚良德辑校：《文心雕龙》，第 49 页。

这一“体宪于三代，而风杂于战国”[①] 的文体，而渐渐从“诗”中分离出来而演变成了一种文体，完成了从一个从基本写作方式逐渐成长为一种文体的过程。刘勰说“实相枝干”，“诗”是“干”，是主体，而“赋”则是从“诗”的树干之上分出来的“枝条”。推而论之，其他的“六义”范畴也应当是经历过这样的过程或成长为一种文体，或即将成长为一种文体。通过“赋”这一文体，刘勰向我们展现了从“文章写作方式”到“文体”之间的过渡过程。

这种写作方式与文体之间关系的辨析，体现出刘勰对文章创作方式的关注，也促使我们用一个全新的视角来看待刘勰的理论。《文心雕龙》自始至终都在关注文章的创作问题，其所提及的理论多多少少都与文章的创作方式相关。而与文章篇章结构十分密切的“八体”理论，也一步步揭开他的神秘面纱。

刘勰对“八体”理论的探讨是关于文章写作方式与文章文体关系的一部分，也是其“寻根式”研究的一部分。这一理论的源头需要在“文之枢纽”的篇目中找寻。在“寻根式”研究的视角中，刘勰不仅对“文之枢纽”进行了梳理与阐述，更将其对创作方式的研究放在了这些篇目之中。

在《原道》篇中，针对当时文坛的现状，刘勰提出了“道之文”的范畴，将当时文坛的艺术性追求引入到经典文本之中，使经典文本同时具备了艺术性和实用性。这一理论也成了《文心雕龙》整体理论的基石，刘勰的所有论述几乎都是从这一观点出发，肯定文章艺术性追求的合理性，同时提倡以经典文本之中的实用性作为文章创作的基本要素。在《征圣》篇中，刘勰又对“圣人”的创作基本范畴进行了分析。从更加基本的角度出发对文章的创作进行了整合，提出了文章创作中最为基本的四个范畴：“夫鉴周日月，妙极机神；文成规矩，思合符契。或简言以达旨，或博文以该情，或明理以立体，或隐义以藏用。”[②] 繁、略、显、隐，这一组范畴是刘勰从纷繁复杂的文章创作方式中进行高度概括之后总结出来的四点文章创作的基本方式，也是最能统摄文章创作的“规矩”。黄侃称：“文术虽多，要不过繁简显隐而已，故彦和征举圣文，立四者以示例。”[③]

---

① ［梁］刘勰：《文心雕龙·辨骚》，戚良德辑校：《文心雕龙》，第25页。

② ［梁］刘勰：《文心雕龙·征圣》，戚良德辑校：《文心雕龙》，第9页。

③ 黄侃：《文心雕龙札记》，上海：上海古籍出版社，2000年，第13页。

在《宗经》篇中，刘勰将这一范畴组进行了升华，提出了更为具体的“文体”的基本元素，他称：“论说辞序，则《易》统其首；诏策章奏，则《书》发其源；赋颂歌赞，则《诗》立其本；铭诔箴祝，则《礼》总其端；记传盟檄，则《春秋》为根：并穷高以树表，极远以启疆；所以百家腾跃，终入环内。”① 这一段论述，往往被认为是对各类文体的溯源研究，如《四库全书总目提要》卷一九二集部总集类存目二《六艺流别》称：“至刘勰作《文心雕龙》，始以各体分配诸经，指为源流所自，其说已涉臆创。”②实质上，这是刘勰在详细论述了“五经”的创作方式之后对各种文体创作方式的归类。他说：《易》的创作方式是运用具有文采的、恳切的言辞来呈现深远的主旨、深奥的事义；《书》的创作方式是运用明畅通达的语言来记录言行；《诗》的创作方式则复杂而多变，使用风、兴、赋、比等六义之中的表现手法来表达情志；《礼》的创作方式是条贯缕析而又能将其所要指定的规范说得细致周密；《春秋》的创作方式是最为深邃，通过“微而显”“志而晦”“婉而成章”等“五例”中表现手法来完成其对事理的探讨。“所以百家腾跃，终入环内”，正是说的各种文体的创作方式尽管千变万化，但其根源仍旧在“五经”创作方式的范围之中。为了使自己的观点更加清晰，刘勰又进一步提出了“体有‘六义’”，从更加概括的角度对“五经”的创作方式进行了总结。

通过对经典文本的分析，刘勰得到了以下两点关于文体创作的基本元素：“繁、略、显、隐”四种基本创作方式和以此为基础并具备了文体特征的“五经”创作方式。然而经典文本始终只是很小的一部分，经过时代的发展，文章的创作方式也丰富了许多，以旧时代经典文本所代表的创作方式，并不能作为新时代文体的全部元素。

“八体”理论便成了刘勰的进一步研究，他不再拘束于经典文本的范畴，而在当时所有的文章文本之中找寻出了八种基本的文体创作元素：

> 若总其归途，则数穷八体：一曰典雅，二曰远奥，三曰精约，四曰显附，五曰繁缛，六曰壮丽，七曰新奇，八曰轻靡。③

---

① ［梁］刘勰：《文心雕龙·宗经》，戚良德辑校：《文心雕龙》，第 14 页。

② ［清］永瑢、纪昀主编：《四库全书总目提要》，海口：海南出版社，1999 年，第 1048 页。

③ ［梁］刘勰：《文心雕龙·体性》，戚良德辑校：《文心雕龙》，第 178 页。

在“体”的结构意义上，“八体”所具备的文章创作基本篇章结构的含义是其基本含义，而在“寻根式”研究的角度上，这一基本含义得到了发展，成长为具备了文体特征的与创作方式相关的基本元素。刘勰巧妙地将自己对经典文本的研究融入其中，又不遗余力地对新出现的文体创作元素加以总结。

首先，“八体”与“繁、略、显、隐”四个基本创作方式息息相关。刘勰称“奥与显殊，繁与约舛”，即是将这四个范畴分配进“八体”之中。[①] 不过这种“分配”也仅仅是以这四个基本范畴为基础进行阐发，“繁、略、显、隐”共存于“八体”的每一体之中，这四体是以其中某一个方式为主要创作手法进而表现出类似的文体特征。以基本创作元素规范的基本文体元素，构成了“八体”的主要部分。

其次，刘勰于主要部分之外，在首位便提出了以“五经”为创作指导的“典雅”体。这一创作方式是在新时代新的文体出现之后而出现的“复古式”文体，也是刘勰比较提倡的文体。他将“典雅”体列在首位，正如《诗经》“六义”将“风”列在首位，都是为了强调这两个范畴的重要性。刘勰认为“《诗》总六义，风冠其首，斯乃化感之本源，志气之符契”[②]，即说明了他是有意将“典雅”体放置在首位。同时又与“风”遥相呼应，正是指“典雅”体是同时具备了“体有‘六义’”特征又偏向于以“风”为主的创作方式。这样的做法，凸显了刘勰为重述经典文体规范所作的努力。刘勰又将“新奇”体放在“典雅”体的对立面上，用以说明在“五经”创作方式的影响削弱之后出现的以追新逐异为目的的文体元素。这二者是为“八体”的主干部分之外的第一组分枝。

再次，刘勰既然承认了文章的艺术性追求，也就将艺术性视为文体的基本元素之一，故而又在“繁”的范畴之中分出“壮丽”一体，用以指称

① “远奥”体中因有“经理玄宗”一句，多被认为是道家学说，而与“典雅”体的“方轨儒门”相对应，这种说法也是一种理解。但刘勰在文中对“玄”字的使用颇为复杂，有时用来指创作者的思想，如“玄解之宰”，有时又用来指对道家思想进行解读的“玄学”思想，如“自中朝贵玄，江左称盛”，但他还用来指伏羲，如“玄圣创典，素王述训”。不过这些用法都指向了一个意义，即用来指称不是很容易明白、意义比较深奥的思想、道理。黄侃称“理致渊深，辞采微妙”，应当是将“经理玄宗”理解为对深奥思想的阐述，因此此处将“远奥”与“隐”相对应。又刘勰称“隐义以藏用”时，以“四象”“五例”举例，也与此处“远奥”体遥相呼应。且后文有《隐秀》篇专门讨论“隐”体的创作方式，也可看出与“远奥”体的联系。当然，道家学说中也有颇多“隐”体的使用，两者正可相互对照。

② ［梁］刘勰：《文心雕龙·风骨》，戚良德辑校：《文心雕龙》，第181页。

在艺术性的追求中也能够表现出具体实用目的的文体基本元素。这一基本文体与《隐秀》篇中“秀”体相呼应，是刘勰在艺术性追求之上提出的具体的文体规范。而与之相对应的“轻靡”体，则用以说明只追求缥缈无根的艺术性而忽略了文章的实用性的文体基本元素。这二者是为“八体”的主干部分之外的第二组分枝。

因此，“八体”理论也就具备了两方面的含义：一是与其在《征圣》篇提出的四种基本创作方式相关，是通过文体创作的基本方式总结而出的文体基本元素；二是与在《宗经》篇提出的“五经”的创作特点相匹配，同时也表现出来在经典文本的实用性中对艺术追求的文体创作，并分别列出了两者的对立面。它不仅涵盖了最基本的文章创作方式，也含有了文体层面上的经典文本与后世文本的所有特性，因此刘勰颇为得意的说“文辞根叶，苑囿其中矣”，意即是说“八体”包容了文章创作横向和纵向两个方面，已然囊括了所有的文体，是所有文体中最基本的元素，也即是所有文体的“根”与“叶”，通过八体之间的“会通”便能孕化出各种不同形式的文体。

当然，“寻根式”研究并非臆测，刘勰自己在文中提到的两组范畴也从侧面证明了，“八体”理论与“文之枢纽”对基本元素研究的关系，即“根、干、枝、叶”的范畴组和“环”的范畴。

“根、干、枝、叶”的范畴组是刘勰在《文心雕龙》中最具特征化的一组范畴，这一范畴组有两种用途：一者用来指文章文体如同树一般，以创作者的“神”与“义”为基础的文体形式为“根”“干”，由具体文体形式中生发出来的、能与本体兼容的其他文体形式为“枝”，文章的文采等与艺术性相关的方面为“叶”；一者则用在文章文体的抽象层面之上，即如本篇中对整体文章进行分析时，以“五经”的文章创作方式为“根”“干”，以由“五经”的创作基本方式生发而出的其他文体形式为“枝”，以后代以追求文章艺术性为目的的文章创作方式为“叶”。而这两者又是相辅相成的，即创作者应该以“五经”的摹习来规范自己在创作之初所定下的文章思想与文章文体，夯实文章的“根”与“干”，再通过对具备文采的文体创作形式进行学习来丰满文章的辞采与艺术性追求，使得自己的文章“枝繁叶茂”。刘勰称“故童子雕琢，必先雅制，沿根讨叶，思转自圆”①，

---

① ［梁］刘勰：《文心雕龙·体性》，戚良德辑校：《文心雕龙》，第179页。

即是说初学者应该先学习“五经”的创作方式，从“根”出发，再去观摩以艺术性追求为目的的文章创作方式，便能够自然而然地明白如何进行文章创作。在《宗经》篇中，刘勰总结完“五经”的创作方式之后，称“根柢盘固，枝叶峻茂”[①]，即是说“五经”的文体正因为其不凡的立意使得它的“根”与“干”非常坚固，而同时又在辞藻的使用之上能够追求艺术性，故而其枝叶也很是繁盛。通过“根”与“叶”两个范畴的使用，刘勰将《宗经》篇中对“五经”创作方式的研究与《体性》篇中对全体文章文本创作方式的研究结合在一起，便是在告诫文章的创作者应该学习经典文本中的创作方式，方能使自己的文章能够实用性与艺术性并存，才能如经典文本的文章一样精彩。

“环”则是一个有着哲学深意的抽象范畴，刘勰在《宗经》篇称“所以百家腾跃，终入环内”[②]，《体性》篇称“八体虽殊，会通合数，得其环中，则辐辏相成”[③]，虽未明说，但二者之间运用相同的比喻，其关联不言而喻。“环”范畴的意义十分广泛，既可以理解成刘勰单纯以环状来形容此二者之中诸范畴的完满与圆备，也可以理解成“五经”和“八体”确实是在一个环状的图形上分布，从而像八卦图一般能够化成万物，再加上后文中有“文之司南”一句，相关研究者将“八体”与“八卦”对举也是自然而然的事情。不过，在与“八卦”对举的思路之外，还有一种更为抽象的解释。首先，这两种理解有一个共同内涵，即指向“天圆地方”中的“圆”，也就指向了文章创作的根本。《文心雕龙》中多次引用“圆”与“方”的范畴来说明文章的文体，即如《原道》篇称“方圆体分”，《定势》篇称“圆者规体”等。“环”是在圆之外再加一层的范畴，有了内外的区分。《宗经》篇称“百家腾跃”指的是各种文体虽然不同但都是自“五经”的创作方式生发而出的，故而“五经”的创作方式是内，各种文体的创作方式是外，所谓“终入环内”。《体性》篇称“八体虽殊，会通合数”，指的是以“八体”为基本元素的全体文章文体形式虽然各自不同，但都是自“八体”之中生发而出的，故而“八体”是内，全体文章是外。所谓“辐辏相成”，正如同说“终入环内”，只不过“终入环内”偏向于由

① [梁]刘勰:《文心雕龙·宗经》,戚良德辑校:《文心雕龙》,第13页。
② [梁]刘勰:《文心雕龙·宗经》,戚良德辑校:《文心雕龙》,第14页。
③ [梁]刘勰:《文心雕龙·体性》,戚良德辑校:《文心雕龙》,第179页。

外而内，“辐辏相成”则偏向于由内而外，意思即是说所有文章的文体都是可以从八体的“会通合数”之中生发而出。另，“得其环中”语出《庄子·齐物论》“彼是莫得其偶，谓之道枢；枢始得其环中，以应无穷”①，此处庄子以“环中”喻大道之无穷、无是无非。刘勰化用此意，一者借庄子以“环”比喻大道，道是天地的根本，“五经”是各种文体的根本，“八体”是后世文章文体的根本；再有借庄子“得其环中”之喻来说明创作者对待“八体”应当没有分别心，虽然其中有好有坏，但都应该予以学习，辩证地看待其中每一体，从而领悟到属于自己的文体，也从侧面说明自己总结的“八体”是针对全体文章，是文章文体的基本元素。

事实上，不管是运用《周易》理论对“八体”进行研究，还是利用方法论分析的方式进行研究，最终都能看出刘勰在“八体”之中蕴含的深刻用心。前文将“八体”作为文章的篇章结构的基本结构，是从“体”的结构内涵上来看待“八体”。而在此处再以作为全体文章文本基本元素的视角来看待“八体”时，“八体”已然不再是简单的基本结构，而具备了能从中孕化万体的特征。正如刘勰在后续篇章之中所提及的“凭情以会通，负气以适变”②，“循体而成势，随变而立功”③，通过对以“八体”为基本的各种文体的不断揣摩与学习，将文章艺术性与实用性并举，方能“制胜文苑”，成就不朽的华章。

当然，通过“八体”与《文心雕龙》“文之枢纽”中“繁、略、显、隐”四个基本创作方式和以“体有‘六义’”为代表的“五经”创作方式之间密不可分的联系，更能轻易地分辨出“八体”与风格之间的差异。如果以基本风格来阐述“八体”，不仅不能看到经典文体与当时文体之间的差异与区别，更不能看出刘勰实际上在“八体”之中颇费心思地设计了许多对当时文体的关照。

总之，“八体”理论不仅是文章创作的基本方式，更是是刘勰通过对全体文章文本的“寻根式”研究得出的基本元素。与其将“八体”与“八卦”相匹配，不如以《毛诗序》中对《诗经》“六义”的阐述方式来对照刘勰对“八体”的阐述方式，两者不仅有着语言形式上的一致性，且都是

① 陈鼓应注译:《庄子今注今译》,北京:中华书局,1983 年,第 62 页。
② ［梁］刘勰:《文心雕龙·通变》,戚良德辑校:《文心雕龙》,第 186 页。
③ ［梁］刘勰:《文心雕龙·定势》,戚良德辑校:《文心雕龙》,第 189 页。

对文章创作基本元素的分析。只不过刘勰的“八体”更为复杂，其中不仅囊括了其对经典文本的理解，更是将文章文体的总体特征囊括在其中。同时，与毛亨树立“六义”是为了强调其对《诗经》文本的政治化解读一样，刘勰在发表自己“八体”的理论时也掺入了对当时文体秩序的关照。这不仅体现在他对“宜宏大体”“必先雅制”“禀经以制式，酌《雅》以富言”等对儒家文论的推崇之中，更体现在他更加广博的“八体”理论之中。

三、“文之司南”：“八体”的最终意指

为了说明刘勰“八体”理论的最终意义，本文引入文学权力和文体秩序的概念，用文学权力来代指具体的或隐形的统治者、相关文坛领袖（或意见领袖）通过控制文体的形式来实施自己的权力，用文体秩序来代指具体的或隐形的统治者、相关文坛领袖（或意见领袖）通过行使其文学权力、依照其政治目的（或意识形态目的）而建立的文体规范。这两个现代理论的词汇，是相关研究者从法国哲学家福柯的知识考古学（The Archaeology of Knowledge）中关于知识与权力关系的论述中派生出来的词汇，以期将福柯的思想应用到文学的研究之中。[①] 如《毛诗序》中毛亨通过用儒家理论的范式对《诗经》进行阐发并发表其相关理论，就是在行使儒家思想的文学权力，并建立隶属于儒家的文体秩序。

魏晋南北朝是政权分立、战乱频发的时期，失去了汉朝大一统的局面，在意识形态领域，儒家思想也失去了其大一统的地位，各种思想形式交替出现，一时蔚为大观。而其中便出现了一种全新的思维模式，即“文学”。此处使用的“文学”是一个广义的范畴，不仅包含着所谓“文学的自觉时代”的文学意义，还容纳着与政治直接相关的文章之学的含义。可以说文学成了一种与儒学、道学分立的思想，也可以说文学成了一种价值评判标准。如果以儒学作为与政治相关的意识形态范畴的话，也可以将文学称之

---

① 福柯的知识考古学所对应的时期是在西方文艺复兴之后，科学与民主等相关理念都建立起来之后，并关照人类自身所发生的一系列哲学现象。以福柯的哲学范畴来对比研究身处五、六世纪的刘勰的理论并不是很妥当，但为了行文的便捷，姑且用之，并以此二者的概念说明来明确其在文中的用法。郭鹏《文体秩序与文学权力：〈文心雕龙〉文体学论析》中将这两个概念引入到《文心雕龙》的文体论研究之中，但其在行文之中并未对这两个概念的意义进行辨析，且其文章中多是对原有研究成果冠以新名词的阐述。本部分的书写颇受该文启发，特此标注。参见郭鹏：《文体秩序与文学权力：〈文心雕龙〉文体学论析》，《广东社会科学》2020 年第 5 期。

为“亚意识形态”。

刘勰所持的“文学”理论正是与此处所使用的“文学”相当的一个范畴。他在《时序》篇总结文章的发展演变过程时，正是将与政治相关的文体秩序与儒家的文学权力统摄之下的文章创作与后来发展出来的具备“文学的自觉时代”含义的文学一起陈述。他所说的“至明帝纂戎……置崇文之观”[①] 便是“文学”作为一种全新的思维模式出现的时期。当然，刘勰自身并没有意识到这一点，现代的研究者称之为“文学的自觉时代”也是取文学开始有意识的自觉创作之意。此处所说的意思是，此时期的“文学”突破了原有作为政治附庸的存在形式，进而展现出一种能够代表自身、并且在文化环境之中逐渐占据统治地位的全新模式。这一范畴涵盖了“文学的自觉时代”中关于文学创作者自觉的艺术性追求、有意识的创作等含义，并将这一含义的进一步升华，即文学权力开始关注“文学的自觉”，并且逐渐以“自觉的文学”作为对文人的价值进行评判的标准，如设置崇文馆，又如后世的科举考试之中设置辞赋科的考试等含义也囊括在其中。

在这样的文化环境之下，对于以何种方式来行使文学权力、规范文体秩序成了文学发展之中至关重要的问题。当时有两种互相矛盾的处理方式，一者是用以往的儒家思想为主的、以作为政治附庸的形式存在的方式来行使文学权力，通过儒家的思想来规范文体秩序；一者则是顺应文学发展的方向，以艺术性的追求、自觉的文学创作来自然而然地发展出一种以艺术性追求为主的文体秩序。刘勰身处时代的浪潮之中，尽管并没有用这样的理论来论述这个问题，但这种理论的内容已经内化在他的文学理论之中。第一种方式便是刘勰所说的“宜宏大体”“雅制”的文体形式，第二种方式则是刘勰则称之为“辞赋”或“辞人”，指由屈原的《离骚》发展而来的追求文采的文体形式。

如前文所述，虽然在阐述的时候，刘勰仍然将文学作为政治的附庸，但其理论实际上已经容纳了这两种方式，并为这两种方式找到了一个融合的点，即将“文”的范畴引入到“五经”的创作方式之中，将“五经”的创作方式引入到屈原的创作之中。因此，以儒家思想来行使新时代文学权力的合理性得到解答，而新时代的文体秩序也得到了“五经”的创作方式和《楚辞》的创作方式两方面的助力。

---

① ［梁］刘勰：《文心雕龙·时序》，戚良德辑校：《文心雕龙》，第253页。

“八体”理论便是刘勰在这样的文体秩序之下提出的全新的文体基本元素，也代表着刘勰全新的文学观念。

在刘勰看来，文学权力自然要交给经典文本，而文体秩序也要以经典文本的文体形式为主。但这种观念并非绝对的，他写作《文心雕龙》的目的虽然是为了“述先哲之诰”，却也提到了“振叶以寻根，观澜而索源”。“根”是刘勰在论述过程之中提及较多的一个概念，但刘勰所说的“根”却是“道之文”。他以“文”来阐述“道”“万品”“人”，便彰显出他受当时代的影响，这种影响同样是无意识的，是在当时的文化背景之下逐渐被陶染的结果。相较于回溯到儒家经典的文体秩序，“寻根”更像是《文心雕龙》的主要理论。

在“文之枢纽”中，刘勰在找寻文章的“根”。虽然他说“论文必征于圣，窥圣必宗于经”①，但与此同时，他也将《辨骚》篇作为其中的一部分，再加上其对“道之文”的阐述，文章的“根”实质上已经在无意识的作用之下，从“征圣”“宗经”逐渐滑向实用性与艺术性一体的特征。

在“论文叙笔”中，刘勰在找寻每一种文体的“根”。他称“原始以表末”“敷理以举统”，实际上便是在找寻每一种文体应该用什么样的篇章结构来书写，应该写什么内容，这也就造就了中国古代文体分类的不同。从刘勰开始，对文体的分类已然不是简单的形式分类，而是蕴含着对“根”的寻求、对内容的限定、对篇章结构的规定。

在“剖情析采”中，刘勰在找寻文章创作方式的“根”。这里的“根”实质上就是“八体”理论，但刘勰虽然称述了这一点，却并没有在行文中去完善，反而将《体性》篇中的“才”“气”“学”“习”四个范畴作为主体内容来分章进行描述。当然，正是这四个范畴造就了“八体”，相比较而言，这四个范畴更像是“根”。

统摄在《文心雕龙》之上的，便是“体”。刘勰所要解决的问题是“文体解散”，他创作《文心雕龙》的目的自然是为了重述文体，规范文体。因而，我们是不是可以说，作为刘勰从“体”的范畴中找寻到的“八体”理论实际上是整部《文心雕龙》的“根”？这样说稍显不妥，但以“八体”作为《文心雕龙》所有理论的基础还是可以的。

正是出于这种思考，“八体”理论也就在刘勰所构想的文体秩序中占据

① ［梁］刘勰：《文心雕龙·征圣》，戚良德辑校：《文心雕龙》，第9页。

了不小的地方，甚至可以说，“八体”便是刘勰对当时文体秩序的建议。通过对“八体”的深层含义的解读可以看到，“八体”不仅囊括了“五经”的创作范式与当时文坛新兴的文体形式，更是涵盖了作为基本创作方式的“繁、略、显、隐”四个范畴，这已然对所有文章的“体”进行了概述。通过“八体”的顺序排列，更体现出了刘勰对每一种文体所应处位置的判定，同时也显示出其对每一种文体的褒贬，也俨然对顺序意义上的文体秩序做出了规范。最后，刘勰虽然将“典雅”体置于首位，让儒家思想掌握了文学权力，可这种权力却并非“霸权”，而是以兼容并蓄的方式来行使权力，更体现出这种文体秩序的宽广与博大。

因此，“八体”的最终意指，也就由最初的基本结构变成了对文学权力和文体秩序的规范。文学权力并未彻底交给儒家经典，文体秩序也并非“五经”所规范的文体创作方式，刘勰不仅接受了儒家的文学观念，更是吸收当时全新的文学思想，进而于“八体”理论中构建了一副全新的图景，即艺术性与实用性并存的文学权力模式，各体兼容并蓄和谐发展的文体秩序规范。

在《体性》篇的最后，刘勰说“文之司南，用此道也”，这句话尽管是针对“摹体以定习，因性以练才”① 而说的，但恰可作为本文的结语。

“八体”理论承载着作为文章篇章结构的八种基本结构的基础含义、作为文章八种文体基本元素的深层含义、作为刘勰对当时文学权力和文体秩序规范的最终意指，在刘勰对“体”范畴的规范与阐述之中表现出灼灼的光芒。它不仅是对文章篇章结构的总结、对文章文体的总结，更是刘勰在新的文学环境之下，对文学秩序提出的建议，也是刘勰为“益后生之虑”所总结的“文之司南”。

（作者单位：山东大学儒学高等研究院）

① ［梁］刘勰：《文心雕龙·体性》，戚良德辑校：《文心雕龙》，第179页。

论《文心雕龙》中的“清”[1]

马　玥

摘　要：《文心雕龙》全书出现“清”字凡47处，其中37处直接关涉刘勰的文学观念。这37处“清”可分为审美概念和创作概念两类。前者内涵包括文辞简约凝练、主旨明晰清楚和风格清新省净，后者内涵包括作者生命之气的清纯和才性追求的清高，以及文章情感之纯粹和思想之纯正。

关键词：《文心雕龙》；清；审美；创作

作为中国古代第一部体系完整、逻辑严密的文论巨著，《文心雕龙》对文章的本质、各类文体的特点、文章的创作乃至鉴赏都作了全方位的阐述，“清”则是刘勰在论文时反复使用、贯穿其中的一个重要范畴。

然而，近百年来硕果累累的“龙学”对《文心雕龙》中多次出现的“清”范畴关注却是比较少的。纵观前人研究，成果寥寥：王承斌在《“清”作为文学审美范畴的确立》[2]一文中指出，“清”正是在刘勰这里最终确立为文学审美范畴，其内涵主要有作品语言的“清丽”和文体风格的“清峻”；李建松的《〈文心雕龙〉“清”范畴研究》[3]认为刘勰用到的“清”有两层内涵，一是对作者道德修养的要求，二是对作品的审美理想；卢迪与朱佩弦的《〈文心雕龙〉“清”议》[4]，将《文心雕龙》中的“清”分为文清、风清、才清三个层次分别进行了解释，认为文清最易，才清最难，才清才可能有风清和文清。这些研究对《文心雕龙》中的“清”做出了初步归类，也对其内涵进行了一定诠释，但在具体文本分析上还比较粗

---

① 基金项目：国家社科基金重大项目“《文心雕龙》汇释及百年‘龙学’学案”（17ZDA253）。

② 王承斌：《“清”作为文学审美范畴的确立》，《宜宾学院学报》2011年第2期。

③ 李建松：《〈文心雕龙〉“清”范畴研究》，《名作欣赏》2012年第11期。

④ 卢迪、朱佩弦：《〈文心雕龙〉“清”议》，《淮海工学院学报（人文社科版）》2014年第2期。

疏，阐释也不够深入、全面，为我们留下了进一步挖掘空间。

一、“清”的使用情况

《文心雕龙》全书共五十篇，其中二十二篇出现了“清”。据笔者统计，“清”字共出现了48次（除去引用曹丕语“气之清浊有体”），相较此前文论如陆云《与兄平原书》中的12次，在数量上显著增加。同时，这48个“清”之内涵所涉及的范围也大大超出前人单纯的文章语言、内容和风格层面。为了便于后文展开分析，现将《文心雕龙》中的“清”列举如下：

1. 故文能宗经，体有六义：一则情深而不诡，二则风清而不杂，三则事信而不诞，四则义贞而不回，五则体约而不芜，六则文丽而不淫。(《宗经》)

2. 至于张衡《怨》篇，清典可味；《仙诗缓歌》，雅有新声。(《明诗》)

3. 唯嵇志清峻，阮旨遥深，故能标焉。(《明诗》)

4. 若夫四言正体，则雅润为本，五言流调，则清丽居宗；华实异用，唯才所安。(《明诗》)

5. 故平子得其雅，叔夜含其润，茂先凝其清，景阳振其丽；兼善则子建仲宣，偏美则太冲公幹。(《明诗》)

6. 或拟《清庙》，或范《駉》《那》，虽浅深不同，详略各异，其褒德显容，典章一也。(《颂赞》)

7. 原夫颂惟典懿，辞必清铄，敷写似赋，而不入华侈之区。(《颂赞》)

8. 魏文九宝，器利辞钝（质朴）；唯张载《剑阁》，清采其才。(《铭箴》)

9. 指事配位，鞶监可征，信所谓追清风于前古，攀辛甲于后代者也。(《铭箴》)

10. 周胡众碑，莫非清允。(《诔碑》)

11. 清辞转而不穷，巧义出而卓立。(《诔碑》)

12. 标序盛德，必见清风之华；昭纪鸿懿，必见峻伟之烈：此碑之致也。(《诔碑》)

13. 自贾谊浮湘，发愤吊屈，体同而事核，辞清而理哀，盖首出之作也。(《哀吊》)

14. 然则胡阮嘉其清，王子伤其隘，各其志也。(《哀吊》)

15. 祢衡之吊平子，缛丽而轻清。(《哀吊》)

16. 及傅毅《七激》，会清要之工。(《杂文》)

17. 晋氏中兴，唯明帝崇才，以温峤文清，故引入中书；自斯以后，体宪风流矣。(《诏策》)

18. 陈思之表，独冠群才；观其体赡而律调，辞清而志显，应物制巧，随变生趣，执辔有余，故能缓急应节矣。(《章表》)

19. 表体多包，情伪屡迁，必雅义以扇其风，清文以驰其丽。(《章表》)

20. 若乃按劾之奏，所以明宪清国。(《奏启》)

21. 必敛饬入规，促其音节，辨要轻清，文而不侈，亦启之大略也。(《奏启》)

22. 皂饰司直，肃清风禁。笔锐干将，墨含淳酖。(《奏启》)

23. 原笺记之为式，既上窥乎表，亦下睨乎书，使敬而不慑，简而无傲，清靡以惠其才，彪蔚以文其响，盖笺记之分也。(《书记》)

24. 是以贾生俊发，故文洁而体清。(《体性》)

25. 结言端直，则文骨成焉；意气骏爽，则文风清焉。(《风骨》)

26. 若能确乎正式，使文明以健，则风清骨峻，篇体光华。(《风骨》)

27. 赋颂歌诗，则羽仪乎清丽。(《定势》)

28. 士龙思劣，而雅好清省。(《熔裁》)

29. 及云之论机，亟恨其多，而称清新相接，不以为病，盖崇友于耳。(《熔裁》)

30. 又诗人综韵，率多清切，《楚辞》辞楚，故讹韵实繁。(《声律》)

31. 句之清英，字不妄也。(《章句》)

32. 清和其心，条畅其气；烦而即舍，勿使壅滞。(《养气》)

33. 故稷下扇其清风，兰陵郁其茂俗。(《时序》)

34. 自元暨成，降意图籍，美玉屑之谈，清金马之路。(《时序》)

35. 茂先摇笔而散珠，太冲动墨而横锦，岳湛曜联璧之华，机云标

二俊之采，应傅三张之徒，孙挚成公之属，并结藻清英，流韵绮靡。(《时序》)

36. 及成康促龄，穆哀短祚，简文勃兴，渊乎清峻。(《时序》)

37. 若夫珪璋挺其惠心，英华秀其清气，物色相召，人谁获安？(《物色》)

38. 天高气清，阴沉之志远。(《物色》)

39. 况清风与明月同夜，白日与春林共朝哉！(《物色》)

40. 贾谊才颖，陵轶飞兔，议惬而赋清，岂虚至哉！(《才略》)

41. 旧说以为固文优彪，歆学精向，然《王命》清辩，《新序》该练，璇璧产于昆冈，亦难得而逾本矣。(《才略》)

42. 魏文之才，洋洋清绮。(《才略》)

43. 而乐府清越，《典论》辩要，迭用短长，亦无懵焉。(《才略》)

44. 张华短章，奕奕清畅，其《鷦鷯》寓意，即韩非之《说难》也。(《才略》)

45. 曹摅清靡于长篇，季鹰辨切于短韵，各其善也。(《才略》)

46. 庾元规之表奏，靡密以闲畅；温太真之笔记，循理而清通：亦笔端之良工也。(《才略》)

47. 昔庾元规才华清英，勋庸有声，故文艺不称；若非台岳，则正以文才也。(《程器》)

这47处中，有十处不指向文章写作或鉴赏：其中第6条是作为《诗经》中的篇名出现在《颂赞》："或拟《清庙》，或范《駉》《那》，虽浅深不同，详略各异，其褒德显容，典章一也"[①]，《奏启》篇"明宪清国""肃清风禁"和《时序》篇"清金马之路"作为动词，意为"清扫、清除"，另有《诔碑》篇、《哀吊》篇各一处指人品格清高："标序盛德，必见清风之华；昭纪鸿懿，必见峻伟之烈：此碑之致也"[②]"然则胡阮嘉其清，王子伤其隘，各其志也"[③]，《物色》篇两处指自然界的"气清"和"风清"，

① 戚良德：《文心雕龙校注通译》，第99页。

② 戚良德：《文心雕龙校注通译》，第142页。

③ 戚良德：《文心雕龙校注通译》，第152页。

还有《铭箴》一处指政治清明：“信所谓追清风于前古，攀辛甲于后代者也”[①]，《时序》一处指学风清雅：“故稷下扇其清风，兰陵郁其茂俗”[②]。此十处以外的37处（其中仅“诗人综韵，率多清切”一处“清”指向声律，以下不再作讨论），皆与文章写作有关，或指向作品审美特点，或指向创作理念。同时，“清”的内涵也更加丰富，有的延续前人用法，继续作为审美性概念使用，如“清新”“清丽”“清典”等，有的则与文章的创作和内在特质相关联，成为构成性概念，如“才华清英”“风清骨峻”。此后文论家论文品诗所用“清”的内涵，大抵不超出这两个方面。

二、作为审美概念的“清”

“清”作为审美概念的用法是《文心雕龙》中的主要用法。刘勰常用“清”及以“清”为核心衍生的复合概念总结某个作品或某类作品的特点，其中既有对文章语言、内容的评价，也有对文体、风格特点的概括。理解这些“清”的内涵，既不能脱离前人的积淀，更重要的是，需结合刘勰整体的文章观念，否则，便可能挂一漏万，与作者的本意相去甚远。

（一）文辞之“清”

刘勰认为，文辞乃文章之肌肤。《文心雕龙》中，以“清”评价作品文辞是最常规的用法，诸如清铄、清采、清允、清辞等都是形容文章语言的特点。全书中此类用法共十余处。刘勰谈到文章用辞的要求，认为文辞须“清”，最好做到“字不妄也”，才能使文章“不入华侈之区”[③]。也就是说，语言之“清”是尽可能剪除多余、不当的文辞，实现一字不易的表达效果，这样，文章才不会显得繁杂赘余。由此可见，这里的“清”有两层含义：一是文辞简约、无赘余；二是用辞精当、不可易。刘勰在《文心雕龙》中将其总结为“析辞尚简”与“析辞必精”[④]。

纵观整部《文心雕龙》，刘勰关于文章用辞贵简尚精的论述俯拾皆是，而且这种倾向贯穿了枢纽论、文体论和创作论。在《征圣》篇，他称赞《春秋》“一字以褒贬”，认为其能够“简言以达旨”[⑤]，用极少的文辞准确

---

① 戚良德:《文心雕龙校注通译》,第127页。
② 戚良德:《文心雕龙校注通译》,第493页。
③ 戚良德:《文心雕龙校注通译》,第392、101页。
④ 戚良德:《文心雕龙校注通译》,第519、339页。
⑤ 戚良德:《文心雕龙校注通译》,第13页。

地表达作者的情感和态度，是用辞简要凝练的典范；在《宗经》篇，他认为写文章当宗之为师的儒家经典，具备“辞约而旨丰”[①] 的特点。到了文体论部分，这种尚简尚精的倾向更为明显。他评价晏婴和管仲之作的优点主要是“事核而言练”[②]，即叙述可靠准确且言辞简练；谈到《鬼谷子》，他称赞其“辞约而精”[③]，意即用辞简约而精当；提及陆机的檄文《移百官》，他说其“言约而事显”，是“武移之要者”[④]。刘勰不但高度评价了这些文辞简要精当的文章，同时对那些语辞繁杂不做修剪的文章提出了批评。比如他认为扬雄所作的《元后诔》“文实繁秽”，也直言不讳地指出陆机“腴辞弗剪，颇累文骨”[⑤] 之病。

在《体性》篇，刘勰将“精约”作为八体中的一体专门提出：“精约者，核字省句，剖析毫厘者也。”[⑥] 所谓精约，乃是字句省净，经过仔细推敲而使文辞精当。这也正是文辞之“清”的内涵。在描述文章最高审美理想的《风骨》篇，刘勰说：“故练于骨者，析辞必精；深乎风者，述情必显。捶字坚而难移，结响凝而不滞，此风骨之力也。若瘠义肥辞，繁杂失统，则无骨之征也。”[⑦] 他认为文章要有风骨，用辞须精炼准确，情感表达要清晰明快，文字须经锤炼选择实现一字不易的效果，声律调整得自然流畅、不凝滞。相反，如果文章内容空洞无味而辞藻泛滥，文辞繁芜却不具条理，便会顿失风骨之美。可见，在刘勰看来，文辞简洁凝练对于文章风骨有重要的意义。

那么，如何实现遣词造句的简约精当，即文辞之“清”呢？刘勰在创作论部分有极为精要的回答：一曰“剪截浮词”，以实现文辞之简；二曰“以少总多”，以实现文辞之精。《镕裁》开篇，刘勰提出文章初成，可能存在“一意两出”“同辞重句”的骈枝和肬赘，只有经过对杂乱、多余文辞进行适当的剪裁，才能“芜秽不生”，简洁明了。他说：“辞如川流，溢则泛滥。权衡损益，斟酌浓淡。芟繁剪秽，弛于负担”[⑧]，文辞

---

① 戚良德:《文心雕龙校注通译》,第 25 页。
② 戚良德:《文心雕龙校注通译》,第 203 页。
③ 戚良德:《文心雕龙校注通译》,第 203 页。
④ 戚良德:《文心雕龙校注通译》,第 246 页。
⑤ 戚良德:《文心雕龙校注通译》,第 289 页。
⑥ 戚良德:《文心雕龙校注通译》,第 331 页。
⑦ 戚良德:《文心雕龙校注通译》,第 339 页。
⑧ 戚良德:《文心雕龙校注通译》,第 387 页。

正如河流，过满则溢。必须权衡轻重进行损益，推敲斟酌以免寡而无味或浓妆艳抹。只有删减烦冗和芜杂之辞句，文章才能精炼简约。但是，简约的文辞如何描摹穷尽这纷繁复杂的四时万物以及人之情感呢？刘勰认为，在这方面《诗经》为我们提供了优秀样本，他说：“‘灼灼’状桃花之鲜，‘依依’尽杨柳之貌，‘杲杲’为出日之容，‘瀌瀌’拟雨雪之状，‘喈喈’逐黄鸟之声，‘喓喓’学草虫之韵。‘皎日’‘嘒星’，一言穷理；‘参差’‘沃若’，两字连形：并以少总多，情貌无遗矣。虽复思经千载，将何易夺？”[①] 正是因为“灼灼”“依依”“杲杲”等词能够以少总多，才能用寥寥两个字不仅将自然景物刻画得栩栩如生、如在目前，更是将人的情感展露无遗。这样，通过“剪截浮词”实现文辞之简的同时，也以“以少总多”的方式，做到了描写的情貌无遗，从而实现文辞之精，最终达到“清”的效果。

可见，刘勰所倡导的文辞之“清”是指文辞的简明精约，这种简明精约需要通过缀辞结采的过程中做到“以少总多”“剪截浮词”来实现，最终呈现出文采鲜净的美感。

（二）内容之“清”

《文心雕龙》中，“清”字描述文章内容特点的地方不多，仅有五处。刘勰评价祢衡的《吊张衡赋》，言其文辞华美、内容简明；傅毅的《七激》，具有文意明晰简要的特点；班彪的《王命论》清晰而明辨，温峤的笔记，文理通达简洁明晰。此五处“清”，主要指文意明晰简要、主旨鲜明。刘勰不但注重文辞的精炼简约，也强调文意详略得当、重点突出，让文章主旨一目了然。换言之，就是刘勰自己所说的“要而非略，明而不浅”[②]。

他在《章表》篇说：“章以造阙，风矩应明”[③]，认为文章思想情感应该尽量明确。又说“是以章式炳贲，志在典谟；使要而非略，明而不浅”，所谓“要而非略，明而不浅”即精要而不粗疏，明确而不肤浅，这正是刘勰对于文章内容的基本要求。他称赞陈思王曹植之文“独冠群才”的原因之一就是“辞清而志显”[④]，这种“志显”即是文章主旨显而不浅的表现。

---

① 戚良德:《文心雕龙校注通译》,第 515 页。
② 戚良德:《文心雕龙校注通译》,第 268 页。
③ 戚良德:《文心雕龙校注通译》,第 268 页。
④ 戚良德:《文心雕龙校注通译》,第 267 页。

在《议对》篇，他说：“标以显义，约以正辞，文以辨洁为能，不以繁缛为巧；事以明核为美，不以环隐为奇：此纲领之大要也。”① 写文章要突出主旨，并以雅正的文辞精要地表达。语言应当简洁明了，不以繁复华丽为能事；内容应当真实清楚，不以曲折隐晦为美，这就是写作“议”的要领。可见，文章主旨的突出，内容的清晰明确在刘勰看来是属于“纲领”性的要求的。《风骨》篇亦有言：“故练于骨者，析辞必精；深乎风者，述情必显。”② 意即深谙如何实现创作感人之理的作者，其抒发情感毕竟明确畅快。刘勰在论述其对文章之美的内在要求时又一次强调了主旨鲜明清晰的重要性。

文章内容如何做到“要而非略，明而不浅”呢？刘勰在《镕裁》篇给出了答案。《镕裁》开篇即说：“立本有体，意或偏长；趋时无方，辞或繁杂。蹊要所司，职在熔裁，隐括情理，矫揉文采也”③，不同体裁的文章，风格基调虽然是确定的，但有时会因思路不清而文意繁杂多余，因此要通过“熔裁”来概括文意，以规范文章的内容、明确主旨的表达。刘勰以生动的比喻说明了这一过程的必要性：“譬绳墨之审分，斧斤之斫削矣”④，对文章内容的规范和表达的剪裁就如同工匠以斧凿加工木材的过程。只有将“骈拇枝指”“附赘悬肬”去除，将多余、重复的内容删减，文章才会表达明晰、主旨鲜明，也就实现了文章内容之“清”。

（三）风格之“清”

风格是文章语言、情感、意境等共同表征的文章整体风貌，它既与作者才华性情相关，也与文章体裁、内容密不可分，是一个十分庞杂的系统。《文心雕龙》中以“清”描述文章风格的地方亦近十处。

刘勰用来形容文风的“清”，有时直接指向确定的作品，有时与文体相关联，有时指作家的个人风格。虽然用法比较灵活，但“清”作为一种风格，其内在要求却是推敲可知的。张衡《怨诗》，语辞清丽含蓄，典雅而有滋味；张华作文，提倡语言表达的清晰省净，反对雕缛文风。不止刘勰许之“奕奕清畅”的赞誉，陆云也赞其《女史》清约，可见其文辞的清新简约。因此，风格之“清”的内在要求首先是辞约。另一方面，风格之

① 戚良德：《文心雕龙校注通译》，第 290 页。

② 戚良德：《文心雕龙校注通译》，第 339 页。

③ 戚良德：《文心雕龙校注通译》，第 374 页。

④ 戚良德：《文心雕龙校注通译》，第 374 页。

“清”与文章的情感密切相关。正如前文所言，文章有深情远旨才能有滋味、有感染力。曹丕的乐府诗便娟婉约，情感真切，具有感动人心的力量。譬如其《善哉行》：“高山有崖，林木有枝。忧来无方，人莫之知。人生如寄，多忧何为?”王夫之在《古诗评选》赞其“微风远韵”①，意即这两句诗具有动人的情感力量和无限情韵，令人心神激荡，回味无穷。所谓“乐府清越”，与这种感染力不可分而论之，因此“清”的另一个内在要求便是有深情。总之，风格之“清”的两层内在要求：一为辞约，二为情深，只有文辞简约且有深情文章才会有“清”的美感。

那么，如何形成“清”的风格呢？刘勰在《体性》篇说：“吐纳英华，莫非情性”，文章的风格与作者的才华性情有着密切的关系，往往“各师成心，其异如面”②，正因如此，文风之“清”也离不开作者相应的才情。刘勰对嵇康诗的评价是“嵇志清峻”③，认为其清拔脱俗，通脱有风力。这样的诗风，正是由嵇康清远高洁的人格修养和“越名教而任自然”④的文人风骨所决定的。谈到贾谊，刘勰说“是以贾生俊发，故文洁而体清”⑤，贾谊性情豪迈，因此文辞简洁而风格清新。简洁清新之文风的形成，与作者的个性密切相关。性情豪迈之人不拘小节、不做矫饰，因此用辞以简洁、流露出至真性情，文章自然也就有了清新风貌。除此之外，个人才力的优劣，也会决定文风是否清省。刘勰说：“士衡才优，而缀辞尤繁；士龙思劣，而雅好清省。”⑥正因为才力过剩而未加剪裁，所以陆机文章辞采繁复，缺乏清美。陆云才力不及兄，故文章辞采省净，有清省之貌。当然，并不是才高文风必然就不清，风格之“清”还与个人的写作追求相关。刘勰在《才略》篇对陆机兄弟二人的不同文风又做了进一步分析，“陆机才欲窥深，辞务索广，故思能入巧而不制繁。士龙朗练，以识检乱，故能布采鲜净，敏于短篇”⑦。陆机才高辞优，展现个人才学追求思理的深入、文辞的繁复，陆云崇尚明晰省净之美，因此能够自觉避免繁杂，文风简洁省净。可见，风格之“清”的形成与作者的人格修养、性格特点、才力高低

---

① [清]王夫之评选，张国星校点：《古诗评选》，北京：文化艺术出版社，1997年，第20页。
② 戚良德：《文心雕龙校注通译》，第332、330页。
③ 戚良德：《文心雕龙校注通译》，第61页。
④ [唐]房玄龄等：《晋书》卷四十九，北京：中华书局，1974年，第1369页。
⑤ 戚良德：《文心雕龙校注通译》，第332页。
⑥ 戚良德：《文心雕龙校注通译》，第377页。
⑦ 戚良德：《文心雕龙校注通译》，第533页。

和个人好尚都息息相关。

因此，文章风格之“清”的内在要求是情深辞约，这种风格的形成既与文体有关，也与作者的才性好尚相关。在《文心雕龙》中，作为审美概念的“清”，其内涵可以概括为以鲜净凝练的语言表达鲜明清晰的内容和情感，使诗文整体流露出情深辞约的审美特点。

三、作为创作理论的“清”

在《文心雕龙》之前，“清”作为审美概念，与文章的风格论、鉴赏论相联系，指向文章的辞采、内容、风格特点。至《文心雕龙》出现，“清”开始与文章的创作论、本质论联系起来，它不但是作者所具备的重要素质，也成为文章内在性追求——“风骨”的特性。自此，“清”的内涵不断在诗学领域丰富和发展，最终成为众多诗人难以企及的诗歌美学理想。

（一）才性之“清”

随着人的自觉，讨论人个性、气质、才华的“才性”成为魏晋时期的重要命题，钟会的《才性四本论》、刘邵的《人物志》都是当时研究“才性”的专著。在这种风气下，刘勰论文自然而然地将创作与作者的才性相关联，认为才性之“清”是构成文章之“清”的条件和基础。《文心雕龙》中与才性相关的“清”共五处。

刘勰两以“清绮”“清英”评曹丕、庾亮二人的才华。“清绮”本指文辞的清新华美，“清英”也是描述文采清秀拔俗，刘勰用来形容作者的才华。正如《体性》篇所言：“辞理庸俊，莫能翻其才”①，由文辞之“清”可见其文才之“清”。所谓才“清”，在魏晋时期已经成为品藻人物的一个重要方面，往往包含两层要求：一是能清言，即语言清简，有微言大义。受到当时清谈之风的影响，时人赞赏言辞清通简约之人。正如冯友兰先生在《中国哲学简史》所言：“清谈的艺术在于，将最精粹的思想，通常就是道家思想，用最精粹的语言，最简洁的词句表达出来。”② 二是能属清文，即文章简练，语辞清新。如《世说新语》言张翰“有清才美望，博学善属文，造次立成，辞义清新”③，这里的“清才”指的就是语言清新。由

---

① 戚良德:《文心雕龙校注通译》,第 330 页。

② 冯友兰:《中国哲学简史》,郑州:河南人民出版社,2000 年,第 179 页。

③ 余嘉锡:《世说新语笺疏》,北京:中华书局,1983 年,第 393 页。

此可见，刘勰所说的才“清”也就是能写语辞清新的文章，观其文可知其才，文“清”则才必然“清”。才华之“清”又根植于性情之“清”，二者密不可分。“清峻”是嵇康的文风，也是其“越名教而任自然”的超俗高蹈的性情之表现。身处司马氏当权的时局，他坚持不与之同流合污，在山涛举荐之后，作《与山巨源绝交书》清楚地表明自己的志趣和选择，也由此终至为司马氏所害。嵇康这种崇尚自我真情，不为名教、礼法束缚，不向权势屈服的人格，便是性情之“清”的内涵。这种性情之“清”，我们可以透过其文深刻地感知到。总之，性情之“清”决定了文风之“清”，文辞之“清”反映出文才之“清”。才性之“清”，正是孕育文辞、文风之“清”的土壤。

那么文才之“清”又源于何处呢？刘勰在《体性》篇做了明确的回答：“才力居中，肇自血气”①，才情个性中很大一部分取决于人的生命之气。这种“气”有刚柔、清浊之分，不同的生命之气决定着作者各异的情志特征。“清气”则是一种清纯、善感的灵气，具备这样的生命之气，才会感受到“物色相召”，产生创作的冲动。大自然是生机勃勃、气象万千的，有春和景明、孟夏滔滔，有落叶纷纷、霰雪无垠，普通人面对这样的景物，往往会视而不见，即便受其感召，也大多是浮光掠影，很难有细致入微的观察和感受。但具备“清气”的作家则不然，于他们而言，“一叶且或迎意，虫声有足引心。况清风与明月同夜，白日与春林共朝哉”②。这种与生俱来的“清气”，使他们感受到常人不太注意的美感，进而领悟到造化的玄妙、自然的灵魂，以清新的文笔构造出清妙的意境，给读者清美的感受。

这种生命之气十分珍贵、不可力强而至，因此需要养护。刘勰在《养气》篇道：“率志委和，则理融而情畅；钻砺过分，则神疲而气衰：此性情之数也。”③ 如果过度钻研，就会觉得精神疲劳、气力衰竭。毕竟，写文章是要抒发自己胸中之情，应当从容不迫而率情任性，舒缓自然地等待机会，而不该在没有灵感时过度钻研，这样只会损耗自己的生命之气。因此，刘勰提出，写作过程中，应该“清和其心，调畅其气”④，只有心地清明和

---

① 戚良德:《文心雕龙校注通译》,第 332 页。
② 戚良德:《文心雕龙校注通译》,第 514 页。
③ 戚良德:《文心雕龙校注通译》,第 466 页。
④ 戚良德:《文心雕龙校注通译》,第 470 页。

谐，血气通达舒畅，文章才会思理通畅、有感染力。这种创作状态，与《神思》篇所说的"陶钧文思，贵在虚静，疏瀹五藏，澡雪精神"① 一脉相承，作家心地清明、血气通畅之时，精神才能集中而宁静，全身心地投入创作中去。"心清"是创作的必备条件，以"清和其心"的状态从事创作，就不会对作家的生命之气造成不必要的损耗。

可见，才清、气清、文清相互关联，才性之"清"源于气"清"，又孕育了文风之"清"，从文风之"清"亦可见作者才性之"清"，三者构成了气清—才清—文清的逻辑链条。正是从这一层面，我们说，《文心雕龙》中的"清"开始成了文学理论中的构成性概念。

（二）文体之"清"

这里的文体指的是文章体裁，《文心雕龙》从《明诗》到《书记》共二十篇专门讨论了不同文体的发展、特点及写作方法。"清"作为部分文体（包括诗歌赋颂、笺记）应该具有的规范性特点，这就意味着，"清"是这些文体的构成性要素。譬如对诗歌而言，"清"是诗之为诗的重要条件，这一观点，则对我国古代诗学产生了深远影响。

《文心雕龙》中，以"清"论文体的地方仅有三处：一指五言诗的审美特点，一指赋颂诗歌等的规范性特点，一指笺记的文体特征。

无论是五言诗还是赋颂诗歌，都属于现代文艺观念里所谓的"纯文学"。魏晋时期，随着文学的自觉，这类文体的特点逐步为敏锐的文论家发现。曹丕最早在《典论·论文》中提出"诗赋欲丽"②，首次肯定了诗赋的审美特性。继曹丕之后，陆机《文赋》的"诗缘情而绮靡"③ 不仅进一步肯定了诗赋的文辞之美，而且提出"缘情而作"的命题。刘勰所说的"清丽"，与陆机的"诗缘情而绮靡"一脉相承。"丽"即文辞之华丽，"清"即感情之深挚。刘勰说："人禀七情，应物感斯。感物吟志，莫非自然。"④ 诗文本就是发乎性情的自然歌咏，因此好的诗赋，其情感理应深挚真切。譬如刘勰称为"五言之冠冕"的《古诗十九首》，其特点便是"婉转附物，怊怅切情"⑤，也正是因为情感的深挚动人，才产生了钟嵘所说的"惊心动

① 戚良德:《文心雕龙校注通译》,第 322 页。

② 郭绍虞主编:《中国历代文论选》第一册,上海:上海古籍出版社,2001 年,第 158 页。

③ 郭绍虞主编:《中国历代文论选》第一册,第 171 页。

④ 戚良德:《文心雕龙校注通译》,第 55 页。

⑤ 戚良德:《文心雕龙校注通译》,第 59 页。

魄，可谓几乎一字千金”① 的感染力。可见，作为诗赋规范性特点的“清丽”之“清”，其内涵主要是感情的深挚动人。笺记这种文体也是一样，它既与表奏接近，又与书信相似。因此，既要用辞纬泽，加以斟酌，追求文辞之华美，又要像书信一样，娓娓道来，情真意切，追求动人的力量。也就是说，“清靡”之“清”指情感的真挚深切。综上，描述文体特点的“清”，其内涵主要指作品情感深挚。

（三）风清骨峻

“风骨”的概念，从文论发展的角度来看是刘勰首创。魏晋以后这一概念对诗歌的发展产生了极大的积极作用，尤其对唐初诗风的匡正功不可没。由于刘勰对其描述的抽象性和概括性，“风骨”的内涵至今众说纷纭、莫衷一是。但总体来说“风骨”是对文章的某种规定性和要求，却是各家共识。刘勰以“清”描述“风骨”特点的用法共三处。

“风”作为“诗之六义”之一，为风化、教化之意，指向文章的思想情感。“风清”则指思想的纯正、情感的纯粹。刘勰说：“是以怊怅述情，必始乎风；沉吟铺辞，莫先于骨”②，作者情动于中而欲一吐为快，则必然追求动人的感染力；展纸落墨著成诗文，也必然会产生一定的说服力。“风骨”总体来说是一种力量，它所规定和要求的对象是文章的情感，只有情感至纯至清，文章才会具有感人至深的艺术力量。所谓“风清骨峻”，也即“风骨清峻”。“清峻”一词往往用来描述建安文学的特征。这一时期的士人，因生命苦短、政治失意，诗文往往力透纸背，不掩饰、不含蓄、不铺排，倾注着个人的至真情性，几百年过去，依然显示出动人心魄的力量。因此，也可以把“清峻”理解为“风骨”的内在要求，即文章情感真切不矫饰，表达明确有力道。这样，“风骨”就有了规范文章情感的作用和意义，虽然文章是“人禀七情”而“感物吟志”的结果，但情感思想的表达不能率性而为，而应当有所规范。一方面，文章所表现的思想必须合乎经典，纯正而不杂乱；另一方面，文章的情感必须是发自肺腑的真情实感，不可“为文而造情”。任何一方面不符合规范，那么文章便风骨不存。

不难发现，风骨之“清”有十分具体的现实意义。晋宋以来，文坛风

① 陈延杰：《诗品注》，北京：人民文学出版社，1961 年，第 17 页。

② 戚良德：《文心雕龙校注通译》，第 338 页。

气日变，汉魏时期慷慨任气的风力一扫而去，取而代之的是“俪采百字之偶，争价一句之奇，情必极貌以写物，辞必穷力而追新”① 的文风。这种绮靡和缛丽的文风不断发展，甚至到了但知体物详尽、繁辞唯新，而无真情实感的境地。刘勰对这种现象深感忧虑，在《序志》篇说“言贵浮诡”“将遂讹滥”②，《情采》篇说“采滥忽真”“真宰弗存”③，《铨赋》篇说“繁华损枝，膏腴害骨”，认为文章失去风力的主要原因是追求纤毫毕现的体物图貌和文辞的华丽，而忽略了真实情感的表达。他将《诗经》与近代辞人进行对比，认为前者“为情而造文”，后者“为文而造情”，“为情者要约而写真，为文者淫丽而烦滥。而后之作者，采滥忽真，远弃风雅，近师辞赋，故体情之制日疏，逐文之篇愈盛”④。所以，作者应该追求风雅，以情为本，让充沛真实的情感贯穿文章的始末。如此，文章方可具有真正的艺术生命力。同时，文章中的思想还要与儒家经典相符，这与刘勰的宗经思想互为表里。儒家经典本身是具有“风骨”的典范之作，是一切文章的源头，同时其情感也具有“思无邪”的特点，完全符合刘勰情本思想的要求。而“清”所代表的思想之纯正和情感之纯粹，正好可以与刘勰对于文章审美的最高理想风骨相合。

总之，作为创作理论的“清”是对诗文何以有“清”美的原因的追溯，也是诗文之“清”的构成性因素。其内涵包括作者生命中清纯善感的气质、清高超俗的追求和诗文中表达出的纯粹的情感与纯正的思想内容。从这层内涵出发，我们能够更进一步理解“清”作为重要审美概念所追求的美学特点。

综上所述，《文心雕龙》中所用的“清”，涵盖了文章的文辞、内容、风格以及作者的才性、文体的特点和文章的风骨。具体来说，其内涵可分为两层：一层与文章鉴赏论、风格论相联系，指文辞的简约精炼、文意明而不浅和文风的清新，一层与文章本质论、创作论相联系，指生命之气的清纯、作者才性之清高以及作品情感的纯粹、思想的纯正。这些内涵，与刘勰论文尚简尚精、以情为本和追求风骨的原则互为表里，既是刘勰文论

① 戚良德：《文心雕龙校注通译》，第63页。
② 戚良德：《文心雕龙校注通译》，第566页。
③ 戚良德：《文心雕龙校注通译》，第368页。
④ 戚良德：《文心雕龙校注通译》，第90页。

思想的重要体现，又从另一个角度充实和丰富了刘勰的文论思想。从这个角度来说，对于“清”的梳理和阐释，或可成为我们走近刘勰文论思想一个新的入口。

（作者单位：山东大学儒学高等研究院）

辨章考镜，质疑开拓

——读龚鹏程先生新著《文心雕龙讲记》

王术臻

中国古代文论研究在龚先生整个学术研究中占有重要位置，已经出版的《江西诗社宗派研究》《诗史、本色与妙悟》《中国文学批评史论》等著作，集中体现了龚先生对中国文学理论批评的思考，而刘勰的《文心雕龙》作为中国文论的经典著作，也进入了龚先生的研究视野。

龚先生就读的淡江大学早在1970年即成立研究室，专治《文心雕龙》，1975年出版《文心雕龙研究论文集》；龚先生担任系主任以后，曾整理了一份《文心雕龙》的所有图书论文资料。龚先生硕士博士阶段就读的台湾师大，更是章黄学派的传承，历来有讲《文心雕龙》的传统。龚先生从事雕龙学研究即受此种学术风气的影响。

龚先生在八十年代初曾应邀参与翻译《文心雕龙》，译出了其中的《哀吊》《杂文》《封禅》《章表》《奏启》等五篇，纳入里仁书局重版的周振甫《文心雕龙注释》（1984年），该书成为台湾学界最流行的《文心雕龙》普及本。1986年龚先生发表《从〈吕氏春秋〉到〈文心雕龙〉——自然气感与抒情自我》《〈文心雕龙〉的价值与结构问题》两文。1987年龚先生于《书目季刊》二十卷三期发表诸多雕龙学见解，并策划了一个《文心雕龙》的论著目录及座谈会，又举办了以《文心雕龙》为中心的中国文学批评研讨会，会议论文后编辑为《文心雕龙综论》。会议同时，龚先生在台湾《“中央日报”》连续发表《〈文心雕龙〉的文体论》一文，与徐复观先生的观点进行商榷，引起了古典文学和文论界的较大争议。而现在出版的《文心雕龙讲记》（广西师大出版社2021年1月），对刘勰及其《文心雕龙》进行了全面而深入的探讨，是龚先生多年来雕龙学研究成果的一次集中展示，为当今龙学界又添一扛鼎之作。

龚先生的学术研究，往往具有宏大的历史视野和强烈的方法论意识。统观《讲记》一书，颇能体现龚先生辨章学术、考镜源流的学术精神，以及质疑旧范式、开拓新视角的学术方法。也正由于此，《文心雕龙》自身的许多理论问题以及雕龙学史上存在的许多问题，经龚先生的驳难辨析，都得到了澄清、矫正。兹就研读所得，择其大要，略做阐述，希望能借以窥见龚先生在雕龙学上的见解与贡献。

一、用“以古释古”的方法界定《文心雕龙》的性质

关于《文心雕龙》的性质问题，是龚先生雕龙学研究关注的重点之一。龚先生认为，自五四以来，由于学界受到西方文论建构形式的影响，强调文学批评的客观精神和体系化，致使《文心雕龙》的地位越来越高，有一些评论由于脱离了具体历史语境而流为过誉之谈。为了对《文心雕龙》的价值与作用作出恰当的评估，龚先生采取的方法是尽量摆脱近代文学批评所形成的思维定式和批评标准，建立一个大的参照系统，将《文心雕龙》置于整个中国文学批评的历史长河中加以观照，一方面紧紧围绕六朝文论的新变思潮来讨论《文心雕龙》产生的文化土壤，一方面将《文心雕龙》的建构形态与唐、宋文论加以比较，以结构模式的继承和理论的内在呼应为凭据，来判断《文心雕龙》对后世的影响度。这种“以古释古”的方法得出的结论比较符合中国文论史的实际，避免了“以西释中”“以今准古”的扞格难通。

龚先生指出，自近代以来，学者们是从文学理论、文学批评的角度来看《文心雕龙》，但在古人看来这并非《文心雕龙》的本质。从刘勰自述以及《文心雕龙》历代著录情况看，“古人主要是从作文的角度来看待《文心雕龙》，认为此书是讲为文之用心，谈的是怎样写文章，而不是评鉴文章”，这是由六朝以来社会上文学崇拜的大传统决定的。因而《文心雕龙》的重心是在文体论部分，这跟今人所谈大不相同。

龚先生认为，五四以来的整个文学观念和文学批评范式的发展历史是值得反思的。他从郭绍虞《中国历代文论选》的选文谈起，指出郭先生选的主要是《文心雕龙》的“毛目”即文术论部分，忽略刘勰论文的“纲领”即文体论，这是依照西方的文学观念，从文学理论的角度来接受《文

心雕龙》，而放弃了章太炎等人所持的文学观。百年以来的雕龙学就是遵循此一研究路数，逐渐地凝定成一整套学术典范，不仅左右了对《文心雕龙》的理论阐释，也影响了《文心雕龙》的文字校勘（异文校订从来都是在某一理解前提之下所做的是非判断，龚先生称之为“义理明则训诂明”），如此一来，《文心雕龙》的许多重要问题都被遮蔽了。事实上《文心雕龙》在历史上是作为一部总集、别集、文史书、子书而被接受，它所承载的文化内涵和价值要远远超过一部文学理论著作，唯有采用中国固有的文学观念，做到以古释古，以刘解刘，方能彰显其全部价值和魅力；如果采用西方文学视角来评判讨论《文心雕龙》，一味纠缠于纯文学和杂文学之辨等命题，会使问题越来越混乱，实属无谓。龚先生对近代批评范式的反思，对雕龙学研究无疑具有救偏补弊、正本清源的作用。

二、用汉人解经条例解释《文心雕龙》全书结构

龚先生认为，《文心雕龙》因其论述的系统化和细密化而在中国文学批评史上显得特别独特，但是其理论结构的安排并非像范文澜等先生所认为的那样，是受到佛学的影响，要说明《文心雕龙》结构特征的成因，必须结合刘勰所继承的大传统来考察。龚先生根据《文心雕龙·序志》篇“敷赞圣旨，莫若注经，而马郑诸儒，弘之已精。……于是搦笔和墨，乃始论文”的自述，点明了这个大传统，即汉人释训经书的方法。

汉人治经往往建立条例，如何休《公羊解诂》序说：“略依胡毋生条例。”这种条例，也就是立法创制，汉晋之间甚多，如郑众《春秋左氏传条例》、何休《春秋公羊条例》、杜预《春秋释例》、刘实《春秋条例》等等。条例也体现于汉人的释训之学中，如《说文解字》是“方以类聚，物以群分，同条牵属，共理相贯，杂而不越，据形系联，引而申之，以究万原，毕终于亥”，《释名》是“撰天地、阴阳、四时、邦国、都鄙、车服、丧纪，下及民庶应用之器，论叙旨归”，其他如《方言》《广雅》《白虎通义》等，体例虽然各不相同，却都是组织结构自成体系。

汉人这个学术传统对刘勰影响甚深。刘勰自言他论文的方法是“圆鉴区域，大判条例”（《总术》），又说“剖情析采，必笼圈条贯”（《序志》），可知刘勰是依仿经学条例以做论文条例，《文心雕龙》的体系化写作，可以说是汉人解经方法向文学批评领域的一次移植。龚先生从两汉的经学传统、学术思维以及刘勰本人的志趣来解释《文心雕龙》结构形态的成因，与采

取“平行模拟”的方法，将此一体例的建立归因于佛学影响相比，更加具有说服力。

龚先生进一步指出，自汉人用条例解经，到刘勰用条例论文，都是理性主义的体现。他认为中国文学批评在晋宋之际兴起了一种讲究客观化与系统化的批评思潮。其中陆机对文学的客观研究态度具有转折的意义，它开启了宋齐梁理性文学批评的思潮。到了齐永明年间，王融、谢朓、沈约等人大张旗鼓地要求文论家必须洞悉文学奥秘，为文学立法。如沈约说要“敷衽论心，商榷前藻”，对于文章的“工拙之数，如有可言”（《宋书·谢灵运传论》），他认为文章的规律是可以说清楚的，而在他之前的文学创作基本上是依赖艺术直觉、天然禀赋，只能言其然，不能言其所以然，更无法举其条例，到他这里才第一次为文学创作规定种种条件，形成了理论自觉。沈约等人所倡导的声律论和理性批评原则对刘勰影响很深，不仅表现在刘勰对声律论的认同，还表现在他在《文心雕龙》中全面贯彻了沈约所倡导的理性主义批评原则。《序志》篇明言此书讨论的内容是“为文之用心”，也就是对文学内部规律的研究，其论文方法是“囿别区分”“剖情析采，笼圈条贯”，也就是采用客观的、理性的分析法，对文学的各个面向进行条分缕析的研究。《声律》篇说：“练才洞鉴，剖字钻响，疏识阔略，随音所遇。”主张作者要自觉地掌握声律、对偶等文学原理来指导创作，克服随意性和偶然性。刘勰这种对文学写作法则的剖析钻研、归纳总结，体现了他穷究文学妙旨的尝试与努力，是当时由沈约等人倡导的理性主义文论思潮的一部分。

另外，龚先生从历史发展角度对此种成体系的文论范式进行了价值重估。他认为，以《文心雕龙》代表的文学批评的结构形态，在后代并未获得广泛青睐而形成固定的传统。尽管唐代诸诗格、诗例等也走系统性和客观批评的道路，却并非文学批评的主流。至于宋代以后，文学批评并不以客观作品为主，并不想建立一套客观的评价标准与修辞法则，反而强调主体，强调“默会致知”。从理论的内在呼应关系看，《文心雕龙》与宋代以后的文论主流关联并不密切，直到近代，客观精神大盛，成体系的要求再度抬头，《文心雕龙》的架构形态遂越来越受到青睐，地位越来越高。因而对《文心雕龙》价值的评价，必须充分考虑到不同时代美学思考路向和建构形态产生的变化。

当然，《文心雕龙》的体系化建构形态对后代文评实践影响不大这一事实，并不减损《文心雕龙》自身的理论价值以及《文心雕龙》对后代文评的应用价值，《文心雕龙》的出现，不仅在当时对于晋宋以来的理性主义文评思潮起到推波助澜的作用，推动了文学创作的自觉化和社会化，而且为后世文学批评的建构提供了丰富的理论资源。

三、从南朝经学礼法入手解释《文心雕龙》的生成

龚先生认为，魏晋宋齐梁这几个朝代的经学传统不但没有断，反而比过去更为强劲，在文学上也产生了若干具体的影响。刘勰在这样的环境中形成他的文论，与经学的关系当然就特别密切，刘勰写《文心雕龙》的目的，是要阐发经义，所以他将所有的文体推源于经典，以此反对为文"箴绣鞶帨，无取庙堂"（裴子野语），这是全书的大纲维、大脉络。

龚先生指出，"我们现在所知的历史图像，是由好几个不同的维度构成的，其中之一是近代经学史的角度，其延续着清人尊汉之见，把汉代视为极盛时期，南北朝以后则是个下降的过程，到了清朝才慢慢复兴。这个看法在哲学史上又得到了呼应，都说汉末大一统王权解体，经学礼法遂衰，所以魏晋南北朝时期士族玄谈老庄，逃避世事。文学上，近人也大讲所谓魏晋的文学自觉，说经学家都是扭曲文学的，至魏晋南北朝谈老庄，才出现了个人自觉的主体意识和审美意识的发现，在艺术、文学上开启了一个新时代"。而近代这个解释的框架和视角，遮蔽了经学尤其是礼学在当时的文化学术主流地位及其对文学的影响，将《文心雕龙》置于这个框架之下进行观照，必然也难以得其要领。

龚先生认为，六朝不但不是一个破除礼法的时代，反而是一个最讲究礼法的时代，论《礼》之书多达211部2186卷，远超其他经典，礼学无疑是南朝的显学。刘勰的《文心雕龙》正是在这个经学礼法兴盛的大环境中生长出来的，它属于经学传统影响下的文论。龚先生根据刘勰《明诗》篇引用《诗纬·含雾嘉》"诗者，持也，持人情性"一说，认为《毛诗》只谈到"发乎情"，刘勰更强调"止乎礼"，《文心雕龙》重礼的意思比《毛诗》还要强烈。龚先生的这个论断实际已经涉及南朝礼学与《文心雕龙》关系的大问题了，值得做深入研究。

关于《文心雕龙》的写作动机，刘勰自己说得很明白，《序志》说："唯文章之用，实经典枝条，五礼资之以成，六典因之致用，君臣所以炳焕，军国所以昭明。"认为文士作文不应满足于用以自适、自通，更应当将

文章用于五礼政教建设、军国庙堂事业。这显然是回应了曹丕的文章经国论，对于把握刘勰文论思想的实质极为关键。

事实上，刘勰本人是宋齐礼学的预流者。《序志》自言：“齿在踰立，尝夜梦执丹漆之礼器，随仲尼而南行。”说明刘勰的志向在于参与礼乐建设。《梁书》本传说刘勰在兼东宫通事舍人之后：“时七庙飨荐已用蔬果，而二郊农社犹有牺牲，勰乃表言二郊宜与七庙同改，诏付尚书议，依勰所陈。”上书议礼并得到朝廷肯定，是刘勰一生中的一件大事，说明刘勰参与了朝廷的礼仪建设实践，实现了当初的梦想。崇礼与议礼这个史实，触及了刘勰除文翰、佛学之外的另一项能力——精于礼学，他是礼学预流者。刘勰的这一文化理想对于其文论建构和文论思想具有极为重要的影响。《序志》中刘勰连谈两个梦境，将“攀采彩云”（文学才华）与“执礼器南行”联系在一起，恰好表达了“文以经礼”的思想（《梁书·文学传》说：“经礼乐而纬国家。”）刘勰写《文心雕龙》的出发点和归宿就在这里。

刘勰在枢纽论中即已提及文辞与礼仪的关系：“郑伯入陈，以文辞为功；宋置折俎，以多文举礼。”又提及南朝的学术热门丧服学：“丧服举轻以包重。”（《征圣》）而在文体论中的《乐府》篇则谈到文体与礼仪的关系：“岂惟观乐，于焉识礼。”不仅是乐府与礼义一体不分，诗、赋又何尝不是如此呢？扩而大之，刘勰所设置的几乎所有文体都与礼仪紧密相关，如颂、赞、祝、盟、封禅与吉礼相关，诔、碑、哀、吊与凶礼相关，章、表、奏、启、议、对与宾礼相关，檄、移与军礼相关，礼仪之行，资乎文辞，且每一种文体都有与相应礼仪场合配合的写作规范和风格特征。可见刘勰的整个文体论实际贯穿着“文以经礼”思想。

尤其值得注意的是，刘勰特意设置《指瑕》一篇，指摘各种文病，而中心议题却是围绕礼仪伦理对作家文字或作家才情的制约来谈。该篇反复举例说明前人文章写作中的“失礼”问题，提醒文士行文时必须戒除种种“文忌”，集中体现了刘勰文以经礼、礼以制文的思想。刘勰认为，大才子曹植在写《武帝诔》时说“尊灵永蛰”，写《明帝颂》时说“圣体浮轻”，而“浮轻有似于蝴蝶，永蛰颇疑于昆虫”，于礼不当，有失事体。左思、潘岳等作文都存在这种严重瑕疵。刘勰认为写文章本是为了完成礼仪的，文士不能只顾尽情发挥自己的文学才华，而违背了礼仪规范，所谓“《礼》文在尊极，而施之下流，辞虽足哀，义斯替矣”。对文士而言，作文而能“止乎礼义”是一条铁律。

刘勰讨论文学内部问题，诸如文质、雅俗、奇正、真伪、情采、才学、浑成与支离、练辞与研术，等等，都是围绕“文以经礼”来展开的。南朝礼学的发达以及刘勰本人参与五礼建设的意志，才是刘勰文论背后起决定作用的因素。因此，龚先生才反复强调刘勰文学思想的底蕴是经学，而不是道家、佛学，只有抓住了这个大本、总纲，才能正确理解刘勰对许多文学问题所做的判断。

四、从道教角度解释刘勰的文道观

以往的雕龙学研究，多从儒学和佛学两个方面来探讨刘勰的思想以及《文心雕龙》的文学观念，而实际上刘勰具有深厚的道教世家背景，其文学观念受道教潜在影响也十分深刻，龚先生的研究在这方面做了大力开拓。

关于刘勰与天师道的关系问题，早在20世纪80年代就引起了学者们的关注。如1981年季羡林先生在给王元化先生的信中说：“讲到刘勰身世……我忽然想到陈寅恪先生在几篇文章中都谈到天师道的问题。看到刘勰家世好像也信奉天师道。刘穆之、刘秀之，两辈都用‘之’字排行，与王羲之家及其他许多家相似。天师道对刘勰的思想是否也有关系？颇值得探讨。”王元化先生也认为：“天师道问题确实值得研究，它不仅关系到刘勰的家世，而且也关系到刘勰的思想。……希望这一问题可以得到注意。”[①] 此后漆绪邦、汪春泓等先生陆续对刘勰与道教的关系问题进行过专门探讨[②]，使这一问题逐渐明朗化。

龚先生出身道教世家，与天师道因缘甚深，从小寄在六十三代天师张恩溥座下，后来还从事道教文化的传播事业，与中华道教总会合作，创办中华道教学院，出任教务长、副院长；还与族兄龚群一起举办两岸第一届道教文化探讨会。龚先生于道教文化研究造诣精深，1991年出版《道教新论》（2009年又出增订版），1992年出版《文化符号学》，对道教的性质和方法进行了全新的阐释。

---

① 王元化：《文心雕龙创作论》第二版跋（作于1983年），又见于《文心雕龙讲疏》，上海：上海古籍出版社，1992年。

② 漆绪邦：《刘勰的天师道世家及其对刘勰思想与〈文心雕龙〉的影响》，《北京社会科学》1995年第2期。汪春泓：《论刘勰思想中的道教因素——从〈异苑〉两条材料谈起》，《武汉大学学报》2011年第2期。

面对《文心雕龙》的开篇“原道”，龚先生能够发挥其深厚的道教文化理论优势，来观照其内部理论问题，令人信服地解释了刘勰“文道”观的原理，为雕龙学研究打开了新的理论空间。

龚先生在其《文化符号学》中揭示了中国道教的本质——以文字崇拜为核心建构道教理论。该书《自序》指出：“中国人特有的道教，事实上是一种文字教。”“（道教符字妙用）最能显示我们对文字神奇力量的信仰……文字被视为一切生成变化的枢纽和力量。故书写文章，可以同时是一种文学活动，也是宗教行为。”《道教新论》对以上观点展开进一步申说：“这种文字崇拜，是把‘道生一’解释成气化自然生出文字，而此文字又为宇宙一切天地人之根本：是创生之本，也是原理之本。不能掌握这个根本，则宇宙便丧失了秩序，颠动不安，从此失去生机，人若离开了创生的原理，人也要销毁死亡。这才是道教信仰真正的思想核心，道教以宇宙为虚无，但虚无之中，因气的作用，可以自然生化万物……一旦气化生物，天之日星、地之河岳、人之言动即共同表现为‘文’，《文心雕龙·原道》所谓‘文之为德也大矣，与天地并生者何哉？……’把这种观念讲得再清楚不过了。自然之道，显现为道之文，用道教的表达方式说，就是自然垂文，结气成字，形成自然天书……这是中国固有的文字崇拜。”“文字崇拜可能仍是可以贯通整个道教思想的主线。”① 以上便是龚先生对道教信仰研究的总体结论。

龚先生拈出“文字崇拜”一语用以概括道教信仰的核心，并举出刘勰的“原道”论加以印证，这实际上已经开辟了一种解读《文心雕龙》的方法——以道教为切入点，准确理解刘勰设计的“原道—征圣—宗经”为核心的枢纽论的奥秘。

刘勰一则云“文之德”：“文之为德也大矣，与天地并生者，何哉？”一则云“文之道”：“日月叠璧，以垂丽天之象；山川焕绮，以铺理地之形：此盖道之文也。”“玄圣创典，素王述训，莫不原道心以敷章，研神理而设教。”“道沿圣以垂文，圣因文而明道。”“辞之所以能鼓天下者，乃道之文也。”（《原道》）论“文”而牵涉“道”与“德”，这三个概念实为刘勰哲学、宗教与文学观念的基石，对于理解其文学观十分重要，它关系到对文学起源、文学本质、文学功用的认识，而对于三者的理解则需要藉助

① 龚鹏程：《道教新论》，北京：北京大学出版社，2009 年，第 78、86 页。

道教的理念。

道教中常用“真文”来解释道教教义和经典的起源，认为：在天地之先，空洞之中，凝结成文，故此文可名为真文、大洞真经、无无上真等等。此真文又布核五方，故又可称为五篇灵文、五符、五灵符等等，元始天尊曾以火炼之，故又名赤文，或赤书真文。

何为“真文”？龚先生解释说：“在道教中，此真文就是道，为万物之本体。盖大道空洞，其显相即是文。”“洞真部本文类《元始无量度人上品妙经》卷一说：‘上无复祖，唯道为身。五文开廓，普植神灵，无文不光，无文不明，无文不立，无文不成，无文不度，无文不生。’即指此而言。故薛幽栖注曰：‘真文之质，即道真之体为文。’成玄英说得更明白：‘真文之体，为诸天之根本，妙气自成，不复更有先祖也。’日月、天地、万物均由此道体生成化度。另外，道又称为文，则是指其涵盖了一切条理、纹理。”“在道教的体系中，我们看到‘文字—文学—文化’的一体性结构。文字，可以演为文章，文章又通贯于道。”“而在这一套哲学中，‘道’无疑居于首出或核心的地位。可是道教之所谓道，与老庄又有不同，乃以‘文’为道之体及道之用者，所以说文字始为道教信仰的核心。”①

龚先生所谓的“真文就是道”“大道空洞，其显相即是文”“‘文’为道之体及道之用”，是对道教中“文/道”关系所做的十分中肯的提炼。“道（真文）”属形上性质，而具体的“文”属形下性质，具体的文是“真文”的显相。

而道教的这一真文观念恰好可以用来解释刘勰提出的三个概念之间的联系：“文之为德”之“文”，并非具体的各种文，而是相当于道教的“真文”，也就是“道”，而“德”则是此“道”的具体显相，它是由真文或道化生而来，刘勰把它称为“道之文”（刘勰不说“真文之文”，而说“道之文”，内涵并无二致）。

“文之为德”之“文”与“道”属于形上性质，是一切具体的文生成的原理，而“德”则属于形下性质，道体广大，无所不包，所以其表现形式的“德”也就广大无边，故曰“文之为德也大”。刘勰将这一由“道”化生而来的“德”归纳为三种类型：天文、地文、人文，而文字、文学、文化的展开皆属于人文。这样就解决了文学起源的问题：文学作为“德”，

① 龚鹏程：《文化符号学》，台北：台湾学生书局，1992 年，第 184、187、194 页。

乃由形上之“道”化生而来，故此篇名曰“原道”。

具体到人文的起源，刘勰说：“人文之元，肇自太极，幽赞神明，《易》象惟先，庖牺画其始，仲尼翼其终。……若乃河图孕乎八卦，洛书韫乎九畴，玉版金镂之宝，丹文绿牒之华，谁其尸之？亦神理而已。”他认为人文开自《易》象，而《易》象来自河图洛书，河图精蕴又源自“神理”。“神理”生文，其实就是“自然”生文，所以刘勰又屡称“自然”：“心生而言立，言立而文明，自然之道也。”“草木贲华，无待锦匠之奇：夫岂外饰，盖自然耳。”（《原道》）自然是神理、神明或道的属性，四者同属形上层次。这仍是在阐明：文字—文学—文化作为形下之文，皆原于道。

刘勰在《正纬》中又提到天降图纬：“有命自天，乃称符谶。”“图箓之见，乃昊天休命。”“夫神道阐幽，天命微显，马龙出而大《易》兴，神龟见而《洪范》燿，故《系辞》称‘河出图，洛出书，圣人则之’。”刘勰所谓的“有命自天”“昊天休命”“天命微显”，与他的文、道、德之观念一样，是将图书之文的生成追溯到“天命”，也就是“自然”，也就是形上的“道”，然后再由“图书”开出种种人文。

关于河图洛书，在道教体系中也常常被提及，如《上方大洞真元妙经图》说：“太虚无中体自然，道生一气介十焉。罔极大化乾坤域，龙马龟书正理传。”虚无、自然，是一切形下之文的“原型”，是“道”，它先生成龙马龟书，以此为桥梁来展开人文历史。刘勰用“龙图献体，龟书呈貌，天文斯观，民胥以效”（《原道》）来总结人文的起源，认为“天道”（天文）乃人文的原型，而图书之文乃中介，这种讲法显然也是源自道教。

《原道》篇将宗教、哲学、文字、文学、文明熔为一炉，内涵十分深厚，可以视为《文心雕龙》的基石和灵魂，此篇不明，则全书晦暗。龚先生一则运用道门文字教理论，一则运用文字—文学—文化一体化理论，对此进行了高屋建瓴的剖析论断，彰显了刘勰原道的本义，为理解整个《文心雕龙》的理论扫清了障碍，洵为刘氏之功臣。

除上述几个方面之外，龚先生在《讲记》中还从本末源流入手归纳了刘勰的文学史观，重新阐释了刘勰的文体论和文势论，论述了以文学解经的传统，并分别比较了《文心雕龙》与《文选》《诗品》的理论异同等，把雕龙学研究领域那些被遮蔽、被误读的问题一一揭示出来并加以解决，对于今人从事雕龙学研究无疑具有启迪、开导之功。

龚先生治学淹该四部，博涉九流，故能彻上彻下，窥见国学之大全。他论《文心雕龙》，也已远超专书研究范围，涉及面极广。既如此，欲铨衡龚先生雕龙学之实绩，岂容易哉？今不揣冒昧，敢以此就正于龚先生及诸位龙学同道。

（作者单位：青岛大学文学院）

金庸小说中的女性人名探析

李　超

摘　要： 金庸小说女性人名不仅在金庸小说人名系统中别具一格，更是其小说整体文化与美学价值不可或缺的一环。在这些女性人名中，金庸将名字的形、音与意象结合，在人名之外创造出一番独特的审美意象，达到“象在名外，人在象中”的效果。除此之外，金庸把人名的身份符号作用充分发挥，通过显性或隐性的人名符号展现人物身份信息，读者在“未见其人，先闻其名”的情况下便能对人物有初步印象，在阅读之后又能从这些具有共性的身份符号中回味其身世遭遇。在这些女性人名的背后，隐含着金庸对于女性气质与女性身份定位的独特认知。

关键词： 金庸小说；女性人名；审美体验；形象；隐喻

金庸小说人名是一个庞杂的系统，在这一系统中女性人名不落窠臼，是金庸小说文学与美学价值的重要组成部分。在这些独具特色的人物名称中，女性人名经常为人们津津乐道，给读者留下深刻印象和丰富想象空间。金庸并不偏爱主角，既有取自“莲池鸣禽集，水木湛清华”，亭亭玉立人见犹怜的女主角木婉清，也有给人“彩鸾驾非烟，绰约两仙子”，唯美感觉的配角曲非烟。通过探究金庸小说女性人名不同类型的表达效果，梳理每种类型的内在联系，进而多角度分析产生这些效果的原因。从主要人物到次要配角，每一类人名背后都有独特的文化意义与美学价值，显示出金庸小说人名的魅力所在。本文通过对金庸小说中女性人名进行总结归类，得出六类典型的命名类型，探索每一类人名的内在联系，寻求这些联系所产生的相似作用，以及这作用带给人的审美体验差异，分析其中的美学意义和价值。在探究过程中意图把握金庸独特的女性人名命名方式所带来的不同审美体验，以及各类人名自身的美学意义，从而加深对人物形象和作品审美价值的认识，挖掘金庸小说更丰富的意涵和魅力。

一、人名意象的诗意书写

金庸在其小说的人名设置上，别出心裁，有这样一些女性人名，通过字形、词意和韵律的传达，让读者在睹“名”思人之时，产生丰富的想象，除了唤起对人物形象的记忆外，这些简短人名还营造了充满诗意的意象。

（一）踏花归去马蹄香——意在字中，象在形外

兰芝香草，红花碧叶，象征美好与高洁之物。屈原自述过着“朝搴阰之木兰兮，夕揽洲之宿莽”“余既滋兰之九畹兮，又树蕙之百亩，畦留夷与揭车兮，杂杜衡与芳芷”[①] 的生活。与香草相伴，和花木为邻，“朝饮木兰之坠露兮，夕餐秋菊之落英”，就连日常的服饰都是“扈江离与辟芷兮，纫秋兰以为佩”“制芰荷以为衣兮，集芙蓉以为裳”[②]。屈原以香草自喻，表现自己人格之独立，孤芳自赏，洁身自好，对香草采集、种植、配饰、爱怜、珍惜，将香草与人品道德相联系，对当时污浊的现实环境进行讽刺与控诉。《左传》中也有“今譬于草木，寡君在君，君之臭味也”[③] 的叙述，以草木为喻，表现君之高贵。使用香草之美喻佳意，屈原是突出的例子。而以花木香草为名，在中国人的命名传统中，也并不少见。既能取其芬芳美丽的本义，又可以在名字之外营造清雅秀丽的想象空间，以之为名颇受青睐。在金庸小说中，以香草花木为名的女性人物数见不鲜，金庸在为其命名之时，不仅从人物性格、故事情节、身份背景等多角度考量，还在人名之外留给了读者意犹未尽的遐想余地。每一个以香草花木为名的背后，都是一位让人印象深刻的女性人物，都有一段难忘的故事。

周芷若是《倚天屠龙记》里的女主角之一，天生丽质，聪慧过人。芷，作为一种香草在《楚辞》中多次被提到，如“杂杜衡与芳芷”“沅有芷兮澧有兰”等。《康熙字典》载：“《本草》：‘一名芳香，一名泽芬，生河东川谷中，主长肌肤，润泽颜色，可作面脂。’”[④] 周芷若正像芷一样，清新秀丽，金庸在小说中多次直接或借他人之口极言周芷若之美。在这些描写

---

① ［宋］朱熹撰，蒋立甫校点：《楚辞集注》，上海：上海古籍出版社，2001 年，第 8、10 页。

② ［宋］朱熹撰，蒋立甫校点：《楚辞集注》，第 11、7、14 页。

③ 杨伯峻编著：《春秋左传注》（修订本），北京：中华书局，1990 年，第 959 页。

④ ［清］张玉书等编纂：《康熙字典》，北京：中华书局，1958 年，第 1021 页。

中，用词频率最高的当属“清丽”[①]，除此之外，还有“秀丽”“灵秀”“娇丽”等形容词。金庸笔下的周芷若，正如这水边兰芷香草一般，清丽绝俗，犹似天人一般。金庸将书中另一位女主人公赵敏与之做比较时，如此形容：“赵女灿若玫瑰，周女秀似芝兰。”[②] 尽管书中写道，在汉水边遇见张无忌时周芷若曾自述：“我姓周，我爹爹说我生在湖南芷江，给我取名周芷若。”[③] 但其如兰芝香草般的素雅秀丽形象始终如一，哪怕后来她受灭绝师太逼迫走上邪恶之路，但最终仍能改邪归正，最后在张无忌窗外格格轻笑，一张俏脸似笑非笑地在烛光之下叫着“无忌哥哥”的形象，不禁让人感叹，仍旧是那清涟不妖、清丽秀雅的芷若。

《天龙八部》里段正淳的几位情人秦红棉、李青萝、阮星竹，虽非主要人物，个性殊异，但给人留下了深刻的印象。秦红棉对爱情的追逐，正如红棉（木棉）花一样，热烈似火。因使用一对喂毒的双刀而得外号“修罗刀”。她对此情不渝的爱情热烈地追逐，押上一生为赌注，面对段正淳的始乱终弃，遭遇了背叛的她，由爱生恨，这热烈的爱情之火吞并了她，使她扭曲、变形。从此恨了世上一切男子，充满怨恨地生活着，甚至教导女儿，也要她恨世上一切男子，行事冷漠无情。同样由爱生恨的还有李青萝，出身不凡的她，将段正淳视作一生的依靠，在曼陀山庄内遍种茶花翘首以盼，对于段正淳其他的情妇恨之入骨，然而其一生的精神支撑，都是心中的段郎，如青萝依附悬崖，一旦抓住，紧紧不放，其韧性之强，哪怕最后面临生死关头，也不惜为段正淳的一句喜欢而命丧剑下。而隐居在信阳西北小镜湖方竹林的阮星竹，如斑点星竹般胸无城府，随波逐流。在段正淳的情妇中，她是最女性化最柔软的一个，“星眸竹腰”深得喜爱，她与甘宝宝的聪明知进退不同，也不似秦红棉怨恨满腔的尖锐，不像李青萝般骄傲霸道，也没有康敏的扭曲疯狂和变态，但她对爱情的执着恰似竹子一般宁折不弯，使她无怨无悔地过着自己平静而爽朗的生活，直到最后为爱人付出生命。

这样的女性人物还有很多。春花灿烂，只享受自己片刻爱情最终难敌

---

① 金庸对周芷若“清丽”之描写散见于全书各处，如：“只见她清丽秀雅，姿容甚美，约莫十八九岁年纪”“跟着是周芷若清丽灵秀的容颜”“她清丽如昔只比在光明顶之时略现憔悴”“她自知容色清丽”“相貌虽不如周芷若之清丽绝俗”“想到周芷若娇艳清丽的容颜”“一个秀丽绝俗的青衫女郎”“加之容貌清丽，出尘如仙”等。参见金庸：《倚天屠龙记》，广州：广州出版社，2013 年。

② 金庸：《倚天屠龙记》，第 945 页。

③ 金庸：《倚天屠龙记》，第 320 页。

秋霜凛冽的马春花；秀美绝伦，典雅高贵，聪颖过人却对爱情隐忍不语成人之美的霍青桐；痴情为爱轰轰烈烈可悲可叹但不知为谁而生的何红药；吹气如兰典雅秀敏娇柔无比从容娴雅的苗若兰；气度芳菲，清逸飘然，为了爱默默开放时而自怜自伤的公孙绿萼；外刚内柔正直善良似芙蓉一触即破的纪晓芙……金庸以香草为名，写出了女性的绰约身姿，婀娜体态，秀美形貌，也暗喻了性格别异，身世浮沉的殊途人生。在美丽动听的香草花木之名里，读者接受的不仅仅只有那些笑靥如花与柔情细语的视听感受，在此之外，还有纵情想象的广阔天地。将所见到的香草之名与美人相联系，把视觉反馈转化为想象活动。香草美人，描摹了人物的气质，入乎其内一窥人如其名的风采，出乎其外探索名实之外无限空间；香草美人，勾勒出了人物的神韵，专注于此却不止于此，这颇似中国画里的留白，既突出了主题，又给人留下了无尽的想象余地。

这种美，不是对象和物质的美，而是读者“凭感官认识到的完善”[①]，是富有诗意的想象。这种想象不同于现象的复呈，它总是带主观性和创造性的[②]。金庸通过以香草花木为名的方式，为读者营造了一个浪漫的想象空间，每一个人名都是一个鲜活的意象，读者在接受这些意象的同时，根据自己的主观性与创作性，对之进行了审美改造。金庸准确地掌握人物本体与人名喻体之间的相似性，依靠想象与联想，将这抽象的人名在审美感受中变为具象的表现，这种表现便是香草所代表的人物形象，这一形象并非只基于对故事的理解，而是建立在对人名的审美基础之上。于是，我们看周芷若这个人名便能想到兰芷香草，以兰芷香草的美好又进一步想到作为人的周芷若的形象美好。在这个过程中，作为香草的人名，是审美活动的开始，香草本体的特征是联系纽带，人物的美好形象是想象的结果。读者通过这些美丽的人名，在主观认识中将之与认知中那些美好的香草花木相联系，进而在脑海中呈现与这种美好相匹配的意象，这些意象或是她们冰清玉洁的外貌，或是其轰轰烈烈的爱情追求，或是典雅淡然的高贵气质。

然而，不管是哪种意象，都有一个共性，那便是融合了创作主体的审美追求。作为创作主体的金庸，在刻画这些女性形象的时候，不是带着角

---

① 朱光潜：《西方美学史》（上卷），北京：人民文学出版社，1979 年，第 297 页。

② 参见王朝闻：《审美谈》，北京：人民出版社，2009 年，第 100—119 页。

色差异的偏见进行构建，而是将每一个角色作为整体的组成部分进行打磨，并非普通人认识中的“可怜之人必有可恨之处”。作为创作主体，作家所创造的是“可恨之人必有可怜之处”的曲折遭遇和“可怜之人必有可爱之处”的人物形象，在每一个人物的塑造中，都有作者对于美的不懈追求，尽管表现方式各有不同，但对于美本质的追求是一视同仁的。作为审美主体的读者，所关照的表象是这些代表人物本身的人名符号，在这符号之中融入自身的情感与理性，便形成了意象。如此一来，便与创作主体的审美追求不谋而合，作家在符号背后融入的美的意图，读者接受后，结合自身的情与理，展开为丰富的意象，因此，看似通过想象带来的意象获得的是审美主体自身的审美活动，实则是与创作主体意图相合的一次审美交流。这一点，从形式与内容的关系来看更为直接，这些香草人名作为外在的形式，本身具有形式美，这种形式美来源于作家的创作，代表了作家本身的创作意图，但是读者并非被动地接受这种形式美，因为形式美不只是艺术家向艺术接受者提供的美，也是审美主体向艺术创作提出的审美要求。[①] 作为读者的我们，本身拥有欣赏形式美的经验，只有具有形式美的特征的形象才可能被读者接受，如果那些形式上是丑的形象，那读者便不会有进行审美的意愿。所以作家在进行创作的时候，正是结合了读者对于形式美的欣赏习惯与欣赏要求，将自身对美的追求融入形式中去。而人名符号所象征的人物形象便是作者所要表达的内容，于是，在香草花木人名的形式美之下，读者借助联系与想象，去感知人名背后的人物形象，结合故事与自身的情理认知对充满留白的意象进行美的欣赏，在这份美的享受中感受作者传达的诗意与浪漫。在每一个香草花木的人名符号下，是一个个独一无二的鲜活女子，是一个个无可比拟的激情生命，每一个故事的结束都是未知的远去，然而远闻其名，踏花归去，可知其香。

（二）声音笑貌露温柔——柔性之美的韵律传达

在金庸小说中，有这样一些女性人物，她们的名字自带亲切感，不管她们身份如何，名字听来一个个皆富有少女的活泼生气。她们大多没有中规中矩的姓，而只有名，这非但没有减弱她们的存在感，反而因其独特的表达效果发挥了意想不到的作用，给读者留下了深刻的印象。她们之中，有小家碧玉，也有刁蛮娇女，有大家闺秀，也有直爽侠女，形容各有不同，

① 参见王朝闻:《审美谈》,第354—374页。

性格殊途相异，然而其对爱情的追求与执着，对真爱的无畏与勇敢，令人为之动容。当我们重温这些亲切名字的时候，那些熟悉的面容浮现在我们眼前，一颦一颦之间透着柔美娇俏，让我们再次凝视她们，去感受那“盈盈一水间，脉脉不得语”[①] 的无限温柔。

江南水乡，碧波泛舟，歌声悠扬，绿妒轻裙，缓步香茵，未见其人先闻其声，悦耳动人浪漫无邪的歌声后，阿碧就这样出现在读者面前，嫣然一笑，以脆爽的声音用一口苏州土白介绍道：“啊唷，我是服侍公子抚琴吹笛的小丫头，叫作阿碧。你勿要大娘子、小娘子的介客气，叫我阿碧好哉！”[②] 阿碧的天真善良，温柔可爱就此跃然纸上。“碧”是美好的颜色，绿色的江南，绿色的水乡，在这接天莲叶无穷碧的碧波之上，绿衫青衣的阿碧美好纯真。江南姑娘的美，不只在面容姿色，而是胜在眉眼之间的神情，吴侬软语的清甜，优雅斯文的言谈举止等。如果说阿碧的温柔是江南女子的一个特点，那金庸所描绘的阿朱，其活泼机敏则是江南女儿的另一个迷人之处。一出场便古灵精怪，易容捉弄前来拜访的鸠摩智，聪明调皮之中又带有过人的见识与深厚的情义。不管是杏子林还是薛家庄，不论是听香水榭还是雁门关外，阿朱的精灵顽皮，伶俐可爱都给人留下深刻的印象。正是这样娇美俏丽，善解人意又机灵顽皮的阿朱，融化了历经沧桑的钢铁硬汉萧峰。阿朱和阿碧，一红一绿，活泼与温柔，都展现了江南女子的俏美可爱。“阿＋名”构成新的称谓名词，这一用法由来已久，早在中古汉语时期就已经出现了。东汉时期便已有了“阿”作为人名前缀来称呼他人的用法。[③] 如东汉孝明帝之孙“阿奴”、三国蜀刘备之子刘禅“阿斗”，以阿为名，此种风习在浙东，乃至上海都较流行。“阿”字在绍兴、上海话中结构能力十分强，它经常作为词的前缀出现，用途甚广。[④] 金庸写江南女子，选用地域特色甚是明显的“阿”，配上朱、碧二色，常见又悦耳，不仅写出其娇秀，还表露了作者的怜爱。阿朱殒命之时，“塞上牛羊空许约”的遗憾与悲情让人不禁泪下，阿碧撒糖孤冢伴公子时的憔悴与温柔令人怜惜喟叹。

如果只写一种类型，只刻画这些温柔懂事的小女子，那就不足以显示

---

① ［梁］萧统编，［唐］李善等注：《六臣注文选》（中册），北京：中华书局，1987 年，第 540 页。

② 金庸：《天龙八部》，广州：广州出版社，2013 年，第 332 页。

③ 王力：《汉语史稿》，北京：中华书局，1980 年，第 221 页。

④ 王泉根：《中国人名文化》，北京：团结出版社，2000 年，第 114 页。

金庸作品的深度，在《天龙八部》中同样以“阿”为名的，还有敢爱敢恨，刁蛮任性、我行我素的阿紫。不管是惩罚康敏时的毁容貌、挑筋脉、使其生不如死，还是在辽国时拿游坦之喂毒物、烙头套、放“人鸢子”，其心狠毒辣实在令人倒吸凉气。然而就是这样一位少女，在金庸笔下却让人对她又爱又怜。虽然残忍，但毕竟年少任性，又在星宿派成长起来，所以出场自带“小邪女”的标签，她捉弄他人，无视人命，稚气美丽的外表下，古灵精怪，甚至有些歹毒，冷血。然而其为人却灵巧可爱，像个不懂事的孩子，仿佛一切都只是为了好玩，满足自己的好奇心。她爱恨分明，俏皮可爱，喜欢搞恶作剧捉弄他人，开朗乐观，缺少同情与共情心，率性而为，无拘无束，让人想恨却不能。尽管性格火辣残忍，但其专一痴情却令人感动，阿紫就像这神秘的紫色一般，亦正亦邪，捉摸不透，对于爱情的无比执着却成了她的人生基调。当她恨一个人时，会不择手段地用最残酷方式去折磨他，而她爱一个人时，又如烈火般地炽热，哪怕飞蛾扑火也义无反顾。可恨又可爱的阿紫就像是一个任性顽劣的孩子，她无视法度、规则、甚至亲情，她没有朋友，不需要倾诉，在她的世界里，她只钟情于那个痴情的姐夫。孔子谓“恶紫之夺朱也”[①]，何晏《集解》曰：“朱，正色；紫，间色之好者。恶其邪好而夺正色。”[②] 阿紫所追求的执念正是想要取代姐姐阿朱在萧峰心中的位置。美的艺术作品就是活的形象，而活的形象就是生活与形象的统一[③]，阿紫就是这样一个活的形象，她矛盾又简单，复杂又直率，这多面的统一正是每一个人都能在生活中存在的真实形象，而非远离生活的虚构人物。金庸小说并不把人脸谱化，也不将人简单归结为好坏善恶，阿紫的邪恶中带有纯真，残忍中夹杂直率，冷血又活泼开朗，歹毒却痴情一片……这不是一体两面的人生哲学，而是作为人所特有的复杂与矛盾，她爱得勇敢，爱得壮烈，真正是“有情皆孽，无人不冤”[④]。

当我们回顾金庸小说的时候，这样柔情的女性人名还有很多，像“草原上一朵会走路的花”的阿曼；柔中带刚、纯洁无比的阿绣；剑术无敌，敢爱敢舍的阿青；高贵典雅、气度清华的阿九……称名加“阿”以示爱意

---

① 杨伯峻：《论语译注》，北京：中华书局，2009 年，第 185 页。

② ［三国］何晏集解，［梁］皇侃义疏：《论语集解义疏》卷九，《知不足斋丛书》本，第 14 页。

③ 参见朱光潜：《西方美学史》（上卷），第 440、449—454 页。

④ 参见严家炎：《金庸小说论稿》，原书引“《天龙八部》书末所附美籍华人教授陈世骧 1996 年 4 月 22 日致金庸信”。北京：北京大学出版社，2007 年，第 69 页。

的在魏晋成一时之风①，后代仍多用之。金庸笔下这些惹人怜爱的女郎正是如此，除了这些以“阿”为名的，还有善解人意，温柔体贴，贤惠乖巧的双儿；错付他人，命丧薄情郎剑下的柔儿；精明干练，通情达理的焦宛儿；率真懂事的婢女琴儿等等。以“儿”为后缀构成的名字具有明显的感情色彩，比普通人名多了一份亲昵与喜爱之情。她们虽然性格各异，遭遇不同，但是透过这柔情的名字，却能唤起每个人心中的那一份柔软，带给人的直觉是温柔可爱，是一份天真与烂漫的纯净，这种直觉即美（克罗齐认为直觉即表现，亦即艺术，亦即美。）这是不加理性考量的直观感受，因此不会被那些品行的好坏，规矩的逾越，行事的方式等所限制。

这些人名传达的是一份柔性的美，以“阿”为名和以“儿”为名，它们的共相都是亲切温柔，这是“杏花春雨江南”式的美，而不是“大漠孤烟直”式的美；是“帘卷西风，人比黄花瘦”的娇柔，而不是“会挽雕弓如满月，西北望，射天狼”的豪壮。于是我们看阿朱、阿碧、阿紫、阿珂、阿青、阿曼、阿绣、双儿、宛儿、柔儿……第一感觉她们都是一些温柔的妙龄女子，这是基于文字符号文化意义所得出的判断。因为在汉字中，“阿”和“儿”用到女性人名中，配上这些颜色字、温婉字等，就是为了表现女性之柔美。汉字本身有这样的情感色彩，就好像日语中静子、惠子来表现女性的贤惠静淑。然而，不识字的人，叫出这些名字，同样能感受名字所带来的柔美体验，他们并不认识这些文字，脑子里并没有对这些汉字的情感色彩与文化意义的预设。他们所感受的这份柔美是从何而来呢？答案是明确的，是声音韵律所带来的独特审美效果。现代汉语以阴平、阳平为平声，以上声、去声为仄声。平声高扬，仄声低抑，将二者进行有规则的搭配，就会使人名读起来抑扬顿挫，朗朗上口。在姓名中，平仄相间最佳，仄仄相接最不宜，这是因为两个或者三个仄声字连起来，会造成总体低沉压抑，丧失言语的声律美感。使用“平平”和“平仄”结构的名字，在两字人名中常见，“阿”本身便是平声，因此以之为名，本身便具有天然的韵律优势，像“平平”搭配的有：阿珂、阿朱、阿衡、阿青；“平仄”式的有：阿碧、阿紫、阿曼、阿绣、阿九、阿慧。而“儿”属于轻声，柔儿、双儿、琴儿、宛儿等，不管如何呼唤，都是亲昵的称呼，选用

---

① 参见［马来西亚］萧遥天：《中国人名的研究》，北京：国际文化出版公司，1987年，第60—61页。

平声结尾往往给人留下深刻印象，平声高扬可以拉音拖长，增加名字本身的音乐美。而平仄相间的这些女性人名，起落扬沉，错落有致，读起来不仅通畅顺口，而且响亮悦耳。于是，从听觉接受的角度来看，这些清脆柔美的人名，便以其独特的韵律美，节奏美，打动人心。金庸专门选取这样的命名方式，把这些女性的温柔可爱，从故事里带到了故事外，从音律的悦耳，到视觉的悦目，再到形象的"赏心"，层层递进，一步一步扩大其美感的影响范围，使读者在阅读之时，同时得到视觉上、听觉上和心理上的审美享受。并且，用"阿"和"儿"为名，亲昵的称呼会拉近读者与人物之间的心理距离，对于这些女子的爱情遭遇、纯真性格、凄美离别等有更深切的情感体验，进而加深读者的爱怜与同情。

当我们每一次念起这些昵言小名，声音的温柔唤醒读者心中那一份温柔，那些熟悉的面容便从书中走了出来，眉开眼笑之间仿佛能听见其小声的呢喃，轻轻的叹息，这一声声轻叹，与读者长相伴，在心神之间回荡不已，萦回在故事字里行间，浮于执卷人耳畔眼前。

二、身份象征的符号书写

作为一种特殊的符号，人名蕴含着丰富的社会意义，从人名中不仅可以感知人物的性别、身世、期许，还可以对人物的个体形象与人生遭遇进行简单一窥。金庸善用人名的符号意义，他在女性人名中，将人名符号的这一作用发挥得淋漓尽致，为小说整体审美价值锦上添花。

（一）刀剑江湖吟壮歌——女性附庸的形象叛离

《水浒传》的梁山好汉中，有三位女将，分别是母夜叉孙二娘、一丈青扈三娘和母大虫顾大嫂。充满野性与蛮力的绰号下，是以"数字＋娘"组合而成的真名，大嫂、二娘、三娘这样的名字在梁山语境下，丝毫没有娇滴滴的女儿态，而是充满了豪情与英气。留给读者的印象也多是母夜叉的人肉馒头，一丈青的阵前英姿，母大虫的彪悍性情。因为梁山的忠义堂，毕竟容纳的是"梁山好汉"，而不是美娇娘，所以《水浒》便是一曲充满男性力与义的慷慨悲歌，女性的阴柔娇艳注定让位于仗义豪迈。同《水浒传》相类似，金庸笔下的江湖里，也有一批这样的女子，人名辨识度极高，身怀高强武艺，在江湖中沉浮闯荡，书写自己的武侠人生。

《天龙八部》里"无恶不作"的叶二娘是一个典型例子，懵懂少女情窦初开之时，出于感激和仰慕，对玄慈以身相许。她本是温柔体贴，端庄贞淑的农家女，诞下麟儿之后，本可以尽享身为人母的幸福，然而命运捉弄，将这触手可及的幸福从她手中夺走，留下了弥天伤痛与仇恨。爱人不得见，孩儿被掳走，叶二娘在舔舐仇恨的苦痛中独自生活，念子成痴的她心理变得扭曲发狂，于是她抢别人的孩子来玩，在享受短暂做母亲的满足感后，她残忍变态地将之玩后再弄死[①]，“便似常人在菜市购买鸡鸭鱼羊、拣精拣肥一般”[②]。金庸在安排叶二娘出场时，以木婉清的视角来看待这位排名在“凶神恶煞”南海鳄神之上的“无恶不作”叶二娘，“本想这‘无恶不作’叶二娘必定是个狠恶可怖之极的人，哪知居然颇有姿色，不由得又向她瞧了几眼。叶二娘向她嫣然一笑，木婉清全身一颤，只觉她这笑容之中似乎隐藏着无穷愁苦、无限伤心，自已忍不住便要流泪，忙转过了头。”[③] 这一段描写为叶二娘的性格蒙上了一层薄纱，既让人害怕，又让人同情，既显得可怜，又显得可怕，难以捉摸，无法看清。以此来表现叶二娘的邪恶，复杂纷乱，晦涩难解。直到少林寺前真相大白之时，这层薄纱才被掀开，为叶二娘二十多年的“无恶不作”给出了解释，为了保护爱人至死不愿说出与玄慈的关系，在玄慈死后自杀相随。这样一位令多少人闻风丧胆的“无恶不作”叶二娘，一生在爱情与亲情的双重折磨下艰难且坚强地活在痛苦中，让人不胜唏嘘。这种恶，让人同情，这份爱，令人感动。叶二娘这个名字伴随的不再只是江湖险恶的恐怖，更多的是为爱隐忍母爱之深的顽强。

除了叶二娘，还有性情直爽，豪情逼人的归二娘，一身肝胆行侠义，半生自负少敌手；临危不惧，大义凛然的陆二娘；擅使飞刀，为夫报仇的郑三娘；精于短打擒拿，在权力斗争中摸爬滚打的桑三娘；贤惠隐忍，舍身救夫的武三娘；性如烈火，自高自大又一身正气的高三娘子；为子复仇，待人和善的易三娘……二娘、三娘这样的命名在金庸小说中屡见不鲜，她们并不是小说的主角，也没有显赫高贵的身世，并不符合传统端庄贤淑的女性形象，她们往往都是这浑浊江湖的牺牲品，在这腥风血雨、弱肉强食

---

① 在金庸新修版中，这一情节改为了叶二娘不再是天天杀小孩的恶女人，而是每天偷一个小孩，玩腻了送给不相关的人家里去收养的恶作剧。虽然更符合作为一个母亲的人物设置，减少了她的罪孽，但也一定程度削减了这一人物形象的复杂性。

② 在金庸新修版中，这一句被删去，改为在小孩手指上轻轻咬上一口，表现叶二娘的母性与善心未泯。

③ 金庸：《天龙八部》，广州：广州出版社，2013 年，第 122 页。

武林中顽强求生。她们或许曾经都是温婉娇媚的少女，也有过浪漫无邪的青春，然而要在这江湖中立足，她们不得不将自己那份女性的温柔卸下，以男性的气质生活在其中。然而三娘这样的名字，在中国历史上早已有之，也并非以这样“去女性化”的形式出现的。俞樾在《春在堂随笔》中记录了会稽禹迹寺中看到的唐开成五年往生碑，碑末所列信女中有：“徐十一娘、吕三娘、陈卅一娘、梁十一娘、郑大娘、高二娘、许三娘、宋十四娘、徐十二娘、徐三娘、朱十二娘、方二娘、姜三娘、沈十一娘、郑三娘、邵六娘、胡二娘、梅十二娘、张八娘、施十一娘、刘一娘、周三娘、黄二娘、王三娘、叶四娘、吴卅娘、江十一娘、黄三娘……”① 可见唐人以“数字+娘”为名，是一时风尚。陶宗仪在《南村辍耕录》中提道：“都下自庶人妻以及大官之国夫人，皆曰娘子。”② 当时在家之少女，皆可称娘子，且阶级差异并不甚大，而到了宋元以后“谓妇人之卑贱者曰某娘，曰几娘”③，这一称谓才开始有了阶级下移的趋势。以“娘”为名，本身便带有浓厚的女性色彩。当我们吟咏“黄四娘家花满蹊”之时，浮现在脑海之中的必定不是一位横刀立马的侠女，而更可能是一位种草养花、读书品茶的少女。

二娘、三娘这样的名字，本身并不乏女性之柔美，何以到了金庸小说之中，便没了这份女性本有的温柔呢？其实这与《水浒传》中孙二娘、扈三娘、顾大嫂的用法相同，究其本质是因为处在以男权为中心的话语体系下，娇娘变三娘，江湖终归是男人的江湖。女性在这当中只能跟随与遵从这一套话语模式与游戏规则，数字加娘的称呼，未见其人，先闻其名，多了几分江湖气，少了些许女性柔美，在名字之下是粗犷江湖赋予的顽强生命力，女性本身的娇柔妩媚被掩盖甚至抹去。少了柔美，却多了英气与壮美，这份壮美，是武艺伴身行走江湖的健美，是自立自强、有独立人格的自信，是在险恶江湖与浪沉浮的顽强，是面对不幸与苦难不轻言放弃的坚持。她们并非缺乏女性之美，只是把生来之柔美隐藏在了江湖生活的壮美之下，以女性身份在男性中心主义的刀剑江湖中高吟一曲壮歌。

---

① ［马来西亚］萧遥天：《中国人名的研究》，第176页。

② ［元］陶宗仪：《南村辍耕录》，北京：中华书局，1956年，第175页。

③ 参见赵瑞民：《姓名与中国文化》，北京：中国人民大学出版社，2008年，第109页。

这份壮美，是金庸对儒家传统女性地位与形象的一次有意识的背离与反叛。汉儒董仲舒将男女比附阴阳，把先秦儒家所讲的夫妇之伦阐释为“阳尊阴卑”，强调夫权的神圣性与不可改变。他在《循天之道》篇中说：“天地之阴阳当男女，人之男女当阴阳。”[①] 把人的性别差异对立起来，与自然规律相比附。又说：“阴阳亦可以谓男女，男女亦可以谓阴阳”“男女之法，法阴与阳。”[②] 认为男女性别之分与自然界的阴阳之分属于同一性质，如此一来，男女之关系，自然与阴阳之关系一样，即阳是尊贵且主要的、占支配地位的，阴是卑下且次要的，起辅助调和作用的。董仲舒将这种“阳贵阴贱”的观念神圣化，认为是自然不变之规律，即“阳贵而阴贱，天之制也”“天之任阳不任阴”“恶之属尽为阴，善之属尽为阳”[③]。在将之赋予天的意志后，进一步阐明，女性存在是以男性存在为中心，女性处于从属地位，乃是为阳服务的，即“阳为夫而生之，阴为妇而助之”，甚至将这种“男尊女卑，男主女从”的观念固定化为“丈夫虽贱皆为阳，妇人虽贵皆为阴”[④]。把尊卑秩序永恒化，从天理上否认女性的独立地位，将女性置于附属，如若不然，则“妻不奉夫之命，则绝”“不奉，不顺天者，其罪如此”[⑤]。以阳尊阴卑论作为哲学基础的男尊女卑思想对中国影响深远，塑造了传统中国男女形象与地位差异。这种差异在儒家的男权、父权、夫权话语体系下不断延伸、拓展。最终这一思想经过宋儒的强化[⑥]，成了桎梏传统中国女性生命活力的沉重枷锁。

金庸小说中这些故事的时间背景几乎都在宋元及以后，他将这些豪情气盛的女性命名为“几娘”，正是表明了其多出自下层平民，而非书香门第的身世，这是时代特色的反映。在这女性地位被贬低，女性生命力被压抑的时代，金庸笔下这些女性不是被裹脚束缚的小脚女人，也不是“大门不出二门不迈”的深闺小姐，她们对儒家“以夫为纲、以父为纲”的规范进

---

① ［清］苏舆撰，钟哲点校：《春秋繁露义证》，北京：中华书局，1992 年，第 446 页。

② ［清］苏舆撰，钟哲点校：《春秋繁露义证》，第 445 页。

③ ［清］苏舆撰，钟哲点校：《春秋繁露义证》，第 327、345、326 页。

④ ［清］苏舆撰，钟哲点校：《春秋繁露义证》，第 351、325 页。

⑤ ［清］苏舆撰，钟哲点校：《春秋繁露义证》，第 413 页。

⑥ 理学家们将男女变为本体论的观念，将男女与阴阳放在同一序列，甚至将男女变为阴阳的代名词，将性别差异上升到宇宙论的高度。如周敦颐在《太极图说》中说：“阳而健者成男，则父之道也；阴而顺者成女，则母之道也。是人物之始，以气化而生者也。”程颐的《周易程氏传》中也有：“恒，长男在长女之上，男尊女卑，夫妇居室之常道也”（《恒卦》），“男女有尊卑之序，夫妇有倡随之理也。如恒是也”（《归妹卦》）。《朱子语类》中亦说：“乾尊坤卑，阳尊阴卑，不可并也。”

行了激烈反抗甚至彻底推翻。她们有自己独立的人格，不从属于任何男性，真正做到了“我就是我”，这一点与《水浒传》大不一样。扈三娘上梁山之前，被指定婚姻，保卫祝家庄是受父亲命令。王英好色，扈三娘于阵前大败并俘获王英，结果最后又被林冲所擒，被送上梁山时，众人以为她会成宋江的压寨夫人因而小心对待。三打祝家庄后，她又成了宋江的义妹，而扈家庄一门老幼被李逵杀害后，她又被指婚给王英，加入梁山，又因受到宋江深重义气的某种无形“绑架”，只得答应。之后的活动，都是与王英一起出现的，最后为救王英命丧睦州。不难看出，扈三娘的一生都在围绕男性打转，她没有，也不被允许以自己的意志生活，出嫁前被父权和近似父权的兄权（宋江）所支配，出嫁后又服从于夫权。嫁人是不由自主，要么是父亲之命，要么是感佩宋江，众人起哄，对于爱情她没有也不被允许有想法，哪怕这王英长相猥琐又是好色之徒，只能接受并服从，哪怕族人皆被残忍屠杀，也要臣服在“义气”之下，不仅不恨，反而把酒言欢。这是受传统儒家思想认可的“知大体、识大义”的女性形象，是被“忠义”所感召的女子，看似“能战佳人”，实则如一场春梦般于现实中最终幻灭。反观金庸笔下这些“豪情三娘”，她们敢爱敢恨，敢作敢为，自立自强，大胆追逐自己的爱情，凭借自己的力量守护亲情，她们不是任何男性的附属品，也从不屈从于任何男权与父权。这不仅仅是女性自我意识的觉醒，更是女性打破枷锁释放生命活力的表现，在她们身上，父权与夫权处于缺失的状态。这种缺失在情节上往往表现为孤寡、失恋等，正是这种夫权与父权的缺失，给了他们敢于反抗权威的空间，以一种刚健勇敢富有斗争精神的姿态顽强生活。她们爱憎分明，所做出的牺牲与遭遇的不幸，行侠仗义与复仇，都贴近普通大众的是非观，能直接引起读者的同情与支持。“几娘”这一女性色彩浓烈的平民女名，在男权江湖中展现的壮美，一改传统女性阴柔之美，这是女性被解放的天性，是对千年来压抑女性生命活力束缚的自觉反抗。正如鲁迅所言：“中国女子的勇毅，虽遭阴谋诡计，压抑至数千年，而终于没有消亡的明证了。”① 金庸用这些豪情三娘，为我们明证了这一份没有消亡的壮美。

（二）情切天然去雕饰——人性纯真的理想追求

在人名中加“小”，往往显得亲切可爱，中国人称呼人的小名时，有以

① 鲁迅：《纪念刘和珍君》，《华盖集续编》，南京：译林出版社，2013 年，第 77 页。

小加名字，最后一个字为小名的习惯。例如“小芳”“小花”“小芹”“小燕”等，如此称谓既可以避免直呼全名的尴尬与不礼貌，又能拉近人之间的距离，显得亲密友好。中国的文学作品中，将美好的女子以小冠名的，并不罕见。如《三国演义》中的“小乔”，蒋防《霍小玉传》中的“霍小玉”，李公佐《谢小娥传》中的“谢小娥”，蒲松龄《聊斋志异》中的“小翠”“聂小倩”“小梅”等。他们大多是面容姣好，个性鲜明的妙女子、奇女子。而在武侠小说中，以小为名的大约有两种情况，一种是小字居中，有名有姓，这样的女性往往师承有名，或有一定的江湖地位。一种是以小加一字为名，并无姓氏，这样的大多是婢女丫鬟，这是基于中国人对婢女丫鬟的称呼传统和习惯。

《射雕英雄传》里“江南七怪”中的韩小莹，乃是“越女剑”之传人。在故事中，她是一位出场率并不高的“配角”，但这位并不起眼的普通人物却给人留下了难忘的印象。韩小莹出场之时正值妙龄，豪爽义气，相貌秀丽，心中暗恋张阿生，而张阿生却为救她而死，为了这份彼此藏在心底的痴情，她终生未嫁，因此在书中她的形象更多时候是一位徐娘半老的中年女子，而不是翩翩少女。她将郭靖视如己出，如慈母般传功授业，奈何郭靖驽钝，她又急又气，看到郭靖突有精进，又担心他遇上什么坏人，知道郭靖与黄蓉相恋，她又担心又生气但又不忍责备，因此一时“茫然无言”。相比李萍而言，韩小莹的种种表现反倒更像是郭靖的母亲，对孩子的期望与关心，对其不成器的焦急，对其人生经历的担忧与担心等等，颇似寡母教儿盼其成才心切的状态。当郭靖成人，七怪南归之时，韩小莹看着镜中自己的眼角皱纹，两鬓华发，美人迟暮的颓然一叹，叹出她这平庸淡泊又忙碌一生的不易。而最后桃花岛上冯氏墓中的混战之后，目睹义兄们纷纷殒命，她自知“江南七怪”已再无可能有生还希望，她的人生已经没有了寄托，与这尘世也了无牵挂了，最终挥剑自刎。朴实的一生，朴素的生活就此终结，不免引人感伤。而韩小莹这个简单的名字也正如其淡泊的一生，不加任何修饰，便清楚地留在人们心中。

小昭此名恰如其人，昭晰明媚的美如清晨暖阳般温和舒适。虽然一直甘愿为婢女伺候张无忌，但其本身之才能、城府，却非一般男子所及，即使在精明的光明左使杨逍的盘问下，也做到滴水不漏。而其美貌更是“秀美绝伦”，金庸形容她是“容色绝丽”难掩稚气，“比之中原女子，另外有一份好看”[①]。小昭的美除了容色外，还有睿智聪慧之美。沉着冷静，有勇有谋，大敌当前临危不惧，指挥自若，运筹帷幄，颇有领导才能。小昭的美，还有其善良体贴为爱无私的性格美。虽然有心机，却善良可爱，对待张无忌是一片赤诚。在这一份爱慕中，她几乎处处想的是张无忌，她的爱不求回报，痴情意重：“我又没要你对我怎样，只要你许我永远服侍你，做你的小丫头，我就心满意足了。”[②] 为了张无忌，她甘愿放弃一切，“便是做全世界的女皇，我也不愿”[③]，哪怕最终放弃的是这份爱与陪伴。小昭的美是直接的，明晰的，宛如清水出芙蓉，春花初绽。最后“东西永隔如参商”[④]，将这份美永远定格在那份遗憾中。

以“小”为名还有一个不得不提的人物是小龙女，这是一位美若天仙，不食烟火的冷艳仙子，“洁白似雪，疏淡清致”。她对人情的冷淡与世事的冷漠仿若仙人，杨过用自己的热情与爱融化了她，然而二人的爱情之路走得并不顺坦，坎坷多艰，离合无常，克服万难，最终才相厮守活死人墓，绝迹江湖。关于小龙女的外貌之美，自不必说，金庸以“美若天仙”概括，又形容“她犹似身在烟中雾里，秀美绝俗”[⑤]，这似真似幻，实非尘世中人，这是一种极致的美。这种美又和她不谙世事的纯洁品质相合，倪匡说：“小龙女几乎不食人间烟火，但是她和香香公主截然不同。在未曾遇见杨过之前，她已经不动心，绝不是‘天真纯情’，她另有自己在古墓生活的一套观念。小龙女的这种形象，是接近神仙境界，而不是接近白痴。这其间的分别，十分微妙，所差也不过一线而已。”[⑥] 小龙女这种美，是浑然天成，是源自最自然的生命力，爱便是爱，有何不可。因此在遭遇反对之时，她心中所想是纯粹直接的感受，认为这又没有什么不对，为什么不能这样做，还反问到：“是啊，你们为什么不许他和我好?”[⑦] 这份不沾染尘世纲常的纯洁，这种自然的自由灵魂，美得理所当然。

以“小”字为名，不仅仅表现了女性人物的青春可爱，在亲切的称呼之中，还将其天真、自然之态营造出来。不管是身为丫鬟的小翠、小虹、

---

① 金庸:《倚天屠龙记》,第 611 页。
② 金庸:《倚天屠龙记》,第 855 页。
③ 金庸:《倚天屠龙记》,第 947 页。
④ 金庸:《倚天屠龙记》,第 917 页。
⑤ 金庸:《神雕侠侣》,《金庸作品集》(新修版),广州:广州出版社,2013 年,第 140 页。
⑥ 倪匡:《我看金庸小说》,重庆:重庆大学出版社,2009 年,第 101—102 页。
⑦ 金庸:《神雕侠侣》,第 481 页。

小玲、小凤、小菊，还是有一定地位的安小慧、史小翠。不论年纪几何，在这份“小”名之下，她们依然保留着那一份少女的天然纯真，不管世事如何磨炼，哪怕岁月改变她们的面容，消磨她们的心力，但真与善作为其生命的底色从未变过。这份自然的底色不需要华丽的赞歌，无须浓妆淡抹的修饰。文学用以表现内容的形式是浸透了作家主观情绪的艺术形象①，金庸对这些女性以小字命名时，用这种独特的形式表达了自己主观爱怜。正如金庸在《倚天屠龙记·后记》中说道：“周芷若和赵敏都有政治才能，因此这两个姑娘虽然美丽，却不可爱。我自己心中，最爱小昭。只可惜不能让她跟张无忌在一起，想起来常常有些惆怅。所以这部书中的爱情故事是不大美丽的，虽然，现实性可能更加强些。”② 金庸最爱小昭，然而现实的情况就是不如人意，现实的选择总是顾此失彼，人总是在得失的满足与失意间穿插，无法走出这围城。金庸在这些人物中浸透自己的主观情绪是对善与真的不懈追求，真与善是这围城中的希望之光。尽管这种情绪活动并不是非常清晰地表露，有时甚至是模糊的，但正是这份模糊，才让它更贴近人的意志与行动，更能表现这些人物的真实性。因为在作家的创作过程中，虽然有明确的创作意图，但是将这份意图进行语言的表述，尤其是针对小说人物的塑造时，难免会出现“言不尽意”或“言过其实”的情况，语言表达与思想表达不能同步。读者在接受过程中，受自身阅读期待的限制，也无法完全与作家的创作意图完全吻合，正所谓“人无定诗，诗无定指”③，同样的作品在不同语境和不同主体的认知下，其阅读反馈并不一样，也不必拘泥于创作主体的原本意旨。读者的阅读体验会产生各种不同的反应，使得原本意图明确的情绪，变得模糊善变，读者总觉得接近于作者的想法，又没有实质的确凿明证。因而，作家便会刻意留下线索，让读者寻根溯源，进而探得其自身的情绪与意图。金庸在她们的人名中留下的线索，便是“小”，读者通过接触“小”字背后人物的生活经历，把握其人物形象，通过这些善良纯真的女性形象，体会作者对真的追求。

这一份真是性情之真，在这些“小”女性身上，流露的是人性最原始自然的淳朴，她们对于自己的遭遇和身份，从不怨天尤人，在面临困难险

① 鲁枢元：《文学的跨界研究：文学与心理学》，上海：学林出版社，2011 年，第 247 页。

② 金庸：《倚天屠龙记》，第 1288 页。

③ 董运庭：《春秋诗话笺注》，北京：中国社会科学出版社，2003 年，第 19 页。

阻之时，始终以一种率真的姿态面对。她们朴素的率真中，内含着善，这种善并非只是怜悯弱者或者多愁善感，而是对生命本质的善意相待。善解人意是善，独善其身也是善。小昭的表现便是对爱人的善解人意，对亲属的亲善，将善意放在对亲近之人的首要位置。而小龙女的善，则是对自身理所应当想法的追随。这种理所应当的想法没有经过世事伦常与礼教的污染，不对任何人有害，处于自然的情感流露和善恶判断，不加虚假伪善的掩饰，将善意融入快乐自足的行为中。所以，金庸在这些女性身上所倾注的对于人性真的追求，是融入了善的人性在其中，这些真且善，善且真的女性形象，自然便成为一种美。这一份真是情感之纯，并不掺杂物欲的杂质，小昭对于张无忌的真，是爱情的纯真，是忘我的付出与奉献；而小龙女的真，则是对情感爱恋的真实追求，不顾世俗礼教的眼光，没有利害相交。现实世界中不受物欲、礼教等世俗眼光影响的纯真之爱凤毛麟角，金庸通过这些女性所传达的，正是对这种爱的真与纯的理想追求。这份爱的纯真理想在现实中有迹可循又难以触摸，金庸将之化为这些女性的性格品质，把这份纯真的美展现出来。这一份真是作家“真情激动于中而发为诗”，内悦于心而外表于形，我们在欣赏这些女性的真与善之时，又何尝不是金庸本人的真情流露呢？正是因为作者自身对于真与善的追求，促使其在作品中自然地激情书写、赞美这份纯真。读者被作为形式的人名所传达出来的真所打动，正是因为这形式表现了作者独特的感受与趣味，那份对人性纯真、情感真挚的追求，最终达到“作者得于心，览者会以意”的效果。

真是美的基础，艺术的本质在于创造美并按照美的法则真实地再现生活。[①] 金庸用这些自然亲切的“小”名，为我们展现了人性纯真的美。当我们再次轻呼这小字之名时，那小池一朵芙蓉般天然去雕饰的自然纯真，那直取性情真式的平淡清真之美，不禁油然而生。

（三）命运多舛浮沉身——悲惨人生的身份隐喻

姑，本义是丈夫之母亲，在《说文解字》里的解释是：“姑，夫母也。”[②]《尔雅》曰：“姑舅在，则曰君舅、君姑，殁，则曰先舅、先姑。妇

① 樊莘森，高若海：《美与审美》，福州：福建人民出版社，1982 年，第 27 页。

② ［汉］许慎撰，［宋］徐铉校订：《说文解字》，北京：中华书局，2013 年，第 260 页。

谓夫之庶母为少姑。”[①] 这些都是它的本义，后又引申为父亲的姊妹，丈夫的姊妹。如《尔雅》有“父之姊妹为姑”[②]，《左传·僖公十五年》载“侄其从姑”[③]，《大宋重修广韵》里为“舅姑，又父之姊妹也”[④]。后来又演变发展，有了指代妇女、少女的意思，如村姑、姑娘，《康熙字典》里记载关于“姑息”的注时曰：“姑，且也。息，休也。按《尸子》曰：‘纣弃黎老之言，用姑息之语。’注：姑，妇女也。息，小儿也。又且也。”[⑤] 指的就是此意。如今这些意思都还在汉语中保留着，金庸在小说中，为一些人物命名为“姑”，取的正是“姑娘、少女”之意。然而当我们梳理这些人物的生平经历时，却惊奇地发现她们无不面临着命运的捉弄与悲惨遭遇。

《射雕英雄传》里的刘瑛姑与《侠客行》里的梅芳姑，两人的经历非常相似，都是一生生活在仇恨与痛苦之中，复仇和报复成为支撑她们活下去的精神支柱。一个是大理皇妃，一个是武学名家之后，在面临爱情时，二人都展现了无可比拟的勇气去追求，甘愿抛弃一切去热烈地追逐爱情之火。刘瑛姑为了周伯通，违背了皇妃之德，但她丝毫不以为意，在她心中爱情才是唯一的正确，于是她不惜与这纲常相抗争，丧子之痛后，一夜白头，于是对身为自己丈夫的一灯大师恨之入骨，将手刃一灯救出情人作为自己的生存目标。梅芳姑索爱不成，失恋之后抱走情敌之子，然而她并不是像叶二娘般玩完就扔，而是将孩子养育。但是在这个过程中，她为他取名“狗杂种”，经常骂他，以这样的形式达到羞辱情敌的目的，获取心理的满足感，从失恋那一刻起，她就失去了人生的欢乐，总是在怨恨与不忿中度过。正如黑格尔所认为的那样，悲剧所表现的正是两种对立的理想或普遍力量的冲突和调解。她们的名字中带有少女的纯真善良之梦，她们也曾向往爱情与幸福，然而这种理想在命运之手的操弄下被冲击，仇恨与复仇占据了她们，使之成了新的人生理想，将原有对爱情的渴望和幸福的追求隐藏起来，在这冲突之中，她们顽强地活着，当最后冲突达到高潮的时候，瑛姑追周伯通未果，留下悬念，戛然而止。到了《神雕侠侣》中，在杨过的努力干预下，老顽童和瑛姑、一灯大师一笑泯恩仇，冲突得到了最终的

---

① 管锡华译注：《尔雅》，北京：中华书局，2014 年，第 337 页。

② 管锡华译注：《尔雅》，第 329 页。

③ 杨伯峻编著：《春秋左传注》（修订本），第 364 页。

④ ［宋］陈彭年等编：《宋本广韵》，南京：江苏教育出版社，2008 年，第 22 页。

⑤ ［清］张玉书等编纂：《康熙字典》，第 258 页。

调解，三人结伴而居，隐居于百花谷，仇恨的力量最终被化解，让位于永恒的爱与和平。而梅芳姑则在多年自我编织的仇恨复仇梦碎之后，拒绝与现实妥协，选择了自杀，带着那份骄傲的爱与尊严，以及“狗杂种”的身世之谜离开世界。在这冲突之中，梅芳姑始终坚持自己的爱情理想，认为自己是值得石清爱的，自己并不比闵柔差，她拒绝接受这种理想无法实现的现实，以死亡表明拒绝与现实和解的决心，以自我的毁灭换来理想的永存。

如果说刘瑛姑和梅芳姑的遭遇是因为爱的执着而导致不幸，那《飞狐外传》中袁银姑的悲剧则属于个人对不公命运的无力抗争。她本是佛山镇以打鱼为生的姑娘，平凡普通的渔家女，然而在一次送鱼过程中被恶霸凤天南玷污，其父上门理论却惨遭毒手，后又被族人差点虐待至死，无奈之下逃到镇上，本以为就此忍让，对命运低头，便能安稳。可偏偏命运又再一次残忍地对她施以毒手，将那个与她成婚的鱼行伙计害死。袁银姑为了怀中幼女忍辱偷生，抗争不了便逃，然而逃至江西被“甘霖惠七省”的大侠汤沛收留，却不曾想此人是个道貌岸然的伪君子，其内心之龌龊较凤天南有过之而无不及。他见银姑美貌，又欲施暴侵犯，最终袁银姑在羞愧中悬梁自尽。这是一个典型的悲剧人物，金庸用她的悲剧来映射社会的黑暗与人性的邪恶，凤天南的强暴反映了强权的丑恶，亲属的冷漠虐待让她看清了人间冷暖，而鱼行伙计带来的生活希望又被凤天南残忍浇灭，备受打击让她明白隐忍无用，用逃离保护成为她唯一支撑的孩子，然而汤沛的侵犯却粉碎了她对生活的最后一丝幻想。金庸用袁银姑的死向世人揭露了残忍的现实——有人的地方，就有罪恶，这种罪恶无处不在，只是隐藏在人们的内心中。这是一场个人力量与命运之手的抗争，悲剧将人性的美与善毁灭给我们看，让我们“突然洞见了命运的力量与人生的虚无而唤起的一种‘普遍情感’”①，让我们产生怜悯与同情，这种对悲剧的怜悯是一种审美同情，即我们所同情和怜悯的不只是袁银姑这个人物的遭遇，而是对作为人类共有的美和善被毁灭，感到惋惜与同情，甚至被这种毁灭的震撼所冲击，引起自身情感的强烈反应。

除了她们，还有目睹父亲死亡惨状而受惊吓变得疯疯癫癫的曲傻姑；赌气半生与夫君试比高，和好半晌双双命丧的王难姑；遭正房嫉妒设计陷

---

① 朱光潜:《悲剧心理学》,《朱光潜全集》(新编增订本),北京:中华书局,2012年,第80页。

害险些殒命的五姑……她们的悲惨经历不尽相同，悲剧原因迥乎不同，然而她们对生命美好本质的追求是相同的，只是表现形式各异，有的是为了爱情，有的只是为了生存，有的轰轰烈烈，有的寂寂无声。她们本是美好如花的姑娘，却被命运操弄改变，有的与之抗争，留下一曲悲歌；有的与之和解，选择平和终老；有的被它蹂躏，在斗争中放弃希望；有的与它纠缠，难舍难分。在这一个个芳名之下，是冷血江湖中一段段命运多舛的悲剧人生。

然而描述悲惨的遭遇并不是作者的最终目的，获得同情与怜悯也并非作者所要传达的思想主旨。悲剧的价值是展示世界本质的力量，悲剧中的人物形象无论多么光辉生动，仍然只是现象，悲剧把个体的毁灭表演给我们看，以此引导我们离开现象回归世界本质①，即通过这些人物的悲剧人生，表现与命运抗争中人的本质力量。由于人们在现实人生中感受到了各种局限，那些基于现实且难以实现的关于理想人生的设想，必然带有强烈的主观色彩，在这设想里是自我精神的弘扬与发挥，充满了生命力的自由力量，因此即使生命中的美好事物被现实所埋没，在实际生活中被隐藏，被世俗杂务所遮掩，但是在对理想人生的想象中，却充满活力地存在着。这种理想就是作者为我们呈现的那份人与命运抗争的生命本质力量。在这些女性身上，她们所表现出来的这份生命本质力量是伟大的，金庸在为她们命名之时，刻意选取“姑”为名，这些女性本来都是善良的女子，也曾有活泼的青春靓丽，所追求的也无非是安稳度日或是爱人相守，但是命运却通过各种手段残忍地摧毁她们的善良。她们在命运的捉弄和操控下，依然保持生命的顽强和对所爱的坚守，即使选择结束生命，那也是源自对幸福追求的希望破灭，其人性的光辉并未褪色。不屈服于命运，不做不公命运的奴隶，这是一种理想的生命力。然而在现实中却并不多见，于是金庸用这一个个悲剧的女性角色，通过她们的悲惨人生，来展现原始的生命欲望与向上的追求，和生命力的自由力量。

在这一过程中，金庸以“姑”为名，作为一种隐喻符号，象征这些女性人物的悲剧人生。《世界诗学大辞典》对于“隐喻”的解释是：“隐喻是一种常见的修辞格，不仅见于诗歌，也见于一切话语模式之中，‘隐喻’作

① ［德］弗里德里希·尼采著，周国平译：《悲剧的诞生》，上海：上海译文出版社，2017 年，第 73 页。

为一种不为外人察觉，但又能清楚借用其他事物阐明信息的语言使用过程。它的构成是，将原义指称甲事物或甲行动的语词或表达方式，直接用于截然不同的乙事物或乙行动。而又不特别指明两者之间所用的对比。”① 尽管在外人看来，“姑”放到女性人名中，不过是代表着“姑娘”的意思，乃是富有女性气息的人名。然而金庸通过有意识地安排，把以之为名的女性塑造为悲惨人生的经历者，将本身是中性感情色彩的“姑娘”意义变为了悲惨遭遇的女性这一消极意义。在这一过程中，作为喻体的“姑娘”之“姑”，与作为遭遇悲惨人生的女性这一喻旨，相差甚远，属于“异质”的关系。正因为这“异质”的关系，才达到既能够展示悲剧中人物力量，又能够给读者隐约熟悉阅读体验的效果。毕竟在面对悲剧这一严肃的艺术时，它所描绘的激情都是最基本的，可以毫无例外的感染一切人，它所表现的情节一般都是可恐怖的，而人们在可恐怖的事物面前往往变得严肃而深沉。② 当读者变得严肃深沉的时候，便会陷入自觉的沉思，这正是作者所希望看到的结果。通过这隐喻，不仅在时空上拉开读者与悲剧的距离，在符号意义上也产生“异质”的作用，如此一来将悲剧呈现在读者面前，便能引发我们超功利的审美同情，不必为那些关涉现实的伦理道德所影响束缚，比如刘瑛姑的“婚外情”、梅芳姑的“抢夺孩子”，这些以伦理道德意义进行判断的行为，因为这种身份隐喻带来的距离与隐约，使得我们能够跳出这种约束，从纯审美的观点来看待，继而引发读者对生命本质力量的思考。

（四）万花丛中点点绿——配角点缀的审美和谐

在戏曲中，除了主角和配角，有一类人，他们的出场往往只有一次或几次，拿着旗子做兵卒的角色，做无关紧要的事，只有只言片语的台词，甚至全程无语。这样的人我们通常称之为“跑龙套”。一出戏当然必须要有男女主角、男女配角等主要角色，但倘若没有“跑龙套”之人，也不能成就一场戏。而小说中人物众多，主要人物引领故事线的发展，带领读者走向故事的高潮，配角们穿插在各条故事线中，负责每一个情节的完成。要想故事完整丰满，同样需要这些“跑龙套”的人物进行点缀与陪衬，将情节变得更加完善细致。在金庸小说中，这样起点缀作用的小角色，往往在姓氏后面加“婆”“嫂”“妈”“妹”为名。

---

① 参见李建中，李小兰主编：《中国文论话语导引》，武汉：武汉大学出版社，2018 年，第 166 页。

② 朱光潜：《悲剧心理学》，《朱光潜全集》（新编增订本），第 36 页。

《天龙八部》里有很多这样的女性角色，她们对于主角人物形象塑造和推动故事情节发展起到了重要的作用。比如曼陀山庄仆人，严妈妈、平婆婆和瑞婆婆，这三位老仆均是武艺过人的凶狠之人。严妈妈的出场便给人造成一种紧张的恐怖感，“只听得石屋中嘿嘿怪笑，一个干枯的声音说道：‘好姑娘，你来瞧严妈妈做花肥吗？’”① 未见其人，先闻其声，不禁会想，这花肥是什么做的呢？莫非是人肉性命？待到一睹真容时，“段誉眼见她容貌丑陋，目光中尽是煞气，两根尖尖的犬齿露了出来，便似要咬人一口，登觉说不出的恶心难受。”② 声容相符，恶心可怖。而花肥房的这一段经历，则不仅是救出了阿朱阿碧，推动故事情节的发展，那句被堵口之前的“小姐，小姐，慕容家的姑太太说夫人偷汉子，说你……”③ 更是埋下了一个巧妙的伏笔。平婆婆和瑞婆婆的出现则是为段誉与木婉清成就了“同生共死”的相遇经历，让冷如冰霜的木婉清为段誉卸下心理的防线，成为二人爱情纠葛的起点，可以说没有来自平婆婆与瑞婆婆这两位凶恶老仆的死亡压力，就不会有木婉清摘下面纱与段誉私订终身的约定。同样身负武艺，但人物形象更为友善的还有灵鹫宫的两位女仆：余婆婆和石嫂。这两位是将灵鹫宫上下对于虚竹的忠心与感佩表现出来的典型例子（梅兰竹菊四剑是另一个典型），在于他们的交往互动中，既能体现虚竹的宅心仁厚，又将天山童姥平素的霸道蛮横从侧面表现出来。

对小人物的成功刻画，是一部优秀作品的过人之处，金庸小说往往人物众多，将数十上百个人物活灵活现地展现在一部小说中，得益于其对语言的非凡掌控力与精湛巧妙的构思。这些出场率低，存在感不强的小人物在故事中不仅推动故事情节的发展，更让主要人物的形象更加丰满立体，起到了对比衬托和点缀的效果。对比的美感作用是非常显著的，通过这些小配角的对比，可以避免单调平实，可以免去审美疲劳，使人们在一片美名佳名中看到差异，在统一中见到多样。这样便能有相互呼应，彼此对照，互相衬托，相互比较的作用，以达到相映成趣的效果。在阅读过程中，主角人物与小人物之间的整体性、联系性和动态性构成审美的和谐。这份和谐是一种关系，即具有差异性的不同人物形象的结合、互补、统一、共存、

① 金庸：《天龙八部》，第 383 页。

② 金庸：《天龙八部》，第 385 页。

③ 金庸：《天龙八部》，第 387 页。

并相映生辉，这便是和谐。正如毕达哥拉斯所认为的那样："和谐是许多混杂要素的统一，是不同要素的相互一致。"[①] 在自然中这和谐美呈现出来的就是各种事物彼此之间的形态、构造、位置、特征的统一，多而不乱，杂而有序。可见和谐的核心是秩序与统一，这种统一不是简单的外在形式统一，而是各事物间内在联系的统一，如果只追求外在形式的统一，那反而不是和谐，而是雷同，非但不美，反而引起不适。在这一点上，赫拉克利特说得更为直接："自然是由联合对立物造成最初的和谐，而不是联合同类的东西。"[②] 因此，在艺术作品中，要形成和谐之美，就不能形式单一化，丰富的人物形象和丰满的故事情节更有助于形成美的和谐。故而金庸在对小说中这些小角色进行命名时，选取最简单直接的命名符号，根据年龄特征予以命名。如此一来，她们和那些意蕴丰富的主要人物之名，既便于区别，又对比鲜明。于是，从人物形象和人名特征两方面，便达到了"高下相倾"的效果。例如严妈妈的丑恶突出王语嫣的善美，石嫂的恭敬彰显虚竹的谦善等，于是斯知美为美。这种内在联系的统一便是人物形象本身的多样性与差异性，美与丑，善与恶的统一，符合主次分明的秩序，这便是合规律性的统一，便是和谐之美。

这样的小角色还有很多，像替秦红棉买杂货的梁阿婆，萧峰穷追真相苦苦逼问的谭婆，剖子腹以证清白最终仍难逃厄运的钟四嫂，让杨过感受到亲人关怀的孙婆婆，孝心感人勇敢果断的孤女吕小妹，归二娘家的仆人张妈、孙妈……她们如同绿叶般点缀着灿若群芳的其他主要角色。这样的"跑龙套"本就出场率低，在已经丰富多彩的女性人名中，若为她们再加以富含深意的命名，则显得十分赘余且"服美不称"，更有卖弄之嫌。以简单的姓氏加"婆""嫂""妈""妹"为名，既符合她们的身份设定，又在华丽多元的众多佳名丽辞中显得平易朴实，形成一种完美的和谐，让读者在眼花缭乱的审美过程中得以进行调剂，正如万花丛中点点绿色，让灿若星辰的花海显得更加融洽谐和，美丽诱人。

三、人名背后的理想书写

在各具特色的女性人名背后，是金庸对女性身份与气质的个性认知。

---

① 参见朱立元主编:《西方美学范畴史》第 1 卷,太原:山西教育出版社,2006 年,第 417 页。

② 北京大学哲学系美学教研室编:《西方美学家论美和美感》,北京:商务印书馆,1980 年,第 15 页。

不管是人名所带来的丰富意象，还是透过人名对人物身份命运的简单一窥，每一个人名都是金庸对女性人物形象的高度概括与符号表征。“金庸的武侠小说不仅仅局限于描写惊心动魄的厮杀，而是把文人雅士喜爱的琴、棋、书、画和花、草、山、水，一起融入艺术境界”①，这种艺术境界的融入同样也体现在人名当中，金庸不仅将文人雅士之气融入其中，在刀剑厮杀、尔虞我诈的江湖中，增添一份艺术雅趣，提高了小说的审美意识和文化层次，更通过人名与身世命运和个人形象之间的联系，提升了读者的审美体验。通过这些丰富的女性人名，我们可以进一步探究金庸的女性观。

首先，金庸笔下的女性人名，性别色彩浓厚，女性气质特征明显，辨识度极高。金庸将人名这种身份符号的作用充分发挥。在金庸小说的人名系统中，我们能够轻易识别出，哪些是女性人名。不管是突出意象的香草花木，还是身份象征的姑、娘、婆、妈，不论是朱红紫碧的缤纷颜色，还是阿、儿、小的亲昵称呼，在中国人的命名习惯中，这些都常见于女性之名。中国传统女性的命名“多用阴柔的字眼，向闺阁之内的金玉器玩、花卉草木发挥，向妇德妇言妇工妇容发挥”②，而在以阳刚、豪气为基础的武林中，这些带有阴柔气息的人名自然能让人一眼识别出其女性特征。从表层看，这是人名作为符号系统的表征意义，通过这些汉语中与女性气质相关的词汇，来唤起人们对女性身份意义的想象与认知。这些符号不仅在直觉上与对象有相似关系，如香草之高洁特性，还在文化中与对象有约定俗成的关系，如以“婆”“妈”“嫂”“姑”命名都是一些年长女子，以小、阿命名往往富有少女气息。从深层来看，这些女性人名，符合中国传统的性别认知。阴柔与阳刚的对立，温婉与豪气的区分，不仅是中国人对男女个性的理想化、标准化认识，也体现在人名符号系统中。金庸深谙中国文化阴阳辩证之道，对文化传统了然于心，对于姓名符号所传达的性别意识这一社会意义，自然熟练运用。而且在以男性为中心的武侠话语体系中，性别特征明显的女性人名，不仅可以表明女性身份，表达性别意识，还能与男性人名形成鲜明对比，在人名的审美意义上交相辉映。

其次，透过这些女性人名，我们可以一窥金庸笔下女性的柔美特质。金庸笔下的女性人物形象刻画得非常成功，女性人物众多又个性鲜明。金

---

① 曹正文:《中国侠文化史》,上海:上海文艺出版社,1994 年,第 152 页。

② ［马来西亚］萧遥天:《中国人名的研究》,第 173—174 页。

庸小说中的女性人物与男主角之间，基本呈“一男多女”模式，这并非金庸独创，从文化伦理传统可以溯源到中国的“三妻四妾”“妻妾成群”的婚恋观，从个人英雄崇拜可以找到“美女配英豪”的影子。但从武侠小说的写作来看，更多是源于民国武侠前辈的奠基，朱贞木小巧奇诡的风格与“众女追一男”的爱情模式，对新派武侠小说刻画爱情中人性微妙与掀起情海波澜有启示作用。尽管人物性格各异，但金庸对女性角色的偏爱是明显的，那些我见犹怜的、刁蛮可爱的、小家碧玉的、大家闺秀的……不管是哪一类，金庸都在其中投注了对女性的欣赏，尽管在武林中女性地位不如男性，但是在人性里，金庸刻画的女性远比男性更为丰满完善。从金庸笔下的这些女性人物我们不难看出，不管其身世遭遇如何，不管是凶狠毒辣还是冷血残忍，其从名字到人的本质，柔美是其生命底色。金庸用两种不同的方式来表现这份柔美，一种是直接的表达，像清新素雅的花草，或者温柔呼唤的昵称，她们人如其名，温柔可爱，更有像“念慈”“惜弱”这般柔弱慈爱的名字；一种是间接的表达，这其中分为两类，其一是像阿紫一样虽然表面残忍，但其万般柔美其实都托付给了一人，其二是像李莫愁、裘千尺这般，在江湖险恶中消磨自己的女性柔美，看似冷血狠毒，但是在面临一些特定场景的时候，依然能表现其内心的柔弱，如舐犊之情。虽然江湖是男权中心，也有像“三娘”这种被赋予豪情的女性形象，但在这豪情之下，其女性的柔美始终存在，豪情不过是对这份柔美的逆向表达，要么是对爱情的执着追求，要么是对亲情的殷切守候。在金庸小说中，女性并没有因为柔美而变得趋同，不管是从性格上、形象上或者是品德上，柔美的表现各异，但底色相同，这让人物变得更加立体可感。

最后，金庸在这些繁杂的人名系统中，做到了人物形象共性与个性的融合。尽管每一类人名都有其共有的意义与作用，不管是意象表达还是身份符号象征上都或多或少传递着某些共性特征。但是每一个人名又都是独特的，阿朱和阿紫的一字之差，预示着二人的性格差异与命运纠葛，阮星竹和秦红棉的草木不同，代表着截然不同的处事方式与生活态度。每一个人名都是小说人物独特的身份标识，金庸通过人名这一形式，不仅巧妙地将故事结构、情节隐含其中，更在其中表达了自己对于人物的怜爱或惋惜之情，为看似无意义的人名增添了感情色彩。人名的形式是有限的，但是人名所传达的社会意义是无限的，人名离开了使用环境，便丧失其意义，金庸小说中这些女性人名亦是如此，不管是美丽意象还是身份标识，离开了小说为之营造的人物环境，跳脱了人物形象依赖的故事情节，这些意义将不复存在。周芷若这个人名之所以那么美，与其身世遭遇、性格容颜、心理成长等密不可分，小昭的惹人爱怜，与其姣好姿容、聪慧隐忍、为爱牺牲等因素密切相关。金庸看待这些女性，从来都不是以片面的某一角度予以展现，他往往“通过不同人物之口，通过不同人物站在不同角度来描述，评价，让人物更加立体化”①。人名也不是单独而存在的，是通过与整个人名体系产生联系、对比而显示出其独特性。读者接触这些人物的开始，便是这些代表人物本体的名字符号，在每一个人名符号之下，都是鲜活的人物形象，金庸有意识地为之按照各种规则予以命名，在规则之下通过共性建立起互相的联系，但同时又通过个性展现各自的区别。所以，每一个人名背后的人物形象，都是共性与个性的统一。

金庸小说中的女性人物名称是一个庞大复杂的系统，除了表面的符号意义与社会意义外，还蕴含着丰富的美学价值，针对不同类型的人物，金庸有着不同的命名习惯，在这些女性人名的背后，关涉着人物性格、人物命运、故事背景等甚多因素。不管是富有诗意的香草美名，还是朴实平淡的奴仆之名；不管是亲切可爱的温柔名字，还是江湖侠气的豪情大名，都是对其人生的写照与反映。人名是进入故事之前的第一印象，也是阅读结束后的回忆载体，在作品中这些人名是外在的表现形式。我们从形式接受开始，走进内容，最终又将形式与内容对照进行接受。金庸自觉做到了形式与内容的统一，不仅做到人如其名，更做到了识名察人。这些绚丽多彩的女性人名，不仅在听觉上给人带来愉悦，还在更广阔的想象空间里，给人联想的自由。在这自由的想象空间中，不管是意境的提升还是情感的震动，不论是画面的重现还是情节的延伸，所带来的都是美的享受。这是一种克制不张扬的美的满足，它既不是华藻堆砌，又非流金溢彩，而是在错综复杂的故事环境与相互关联的人名系统中形成的一种和谐。当我们回味这份和谐的时候，意趣无穷，余韵悠长。

（作者单位：山东大学儒学高等研究院）

---

① 曹正文：《中国侠文化史》，第 143 页。

论明人对《文心雕龙》的品评[①]

戚良德

摘　要： 明代《文心雕龙》版本众多，一般均有序言或跋语，其中自然少不了对《文心雕龙》的评价，代表了明代学者对《文心雕龙》这部文论名著的基本认识，值得重视。从冯允中开始提出“作者之指南，艺林之关键”之论，此后类似说法一直不断，令人印象深刻，如方元祯所谓“方圆之规矩，声音之律吕”，程宽所谓“文苑独照之鸿匠，词坛自得之天机”，朱载玺所谓“文苑之至宝，而艺圃之琼葩”，佘诲所谓“文章之奥区，声音之律吕”，顾起元所谓“述作之金科，文章之玉尺”，张之象所谓“作者之章程，艺林之准的”等等，这些对《文心雕龙》一书的基本定位，皆非泛泛之谈，却一反唐宋人有所保留的态度，给予刘勰“论文”之书以无与伦比的崇高评价，成为此后对《文心雕龙》一书评价的主基调，直至今日。序跋之外，明人对《文心雕龙》多有评点，其中不乏真知灼见，对理解刘勰“论文”之用心，可谓颇有启发，因而值得注意。有明一代，刘勰可以说收获知音无数。

关键词： 明代；《文心雕龙》；品评；曹学佺；叶绍泰

在《文心雕龙》传播史上，作为元至正本的刊刻者，嘉兴知府刘贞的名字应当被记住，尽管此前有不少应当被记住却不知道姓名的人。元至正本的梓行，犹如春天播下的一粒种子，至明清时期收获了丰盛的果实。据林其锬先生统计：“清代以前的版本就有一百零四种，其中写本十四种，单

① 基金项目：国家社科基金重大项目“《文心雕龙》汇释及百年‘龙学’学案”（17ZDA253）。

刻本三十四种，丛书本十种，选本十四种，校本二十七种，注本五种。”显然，这百余种版本主要都在明清时期，而仅“明代各类版本计有六十种”①，其基本都是元至正本这粒种子开出的花朵。

明代较为重要的版本，詹锳先生在《文心雕龙版本叙录》中列举了十八种②。如弘治十七年（1504）冯允中刻活字本、嘉靖十九年（1540）汪一元私淑轩刻本以及徐𤊹校汪一元私淑轩刻本，这三个本子是明代延续元至正本的重要刻本，尤其是徐𤊹校本，收罗了元明两朝各种板刻的《文心雕龙》，其用以校勘的许多版本，有的已经失传；万历三十七年（1609）梅庆生音注本、万历三十九年（1611）王惟俭自刻《文心雕龙训故》，这两个本子是较早的《文心雕龙》训释本；天启二年（1622）曹批梅庆生第六次校定本、合刻五家言本，前者每篇都加印了曹学佺的眉批，后者眉批列杨慎、曹学佺、梅庆生、钟惺四家评语，这两个本子可谓较早的《文心雕龙》集评本。

在这些版本中，传播较广、影响较大者有两种，其一为梅庆生《文心雕龙音注》，其二为王惟俭《文心雕龙训故》。尤其是前者，据林其锬先生的统计，“全书音注一百八十四字；字注七十二字；名注六百九十一条；校字三百五十六字（其中改正二百九十五字，补脱五十四字，删衍七字）；注释二百九十三条；批评二十条（零批十三条，总批七条）”，“它集中了自杨慎以下，特别是万历、天启年间几十位着意于《文心雕龙》校注家的长期积累成果，其中特别关键的人物就有杨慎、朱郁仪、徐兴公、曹学佺和谢兆申。”③ 汪春泓先生也认为：“梅庆生《文心雕龙音注》堪称明代《文心雕龙》校勘之集大成的著作，其注释方面的成就也有承前启后的意义。”④

一、对《文心雕龙》的总评

上述各类明刊本一般均有序言或跋语，其中自然少不了对《文心雕龙》

① 林其锬：《〈文心雕龙〉主要版本源流考略》，林其锬、陈凤金集校：《增订文心雕龙集校合编》，上海：华东师范大学出版社，2011 年，第 863、865 页。

② 参见詹锳：《〈文心雕龙〉版本叙录》，《文心雕龙义证》，上海：上海古籍出版社，1989 年，第 11—29 页。

③ 林其锬：《从王惟俭〈训故〉、梅庆生〈音注〉到黄叔琳〈辑注〉——明清〈文心雕龙〉主要注本关系略考》，《增订文心雕龙集校合编》，第 876、878 页。

④ 汪春泓：《文心雕龙的传播和影响》，北京：学苑出版社，2006 年，第 75—76 页。

的评价，虽或有不实之词，但总体上代表了明代学者对《文心雕龙》这部文论名著的基本认识，值得重视。在明代最早的单刻本中，冯允中序曰："梁通事舍人刘勰撰《文心雕龙》四十九篇，论文章法备矣。观其本道原圣，暨于百氏，推崇起始，备陈其诀，自诗骚赋颂而下，凡篇体二十七家，一披卷而摘辞之道具；学者如不欲为文则已，如欲为文，舍是莫之能焉。盖作者之指南，艺林之关键，大可以施庙堂资制作，小亦可以舒情写物，信乎其为书之奇也。"[1] 他认为《文心雕龙》是一部论"章法"之作，凡准备写文章之人，此书不可不读，故其为"作者之指南，艺林之关键"。如此高度的评价，应该说是前所未有的，所谓"信乎其为书之奇"，这与宋代黄庭坚"所论虽未极高"之语，显然是大不一样了。值得注意的是，其为"指南"者，乃"施庙堂资制作"也；其为"关键"者，则用于"舒情写物"也。即是说，后世以《文心雕龙》为文艺学论著，那不过是大材小用而已。因此，冯允中特别提醒："惟是石渠具草之用，皁囊封事之作，以迪后彦而备时需者，不可一日缺，则是编能无益乎……览者其毋徒以刘舍人所谓文一小技，与杨子云所云雕虫者埒观，则庶乎资有益之文，而余志副矣。"[2] 这里明确指出，刘勰之文，绝非雕虫小技，而是关乎军国大政，这正符合《序志》"唯文章之用，实经典枝条"之论，可谓深得彦和初衷。

在明代学者中，与冯允中有着相同思路和认知的，可谓不乏其人。如在私淑轩刻本中，方元祯序曰："今读其文，出入六经，贯穿百氏，远搜荒古之世，近穷寓内之事，精推颢穹之微，粗及尘砾之细，陈明王之礼乐，述大圣之道德，蔚如也。"这些用语虽经刻意雕琢，但其意不难领略，方氏着眼于刘勰及其《文心雕龙》者，乃其对儒家圣人及其道德文章之弘扬，则非雕虫小技也就可想而知了。其云："若夫论著为文之义，陈古绎今，别裁分体，如方圆之规矩，声音之律吕；虽使班马长云并列，将彬彬与揖，共升游夏之堂矣。"[3] 所谓"班马长云"者，当为班固、司马迁、司马相如和扬雄也；则刘勰"彬彬与揖"者，岂文章小道？而"游夏之堂"者，乃子由、子夏之堂奥也；所谓"文学：子由、子夏"[4]，则《文心雕龙》之

---

① ［明］冯允中：《弘治本〈文心雕龙〉序》，杨明照校注拾遗：《增订文心雕龙校注》，北京：中华书局，2000 年，第 951 页。

② ［明］冯允中：《弘治本〈文心雕龙〉序》，杨明照校注拾遗：《增订文心雕龙校注》，第 952 页。

③ ［明］方元祯：《私淑轩本〈文心雕龙〉序》，杨明照校注拾遗：《增订文心雕龙校注》，第 952 页。

④ 杨伯峻译注：《论语译注》，《论语 · 先进》，北京：中华书局，1980 年，第 110 页。

"论文"，正乃孔门之文教也。因此，方元祯此番论说，亦可谓深得彦和之用心。

再如在徐𤊹校本中，程宽序曰："文之义大矣哉！魏文典论，隘而未阳；士衡文赋，华而未精。若气扬矣，而法能玄博；义精矣，而词能烨烨：兼斯二者，其刘子之《文心》乎！扬榷古今，凿凿不诡；树之矩绳，彬彬可宗：诚文苑独照之鸿匠，词坛自得之天机也。"所谓"文之义大矣哉"，其开宗明义便明确了《文心雕龙》之"文"乃非同一般，则所谓"文苑独照之鸿匠，词坛自得之天机"，便与冯允中之论一样，涵盖了大、小两个方面，天机自得者乃着眼艺术创作，而鸿匠独照者则属于经国文章了。程宽格外看重的，当然是经国大业、不朽文章，正因如此，他特别欣赏刘勰的"原道"论，谓其"述羲皇尧舜相传之源流，阐天地万物自然之法象，其知识有大过人者"，他认为："实得此文心，则羲皇尧舜一也，禹汤文武周公一也，孔子孟轲一也，天地与我一也。顾刘子见其本，宋儒见其末；刘子见其华，宋儒见其实云。"① 即是说，刘勰之道，乃直抵儒学根本；宋儒之道，则为儒家之末。故刘勰之文心论，堪称儒学之花，而宋儒之文道论，则为儒家之果实。此论妙解文心，殊为难得。

又如朱载玺亦序曰："典雅则黄钟大吕之陈，绮靡则祥云繁星之丽，该赡储太仓武库之积，考核拆黄熊白马之辩，羽陵玉笥，奥远毕收，牛鬼蛇神，秘怪悉录，语骈骊则合璧连珠，谈芬芳则佩兰纫蕙，酌声而音合金匏，绚采而文成黼黻，真文苑之至宝，而艺圃之琼葩也。"② 此论夸丽之词虽多，但思路与冯允中完全一致，仍着眼大、小两个方面，故最后归结为"文苑之至宝，而艺圃之琼葩"。其他如佘诲序曰："史称勰博雅君子，酝酿篇章，今读其文，网罗古今，弥纶载籍，溯文体之有始，要辞流之所终，析其义于毫芒，精其法于聋聩，诚文章之奥区，声音之律吕也。"③ 所谓"文章之奥区，声音之律吕"，其思路亦不出大、小两端，即文章大道与雕虫小技。在梅庆生音注本中，顾起元亦有序曰："彦和之为此书也，浚发灵心，而以雕龙自命。末篇叙志，垂梦圣人，意益鸿远。前乎此者，有魏文

① ［明］程宽：《徐𤊹校本〈文心雕龙〉序》，杨明照校注拾遗：《增订文心雕龙校注》，第953、954页。

② ［明］朱载玺：《徐𤊹校本〈文心雕龙〉序》，杨明照校注拾遗：《增订文心雕龙校注》，第956—957页。

③ ［明］佘诲：《佘刻本〈文心雕龙〉序》，杨明照校注拾遗：《增订文心雕龙校注》，第954页。

之典，陆机之赋，挚虞之论，并未艺苑悬衡。彦和囊举而狱究之，疏瀹词源，博裁意匠，甄叙风雅，扬榷古今，允哉！述作之金科，文章之玉尺也。”① 既不废其“浚发灵心”之意，亦注意其“垂梦圣人”之志，从而所谓“述作之金科，文章之玉尺”，实亦认为《文心雕龙》之作，不惟“疏瀹词源”而抒发心灵，更兼“甄叙风雅”而彰显大道；且所谓“金科”“玉尺”之说，显然本于《征圣》“含章之玉牒，秉文之金科”之论。

以上各论之中，从冯允中开始提出“作者之指南，艺林之关键”之论，此后类似说法一直不断，令人印象深刻，如方元祯所谓“方圆之规矩，声音之律吕”，程宽所谓“文苑独照之鸿匠，词坛自得之天机”，朱载玺所谓“文苑之至宝，而艺圃之琼葩”，佘诲所谓“文章之奥区，声音之律吕”，顾起元所谓“述作之金科，文章之玉尺”，加上经常被研究者提到的张之象所谓“作者之章程，艺林之准的”②，等等，这些对《文心雕龙》一书的基本定位，皆非泛泛之谈，却一反唐宋人有所保留的态度，给予刘勰“论文”之书以无与伦比的崇高评价，成为此后对《文心雕龙》一书评价的主基调，直至今日。诚如程宽所说：“后世讵知无沈之知音者耶！”③ 不惟沈约堪为刘勰之知音，有明一代，刘勰可以说收获知音无数，则其所谓“逢其知音，千载其一”④ 之论，不亦过于悲观乎？

上述明代各家之序的另一个重要内容，则是对《文心雕龙》文论体系及其理论本身的把握，正如程宽所说：“君子诚欲启此文心，能无把玩于五十篇之文？”⑤ 把玩的结果是什么呢？在徐燉校本中，叶联芳有序云：“文生于心者也；文心，用心于文者也。雕，刻镂也；龙，灵变不测而光彩者也，又笼取也。观夫命名，则其为文也可知矣。孔子曰：‘词达而已矣。’雕龙奚为哉？圣人道德渊鸿，吐词为经，宪垂亿世；下此则言以征志，文以永言；言之无文，行之不远，文固弗可已夫！”⑥ 所谓“文心”，首先是“文生于心”，其次是“用心于文”。何以“用心”？“刻镂”是也；如何

---

① [明]顾起元:《梅庆生万历音注本〈文心雕龙〉序》,杨明照校注拾遗:《增订文心雕龙校注》,第961页。

② [明]张之象:《文心雕龙序》,杨明照校注拾遗:《增订文心雕龙校注》,第958页。

③ [明]程宽:《徐燉校本〈文心雕龙〉序》,杨明照校注拾遗:《增订文心雕龙校注》,第953页。

④ [梁]刘勰:《文心雕龙·知音》,戚良德辑校:《文心雕龙》,上海:上海古籍出版社,2015年,第276页。

⑤ [明]程宽:《徐燉校本〈文心雕龙〉序》,杨明照校注拾遗:《增订文心雕龙校注》,第954页。

⑥ [明]叶联芳:《徐燉校本〈文心雕龙〉序》,杨明照校注拾遗:《增订文心雕龙校注》,第955页。

"刻镂"？不拘一格而达"光彩"之境也。可以说，叶氏对刘勰"为文之用心"的理解是非常准确的。以此为基础，他提出一个问题：孔夫子的名言是"词达而已矣"，刘勰何以强调"雕龙"呢？他对这个问题的回答是，对圣人来说，可以"吐词为经"，但一般人则需要言之有文，文乃须臾不可离，刘勰故有"论文"之举。如此理解所谓"词达"，显然未必符合孔子之意，但以此为"雕龙"辩护，则可谓用心良苦。

对《文心雕龙》理论结构的把握，乐应奎有序曰："《文心雕龙》一书，文之思致备而品式昭矣。"① 亦即思虑完备，纲领明晰。对此，朱载玺有准确认识，其云："惟梁通事舍人刘勰所著《文心雕龙》一书，凡十卷，合篇终《序志》为五十篇。见其纲领昭畅，而条贯靡遗；什伍严整，而行缀不乱；标其门户，而组织成章；雕镂错综，而辐辏合节。"② 此论高度概括，却非泛泛之议。一则曰"纲领昭畅，而条贯靡遗"，这是从全书结构而言，谓其上下篇分工明确，即刘勰所谓"纲领明""毛目显"之意；二则曰"什伍严整，而行缀不乱"，这是从理论布局而言，谓其体系严整、秩序井然；三则曰"标其门户，而组织成章"，这是从论文主张而言，谓其有所遵循而观点明确；四则曰"雕镂错综，而辐辏合节"，这是从具体内容而言，谓其丰富多彩而前后照应，有类沈约所谓"深得文理"之意。朱氏之论，可以视为清代章学诚所谓"体大虑周""笼罩群言"之先声。

至如《文心雕龙》的"论文"主张，佘诲曾提道："顾拟迹前修，存乎体要，筌求是本，不异司南。"③ 他认为《文心雕龙》之所以成为文章"司南"，乃在于其论符合前人"体要"之主张。即是说，刘勰所论，乃为实现"体要"之目标。对此，伍让之序有着较为详细的阐述，其曰：

> 夫文之为用大矣，而其旨莫备于《书》，《书》之言曰："辞尚体要。"盖谓言以足志，文以足言，用虽不同，而其体各有攸当；譬天呈象纬，地列流峙，人别阴阳，其孰能易之？故书之典谟训诰，符采不同；诗之国风雅颂，音节自异；易之典奥，礼之闳该，春秋之谨严，盖讽而可知其为体也。故曰六经无文法，非无法也，夫文而能为法也。

① ［明］乐应奎：《徐𤊹校本〈文心雕龙〉序》，杨明照校注拾遗：《增订文心雕龙校注》，第 955 页。
② ［明］朱载玺：《徐𤊹校本〈文心雕龙〉序》，杨明照校注拾遗：《增订文心雕龙校注》，第 956 页。
③ ［明］佘诲：《佘刻本〈文心雕龙〉序》，杨明照校注拾遗：《增订文心雕龙校注》，第 954 页。

> 世未有不明于体而可以语法者。……《文心雕龙》者，梁刘彦和所论著，其言文之体要备矣。[①]

伍氏认为，刘勰所论，“其言文之体要备矣”，这可以说抓住了《文心雕龙》论文的宗旨和方向；同时，从《尚书》之中找到刘勰所谓“体要”之本，则是非常正确的。何谓“体要”？伍氏有着自己的理解。他认为，文之用不同，“而其体各有攸当”；其为体也自异，而文章本身可显；由体而法，是为“文之体要”，此乃《文心雕龙》之作的根本。什么是“体”？伍氏认为，五经各有其体，如“书之典谟训诰”“诗之国风雅颂”，其“符采不同”“音节自异”，又如“易之典奥，礼之闳该，春秋之谨严”，则所谓“体”，颇近文风之意；由对这种文风的揣摩，进而掌握为文之法，必“明于体而可以语法”，则《文心雕龙》虽为文章作法，却以明“体”为要，所谓“体要备矣”，此之谓也。

二、曹学佺评《文心雕龙》

序跋之外，明人对《文心雕龙》多有评点，其中虽较少系统论述，却不乏真知灼见，对理解刘勰“论文”之用心，可谓颇有启发，因而值得注意。最早对《文心雕龙》进行评点的是明代著名学者杨慎，他留下的评语虽不多，但其自谓“批点《文心雕龙》，颇谓得刘舍人精意”[②]，实开有明一代评点《文心雕龙》之风，因而值得一提。如评《明诗》篇曰：“此评古之诗直至齐梁，胜钟嵘《诗品》多矣。”[③] 就篇幅而论，《明诗》显然比不上《诗品》，然而杨慎以为前者远远超过后者；其所肯定者，当然是刘勰之识见。评《诸子》篇第一段曰：“总论诸子，得其髓者，可见彦和洞达今古。”[④] 话虽不多，但中肯切实，令人信服。评《风骨》之“唯藻耀而高翔，固文笔之鸣凤也”曰：“此论发自刘子，前无古人，徐季海移以评书，张彦远移以评画。同此理也。”[⑤] 不仅高度肯定刘勰对“风骨”与辞采之关

---

① ［明］伍让：《徐𤊹校本〈文心雕龙〉序》，杨明照校注拾遗：《增订文心雕龙校注》，第959—960页。

② 《杨升庵先生与张禺山公书》，《〈文心雕龙〉资料丛书》，北京：学苑出版社，2004年，第1299页。

③ 黄霖编：《文心雕龙汇评》，上海：上海古籍出版社，2005年，第27页。

④ 黄霖编：《文心雕龙汇评》，第63页。

⑤ 黄霖编：《文心雕龙汇评》，第101页。

系的论述，认为其“前无古人”，而且特别指出刘勰之说对书论、画论的影响，具有重要的理论意义。评《风骨》之“文明以健”曰：“明即风也，健即骨也。诗有格有调，格犹骨也，调犹风也。”① 其说对理解“风骨”的含义颇有启发。评《情采》之“夫铅黛所以饰容，而盼倩生于淑姿”曰：“予尝戏云：美人未尝不粉黛，粉黛未必皆美人；奇才未尝不读书，读书未必皆奇才。”② 此虽戏言，却也是符合刘勰之论的。评《情采》之“为情而造文”曰：“屈原《楚辞》，有疾痛而自呻吟也；东方朔以下拟《楚辞》，强呻吟而无疾痛也。”③ 可以说把刘勰之论予以具体化了。黄叔琳曾认为：“升庵批点，但标辞藻，而略其论文之大旨。”④ 这是未尽符合实际的。正如汪春泓先生所说：“杨慎批点《文心雕龙》，在《文心雕龙》研究史上，具有比较特殊的意义，标志着明代较为系统地研究刘勰文学理论的开端，也标志着明代借助《文心雕龙》以建构文学特别是诗学创作论的开端。”⑤

杨慎之后，对《文心雕龙》评点较多的首推曹学佺。曹氏对《文心雕龙》颇有研究，其凌云刻本序言有云：“《雕龙》上廿五篇，铨次文体；下廿五篇，驱引笔术。而古今短长，时错综焉。其《原道》以心，即运思于神也；其《征圣》以情，即《体性》于习也。《宗经》诎纬，存乎风雅；《诠赋》及余，穷乎变通。良工心苦，可得而言。”⑥ 即是说，《文心雕龙》之上、下篇之间，在理论上有着密切关联，不少篇章互为应对而相与为用。因此，刘勰之良苦用心，是需要认真体会的。基于此，曹氏对《文心雕龙》的批点虽表面上较为零散，却有着统一思考和全局观念，这是难能可贵的。如评《原道》篇曰：“其原道以心，即运思于神也。沈休文谓其深得文理，大抵理非深入不能跃然。惟彦和义炳而采流，故取重于休文也。”⑦ 所谓“原道以心”，当然是根据刘勰所谓“心生而言立，言立而文明，自然之道也”，何以过渡到“运思于神”呢？盖以“神”即心也，所谓“形在江海之上，心存魏阙之下：神思之谓也”⑧。由“原道”而“神思”，很少有人

① 黄霖编：《文心雕龙汇评》，第 101 页。
② 黄霖编：《文心雕龙汇评》，第 109 页。
③ 黄霖编：《文心雕龙汇评》，第 109 页。
④ ［清］黄叔琳：《〈文心雕龙辑注〉例言》，《文心雕龙辑注》，北京：中华书局，1957 年，第 6 页。
⑤ 汪春泓：《文心雕龙的传播和影响》，第 230—231 页。
⑥ ［明］曹学佺：《凌云刻本〈文心雕龙〉序》，杨明照校注拾遗：《增订文心雕龙校注》，第 963 页。
⑦ 黄霖编：《文心雕龙汇评》，第 15—16 页。
⑧ ［梁］刘勰：《文心雕龙 · 神思》，戚良德辑校：《文心雕龙》，第 173 页。

这么说，曹氏何意？他紧接着提到了沈约“深得文理”的评价，则其所看重者，刘勰之“文”论也；所谓“义炳而采流”，本为《文心雕龙》之追求。《征圣》篇之评亦采取了同样的角度，其曰：“其征圣以情，即体性于习也。可谓云霞焕绮、泉石吹籁之文。”① 所谓“征圣以情”，确乎亦来自刘勰自己的叙述，如“陶铸性情，功在上哲”“志足以言文，情信而辞巧”② 等，但刘勰对圣人的推重是毋庸置疑的，曹氏却唯独看重“陶铸性情”之论，故有“体性于习”之说，进而又归结到了“文”。其评《宗经》之“文能宗经，体有六义”亦曰：“此书以心为主，以风为用，故于六义首见之，而末则归之以文。所谓‘丽而不淫’，即雕龙也。”③ 这里明确提出“归之以文”，特别点出“雕龙”之意，体现出曹学佺对《文心雕龙》之总论的独特把握，令人印象深刻。这不由得让人想起曹氏在其《文心雕龙序》中曾批评宋人对《文心雕龙》一书的态度，其云：“‘文’之一字，最为宋人所忌；加以‘雕龙’之号，则目不阅此书矣。”④ 实际上，以我们对《文心雕龙》在宋代传播和接受情况的考察，曹氏之说并不完全符合事实，故杨明照先生曾指出：“曹氏说非是。”⑤ 这是有道理的。然而，以曹氏之学，其言之凿凿者，必有其独特的角度，那就是宋人对《文心雕龙》的态度；所谓“目不阅此书”，并非真的说宋人不读《文心雕龙》，而是说他们不重视这部书，或者说重视程度还远远不够，更重要的是不知道从“文”的角度来理解这部书，不懂得刘勰“原道”“征圣”“宗经”的角度是“文”，而不是宋人所理解的文道关系。以此而言，曹氏之说则不仅有其道理，应该说还是颇为深刻的。

正因具有全局观念，故曹氏之评，有些虽仅只言片语，但其着眼整体，颇能抓住问题的关键和核心。如评《征圣》之“志足以言文，情信而辞巧，乃含章之玉牒，秉文之金科矣”曰：“四句文之妙的。”⑥ 寥寥数字，既体现了曹氏一以贯之的“文”的着眼点，又抓住了《文心雕龙》的理论中心。其评《乐府》之“诗为乐心，声为乐体”曰：“先心后器，先诗后

① 黄霖编:《文心雕龙汇评》,第 18 页。
② [梁]刘勰:《文心雕龙·征圣》,戚良德辑校:《文心雕龙》,第 9 页。
③ 黄霖编:《文心雕龙汇评》,第 20 页。
④ [明]曹学佺:《凌云刻本〈文心雕龙〉序》,杨明照校注拾遗:《增订文心雕龙校注》,第 962 页。
⑤ 杨明照校注拾遗:《增订文心雕龙校注》,第 962 页。
⑥ 黄霖编:《文心雕龙汇评》,第 16 页。

声，此极得论乐府之体。”[①] 于刘勰论乐府之语中，准确抓住其中心之论，并予以高度评价。其评《铨赋》之“《诗序》则同义，《传》说则异体”曰：“同义则重风骨，异体则流华靡，此是一篇之案。”[②] 此评不仅抓住了所谓“一篇之案”，而且以“风骨”“华靡”解读刘勰这两句话，可谓独具慧眼。其评《铨赋》之“繁华损枝，膏腴害骨”曰：“末重风骨为是。”[③] 既照应了前面之说的由来，又肯定了刘勰之卓识，可谓画龙点睛。其评《史传》篇则曰：“论史处，彦和正而子玄偏。”[④] 一“正”一“偏”，掷地有声，其于《文心雕龙》之偏爱，可见一斑。其评《诸子》之“诸子者，述道见志之书”曰：“彦和以子自居。末《序志》内见之。”[⑤] 此堪为知音之评。其评《体性》之“童子雕琢，必先雅制”曰：“此入门之时要端正也，学者不可以不知。”[⑥] 点评恰当而到位，具有重要的提醒之功。评《情采》之“二曰声文，五音是也”曰：“形声之文本于情。”[⑦] 不惟独具只眼，亦且表达了曹氏本人的文论观点。其评《情采》之“昔诗人什篇，为情而造文；辞人赋颂，为文而造情”曰：“诗与赋别，正在情文先后。”[⑧] 则可谓观点正确，理解到位。

曹氏对《文心雕龙》的某些篇章格外重视，评语明显较多。如《明诗》之评即是如此。其先评“人禀七情，应物斯感，感物吟志，莫非自然”曰：“诗以自然为宗，即此之谓。”复评“尧有《大章》之歌，舜造《南风》之诗，观其二文，辞达而已”曰：“达者，自然也。”再评“春秋观志，讽诵旧章，酬酢以为宾荣，吐纳而成身文”亦曰：“此即自然也。”三则评语均标出“自然”之义，充分表现出曹氏对这一创作宗旨的认同。又评“怜风月，狎池苑，述恩荣，叙酣宴”曰：“此四句，彦和寓伤时之意。”此可谓曹氏的独特体会，未必符合刘勰之意了。其评“及正始明道，诗杂仙心”一段曰：“正始之弊，何晏之流，正是纬以乱经者，故特绌之。嵇、阮、应璩，犹存风雅之意，所以补救万一。”所以“纬以乱经”，显然

---

① 黄霖编:《文心雕龙汇评》,第 32 页。
② 黄霖编:《文心雕龙汇评》,第 35 页。
③ 黄霖编:《文心雕龙汇评》,第 37 页。
④ 黄霖编:《文心雕龙汇评》,第 58 页。
⑤ 黄霖编:《文心雕龙汇评》,第 63 页。
⑥ 黄霖编:《文心雕龙汇评》,第 98 页。
⑦ 黄霖编:《文心雕龙汇评》,第 108 页。
⑧ 黄霖编:《文心雕龙汇评》,第 109 页。

只是一个比喻，借用纬书与经书之别，以评正始诗风与建安诗风的不同，亦可谓曹氏独有之见。最后评“若妙识所难，其易也将至”曰：“彦和不易言诗，乃深于诗者。‘其易也将至’，则近于自然矣。”① 认为刘勰所谓“易”与“不易”之论，乃于诗歌知之深者，而所谓“易”，又以“自然”论之，既不悖刘勰之旨，亦体现了曹氏之偏好。

从文论观点而言，曹氏之评格外重视“风”，这是值得注意的。其评《风骨》曰：“风骨二字虽是分重，然毕竟以风为主，风可以包骨，而骨必待乎风也；故此篇以风发端，而归重于气，气属风也。”② 一方面，他认为刘勰之“风骨”论乃“以风为主”，且“风可以包骨”；另一方面，又认为《风骨》篇之所以有“重气之旨”，盖以“气属风也”。充分体现出对“风”的看重。其评《通变》之“竞今疏古，风末气衰也”曰：“古今一风也。通变之术，亦主风矣。”③ 不仅“通变之术”在于“风”，而且“古今一风”也。其评《定势》之“如机发矢直，涧曲湍回，自然之趣也”曰：“势亦主风，射矢、曲湍之喻，往往见之。”④ 认为刘勰在《定势》篇中对“势”的解说，均离不开“风”。其评《声律》曰：“声律以风胜，知风则律调矣。”又评《声律》之“外听之易，弦以手定；内听之难，声与心纷”曰：“外听，风声也；内听，风骨也。”⑤ 以“风”来解释刘勰的“声律”论，可谓独具特色。其评《比兴》之“《诗》刺道丧，故兴义销亡”曰：“兴近于风，比近于赋。兴义销亡，故风气愈下。”⑥ 谓“兴”与“风”相近，“兴”之消亡而致风气败坏。其评《时序》曰：“时序者，风之递降也。观风可以知时，如薰风主夏，朔风主冬之类。”⑦ 认为“时运交移”亦即风气变换。其如此重视“风”，一切归于“风”，可谓前无古人。

刘勰是否真的如此重视“风”呢？在《文心雕龙》的理论体系中，“风”究竟是否真有如此重要意义？曹氏如此看重“风”的目的又是什么？最重要的是，如此具有普遍意义之“风”的内涵是什么？曹氏在凌云刻本的序言中，对上述各篇点评中对“风”的重视进行了总结和概括，其云：

---

① 黄霖编:《文心雕龙汇评》,第27、28、29、30页。
② 黄霖编:《文心雕龙汇评》,第99页。
③ 黄霖编:《文心雕龙汇评》,第103页。
④ 黄霖编:《文心雕龙汇评》,第105页。
⑤ 黄霖编:《文心雕龙汇评》,第113页。
⑥ 黄霖编:《文心雕龙汇评》,第121页。
⑦ 黄霖编:《文心雕龙汇评》,第144页。

> 夫云霞焕绮，泉石吹籁，此形声之至也，然无风则不行；风者，化感之本原，性情之符契。诗贵自然，自然者，风也；辞达而已，达者，风也。……岂非风振则本举，风微则末坠乎？故《风骨》一篇，归之于气，气属风也。文理数尽，乃尚《通变》，变亦风也。刚柔乘利而《定势》，繁简趋时而《镕裁》；律调则标清而务远，位失则飘寓而不安。风刺道丧，《比兴》之义已消；《物色》动摇，形似之功犹接：盖均一风也。袭兰转蕙，足以披襟；伐木折屋，令人丧胆。倏焉而起，不知所自；倏焉而止，不知所终。善御之人，行乎八极；《知音》之士，程于尺幅。勰不云乎："深于风者，其情必显。"勰之深得文理也，正与休文之好易合；而勰之所以能易也，则有风以使之者矣。①

一曰"无风则不行"，这个"风"关乎自然之风，又是教化之本源，且合于人的性情；二曰"诗贵自然"，这个"风"乃诗风，是抛弃人为修饰的自然而然；三曰"气属风""变亦风"等等，这个"风"既属于诗人之主体，当然又是自然之一部分，有着自然之演变；至若《定势》《镕裁》《比兴》《物色》"盖均一风"者，亦都与"自然"分不开；所谓"倏焉而起，不知所自；倏焉而止，不知所终"者，乃自然而然，不加雕饰也。曹氏认为，沈约之所以称赞刘勰"深得文理"，正因为他们都重视自然之旨，大约与沈约所谓"志动于中，则歌咏外发"以及"直举胸情，非傍诗史""高言妙句，音韵天成，皆暗与理合，匪由思至"② 等论相一致；而刘勰对自然的重视，正体现为对"风"之追求。如此说来，与其说曹氏把一切归于"风"，不如说他只是把刘勰的本意揭示出来而已。假如以"自然"而论，应该说这大致是不错的，只不过，曹氏那些对"风"的揭示，很多情况下只是一个不同的角度或者与"风"有关而已，并不意味着都是刘勰论述的重点。但需要特别指出的是，曹学佺在上述重视刘勰之"文"和"雕龙"之旨的基础上，又全力掘发《文心雕龙》的"自然"之旨，不惟用心良苦，而且非常符合刘勰"论文"之初衷，亦深得刘勰"擘肌分理，唯务折

① ［明］曹学佺：《凌云刻本〈文心雕龙〉序》，杨明照校注拾遗：《增订文心雕龙校注》，第963页。
② ［梁］沈约：《宋书》卷六十七，北京：中华书局，2011年，第1779页。

衷"[①] 思维方式之精髓，是极为难能可贵的。

三、叶绍泰评《文心雕龙》

明代出现了《文心雕龙》选本，这是值得注意的现象。选本之产生，显然更着眼于读者之需要，也就更能体现编选者的主观色彩，在一定程度上显示出对《文心雕龙》的某种研究，如选择篇目、解说评论等。刻于崇祯年间的"汉魏别解"本《文心雕龙》即是这样一个选本，该本由黄澍、叶绍泰编选，共选三十二篇，分别为《原道》《征圣》《宗经》《正纬》《明诗》《乐府》《诠赋》《颂赞》《祝盟》《铭箴》《诔碑》《哀吊》《杂文》《诸子》《诏策》《檄移》《封禅》《奏启》《议对》《神思》《体性》《风骨》《通变》《定势》《情采》《比兴》《事类》《养气》《时序》《物色》《知音》《序志》等。不久后叶绍泰又刊出"增定"本，所选篇目大为减少，仅有《宗经》《辨骚》《明诗》《乐府》《诠赋》《史传》《神思》《体性》《风骨》《情采》《夸饰》《时序》等十二篇，但篇目颇有不同。[②] 两种选本各篇篇末皆有叶绍泰的总评，对所选各篇内容从不同角度进行了概括和评述。

这两个选本的选目很有特点，体现出编选者对《文心雕龙》的某种认识和评价。首先，其于上、下篇基本没有畸轻畸重之弊，这和自黄侃《文心雕龙札记》开始的大量选本偏重下篇尤其是创作论形成鲜明对照。特别是上述叶绍泰的"增定"本，其于上、下篇各选六篇，显然有意照顾到选目的均衡问题。其次，其于文体论部分，重视"论文叙笔"的"论文"，亦即重视有韵之文。从所选篇目的多寡看，这一倾向是明显的。第三，其于创作论部分，重视理论性较强的前六篇，即《神思》《体性》《风骨》《通变》《定势》《情采》，这一倾向是非常明显的。第四，两种选本重合的篇章，上篇为《宗经》《明诗》《乐府》《诠赋》，下篇为《神思》《体性》《风骨》《情采》《时序》，则编选者的理论取向一目了然：于总论部分，重视"宗经"；于文体论部分，重视诗赋；于创作论部分，重视以"情采"为中心的基本理论；发展论部分，重视"时序"。总起来看，这两个选本的倾向性，指向了后世所谓文学理论。这一重大的理论取向，奠定了其后《文心雕龙》研究的基本特色，尤其是清代以后的近现代"龙学"，基本就

---

① ［梁］刘勰：《文心雕龙 · 序志》，戚良德辑校：《文心雕龙》，第 287 页。

② 参见黄霖：《〈文心雕龙〉评本提要》，黄霖编：《文心雕龙汇评》，第 5—6 页。

是沿着这一道路前进的。以此而言，叶氏对所选各篇的评论也就值得格外注意了。

首先是对《宗经》的评价。其云："学不明经，终为臆说。刘子精研五经，既撮其要，又钩其玄，所以能成其一家之书者，有所本也。"这一观点非常明确，那就是"五经"乃学术根本，"学不明经，终为臆说"，刘勰之书能成一家之言者，正以其"体乎经"，即以儒家经典为根本遵循。这是其一。其二，叶氏指出："五经为群言之祖，后世杂体繁兴，穷高树帜，极远扬镳，亦云盛矣。然皆不能度越寰外，且踵事既久，流弊不还，或艳或侈，去经益遥，欲返淳懿，何繇禀式也。仰山铸铜，煮海为盐，亦惟宗之于经而已。"① 即是说，对文章写作而言，"五经为群言之祖"，在"后世杂体繁兴"的情况下，欲找到为文之正途，必须追根返本，亦即"宗之于经"，别无他途。这样的思路，简直就是刘勰《序志》篇的翻版。刘勰首先说"盖《文心》之作也……体乎经"，然后说"文之枢纽，亦云极矣"②；叶氏首先说"刘子精研五经……有所本也"，然后说"仰山铸铜，煮海为盐，亦惟宗之于经而已"，连句式都是一样的，可见叶氏追踪刘勰，已然"深极骨髓"。不过，这只是一个方面，另一方面则是，刘勰所谓"《文心》之作也"，不仅仅是《宗经》，而是还有其他四个方面；刘勰所谓"亦云极矣"的"文之枢纽"，自然也不只是《宗经》，同样还包括其他四个方面。叶氏则不同了，他最为看重的是五经，为文自然"亦惟宗之于经而已"，就"宗经"本身而言，固然不违背刘勰之旨，而就刘勰"枢纽"论的五个方面来说，则显然不够完整了。

其次是对文体论的评述。其评《辨骚》曰："风雅云亡，楚《骚》继作。知屈子者，汉惟淮南王安。淮南以后，梁惟彦和，谓其轩翥诗人之后，奋飞词家之前，去圣未远，后世作者，莫不蹑其迹，而屈宋逸步，杳然难追。以此读《骚》，可谓莫逆者矣。"③ 叶氏这段话，一方面是对《辨骚》篇基本内容的提要，另一方面则高度评价了刘勰之于屈原的"知音"之举。所谓"知屈子者"，所谓"莫逆者"，则叶氏亦堪称知彦和者矣！其评《明诗》曰："自三百篇而下，能诗者数百家，变体易韵，浸以浮滥。彦和力维

① 黄霖编:《文心雕龙汇评》,第21页。

② ［梁］刘勰:《文心雕龙·序志》,戚良德辑校:《文心雕龙》,第287页。

③ 黄霖编:《文心雕龙汇评》,第27页。

风雅，取诗家而差等之，合于持训之义矣。”叶氏所看重的，一是刘勰的“力维风雅”，一是其“合于持训之义”，这当然不违背刘勰的基本思想，而且可以说抓住了《明诗》的主干，但其于刘勰丰富的诗论而言，显然也不够完整了。值得注意的是，叶氏还指出：“是时七言未广，沈宋近体未兴，故仅以四言、五言、三六杂言，铺观列代，篇制既殊，体格亦异，而总以自然为宗，与夫子删诗之旨合。钟嵘《诗品》，《沧浪诗话》，其亦效此而作与?”① 他似乎无意于指出《文心雕龙》的历史局限性，反而主要还是赞美刘勰“与夫子删诗之旨合”，尤其是认为其“以自然为宗”的主张，甚至影响到了《诗品》和《沧浪诗话》，但我们不能不说，刘勰的《明诗》确乎“仅以四言、五言、三六杂言”为研究对象，这是一个明显的问题，关乎正确认识和评价《明诗》篇乃至整部《文心雕龙》。其评《诔碑》曰：“文家惟哀楚之辞易于形容，然求所云‘观风似面，听辞如泣’，则文深乎情者易工也。”② 这里的结论，所谓“文深乎情者易工也”，当然也不能说违背刘勰的主旨，要求文章“深乎情”本是《文心雕龙》的一贯主张，但就“诔碑”之作而言，刘勰所谓“观风似面，听辞如泣”，前一句指的主要是叙述的真切，后一句指的则是凄婉哀伤之情状，与一般文章之“深乎情”还是有着明显差别的。叶氏之论，较为忽略诔碑之独特性，而上升到了文章写作的一般规律，与其整体的文论取向乃是一致的。当然，叶氏在评《哀吊》篇时，也曾特别提道：“彦和深明体格，尽文章之类者也。”③ 但总体而言，他看重的还是《文心雕龙》关于文章写作的普遍规律，尤其着重于艺术之文的写作特点。

第三是对创作论的评述。其评《神思》曰：“文无神思，虽才富辞繁，仅同书肆。古来名手能于虚际行文，政其思力高妙也。”④ 刘勰说“神思”是“驭文之首术，谋篇之大端”，叶氏则谓文章高手必须“思力高妙”，“能于虚际行文”，否则即使“才富辞繁”，亦“仅同书肆”。我们仍然不能说叶氏所谈并非刘勰的想法，却又不完全是一回事。在刘勰那里，为文必从“神思”开始，其为所有文章之开端，其重要性亦主要系于此；而在叶氏这里，“神思”则为“名手”之擅，这种能力是“于虚际行文”，其重在

① 黄霖编:《文心雕龙汇评》,第30、31页。
② 黄霖编:《文心雕龙汇评》,第49页。
③ 黄霖编:《文心雕龙汇评》,第52页。
④ 黄霖编:《文心雕龙汇评》,第96页。

艺术之文的创作是显然可见的。其评《体性》曰：“先立八体，次第分属，体格严正。自贾生以下，凡十二名家，止一语断定。知人品物，莫此为确。”把刘勰所谓“体”理解为“体格”，不失为一种通俗易懂的解释；认为刘勰对十二家的断语“莫此为确”，当然是知言。又曰：“为文虽本性情，然亦有不尽然者。学习移人，表里非一，安能沿隐以至显乎？要其归途，不过八体，摹体定习，因性练才，文之司南，率用此道，舍是而谈体性，未有不流于郑紫者矣。”① 此论一方面强调后天学习之重要性，另一方面则强调“摹体定习，因性练才”，可以说完全符合刘勰的“体性”论。其评《风骨》曰：“文家专尚风骨。无风则意绪不抽，无骨则体格失实。风骨兼全，乃为宜称。具是者其西汉以上乎？下此不复论矣。”② 叶氏首先肯定“风骨”之于文章的重要性，一则曰“专尚风骨”，二则曰“风骨兼全”；其次他从“无风”“无骨”的表现理解什么是“风骨”，不失为一个方便的思路；再次，他认为只有西汉以前之文能够风骨兼备。这些认识虽嫌简略，但与《风骨》之论是基本一致的。其评《通变》曰：“文体代变，皆由开国之初，其天子大臣，一时好尚，而后世遂以为风然，亦气运使然，不得不变者。至若豪杰之士，则能主张世运，挽回风气，如唐文竞趋靡丽，而韩愈力为芟除，八代之衰，一朝而起。信乎通变惟其人，不惟其时也。”③ 以“文体代变”论“通变”，应该说准确抓住了刘勰的宗旨；至于强调“通变惟其人”，固然并无错误，但主要体现了叶氏本人对历史的认识和总结，未必符合《通变》论文之旨了。其评《定势》曰：“辞已尽而势有余，此文家绝艺，腐史差可语此。若颠倒文句，回互不常，其韩退之乎？退之力学腐史，终不能及，则其势殊也。”④ 此以刘勰所引刘桢之语为论，以“辞已尽而势有余”为“文家绝艺”，可能并未抓住刘勰“势”论的内涵。其评《情采》曰：“为情造文，为文造情。凡诗人篇什，辞人赋颂，与夫诸子之徒，莫不以情文为先后。然情经文纬，若能择源于泾渭之流，按辔于邪正之路，使华实并茂，则风雅之兴，即在今日。立文者可无意乎？”⑤ 这里对刘勰的“情采”论显然颇为欣赏，其所推重者，当然是“情

① 黄霖编:《文心雕龙汇评》,第 99 页。
② 黄霖编:《文心雕龙汇评》,第 102 页。
③ 黄霖编:《文心雕龙汇评》,第 104—105 页。
④ 黄霖编:《文心雕龙汇评》,第 108 页。
⑤ 黄霖编:《文心雕龙汇评》,第 110 页。

经文纬”之论，而要求文章“华实并茂”，并认为若遵循这样的原则，“风雅之兴，即在今日”，可见叶氏颇为看重《文心雕龙》的现实意义，这可能也是其之所以编选此书的目的。

第四是对发展论的评述。其评《时序》曰：“文人才士之盛，自稷下、兰陵、柏梁、建安而下，至东晋明帝，雅好文会，然未有如萧梁之隆也。自天子、诸王太子，皆著书成集，而群下之能文者，蔚然并兴，即彦和职不过通事，自号云门，其才不胜收也。”① 叶氏认为萧梁时期文才极盛，自上而下著书立说蔚然成风，此论似乎是要说明《文心雕龙》何以产生在梁代，至少也是想描述成就刘勰这一文论名家的文化背景。然而，一般认为《文心雕龙》成书于齐代，所以叶氏之论倒是值得认真研究的。其评《知音》曰：“‘文人相轻，自古而然’，魏文帝志之矣。至若知己之难，千载同慨。彦和有如此才，惟沈休文以为奇绝，未闻梁帝宠而异之也。以文臣遇文主，竟等寻常，况不得其主，不际其时者乎！感慨系之。”② 这里一方面对刘勰“知音”难逢之论表示感同身受，另一方面则以刘勰本人的际遇为例，说明“知音”之难，倒是一个新颖的思路。叶氏认为，以刘勰之文才，恰逢“雅好文会”的萧梁之世，“以文臣遇文主，竟等寻常”，何谈其他？可以想见，叶氏所谓“感慨系之”乃是发自肺腑的。

（作者单位：山东大学儒学高等研究院）

① 黄霖编：《文心雕龙汇评》，第149页。

② 黄霖编：《文心雕龙汇评》，第159页。

创新阐释与创造借鉴：傅庚生先生对《文心雕龙》的接受[①]

刘尚才

摘　要： 傅庚生先生的学术研究，从时段可分为新中国成立前与新中国成立后。学界对其新中国成立后的杜甫研究较为关注，而相对忽略、低估了其新中国成立前的“龙学”成就。傅先生是新中国成立前的“龙学”代表性人物之一，为现代“龙学”的发展，做出了不容忽视的贡献。傅先生的《中国文学批评通论》《中国文学欣赏举隅》《中国文学欣赏发凡》等著作，对《文心雕龙》既有评论层面的创新阐释，也有文句引用、词语镶嵌、标题模拟、思想袭用等“互文性”层面的创造借鉴。薪火相传的学术传统，贯通中西的治学路径，是傅庚生先生取得“龙学”成就的重要保证。其理论与实践结合、研究与应用并重的治学特色，也具有重要的当代启迪价值。

关键词： 创新阐释；创造借鉴；傅庚生；《文心雕龙》；接受

傅庚生先生（1910—1984），号肖岩，祖籍山东，生于辽宁，曾就读于东北大学、北京大学，任教于东北大学、西北大学等。其学术研究，从时段可分为新中国成立前与新中国成立后。新中国成立后的傅先生，以杜甫研究蜚声海内外。目前学界相对忽视、低估了其早年的文艺理论研究贡献，尤其是“龙学”贡献。戚良德先生在《百年“龙学”探究》中，将“1914至1949”划定为现代“龙学”的奠基期，并指出：“‘龙学’奠基时期的研究文章约有上百篇，大多是对《文心雕龙》的一般性概述，而鲜有深入的专题研究。”[②] 应当说，这个学术判断是正确的。但由于傅庚生先生对《文

---

① 基金项目：国家社科基金重大项目“《文心雕龙》汇释及百年‘龙学’学案”（17ZDA253）。

② 戚良德：《百年“龙学”探究》，上海：上海古籍出版社，2019年，第22页。

心雕龙》的接受，多分布、呈现在《中国文学批评通论》《中国文学欣赏举隅》《中国文学欣赏发凡》等著作中，读者如果缺乏深入细致的文本阅读，仅从书名判断上述著作与《文心雕龙》无关的话，难免会有遗珠之憾。这也是许多研究者忽略傅庚生先生"龙学"研究成果的重要原因。傅先生的著作《中国文学欣赏举隅》1943年初版于开明书店，多年以后，香港南国出版社、陕西人民出版社、北京出版社、生活·读书·新知三联书店等，亦纷纷出版此书；《中国文学批评通论》出版于1946年，次年于商务印书馆再版；《中国文学欣赏发凡》所收录的傅先生文章，绝大多数已于20世纪40年代刊发在《国文月刊》《文学杂志》《东方杂志》等，仅零星的两三篇文章产生于20世纪60年代初。也就是说，傅庚生先生的相关"龙学"成果，大都产生在新中国成立前。他实际上是民国时期"龙学"研究的代表性人物之一，重要地位不容忽视，为现代"龙学"的发展，做出了重要贡献。张文勋先生在《文心雕龙研究史》的第五章，对傅庚生先生的"龙学"研究特点及成就，曾有过简要评述。张先生认为，从《中国文学批评通论》中，"由此可以看出作者对刘勰的著作，已做过细致的研究"①，但张先生评述傅庚生先生的"龙学"成就，仅局限于《中国文学批评通论》一书，且语焉不详，研究视野也尚未触及《中国文学欣赏举隅》《中国文学欣赏发凡》二著。除张先生之外，目前学界对傅庚生先生的"龙学"成就，关注度也稍显不足，总结研究的力度、深度及广度也是较为缺乏的。傅庚生先生长期从事中国古典文艺理论研究及文艺批评，其《中国文学批评通论》《中国文学欣赏举隅》《中国文学欣赏发凡》等，目前已成为文艺理论、中国古代文学、国学，乃至文学研究的经典著作。在这三部大著中，傅先生对《文心雕龙》，既有创新性阐释，也有创造性借鉴。考察傅先生对《文心雕龙》的接受层面、研究贡献及当代启示，不仅有利于开拓新时代"龙学"研究空间，而且，也具有重要的现实启迪价值。

一、评论：傅庚生先生对《文心雕龙》的创新阐释

创新阐释是傅庚生先生对《文心雕龙》的重要接受层面。他在《中国文学批评通论》第四章"中国文学批评史略"中，对《文心雕龙》进行了总评："《文心》五十篇，前半论文原与体制，后半析修辞与原理，体大思

---

① 张文勋:《文心雕龙研究史》,昆明:云南大学出版社,2001年,第118—119页。

精，用中不倚，囿别区分，笼圈条贯，在我国批评文学门类中，真空前之巨著矣。”[①] 傅先生对《文心雕龙》的结构，做了前半部分与后半部分的划分，并认为《文心雕龙》“体大思精，用中不倚，囿别区分，笼圈条贯”，这是十分符合《文心雕龙》的理论实际情况的。他指出《文心》“在我国批评文学门类中，真空前之巨著矣”，不仅直接反映出先生对《文心雕龙》地位的推崇，而且，也间接暗含了对此书“文学批评”性质的判断。事实上，这带有鲜明的时代烙印。正如戚良德先生所言：“在西方文学观念的强烈影响下，百年‘龙学’一开始就主要是沿着‘文学批评’的轨道前进的。”[②] 正是基于《文心雕龙》“文学批评”性质的判断，傅庚生先生才会在《中国文学批评通论》第十章“文学之表里与真善美”中，对《文心雕龙》的《程器》篇，有如下分析：“是鉴于‘职卑多诮’，故勖人‘以成务为用’也。就文外以申论，似非评文宜有事。”[③] 可以看出，受西方文学观念影响，傅先生认为《文心雕龙》的《程器》的某些论述，似乎显得有些赘余，因为那不太像文学批评著作应该说的。

傅庚生先生对《文心雕龙》创作论关注较多，有不少深刻而独特的阐发。例如，《文心雕龙》的《神思》篇，曾涉及艺术构思过程中的“灵感”，素为“龙学”研究者所关注。傅先生对此评曰：“亦论灵感之来去飘忽，人力不能为其尸主，云宜待之以虚静，资之以积学。”[④] 先生不仅指出“虚静”“积学”之于艺术构思的重要性，同时也厘清它们与“灵感”的关系，实乃探本之论。傅先生还说：“灵感之来去，既不受意识之支配，故‘销铄精胆，蹙迫和气’，非‘会文之直理’。灵感之成熟，既仍倚学验之沾溉，故‘锥股自厉，和熊以苦’，刘氏以入养气之篇也。云‘学业在勤，功庸弗怠’，虽以反衬吐纳文艺之宜调畅清和，亦兼示养气之藉重学功也。又云‘从容率情，优柔适会’，犹谓创作之辄凭灵感也。”[⑤] 实事求是地说，此乃非常深刻而细致入微的阐发。傅先生将《神思》篇之“灵感”说，与《养气》篇比较分析，深入阐释，这在“龙学”研究者中较为少见。这表现出先生对《文心雕龙》诸篇融会贯通的研究特色。刘勰在《文心雕龙》

---

① 傅庚生：《中国文学批评通论》，北京：文化艺术出版社，2018 年，第 46 页。

② 戚良德：《百年“龙学”探究》，第 23 页。

③ 傅庚生：《中国文学批评通论》，第 234 页。

④ 傅庚生：《中国文学批评通论》，第 101 页。

⑤ 傅庚生：《中国文学批评通论》，第 102 页。

的《神思》篇，曾谈及作家写作才华“迟速不同”的情况，具体列举了司马相如、扬雄、桓谭、王充、张衡、左思、刘安、枚皋等人事例。傅先生对此有甚为精彩的论断，他说：“篇有长短，其需时久暂自不相侔；《两京》《三都》之赋，岂比《洛神》《登楼》之辞？直觉的创造成文必疾，反省的创造成文辄缓，文思利钝，此亦一因。即使秉才异分，亦未可以迟速低昂其文也。”[①] 先生认为，文章有“直觉的创造”与“反省的创造”两种不同类型，故作家成文有快慢之分；作家即使禀赋、才华有所不同，但也绝不能以成文之迟速，来衡量文章价值之高低。此乃极富见识，且令读者心悦诚服之论断。

傅先生对《文心雕龙》的《情采》篇，也有独具匠心之阐释。他指出：

> 文学固艺术中之一种，由美的情绪所组成。然纯美之中，必渟蓄真善之性，真善之里必孳生纯美之表。金玉之质坚致而色光润，于物为贵；虎豹之皮斑斓而性鸷猛，于禽为尊。金玉其外，败絮其中者，或犬羊之质而虎豹之文者，物类之最贱而可鄙者也。故文章不宜专骛于形式之美。[②]

傅先生认为，文章不应单纯片面地追求形式之美，优秀作品应当是“真善之性”与“纯美之表”的结合。为进一步申说上述观点，先生援引了《文心雕龙》的《情采》篇关于“为情而造文”及“为文而造情”的著名论断，并指出：“‘心非郁陶’，中乏其情也；‘苟驰夸饰’，徒骋想象形式也；‘淫丽而烦滥’，文学离却真情便无是处也。”[③] 所谓“中乏其情”“徒骋想象形式”“文学离却真情便无是处”等阐释，虽字数不多，但却颇中要害，十分具有理论深度。先生还说：

> 近世论文者多析作者表达情性之方法为二：曰主观，自表暴其遭际而显现其个性之抒情文学是；曰客观，援古事以运思或因登临而叙景等文章是。《日知录》云：“古人之诗，有诗而后有题；今人之诗，有题而

---

① 傅庚生:《中国文学批评通论》,第116页。
② 傅庚生:《中国文学批评通论》,第235页。
③ 傅庚生:《中国文学批评通论》,第235页。

> 后有诗。有诗而后有题者，其诗本乎情；有题而后有诗者，其诗徇乎物。”或谓前者为主观之诗，后者为客观之诗。第细绎顾氏之意，在明文情之要，深憎华而不实，故喜前者之能达其情思，而惩后者之徒徇乎物。申言之，即前者能达主观之情思于客观之描写而揭示之，故可贵；后者则不能以主观之情思为客观题材之主宰，故无足取也。①

先生认为，近世论文者分析作者表情达性之方法有二，一曰主观，二曰客观。主观者侧重表露个性，客观者多借古运思或登临写景。傅先生紧接着援引了清代顾炎武在《日知录》中的阐说。顾氏认为，诗可分为“古人之诗”及“今人之诗”两类。“古人之诗”大都有感而发，“今人之诗”多无真情实感。前者之所以可贵，在于情景融合；后者之所以可厌，在于作者不能以主观情思来主宰客观之题材。正因如此，傅先生深刻指出：“亭林诗题之论，等同彦和文情之旨耳。”② 在先生看来，“有诗而后有题”，等同“为情而造文”；“有题而后有诗”，则等同“为文而造情”。可以说，傅先生对于《文心雕龙》的《情采》篇的阐释，相当具有亮点及特色，他是借助齐梁后世发展的中国古代诗论，对《文心雕龙》进行比较阐释。这种研究、阐释的路径及方法，不仅有助于我们深刻理解《文心雕龙》的《情采》篇之相关理论含义，而且，也深入揭示出顾炎武相关诗论之理论渊源。

傅庚生先生在《中国文学批评通论》第五章“中国文学批评之感情论”中，对《文心雕龙》的风格论，也有较为精彩之阐发。其云：“人之内蓄于性情毗刚毗柔者为气质，流露于文章或雄伟或韶秀者为气韵。质刚者其文雄，质柔者其文秀，故彦和云‘风趣刚柔，宁或改其气’也。”③ 先生将文章的外在风格及气韵，与创作主体之内在气质及性情联系起来，不仅高屋建瓴，论述深刻，而且，这也是对《体性》篇“风趣刚柔，宁或改其气”④ 的较好阐释。傅先生还深刻指出：“人间二大，曰空曰时，人生其中，配德于天地，阴阳消长，息息相关。人秉个性以为文，又不能不受时

① 傅庚生:《中国文学批评通论》,第65页。
② 傅庚生:《中国文学批评通论》,第66页。
③ 傅庚生:《中国文学批评通论》,第60页。
④ [梁]刘勰:《文心雕龙·体性》,戚良德:《文心雕龙校注通译》,上海:上海古籍出版社,2008年,第330页。

地环境之消息也。”[①] 因此，他在阐发了《文心雕龙》的《体性》篇之后，又进一步结合《时序》篇，加以分析论证。傅先生将《体性》篇与《时序》篇贯通研究的高明之处在于，以要言不烦之论，对《文心雕龙》的篇次及理论逻辑，做了十分深刻的阐发。

《文心雕龙》的《风骨》篇，历来备受研究者关注。傅先生云：“篇中所言‘气’‘志’‘情’‘思’，感情、思想也；‘辞’‘藻’‘采’‘字’‘声’‘响’，形式也。‘风’似相当于联想作用，‘骨’似相当于分想作用。风骨之力既充，而创造的想象有据；想象已兴，枢机以灵，气閟于中，采肆于外。故彦和论风骨而兼及气，溯厥本也，‘意气骏爽，则文风清’，明意为风渊源之所自；论风骨而兼及采，要厥终也，‘藻耀而高翔，固文笔之鸣凤’，明骨与辞相须而后成也。”[②] 显而易见，傅先生对《风骨》篇之阐释，带有一定的“六经注我”色彩。虽然，这并不一定完全符合《文心雕龙》之理论实际，但其阐释还是有较大的学术新意。回首百年“龙学”历程，对“风”“骨”的阐释可谓五花八门、歧见纷纭。傅先生如此理解“风”“骨”，可谓迥异众人。他认为，“气”“志”“情”“思”，可理解为“思想”；“辞”“藻”“采”“字”“声”“响”，可解释为“形式”。这也表现出傅先生努力将《风骨》篇的阐释，纳入西方文艺学话语和视野之中。应当说，这对于理解《文心雕龙》之理论含义，是有一定意义的。正如王元化先生所言：“如果把刘勰的创作论仅仅拘囿在我国传统文论的范围内，而不以今天更发展了的文艺理论对它进行剖析……那么不仅会削弱研究的现实意义，而且也不可能把《文心雕龙》创作论的内容实质真正揭示出来。”[③]

二、引用、镶嵌、模拟、袭意：傅庚生先生对《文心雕龙》的创造借鉴

除在《中国文学批评通论》中进行创新阐释，傅庚生先生在《中国文学欣赏举隅》《中国文学欣赏发凡》两部著作中，也自觉地对《文心雕龙》进行创造借鉴。如果说“创新阐释”体现在理论层面，那么，“创造借鉴”则表现为实践层面。《中国文学欣赏举隅》《中国文学欣赏发凡》许多篇章

① 傅庚生：《中国文学批评通论》，第 219 页。
② 傅庚生：《中国文学批评通论》，第 89—90 页。
③ 王元化：《文心雕龙讲疏》，上海：华东师范大学出版社，2017 年，第 55—56 页。

的标题、引文，甚至词句、文意等，与《文心雕龙》的相关篇章，有着密不可分的“互文性”关联。可以说，傅先生自觉地借鉴、吸收《文心雕龙》的文本精髓，将其创造性地转化为自身的学术骨肉。

“互文性”最早是朱莉娅·克里斯蒂娃提出的理论术语。她指出：“一个词（或一篇文本）是另一些词（或文本）的再现，我们从中至少可以读到另一个词（或一篇文本）。”① 根据笔者分析，傅先生往往通过“文句引用”“词语镶嵌”“标题模拟”“思想袭用”等显性、隐性的手段，接受《文心雕龙》，从而使得《中国文学欣赏举隅》《中国文学欣赏发凡》的篇章文本，与《文心雕龙》的篇章文本，发生密切的“互文性”关联。

首先看“文句引用”。自吉拉尔·热奈特的《隐迹稿本》开始，人们习惯把“互文性”手法划分为两类：一是共存式，二是派生式。文句引用，即属于共存式的“互文性”手段。例如，在《中国文学欣赏举隅》的《脉注与绮交》中，傅庚生先生说：“文，错画也，章，采也，五色成文而不乱，维其有章矣。不杂五色，则辞贫而意瘠，不明条贯，则杂乱而无章。摛藻抒情者，其意必有所守，其网必在于纲；欣赏之者，首宜求其旨意，次必寻其脉络，然后乃可以探骊得珠也。”② 首先，傅先生对“文”“章”术语进行释义，然后进一步申明“五色”“条贯”对文章的重要性，认为“不杂五色，则辞贫而意瘠，不明条贯，则杂乱而无章”，并又从创作者、鉴赏者之不同角度出发，强调“旨意”“脉络”的重要性。行文至此，先生援引了刘勰在《文心雕龙》的《章句》段落，为自己的理论观点进行佐证。因此，这种较为直白的“文句引用”方式，使得《中国文学欣赏举隅》的《脉注与绮交》，与《文心雕龙》的《章句》篇，构成了显而易见的“互文性”关联。再如，《中国文学欣赏发凡》的《深隐与卓秀》与《文心雕龙》的《隐秀》篇，亦属于共存式的“互文性”关系。在《深隐与卓秀》中，傅先生援引了《文心雕龙》的《隐秀》头尾之后，他紧接着说：

> 什么叫作“隐”？就是深蔚含蓄，“言有尽而意无穷”是它的特质，“此时无声胜有声”是它的奇致。作者有深曲的情思奴役着他的想象，耳目所及，自然便会构成一种迷离暧睫的意象；能够表现出

① ［法］蒂费纳·萨莫瓦约著，邵炜译：《互文性研究》，天津：天津人民出版社，2003 年，第 4 页。

② 傅庚生：《中国文学欣赏举隅》，北京：北京出版社，2003 年，第 73 页。

这意象的自然便也是深曲之笔了。……什么叫作“秀”？就是韶美英露，它是凭灵感的触发，不受意识的控制，“思合而自逢，非研虑之所求”的。①

我们可以看出，傅先生对《隐秀》篇之重要范畴及术语的阐发，可谓独具匠心。比如，先生用“深蔚含蓄”四字，对“隐”这一重要术语的概括，极为文雅传神；另外，他借用宋代严羽在《沧浪诗话》中的话语，以及白居易在《琵琶行》中的诗句，对“隐”进一步烛幽阐微，更足以表现出傅先生深厚的理论功底与卓越的文学才思。此外，先生还结合姜尧章之《点绛唇》，以及谢康乐之《登池上楼》，进一步分析“隐”“秀”在诗词作品中的具体表现情况。这种中国文艺理论与中国文艺实践互相印证、阐发的路数，更是体现出傅先生立论不尚空谈，理论与实践相结合的文艺研究品格。

其次看“词语镶嵌”。吉拉尔·热奈特曾认为，所有的作品在某种程度上，都带有其他作品之痕迹。只不过，作品与作品相比，程度有所不同罢了。或直观，或隐蔽。相对于“文句引用”这种甚为公开的“互文性”手法，“词语镶嵌”则显得稍微不甚公开，需要读者耐心阅读。傅先生在《中国文学欣赏发凡》写作过程中，有时用“词语镶嵌”这种较为隐蔽的方式，使得《中国文学欣赏发凡》某些篇章文本，与《文心雕龙》某些文本发生“互文性”关联。例如，在《中国文学欣赏发凡》的《格调与趣味》中，傅先生指出：

大抵第一流的作家都是情深思卓，有极其广大的同情心，如天之无所不覆，地之无所不载，达到所谓与天地参的境界。他对于宇宙人生有独诣的认识与超凡的看法，一旦有动于中，要表现之于文字，正如油然作云，沛然下雨，不必面面去想个周到，结果却是面面俱到。情思趣味，乍看去似乎是无所在，细参寻时却又无乎不在；光景有如“英华曜树，浅而炜烨”。不够这般火候的，便如花园里喷水的清池，飞花溅沫，也还清澈晶莹，却有不能泯绝的排迮吃力相；尽管能“声画昭精，墨采腾奋”，而在情趣上所能表出的，终嫌浅些，弱些。②

① 傅庚生：《中国文学欣赏发凡》，北京：生活·读书·新知三联书社，2017年，第140—141页。

② 傅庚生：《中国文学欣赏发凡》，第107页。

这段话中，“英华曜树，浅而炜烨”①，语出《文心雕龙》的《隐秀》篇；“声画昭精，墨采腾奋”②，则语出《文心雕龙》的《练字》篇。又如，在《中国文学欣赏发凡》的《汉赋与俳优》中，先生说：“他们评骘魏晋以后的赋呢，‘舜英徒艳’的‘逐末之俦’，自然在摒斥之列；虽能‘触兴致情’，但是‘无贵风轨’的，也抹煞一切地说，等是雕虫雾縠了。”③ 其中，“舜英徒艳”④，语出《文心雕龙》的《情采》篇；“逐末之俦”⑤ 等，语出《文心雕龙》的《铨赋》篇。以上可以看出，傅庚生先生对于《文心雕龙》之丽辞佳句，可谓烂熟于心，且能驱遣自如。其能在写作过程中，恰到好处地对经典文本予以借用，进而“镶嵌”到自己文本之中，仿佛如自己所说，而丝毫不令读者感到隔膜。这种“词语镶嵌”的写作方式，在笔者看来，绝不只是考验个人典籍记忆力之强弱，实际也能充分考察个人写作才情之高低。

接下来看“标题模拟”。所谓“模拟”手法，既不同于“评论阐释”，也区别于“文句引用”和“词语镶嵌”，而是对原文进行“转化”。这种“转化”，也将转化后的文本与被转化文本，产生“互文性”关联。傅庚生先生在《中国文学欣赏举隅》《中国文学欣赏发凡》两部著作的篇章“标题”上，就巧妙地使用“模拟”手法，使得《中国文学欣赏举隅》《中国文学欣赏发凡》部分篇章文本，与《文心雕龙》相关篇章文本，发生“互文性”关联。例如，《中国文学欣赏举隅》的《脉注与绮交》标题，实际借鉴自《文心雕龙》的《章句》篇中的语句；《警策与夸饰》标题，则借鉴自《文心雕龙》的《夸饰》标题，以及陆机《文赋》“立片言而居要，乃一篇之警策”⑥；《中国文学欣赏举隅》的《辞意与隐秀》及《中国文学欣赏发凡》的《深隐与卓秀》，这两篇文章标题，则借鉴自《文心雕龙》的《隐秀》标题；《中国文学欣赏举隅》的《炼字与度句》标题，则借鉴自《文心雕龙》的《练字》及《章句》篇题；《中国文学欣赏举隅》的《重言与音韵》标题，《中国文学欣赏发凡》的《言辞与声韵》标题，则借

---

① ［梁］刘勰:《文心雕龙·隐秀》，戚良德:《文心雕龙校注通译》，第 453 页。
② ［梁］刘勰:《文心雕龙·练字》，戚良德:《文心雕龙校注通译》，第 446 页。
③ 傅庚生:《中国文学欣赏发凡》，第 234 页。
④ ［梁］刘勰:《文心雕龙·情采》，戚良德:《文心雕龙校注通译》，第 371 页。
⑤ ［梁］刘勰:《文心雕龙·铨赋》，戚良德:《文心雕龙校注通译》，第 91 页。
⑥ 张少康:《文赋集释》，北京：人民文学出版社，2002 年，第 145 页。

鉴自《文心雕龙》的《声律》标题；《中国文学欣赏举隅》的《对偶与用事》标题，则借鉴自《文心雕龙》的《事类》及《丽辞》标题；《中国文学欣赏发凡》的《了解与欣赏》标题，则借鉴自《文心雕龙》的《知音》标题；《中国文学欣赏举隅》的《巧拙与刚柔》标题，《中国文学欣赏发凡》的《风格与人格》标题，则借鉴自《文心雕龙》的《体性》标题；《中国文学欣赏发凡》的《神气与灵感》标题，则借鉴自《文心雕龙》的《神思》标题等等。可以看出，傅先生写作过程中的“标题模拟”，足以表现出他对于《文心雕龙》这部经典著作的推崇与认可。实际上，这种“标题模拟”有着比较重要的特殊意义，体现出傅先生对《文心雕龙》既“依赖”又“独立”，既“继承”又“改写”的混合意识，反映出后人在前代经典面前“影响的焦虑”。

最后看“思想袭用”。所谓“思想袭用”，我们借用吉拉尔·热奈特的话说，那就是“如果要透彻理解一段表述，就必须抓住该表述及其通过一个或多个变换表达所反映的另一表述之间的关系，否则这些变换表达就不可能被接受”[①]。例如，在《中国文学欣赏举隅》的《深情与至诚》中，傅先生指出：“情不深而诚不至之文章，亦有借形式上之技巧或时代之崇尚而传世或风行一时者矣；然均不足与于第一流作品也。”[②] 先生认为，有些作品感情不深，缺乏真诚态度，或可凭借形式技巧、时代风尚流行一时，但终究不能成为第一流作品。缺乏真情实感的文章，弊病其实很多，比如矫揉造作、无病呻吟、索然无味、辞旨不称等，这是令人反感与厌恶的。傅先生这段话，实际是对《文心雕龙》的《情采》篇文论思想的隐性接受。刘勰说：“故情者，文之经；辞者，理之纬。经正而后纬成，理定而后辞畅：此立文之本源也。”[③] 又说，“繁采寡情，味之必厌”[④]。换言之，傅先生对文章“深情”“至诚”的推崇与标榜，既非无源之水，也不是无本之木。此外，在《中国文学欣赏举隅》的《摹拟与熔成》中，傅先生认为，文学创作起始于模仿，后人在前贤的深刻影响之下，倘若取得创造性与创新性，实际具备可能性，他指出：“要在摹拟之外，重之以销熔工夫，融化古人之言，若自我之口中，自然而然，则不惟可以追踪前武，抑且可以显

---

① ［法］蒂费纳·萨莫瓦约：《互文性研究》，邵炜译，第20页。
② 傅庚生：《中国文学欣赏举隅》，第28页。
③ ［梁］刘勰：《文心雕龙·情采》，戚良德：《文心雕龙校注通译》，第367页。
④ ［梁］刘勰：《文心雕龙·情采》，戚良德：《文心雕龙校注通译》，第371页。

见其青蓝冰水也。”[①] 傅先生提出的“销熔”法，即巧妙地化用前贤之言语，恰如自己口中说出。这其实是对《事类》篇“凡用旧合机，不啻自其口出”[②] 文论观点的隐性接受。

三、傅庚生先生的“龙学”渊源及治学启示

通过以上论证，能够看出傅庚生先生对《文心雕龙》可谓非常熟稔，而《文心》对于傅先生的影响，也是深入骨髓。那么，先生为何对《文心雕龙》如此专注研习，以至于“创新阐释”及“创造借鉴”呢？据傅庚生先生自己说：“忆在1927年，我考入东北大学国文系预科不久时，黄季刚（侃）和林公铎（损）两位先生同时离开北京大学，改应东大之聘。我当时还只是十七岁的青少年，因颇受黄、林二先生的青睐，一年间躬承亲炙，获益良多。”[③] 其子傅光先生回忆道：“晚年他曾给我讲过不少在北大求学的往事，他也认真地说：因为那时年少，不晓得用功，上学期间，没有学到太多的学问，但是终究得窥学问之域，领略了不少大师的风范，一生受用无穷。他一生的学问，还是可以看出师生启承的渊源的。黄季刚和范文澜两位先生，都从事过《文心雕龙》的研究，他的早年，也着力于文学批评的研究。冯文炳（废名）先生，在杜甫研究上，曾下过功夫，他的晚年也以研究杜甫为业。”[④] 党圣元先生在叙述自己与《文心雕龙》的学术缘分时云：“傅庚生先生在讲课中密集性地援引《文心雕龙》中的文句话语和理论观点，加上他严谨而又不失雅致风趣的表述和堪比书家的板书，实实在在地影响了我后来考研时选择中国古代文论为专业方向。”[⑤] 也就是说，傅先生的学术研究实际分为前后期。他前期以中国文学批评为主业，后期则以杜甫研究为重点。并且，先生的学术研究，其实都是有师承关系的。其杜甫研究，受到废名先生的沾溉及影响；他致力于《文心雕龙》及中国文学批评史的研究，固然出自才性、兴趣等，但又不能不说，他直接受到了黄侃先生的传授及治学影响。傅先生在西北大学任教之后，在课堂上也是做“龙学”的传播者，其言传身教，甚至影响到学者党圣元先生的未来

① 傅庚生：《中国文学欣赏举隅》，第244—245页。
② ［梁］刘勰：《文心雕龙·事类》，戚良德：《文心雕龙校注通译》，第432页。
③ 傅庚生：《中国文学批评通论》，第268页。
④ 傅庚生：《中国文学批评通论》，第269页。
⑤ 党圣元：《我与〈文心雕龙〉》，《中国图书评论》2020年第4期。

研究方向。我们从中也能看出，“龙学”作为一门学问，在黄侃、傅庚生先生之间的薪火相传之路。

值得深思的是，傅先生对于《文心雕龙》的接受，既表现在创新阐释的理论层面，也凸显于创造借鉴的实践层面。笔者以为，这对于当代文艺理论界具有十分重要的启发意义。“中国古代文论的现代转换”曾一度成为文艺理论界的热点问题。傅先生的学术成果及研究实践，能够帮助我们更好地思考这个重要问题。正如戚良德先生所言：“前段时间我们的古文论研究有一个说法，就是中国古代文论的现代转换，我认为连转换都不存在，不需要。有很多直接就可以用，比如说‘风骨’‘意境’‘神韵’，这些概念在古代文论阐释的时候很有些说不清楚，可是在文章的评价当中，你是可以直接用的，比如说有的文章，你说它很有风骨，读者是懂的，你说谁的文章很有风骨，他也会很高兴的，这证明什么呢，证明‘风骨’这个概念是可以直接用的，还用转换吗？既不用转换，也没有回归不成的问题，所以说回归、还原不是不可能的，只要你愿用，自然是可以的。如此说来，这个问题反倒是很简单的。首要的是态度问题，观念问题，有了正确的态度和观念，就可以落实到回归和还原的行动了，也许没有我们想象的那样难。”① 可以说，区别于现当代某些作家、新闻工作者们从“文学创作”“文章写作”之角度，挖掘《文心雕龙》的现代价值及意义，傅先生则将《文心雕龙》作为理论及创作指南，自觉地将其借鉴、转化、运用到《中国文学欣赏举隅》《中国文学欣赏发凡》之中。这种“龙学”研究及应用范式，无疑对当代文艺理论界，具有重要指导作用。换言之，先生没有把《文心雕龙》仅仅作为古董式的“被研究”对象，而是充分激活、挖掘它的光辉价值，这不仅要具备非凡的理论勇气，而且，也需要超迈的远见卓识。傅先生早在新中国成立前就能自觉认识到《文心雕龙》在理论及实践“双重层面”的价值意义，的确令人肃然起敬。另外，傅庚生先生“立足本土，放眼世界”的“龙学”研究素养，以及“打通中西”的研究方法，对于当代文艺理论研究，也具有十分重要的启示价值。陆侃如先生在《中国文学欣赏举隅》的“序言”中，对傅先生治学方法及精神的评价，可谓切中肯綮。实际上，我们从《中国文学欣赏举隅》《中国文学欣赏发凡》两部著作对《文心雕龙》的借鉴及应用中，就可见一斑了。《中国文学欣

① 戚良德:《百年“龙学”探究》,第 483 页。

赏举隅》的《巧拙与刚柔》及《中国文学欣赏发凡》的《风格与人格》，与《文心雕龙》的《体性》篇，关联自不待言；《中国文学欣赏发凡》的《神气与灵感》，与《文心雕龙》的《神思》篇，更有密切关系。傅先生在本土化的中国文艺批评话语研究及建构的过程中，不仅依靠丰厚的中国传统文论资源，且将学术视野观照到西方文艺理论，并能准确找到中西文论彼此能够沟通、交流、对话的关键词和切入点。这种开放的学术胸襟，广阔的学术视野及沟通中西的研究路径，才使得《中国文学欣赏举隅》《中国文学欣赏发凡》两部著作，成为当之无愧的经典著作。诚如《20世纪中国古代文论研究史》评价："探索中国古代文论的特殊之处，是需要的；同样，探索中国古代文论和西方文论的一致之处，也是需要的。正是在这个意义上说，傅庚生的研究思想和方法是有其价值和意义的。"①

王更生先生曾深刻指出，民国时期的"龙学"（1912—1949），先是研究方法、研究观念之变，继而过渡到研究内容、研究思想之变；再由研究内容、研究思想之变，转换为写作形式之变②。笔者以为，这恰恰也是对傅庚生先生"龙学"研究特点的极好注脚。稍显遗憾的是，由于受到西方文学观念的深刻影响，傅先生在《中国文学批评通论》《中国文学欣赏举隅》《中国文学欣赏发凡》等大著中，无论是对《文心雕龙》进行创新阐释，抑或对《文心》创造借鉴，实际上，他对《文心》文体论多数篇章的重视程度都还远远不够。这是因为，用西方文学观念来审视《文心雕龙》所论及的许多文体，并非都是所谓"纯文学"概念所能囊括与涵盖的。换言之，傅先生对《文心雕龙》进行创新阐释、创造借鉴时，带有明显的篇章"淘汰性"和"筛选性"。实际上，这是希冀打通中西以构建本土化的中国文艺批评话语的傅先生，面临的无可奈何又颇为棘手之难题，但这并不影响《中国文学批评通论》《中国文学欣赏举隅》《中国文学欣赏发凡》成为熠熠生辉的经典著作。

（作者单位：山东大学儒学高等研究院）

---

① 李春青等：《20世纪中国古代文论研究史》，济南：山东教育出版社，2008年，第407页。

② 参见王更生：《民国时期的"〈文心雕龙〉学"》，《日本福冈大学〈文心雕龙〉国际学术研讨会论文集》，台北：文史哲出版社，2007年，第395—396页。

那座山，那盏灯

——怀念恩师志彬教授

万　奇

今年元月八日，是一个格外阴冷的冬日。志彬师永远地告别了世界，告别了亲人，告别了我们。虽然在情感上我无法接受，在心里反复问自己："这是真的吗?"但当我把目光一次又一次落到丽姐（志彬师的女儿）给我发的微信时，那一行字深深刺痛了我的心："万老师：早上好！我爸爸于今晨五点零一分仙逝。在此告之！"志彬师真的走了，永远永远地走了……

此前我和金秋君多次探望志彬师，总觉得志彬师会好起来。记得志彬师曾有两次心脏病发作，后都转危为安，这一次我们想也应该如此，默默为志彬师祈祷。当石羽兄由京赶来看志彬师时，我和金秋君陪着，没想到这竟是我们与志彬师见的最后一面……元月七日中午，我在家里小憩，恍惚中看见志彬师穿着深色大衣，在颖哥（志彬师的儿子）和金秋君的搀扶下，微笑着缓缓向我走来……我高兴极了："老师病好了！"睁开眼，原来是做梦。晚上，我把这个梦告诉石羽兄，他说，那是老师在向你告别呢。我的心沉沉的。八日上午六点四十七分，我接到了丽姐的微信，眼泪不由自主地掉了下来……

在志彬师生前，我曾发表《仁者爱人》《居今探古：论王志彬对〈文心雕龙〉的研究与应用》两篇文章。前一篇是记述志彬师为人治学；后一篇是论述志彬师在"龙学"方面的独特贡献。早在2007年，我与徐新民主编《杏坛春秋》（内蒙古人民出版社）。此书收录志彬师的友人、学生纪念志彬师从教五十周年的文章，由"人生履痕""吾爱吾师""鉴照文情"三辑组成。而今撰小文，百感交集，以寄托不尽的哀思和永远的怀念，献给志彬师的在天之灵。

一座巍峨的山

志彬师是一座巍峨的山。这座高山并非遥不可及，而是时时刻刻为我们挡风遮雨，关爱、呵护着我们。从工作、学习到生活，无微不至。每一位在志彬师身旁的人都能感受到阳光般的温暖。记得志彬师担任写作教研室主任期间，常常在家里召开教研室会议，商讨教学和科研工作。一般都是在下午四点。第一次参会的我不解志彬师的用意，等到会议结束时，差不多近六点时，志彬师说："你们都别走了，陪我喝酒吧。"师母陈姨笑吟吟地端上精美的菜肴，让我们饱餐一顿。这时我才明白志彬师为什么要下午四点开会，原来是为了给我们打牙祭。以后只要志彬师说下午四点开会，大家会相视一笑，知道又可以大快朵颐了。有时志彬师会亲自下厨，烧一道他最拿手的扒白菜，边做边讲做此菜的秘诀，可惜我始终没有开悟。我已经不记得在志彬师家吃过多少次饭，陈姨每次总是热情地招待我们……以至于不在志彬师身边的学生非常羡慕我们："你们在王老师身边真好!"每逢这时，我一脸得意地说："那当然了。"志彬师"护犊子"是全系有名的。要是有谁说他手下人和学生的不是，志彬师是不高兴的，他绝不容许别人批评，哪怕这个批评者是领导；他会把错误全揽在自己的身上，事后会私下对犯错的人"温馨提示"。志彬师是我们可以依靠的高山。在他的身上我读懂了什么叫"父爱如山"。

一盏明亮的灯

志彬师是一盏明亮的灯。他照亮了我们前进的道路。我刚入职时，志彬师让我跟着他听一个周期的课，也就是做了一年"科班"助教。其间还让我试讲了两节"记叙文写作"课，志彬师亲自组织教研室的老师听课、评议。这一年我收获可谓多矣：观摩了志彬师的教学过程，了解了写作课的教学体系，掌握了写作课的教学方法，增强了站住讲台的信心和勇气。志彬师嘱咐我，讲课要做到"实""活""精""深"。"实"是指讲授内容要科学、准确，"活"是指教学方法要灵活、多样，"精"是指教学重点要突出，"深"是指所传授的知识要有一定深度。志彬师还反复强调，千万不要把学生的学习兴趣讲没了。志彬师言传身教，令我受益匪浅。应该说，我的教学起点是比较高的，少走了许多弯路。遗憾的是，这种行之有效的培养青年教师的方式在高校已经不多见了。尝见备课室里有新入职的年轻教师面对电脑屏幕，眉头紧锁，好像很吃力的样子。心想：怎么就没有人带一带他们？遗憾的是我不是他们那个专业的，爱莫能助。和他们比，我真的很幸福。

志彬师经常和我说，国内名校学术水平高，其中一个重要原因是他们有良好的学术传承，谁是谁的老师，谁是谁的学生，学脉相承，昭然可见。因此，他十分重视这一点。他在学校、系的会议上多次提出建立“新型师承关系”。志彬师的做法是：他从学科建设出发，提出有重要价值的研究课题，组织教研室老师或学会同仁集体攻关。他先说明课题研究的目的、思路和方法，让我们分头去做。最后由他和区内外专家共同来审阅、定稿。这样做可以一举数得：一则明确科研方向，二则培养学术团队，三则发挥每个人的学术专长。从而达到出成果、出人才的目标。《写作技法举要》《写作理论辑评·近代部分》《中国写作理论史》《20世纪中国写作理论史》等论著的面世，均得益于这种做法。等到了一定时候，志彬师退居幕后，甘为人梯，把我们推上了前台：万奇主编《写作技法实用指要》，徐新民主编《写作学指要》（初版名为《基础写作学要义》），林晨主编《21世纪大学生毕业论文写作要义》，赵可新主编《法律文书写作指要》，格日乐主编《科技写作指要》，苏娅主编《常用应用文写作指要》，董义连主编《行政公文写作指要》，万奇著《礼仪文书写作指要》，薛建华主编《演讲词写作指要》等。志彬师的做法得到了裴显生师和刘锡庆师的一致肯定。显生师说：“由万奇同志，我想到了王志彬教授。他著述甚丰，是知名的写作理论家，年近花甲，还把精力投到年轻人主编的书上去，亲自动手撰写部分章、节，还审定全部书稿。这种甘为人梯的精神，实在令人感动，值得老一辈写作学者学习。”锡庆师则指出：“志彬教授作为长者，目光深远，心胸开阔，关爱并呵护着每一个年轻人的成长；而这些年轻的学人又都奋发有为、各有所专……我特别欣赏、羡慕他们。这次，志彬退居幕后，让他们走到前台初露锋芒，这是极为大度和富有远虑的。”显生师、锡庆师的点评，彰显了志彬师难能可贵的高尚品格。我们正是在志彬师带领下，一步一个脚印，从苍凉塞外走到繁华京师，走到烟雨江南，走到锦绣巴蜀，走到多彩南粤，走到“东方之珠”香港。被写作学界誉为“内蒙古师大现象”“内蒙古现象”。

“龙学”（文心学）的传灯者

志彬师很早就研读《文心雕龙》。在20世纪70年代末，志彬师赴南京大学访学，经显生师引荐，师从南京师范大学吴调公先生研治“龙学”（文心学）。学成归来，先后给中文系本科生、语言写作助教班、文学创作研究班开设“《文心雕龙》创作论研究”专题课。我有幸在读本科阶段和上助教班时两次选修志彬师的课。课下我曾以正楷恭录《神思》至《总术》十九篇，后来又旁听志彬师给研究生讲授《文心雕龙》。志彬师荣休后，本科的《文心雕龙》专题课就由我来主讲（现在想来，那时谈还不上什么研究，只是单纯地授课而已）。应该说，我还是有“龙缘”的。这时志彬师已经推出了“文心三论”（《文心雕龙创作论疏鉴》《文心雕龙文体论今疏》《文心雕龙批评论新诠》），可以说是功德圆满；但他依然在思考内蒙古“龙学”（文心学）今后的发展。一次，志彬师约我到他家里谈话，希望我能把“龙学”（文心学）接着做下去。我当时感到自己在写作学方面的研究可以告一段落，想转向我喜爱的明清小说评点研究，《文心雕龙》并不在我的考虑范围。这倒不是说我不重视它，而是觉得搞“龙学”（文心学）的人太多了，且“马、郑诸儒，弘之以精”，担心自己“就有深解，未足立家”。可是看到志彬师那殷切的目光和信任的微笑，我又心生不忍：志彬师对我有知遇之恩，没有志彬师，就没有我的今天。我怎能让老师失望、伤心呢？于是我答应下来。志彬师接着就说了他对《文心雕龙》研究的构想，设计了系列选题：《文心雕龙》悬疑研究、《文心雕龙》例文研究、《文心雕龙》典故研究、《文心雕龙》序跋研究、《文心雕龙》评点研究等，就连每个课题的主持人他都选好了。志彬师深谋远虑，对“龙学”（文心学）建设与发展有总体规划，不愧是内蒙古“龙学”（文心学）的奠基者和带头人。于是我谨遵师命，主持“《文心雕龙》悬疑研究”，并成功申报了全国高校古籍整理委员会资助项目。由此我的科研重点转到了《文心雕龙》研究上。从二零零六年起，我和金秋君等王门弟子一起开始了长达七年之多的释疑研究。根据志彬师的提议，我们在《语文学刊》开设“《文心雕龙》研究”专栏，刊发“悬疑研究”的阶段性成果；完稿后我和金秋君又统一编写体例，增删润饰，以期“杼轴献功，焕然乃珍”。后来“悬疑研究”的两个成果《文心雕龙文体论新探》（中央民族大学出版社，2012 年）、《文心雕龙探疑》（中华书局，2013 年）先后面世，完成了志彬师布置的“作业”。当我和金秋君把《新探》《探疑》呈给志彬师时，他眼神里闪现异彩，宽厚的大手摩挲着书的封面：“太好了！”看着志彬师喜悦的神情，我们也很开心。更令人高兴的是，志彬师全注、全译的全本《文心雕龙》也由中华书局推出，其后中华书局又印行志彬师的“传世经典文白对照”本《文心雕龙》，“三全本”又入选中华书局“中华优秀传统文化百部经典读本”。志彬师对“龙学”（文心学）的贡献大矣！山东大学戚良德教授在其所编著的《文心雕龙学分类索引》的“学科综述”栏目中专列“林杉（志彬师的笔名——引者注）与龙学”一题，将志彬师与纪昀、鲁迅、黄侃、范文澜、杨明照、周振甫、张光年、詹锳、王元化、王运熙、牟世金视为“古今龙学（文心学）十二家”。又承蒙中国《文心雕龙》学会的信任，尤其是詹福瑞教授（时任学会会长，现任学会党支部书记）、左东岭教授（时任学会常务副会长，现任学会会长）和陶礼天教授（时任学会秘书长，现任学会副会长）的支持，2017 年八月，我们在呼和浩特承办了中国《文心雕龙》学会第十四次年会。在开幕式上，志彬师做了简短而精彩的发言，并与其他九位德高望重的资深学者当选为学会顾问。志彬师打通龙学与写作学，扶植后进；他不仅是一盏明亮的灯，更是“龙学”（文心学）的传灯者。

病榻上心系“雕龙”

去年志彬师第一次住院时没有告诉我们。我和金秋君知道后想去看他，他说没事，病快好了，你们不必过来了。志彬师第二次入院后，颖哥给我发微信：“万奇，你好！近期你在呼市吗？你们王老师病了。你先给师母打个电话。”我感觉有些不妙。和陈姨通话后，便和金秋君约好去看志彬师。一进病房，见志彬师穿着浅蓝色条纹病号服，靠在床头，消瘦了许多，面色苍白，眼神暗淡。在病房照顾志彬师的丽姐说：“爸，小万和金秋来看您了。”志彬师听后目光渐渐地亮了起来，还能认识我和金秋君。据丽姐说，志彬师高烧退后，思维不是很清楚，有时连亲人也不认得，进食很少。可是当我们和他谈起《文心雕龙》时，志彬师眼神闪着异样的光，侃侃而谈，思路清晰极了。后来志彬师出院后住在颖哥家，他几次说“我要回家”（指志彬师在师大家属中区的住宅——作者注）。其实他牵挂的是在他电脑里还没有编完的《文心萃语录》。据陈姨说，志彬师还想编一本面向中小学生的《文心雕龙辞典》。得知这种情况后，钱淑芳君（志彬师的首届硕士生）连夜把志彬师选出、还没有录完的“文心萃语”录入电脑并打印成册。当钱君把《文心萃语》交到志彬师手上时，志彬师轻轻地抚摸文稿，满意地点点头。志彬师在他生命的最后时刻，心心念念的还是《文心雕龙》……

元月十二日，在志彬师的遗体告别仪式上，受王门众弟子所托，由我来致辞。现将致辞抄录如下：

各位来宾：

今天，我们在此举办志彬师告别仪式。尽管来者的身份各有不同：有的是志彬师的故友，有的是志彬师的同窗，有的是志彬师的同事，而更多的是志彬师的学生。但我们的心愿是一样的——即表达对志彬师无比的崇敬与无尽的哀思。

志彬师的逝世，令诸生无不悲恸。种种往事又浮现在眼前，难以释怀。

志彬师海纳百川的宽广胸怀、朝乾夕惕的扎实作风、革故鼎新的开拓精神、卑以自牧的谦逊品格，深深地感染着我们，激励着我们，是我们“骋无穷之路，饮不竭之源”的不尽动力。

志彬师，请您放心，我们永远不会忘记您的殷切嘱托和热诚期盼，要以您为榜样，积学以储宝，酌理以富才，研阅以穷照，驯致以绎辞，走写作学“融西汇中”之路，求《文心雕龙》学“活古化今”之术。

志彬师，愿您在天国里与显生师品文、与锡庆师赏艺，与刘勰剖情析采。四人同心，再续文缘。

万奇率王门弟子　敬叩

二〇二〇年元月十二日

在志彬师告别仪式接近尾声时，人们渐渐散去。这时，从各地赶来的王门弟子一起伏在志彬师遗体前放声大哭，这种震撼的场景似乎并不多见……

前不久，和石羽兄在微信上聊天，又说到志彬师，我们感叹：“我们都没有老师了。”而后我们谁也没有再多说一句话。沉默，沉默，沉默之后还是沉默。是的。如今高山不在，明灯已灭。但在我们心中的那座高山永在；心中的那盏灯永远不会熄灭，而且会越来越亮……

十月三十日初稿，十一月六日修改。

（作者单位：内蒙古师范大学文学院）

大美书法，楷书为首

秦佑星

书法是我们中华民族特有的传统艺术，享有博大精深、大美无比之盛誉。说起对书法的赞美，我们就不免想起书法书体的分类。书体的分类人们常习惯称之为“真（楷）、草、隶、篆”，楷书名列其首。楷书为什么会被列为四体之首呢？究其原因，或许大家可能简单地认为，这是按四种书体产生的先后顺序排列的。其实不仅如此，笔者认为，还有更为重要的两个方面：一是楷书最美；二是楷书生命力最强。

一、楷书最完美，审美价值最高

楷书，在真草隶篆四体书法当中是最美的书法。它几乎涵盖了书法艺术最基本的审美要素，可以说是饱含书法艺术基因的“母体书法”。楷书“工整显其表，美妙蕴其里”，在它身上我们可以体会到：艺术美、物理美、事理美、哲理美、人性美，乃至鲜活的生命之美！毫不夸张地说，人们所能体验到、感受到的人性物化之美，楷书无不兼备。楷书将这些丰富的美学因子有机地赋形于粗细长短，方圆尖秃，宽窄高低，曲直斜正，阴阳向背，内外表里，阔狭疏密，穿插避让，藏露含现，险绝夷平，主次虚实，轻重肥瘦，顾盼呼应，承接断连，动静驻停，松紧展敛，上下左右，大小巨微等；寓理于繁者当大，简者当小，方长随形，疏密使然，阔可走马，密不透风，对比协调，变化统一，均衡对称，凸显和中等等。为了更好地表现楷书之美，一代代书法先贤们还总结出了笔画“永字八法”，结体“三十六法”“九十二法”等。楷书结体法度森严，构理尽善尽美，形象端庄正大，仪表堂堂；气质稳重大度，文静优雅，姿态精气神旺，鲜活如人。楷书慈眉善目，形端品正，易识易辨，与人最为亲和。楷书所写文字只要是你认识的汉字，就会妇乳可读，老幼能识，让人一见如故。楷书内含文化，外表艺术，形质如人，灵性如神：它的结体上紧下松，内敛外展，撇轻捺重，左竖细右竖粗（似人体右肢发达），点似眉目，画如四肢。这些特征与人何其相似乃尔！楷书笔画常常被人误解为“呆板生硬，毫无生机”，其实并非如此，它变化不但丰富微妙，而且生动鲜活。如，点如水中蝌蚪，撇似飞燕掠檐，横如牵缰勒马，捺似春蚕蠕动，竖象悬针垂露……楷书如忠诚的卫士守护并建设着“汉字”这座中华民族的精神家园，以自身最真、最善、最美的艺术形式尽力发展、传承着汉字最完美的形象和丰富的内涵。这一点是其他书体无与伦比的！如象形、指事、会意等造字原理，以及天地阴阳，人物事理，正大中平，清明和顺等传统文化、民族属性及审美追求，楷书都内含其中！因为楷书时刻保持着“汉字原形”，所以，与其他书体相比除了具有书法艺术审美价值之外还多了与现代标准楷体汉字一样的“汉字审美”艺术价值。如，当人们看到楷书“雪”字时，就如见雪飘，如听雪落。见到“风”字，犹见风起，似闻风声。看到“从”字，眼前就会立即呈现二人前后相随，步步紧跟的情景，由此还能联想到其他跟从或相随的人间世事。见“泪”生悲，见“笑”颜开，见“母”如见娘亲，见“弱”顿生悯心等等。楷书能大能小能屈能伸，如海纳百川。楷书大可写丈书巨榜，小可书蝇头小楷，闲时可写工笔正楷，急时能变楷为行。百人同书一字，会百人百样，如同“人各有志（字）”，字如其人各领风骚。因此也就有了气象万千，异彩纷呈：有的典雅，有的朴茂，有的新奇，有的古拙，有的稚嫩，有的老辣，有的严谨，有的潇洒，有的紧凑，有的舒展，有的秀丽，有的壮美，有的刚毅，有的柔韧，有的雄强，有的婉约……楷书笔画的运笔方法完备精湛，艺技通神。如藏锋、露锋、逆锋、中锋、内擫、外拓、折、转、回、蹲、提、按、顿、收等，这都是楷书常能用到的笔法。“锥画沙”“屋漏痕”“折钗股”“印印泥”等，这些也都是楷书技法由悟事理、通自然所追求的艺术境界。楷书的结体方法更是充满了文化、道德与艺术的大美！如“天覆”“地载”“穿插”“相让”“排叠”“顶戴”“借换”“朝揖”……这些精辟的结体论述，可谓穷尽万物造化与人情事理。对此，《书谱》《八诀》《结体三十六法》《间架结构九十二法》等书论专著，各有高见。把楷书结体方法与原理讲得天衣无缝，极尽善美。可以说楷书富有无穷魅力，仿佛备齐了人类全部的善美条件，集中体现了中华民族文明的聪慧和创造力。

楷书可以相互模仿，而且能妙至模其乱真的程度。尽管如此，但仍然可以真假能辨，细微可分。从古至今都有“辨笔迹破奇案”“察秋毫鉴真伪”的例子。这些都充分说明了楷书虽楷，但工而不板，严而不死。同样也是“书为心画”，由“心驱手动”的轨迹点线构成的。楷书的这种点线构成一旦落墨成形，就容不得任何人再去修饰或改动，否则便会行游神离。楷书这种深邃微妙的人文性，艺术性，是任何印刷体、电脑文字所不能比拟的！所以，楷书并不像有人说的那样，“是死板的”“没有变化，如同印刷体千人一面，缺乏艺术性”。楷书，工可靠毛笔锋毫攻其极致（如精工典雅的唐楷），率能用刀斧切凿直代笔写（如苍古朴茂的魏碑楷书）。字少可用斗方书一“福”、一“寿”，让人倍感庄重福祥。字多可写百字宋词或数尺长卷，有的气势磅礴，有的洋洋洒洒。所以楷书的“写性”最强，“美意”最广，创作的“空间”最大。楷书的学习，自古人们就追寻着写字与做人，艺术与人生相统一的践行过程：初学分布求平正，追其险绝不狂怪，老至成熟复平正。楷书给人的艺术享受可以说是最正面、最丰富的书体。无论怎样的风格，只要是正宗的楷书，大都让人能感到一种正大平和之美。不同的时空里这种美感在人的精神依偎中会产生不同的感受：有的让人感觉温馨祥和，有的让人感觉清幽恬静，有的让人感觉舒适安详，有的让人感觉正大光明，有的让人感觉神圣庄重，有的让人感觉敬畏崇尚，有的让人感觉威严正义，有的让人感觉阳光温暖，有的让人感觉正规安全，有的让人感觉整洁清明，有的让人感觉工整典雅，有的让人感觉大气磅礴，有的让人感觉雄伟壮观。总之，楷书如朗朗乾坤，风清气正，没有丑与怪，没有恶和邪，没有颠与狂，没有虚和假，因此才有了正书、真书、楷书三名于一身的冠称和大美！

二、楷书的生命力最强

笔者上文用“形质如人，灵性如神”的比喻形容楷书具有人性化符号的特征，同时还有天地神灵般的灵性。这里在说明楷书生命力最强时还要用“如人”“似神”的比喻来形容楷书最强的生命之美！书法伴随着汉字的起源、发展与成熟，一路走来有了数千年的阅历。从近6000年前的西安半坡彩陶符号到3500多年前的殷商甲骨文，从距今3000年左右的两周金文，到2000多年前的秦汉篆隶，再到距今2000年左右的魏晋“楷书定形”和1500年左右的南北朝魏楷，一直到距今1300年左右的唐楷。如果将这样一个漫长的过程拉短距离将其浓缩，就特别像人之“十月怀胎”的过程。

汉字书法的萌生起源就像人之生命的开始——彩陶符号（郭沫若称它为“原始文字的孑遗”）如同萌生的胎芽，也就是生命的起源；到了殷商甲骨文的出现，就像已有胎心的胎儿雏形；到了两周时期的金文大篆就很像性别可辨的小胎儿；到了秦汉篆隶时期，就像十月怀胎的中晚期，胎儿五官四肢已基本健全；到魏晋钟王楷体定形及南北朝魏楷时期，胎儿已经是血丰骨健，到了妊娠的预产期；最后到了鼎盛的唐楷时期，已经是完美胎儿落地出世的时期了！“十月怀胎，一朝分娩”，就是楷书随汉字起源到完美成熟漫长过程的缩影！由此，我们就不难想象楷书将孕育生命的过程延伸至数千年，可见它生命诞生发展的艰辛与漫长，更可见它生命的坚强、美丽与珍贵！事实也正是如此，自从唐楷把楷书发展完善到登峰造极之后，一千多年来，楷书伴随着汉字的书写与实用，直到当今的智能时代，通用的楷体汉字形体面貌（除两次“汉字简化”之外）再也没有过任何的变化。我们说，楷书“形质如人”，是因为楷书与汉字一样都具有上述人的特质、特性。又说楷书“生命似神”，是因为人有生老病死，但楷书却不然，它与汉字一样，都是历史与文化的活化石，只要我们还在使用汉字，它就会永不泯灭；它与汉字一样，都是中华民族的精神家园，会有中华儿女世代守护，薪火相传！

汉字的书写（包括刻写），从一开始就伴随着艺术美的追求。3600 多年前甲骨文那严谨的结体和疏朗的布局便得以见证。甲骨文的书写时代，虽然书写材料资源（甲骨）不富足，但文字章法布局并没有因此而紧缩局促，而表现的是宽绰疏朗，洒脱有致。足见汉字从诞生的源头，就是实用与艺术同萌生共发展的；足见我们的民族与人民在先民时期就有了很强的审美自觉和审美追求；足见书法与写字是相依为命，相辅相成的。书法伴随着汉字的起源与发展，从文字“孑遗”诞生开始，历经几千年的演化，到了魏晋时期最终形成了以钟王为代表的汉字书法最美形体——楷书。魏代著名书法家钟繇，我们都称之为楷书鼻祖。遗留的楷书代表作品有《宣示表》《还示表》《贺捷表》《力命表》《荐季直表》等。这些作品尽管人们认为大都是临本，但其作品的绝妙仍被后世赞叹不已！钟繇的楷书结构工整，书风古朴，笔画富有质感。有人称他的书法充满了一种通俗与高雅结合的美；不易被模仿而又充满灵气的美，特别是为楷书完善定型起到了至关重要的作用。晋代王羲之史称“书圣”，不但有“翰墨风流冠古今、天下第一行书的《兰亭序》”被历代所敬仰，而且其子王献之在完善楷书艺术方面也是功勋卓著！王羲之楷书不但笔势精妙而且趣意盎然，传世作品有《乐毅论》《黄庭经》等。特别是《乐毅论》楷法齐备，风格中和流美，为其小楷的代表作。王献之楷书在钟繇和王羲之的基础上又有所创新，开创了清秀流丽的书风派系。《洛神赋十三行》是最典型的代表作。此帖字形修长，严整俊美。最可贵的一点，就是在用笔上书写小楷加施了外拓用笔，使其点画清俊丰腴，加之结构宽绰舒展，所以虽是小楷，却有大字之像。南北朝魏楷是由汉隶、魏晋楷书向唐楷过渡的书体，有南北两派之分，南派多启牍，书风婉丽清媚，北派多碑榜，书风雄强朴茂，后世称为“北碑南帖”。楷书以魏楷最盛，除丰碑、造像记之外还有摩崖、墓志铭等。代表作有《郑文公碑》《张猛龙碑》《龙门二十品》《张玄墓志》等。南朝楷书遗存较少，以王羲之七世孙智永的《千字文》和上皇山樵的《瘗鹤铭》最为著名。魏碑楷书用笔有的方，有的圆，有的方圆兼备，方者劲健雄强，圆者柔和风韵。形体有的方，有的长，方者多端庄，长者多坚挺。姿态有的端谨，有的飘逸，有的奇异，有的率真，各有所长，各具特色。

在绵绵数千年的历史长河中涌现出了众多千古流芳的书法名家和无数的书法经典，可谓“江山代有才人出，各领风骚数百年”！但是，历代在楷书艺术之美的追求中，唯有大唐朝把楷书之美推向了艺术的巅峰，创立了名垂青史的“唐楷”，应该说空前绝后、登峰造极，在中国的书法史上写就了最辉煌的篇章！唐楷最著名的书法家主要有：欧阳询、柳公权、颜真卿。最著名的经典法帖有：《九成宫》《化度寺》《玄秘塔》《神策军》《勤礼碑》《多宝塔》等。唐楷集魏晋、南北朝楷法之精髓，纳大唐时代之风范，形成了字体严肃端庄，笔画平稳凝重，结构严谨工整，法度规范森严的书体风貌！唐楷不仅有传统继承，更重要的是有时代创新。欧阳询的书法刚劲峻拔，笔画清朗爽利，结体严谨险峻，以其“秀骨清像”自成一家。代表作有《九成宫醴泉铭》《化度寺邕禅师舍利塔铭》《皇甫诞碑》等。《九成宫醴泉铭》为欧阳询晚年的代表作，笔力刚劲，法度森严，点画工妙，丰腴有致，于平正中见险峻，于挺拔中存清秀，最适宜初学者临摹，一可定间架，二则免俗气，故历代学书者多奉为范本。颜真卿的书法雄强茂密，浑厚刚劲；笔画方圆兼备，刚柔相济；用笔中锋外拓，易方为圆；结体外密中疏，体形方正，多呈大气磅礴，气象恢宏之势；充分体现了中唐繁荣昌盛的时代特征，形成了一种以笔画丰厚圆润，结构严整稳健，形体雄强粗拙为特征的“颜体”。其代表作，早期有《多宝塔》（笔法精严，可供初学者取法）、《东方朔画赞》《金天王神祠题名》，中期有《郭家庙碑》，后期有《勤礼碑》《颜家庙碑》《自书告身》。后期作品凝重深沉，雄势其外，秀穆其中，已到了炉火纯青的地步。柳公权书法取颜、欧之长，在晋人劲媚和颜书雍容雄浑之间形成了独具风貌的“柳体”。柳体书法，雄壮险劲，骨力坚挺，结体严紧，笔画斩钉截铁，世有“颜筋柳骨”之称。苏东坡说“柳少师书本出于颜，而能自出新意，一字百金，非虚语也”。其楷书代表作有《玄秘塔碑》《神策军碑》《冯宿碑》《金刚经刻石》等。

欧阳询、颜真卿、柳公权是唐楷最具影响力的三位书法家。他们的书法似冰清玉洁之高雅，如日月中天之鼎盛，象丰碑矗立之正大！以他们为代表的唐楷主流书风，一直影响着后世楷书艺术的继承与发展，让众生无不敬畏与崇拜，一千多年来，后人以唐楷为典范规规矩矩写字，堂堂正正做人，生生不息，代代相传。可以说唐楷既发挥了经典传书，又发挥了最优育人的功能。千年来唐楷不但发挥了传书育人的功能，而且还让后人从楷书艺术的形体血脉中演化、提纯出了“宋体”“仿宋体”“等线体（黑体）”等多种官方流行通用字体。特别是衍生出了我们当下智能时代仍然广泛应用的标准楷体汉字（国家语言文字委员会颁布的标准楷体汉字字形），也就是我们常见的小学语文课本中的楷体汉字（智能字库中的楷体字）。它是汉字概念中的狭义汉字（专指当代官方主要流行汉字）。标准楷体汉字的诞生让我们中华民族古老的广义汉字摆脱了不能与时俱进的顾虑和担忧，慷慨自信地走进了智能时代，走向了世界（外国人学习中文，认识的汉字主要也是标准楷体汉字）。这一条，可以说这是“唐楷”对我们中华民族文化最大的贡献！它的价值已经超越了书法的艺术价值！标准通用楷体汉字的形成凝聚了我们中华民族的智慧与聪明，是艺术与实用双重元素的最佳结合体。但是，在某些书法家的眼中“标准楷体汉字”就是一种文字交流的符号而已，根本就没什么艺术含量。其实这是一种偏见！如果我们仔细观察认真分析每一个标准楷体汉字，就会发现和体会到上述所谓楷书美学因子，它全都具备。标准楷体汉字以自身的笔画美、结构美、形体美，全面、完美地体现了楷书的艺术之美！

有人说唐楷把楷书推向了艺术的巅峰，同时又把楷书艺术引向了绝路。理由一是唐楷法度太严，到了不可逾越的程度，特别是柳体字学习难度太大，让人高山仰止，可望不可即。二是物极必反，因唐楷艺术走到了极点，最终把楷书引向了“俗书”——“馆阁体”“宋体”“仿宋体”等。所以，他们主张学习楷书要绕开唐楷，直奔魏晋小楷和南北朝魏体楷书，认为只有这样才是学习楷书的正轨，才能写出高古脱俗的楷书来。其实，并非这样。

与魏晋小楷不同的是，唐楷增加了成熟老练、完备圆满、稳重庄严、刚毅坚挺、正大气派、规范工典、雍容堂皇等。无论魏晋小楷有怎样的古雅秀灵、飘逸洒脱等艺术特色，却不具备以上唐楷的那些书风优势。特别是魏晋小楷如果把字体稍微放大一点儿，就会有一种体态缺失的感觉，有的笔画张缩有过，有的结构严谨不足。即便王献之的小楷在钟王的基础上开了一代新风，书体由扁变长而且多有舒展（这一点很可贵，让小楷目面为之一新，与现代楷书很相像），用笔施之外拓，使小楷也能彰显大字气象，但是，并非真正像缩小的大字。也就是说并不能完全按此法度去书写大字。所以魏晋小楷只是局限在抄道经录佛语等方面，而要像唐楷那样为树碑立传、揭牌立户写大字榜书，魏晋小楷犹不能及。

唐楷与魏碑楷书相比，虽然魏楷有朴茂雄强、气象浑穆之势。但在正大庄重、完备圆满、富丽雍容、俊秀华美等方面显然也是无法与唐楷相比拟的。不然的话，就不会有以下现象：无论是长城两端“天下第一关”的巨额榜书，还是长城内外、大江南北庙宇殿堂里的古迹碑文、联对，抑或故宫、三孔、两孟里的书法遗迹，大都还是以唐楷风格为主流。

因此，笔者认为对唐楷不实的认识与评说，不仅偏颇而且非常片面和荒谬。唐楷不但没有把楷书艺术引向绝路，而且把楷书修炼出了“长生不老”的生命力！大家试想，既然唐楷被历史公认为是艺术巅峰的楷书，“前无古人，后无来者”，无疑它就是上品楷书中的上品。中国自古就有“取其上得其中”的学习信条，所以唐楷为后世学习书法者提供了最经典的范本，一千多年来，人们在学习楷书的过程中或多或少都有过学习唐楷的经历。如果没有唐楷的秉承就不会有元朝赵子昂媚美的“赵体”，也就成全不了，书法史上的“欧柳颜赵”四大名楷！再就是，自钢笔取代毛笔实用书写以来，硬笔的书写风格以及“标准楷体汉字”字形的确立，都主要来自四大楷书的遗韵，由此足见唐楷的影响力与生命力。有人认为唐楷高不可攀就一口否定它，说它把楷书引向了绝路，世上也没有这样的道理。绝对不能说因为人间有了金字塔就能人人爬上塔顶，更不能说世间有了喜马拉雅山，就无人能登上世界屋脊。

另外，在古代近代书法家当中，也有少数人对唐楷持有不同的非议与说词。但是，我们认为无论是谁对唐楷有如何片面或不公的评价，都丝毫动摇不了唐楷书法艺术巅峰的形象与地位。同时我们还发现古今大凡对唐楷有说词的人，一般都是些自身虽有较高的书法造诣，但却又写不了唐楷的人。如米芾对唐楷颇多贬词，他虽然是行草书宋四家之一。但一生中别说唐楷，几乎没有一件楷书作品传世。再如清代书法大家康有为等人，虽然遗留不少楷书作品，业内对其也有较高的评价，但当把他们的正楷作品与唐楷经典书法放到一起比较时，总是让人有“小巫见大巫”之感。在这一点上，康有为老先生自身也有感言，用“吾眼有神，吾腕有鬼”来比喻自己眼高手低。除此，康有为还曾评价清代著名书法大家张裕钊的魏楷书法为“千年来无与伦比的楷书”，但与唐楷《九成宫醴泉铭》《玄秘塔碑》《勤礼碑》相比的时候，我们还是会觉得唐楷犹如“会当凌绝顶，一览众山小”。

三、时代对楷书发出新的呼唤

没有盛世唐朝的繁华锦世和共荣开放的广阔胸怀就孕育不出唐楷博大恢宏，富丽壮美的正大气象。任何艺术无不打上时代的烙印，楷书艺术理应也不例外。我们现在所处的新时代，社会繁荣，国富民强，一片欣欣向荣的景象。可是当今书坛的主流楷书艺术，却并没有与时俱进反映新时代的特征。由于清朝碑学思潮的影响，自清末开始，主流楷书绕过了历史公认的上品经典楷书——唐楷，走向了迷茫徘徊之局。究竟何为最美，何为大美，何为精美，心中无目标，笔下成乱象，一直在汉魏南北朝的碑铭摩崖中模仿架接、杂交混血式的衍生着，楷体书风面貌在说楷不楷、说古非古、说新不新的所谓传古创新迷局中，车马来回转、轮换登场，距正宗的楷书渐行渐远，使“楷”形“楷”象变得越来越模糊！碑学思潮追求的所谓高雅古韵，那只不过是原始景物给人带来的一种久别重逢的暂时亲切感，与现实反差而产生的刺激感、新鲜感。就像穿着时装的现代人看古装戏剧和开着皇冠、宝马去看“古村景点”的感受是一样的。可是我们可以设想，人们对古装再好奇，再新鲜甚至有几份崇尚，谁也不会拿古戏装束来当个人生活的服装；看到“古村”面貌可唤起人们的乡愁与怀旧之情，但谁也不会再愿意去久居乱石砌墙、茅草缮顶的古村古舍。那是历史的“曾经”和“过去”，是文化的遗留和记忆。作为民族的后人我们应该了解它，应该记住它。汉字和书法艺术也是中华民族文化的一部分，虽然不能与以上所说的“古装”“古村”等同看待，但现象属性确有些类似。比如，作为民族的后人，我们应该知道和记住我们的汉字和书法过去是什么样子的，以及是如何诞生如何发展的。所不同的是，我们现代人有意趣者可以去欣赏和书写过去的文字，而且还有责任去传承和发展传统的书法艺术。但是，我们应该让书法艺术与时俱进，沿历史而行，随时代而动，守本质而生。不能以片面代全部，以主观代客观，以古代今，以异代新，以奇代优。要敬畏崇尚经典，学习追求经典。而清朝以后的碑学思潮恰恰就是在楷书的学习传承中没有处理好这些辩证关系，直到现在仍有如此的迷雾笼罩着当今书坛。比如我们的书法国展，可以说是当今书法领域最高也是具有风向标引领作用的展览交流平台。从十二届国展中随意举两个小例子就可以说明这一点。一是初选环节在正楷作品分类时，据说为了区分确认作品到底是不是楷书，评委们争议甚多，花费了不少的精力，可见参展的楷书作品整体面貌是何等的乱象与花哨！二是本次国展中楷书的入选率为1.9%，尽管如此，还是让人为之一振，可想而知往届的楷书入选率会更低。特别是在这1.9%的入选作品中，仅有一件公认的唐楷——柳体作品（作者：王杰）。当然这里我们并无意贬低魏晋小楷和魏碑楷书，各种书体都是书法的孩子，就像俗语所说“一母养九子，个个不相同”。按理说对待各种楷书书体，只有随时代而兴衰的现象之别和书体产生先后的新旧之分，不应该有过多优劣高下的研判。可是艺术总是离不开“批评”与“导向”，总是与“审美观念”“审美习惯”有关系。比如，十二届国展中楷书作品不易确认书体的现象，就说明那些不好被确认为楷书的作品，一定就是那种“似楷非楷”的“展览体”楷书。展览体楷书无疑就是展览导向的产物。这种书体大都是绕开唐楷直奔魏楷汉隶以及魏晋小楷而混杂的所谓“楷书”。这种书体追求的是所谓“高古雅韵”，所谓“纯艺术”。这种书体在产生的早期，如同“物以稀为贵”一样，令人确有些新奇和古雅的感觉。但是，多年过去了面目依旧，而且书者人数骤增，遍地开花。展厅里也已经屡见不鲜，形成了楷书的主流书风。这时就已经到了“泛不高古，滥无雅韵”的程度了，更何况本来这种书体就不是真正意义的“古雅”。打个不太恰当的比喻，现代书坛呈现的楷体风貌很像用塑料做成的“兵马俑”，艺术表现的对象是高古的，但质感与品位却离高古甚远！这届国展中的那件“柳体”唐楷作品，一是写的柳楷风格比较纯正；二是久违多年似“王者归来”，反倒让人感觉有了“古雅”的感觉和“复归”的亲切感！尽管十二届国展只入展了这么一件作品，是唐楷柳体中的一枝独秀，但却绽放出了国色天香之美，让我们从中看到了柳体唐楷重焕生机的希望。我们衷心期待着唐楷能与其他书体一道为我们这个崭新的时代书写灿烂的盛世华章！

标准楷体汉字是我国当代主要的通用汉字字体，其形体工整端庄，结构匀称舒朗，笔画坚挺灵动。它以唐楷形体、结构、笔画、神韵为基础，以民族属性为灵魂，以中国文化为底蕴，以历史使命为责任，以时代需要为特征，去粗取精，提纯复壮，以崭新的面貌走向了新时代，走向了全世界！所以标准楷体汉字让人看着最舒服，教、学最方便，交流最通畅，智能最支持，世界最欢迎！由于受碑学及西方美学思潮影响，当代书坛常见的楷书，多见不楷、不真、不正的杂象。楷、真、正冠名于一身的楷书，如果丢弃了楷、真、正三个字，恰恰就是丢弃了楷书的本质，丢弃了其民族属性，丢弃了其传统文化的灵魂。标准楷体汉字不但秉承了传统楷书楷、真、正的本质属性，而且还将形体定型于以“方”为主的书体，最大限度地体现了“方块字”的特征和“天地方圆”“无方不圆”等民族文化理念。这些也许正是有些书法家们所说的“俗美”，与艺术无关。然而它却是人民大众心目中的最美和大美！标准楷体汉字相比于其他字体，承载了更多民族的聪明智慧、良知正直和忠真善美，正可谓人字合一，字如其人，见其字就如同看到了我们堂堂正正的中国人！所以，标准楷体汉字才是我们这个时代当之无愧的楷书！正是有了这些客观事实的存在和主观感悟的认识，当代我们的民族和人民凭着对标准楷体汉字的这种喜欢，才对我们的汉字更加敬畏和热爱，我们的老师才更加执着认真地教授我们的汉字，我们的学生才更加努力地学习我们的汉字。中国书法是博大精深的艺术，是海纳百川的艺术，是打上时代烙印的艺术。中国书法应该负起这份历史责任，把标准楷体汉字也纳入楷书艺术载体的范畴，绝不能持任何理由拒绝标准楷体汉字于门外，也应该把它写好，写雅，写美！

说到这些，有些书法家可能会认为这都是与书法艺术不沾边的认识和说法，哪能与书法相提并论呢！书法是线条艺术，是抽象艺术，是张扬个性抒发情感的艺术，是小众艺术，是曲高和寡的艺术！岂容这庸书俗体进来再现当年的“馆阁体”！可是如果我们静下心来理智地思考一下，现代书法艺术真的应该是这样的艺术吗？无论是文学还是艺术，是戏，是曲，是书，是画，还是任何一门传统文化遗产，都曲高和寡吗？答案都不是！号称古代四大名著的《三国演义》《水浒传》《西游记》《红楼梦》，被列为世界名曲的《梁祝》，京剧经典唱段《贵妃醉酒》《打虎上山》，黄梅戏经典唱段《夫妻双双把家还》，书法经典《兰亭序》，历史名画《清明上河图》等，都能算得上是阳春白雪，但是它们都是曲高而不寡和的！上至目不识丁的八十老妪，下至刚入学的孩童，对这些民族经典文化无不发之内心的赞美！为什么唯独现代书法曲不很高，反而到要和寡呢！在书法创作上，傅山提倡“四宁”论，康有为给唐楷书列出十二条弊端，他们自己的正楷书法成为经典了吗？与唐楷相比他们的楷书又怎么样呢？答案不说，大家也清楚！当然，这两位书法大家的书法美学观点对后世书法艺术的影响与作用还是很大的。可是，这里有必要说明的是，“四宁论”与“唐楷的十二条弊端”都是这两位书法大家在特殊时代背景下提出来的，都有强烈的针对性，都有矫枉过正的意思，但其初衷并非想把此书论作为指导后生学习书法的座右铭来对待。因为傅山本人的书法作品既没有无度的拙，更没有出奇的丑。如果将他视为“丑、拙、怪书”的鼻祖及理论创始人的话，他老人家应该算是误背了历史的黑锅！后人在学习借鉴这些书论时，如果抛开书论的背景和针对性，断章取义地理解或直接拿来作为指导书法、评价书法的信条，那就有些偏颇了！

艺术不是自私的。它的本质属性和功能应该是为受众（欣赏者）带来更多的心理触动与精神享受，不单单只是个性的张扬与情感表达。如果只讲个人，不顾他人，那不是真正的艺术。因为艺术是要交流，要传播，要传承的。它有各自的语言形象，既有抽象的，也有具体的。它也要注重影响，也会观照效果，更会追求目标与功效！如果只讲自己个性的张扬与表达“绝不取悦于人”，而不顾其受众的感受与体验，大家试想，那将会是一种怎样的姿势和情状？很可能就会走向极端，走火入魔。不但不能给人以美的精神享受，而且会给人以负面的精神刺激与不良影响。现在书法领域中总有少数人在做只顾一面的书法家，进行只顾一面的创作，只顾个人沾沾自喜和圈子内的吹吹捧捧，表现出了极大的自私性和固执性。因此，才会有当今各种各样的丑书、怪书和狂书，让人不理解不接受，更不欢迎不欣赏！如果有人接受或欣赏，要么是屈于书者的身份和地位而强作欢颜，要么是对书者进行违心的理解和同情，并不是真心的认可或赞同。这种所谓“纯艺术书法”的极端性、探索性创作，给人的印象是：其作品无大美可欣赏，无经典可打造，无高峰可登攀，无价值可载史。要说价值与辉煌，只有短暂的几天里在展厅内体现，而后就被搜集在作品集里束之高阁去了！

虽有名家辈出，但无大家可崇。就像天上的云在流变，似车马灯在轮回。业内外既无共识可认同，亦无旗帜可引领。

艺术不是片面的。书法是艺术，但不是纯艺术，更不是纯线条艺术。线条的千变万化、质感的丰厚纤薄是书法之美，结构的繁简处理、疏密调停是书法之美，形体姿态的倚卧仰俯、灵活潇洒都是书法之美。但整齐、规范、庄严、端正、对称、均衡、和谐、安稳等也是另一种形式的艺术美（整齐性的艺术美）。如大型阅兵、大型开幕式等阵容的那种雄壮庄严之美正是来自以上整齐性艺术美的启示。这种整齐性艺术的特点是在整齐中变化，在变化中整齐。变化是节奏，整齐是旋律。整齐不但是美，而且是一种壮美，一种大美。所以从这个意义的角度上讲，标准楷体汉字纳入楷书艺术的载体应该说也是无可非议的，它绝不同于当年受制于科举入仕的“馆阁体”。标准楷体汉字以它崭新的姿态承当艺术载体，完全有可能在书法艺术的百花园里绽放出灿烂的时代艺术新美！

（作者为山东济宁市优秀教师，现居邹城。）

编后记

刚刚过去的2020年是极不寻常的一年，许多人在不安和抗争中度过，更有许多人失去了宝贵的生命，真是“譬如朝露，去日苦多”，令人徒唤奈何！在人类历史的长河中，这样的年份也许并不少见，但在我们的有生之年，它注定将会留下难以磨灭的印记。作为人类的精神活动之一，文学创作和研究受到人们日常社会生活的深刻影响，所谓“风动于上，而波震于下者”。作为文学研究的一隅，庚子年的《文心雕龙》与中国文论研究所受疫情的影响亦显然可见。有个小小的数据或能说明一点，在本刊第七辑，我们推出了2019年龙学报告，其中说到，“据不完全统计，本年度出版和再版‘龙学’专著20种，其中新出研究专著7部，论文集1部，研究集刊2种，普及读本和研究资料5部，再版和修订再版著作5部。除此之外，刘跃进先生主编的《汉魏六朝集部珍本丛刊》在第九十七至一百册，收录自唐至明代《文心雕龙》版本七种。无论品种还是数量，都显示了‘龙学’强大的生命力”。2020年，出版和再版“龙学”专著的数量则不到10种，其中比较重要的成果主要是李平教授的《范文澜〈文心雕龙注〉研究》（北京：中华书局，2020年12月）。实际上，这个影响短期内只见一斑而已，此后可能还会逐步显现出来。

值得欣慰的是，在各位同仁的关怀和支持下，本期《中国文论》有着充实而丰富的内容。首先隆重推出的是左东岭会长的大作《不可忽视的“低音”——论王志彬先生的〈文心雕龙〉研究》。正如左会长所说，王志彬先生从写作理论视角对《文心雕龙》的研究，由于种种复杂原因，长期未能成为学界的主流声音，而是属于并不引人关注的“低音”。“然而，志彬先生的‘低音’仅仅是表面的，或者说是被主流学术所掩盖、遮蔽而形成的‘低音’。以前学界用角度独特、富于个性来概括与评价志彬先生的《文心雕龙》研究，可能大大低估了其学术研究的价值与地位，此一处于

‘低音’位置的研究方式与学术成果所蕴含的价值意义，需要在反思学术史的眼光下予以重新的讨论与认识。”他认为，王志彬先生的《文心雕龙》研究显示了其无可替代的价值，比如对《文心雕龙》这部古代经典基本性质的认识：“就其本体而言，它是一部具有中国特色的典型的写作理论专著”。左先生指出，长期以来用现代文学观念与理论方法对《文心雕龙》进行研究，具有创造性转化之功，但在这一创造性转化的过程中，消耗性转换也在所难免，比如志彬先生所指出的，将“体大思精，旨深论宏，笼罩群言，而雄视百代”的“百科全书”式的《文心雕龙》切割成各种“专著”，并将《文心雕龙》讨论“为文之用心”这种实践性很强的性质与功能给遮蔽甚至丢失了。正因如此，从写作理论角度研究《文心雕龙》的方式，也从带有“永恒性”的常识性地位被挤压到学术的边缘，成为主流之外的“低音”。显然，这一分析是切中要害的，既关乎如何评价王志彬先生对“龙学”的重要贡献，更是“龙学”发展的紧要问题，可以说具有补弊救偏之力。左先生呼吁：“时至今日，学界确实应该从方法论方面进行深入的反思，以使《文心雕龙》研究回到学术的正途。”

如所周知，王志彬先生“龙学”著述甚丰，但主要是专著，而他所发表的学术论文却为数不多，因而左会长专门列举了王先生的几篇论文，如《〈文心雕龙〉性质问题述评》对于刘勰一书写作理论性质的有力论证，《刘勰“论文叙笔”今辨》对于《文心雕龙》文体论内涵与价值的系统论述，《〈文心雕龙〉文术论今说》对于刘勰文术论性质与价值的反思，都是言之有物、持之有据的高水平文章，从中可以清晰感知到王先生学术的创造力与学风的严谨性。他特别指出：“这些论文不因为它们发表在普通刊物上而减色，也不因为它们发表较早就失去其应有的学术价值。”这一评价放在当下，可以说具有极强的现实针对性，不能不令人深长思之。志彬先生的“龙学”何以成为“低音”？其中有着种种复杂的原因，论文数量不多、又发表在普通刊物上，这可能正是原因之一。然而，放眼学术史的长河，正是左会长所说：“一位学者的一生成就既不在学术著作的厚薄，也不在发表论文的多少，而是在于他是否真正解决了学术问题。”志彬先生的“龙学”之音由低而高，其成就终究得以正确评价，正在于其“学术的创造力与学风的严谨性”，有赖于其对“龙学”问题的认识和解决。王志彬先生的《文心雕龙》研究之所以值得学界认真总结，正在于“无论从其论述角度、研究方法与行文风格方面，均带有鲜明的特点与学术的开创性”，也正是因为这种开创性，为我们留下了以此为基础继续向前推进的各种可能。

左先生便指出，在王先生对《文心雕龙》一书定位之基础上，我们对刘勰整体思想观念的把握，也依然有新的余地可供开掘。比如，“刘勰心目中的‘文’非惟文章之一途，天文、地文与人文通谓之文，礼乐制度、人文教化与经国济世皆为文之内涵……包括了文明、文化、文教、文章、文学的丰富内容。刘勰的底线在于‘穷则独善以垂文’，而理想则是‘达则奉时以骋绩’。从此一点讲，他的人生是失败的，因为‘逐物实难，凭性良易’，他没有机会在现实政治舞台上实现其礼乐教化的经国济世理想，就只能退而著述，论述‘为文之用心’。在全书的结尾，他实在难以按捺自己的失落悲慨之情，写下如此的弦外之音，而这才是其‘耿介于程器’的真实内涵。如此的深沉之音，实乃中国古代文人的千古之叹，也是中国古代文人贯穿千年的‘文’之观念”。对此，笔者深以为然。实际上，刘勰及其《文心雕龙》亦曾为中国文论史上的“低音”，然而“青山遮不住，毕竟东流去”，深沉浑厚的“低音”终究会展露其华美有力的音符，为人们所欣赏、理解和陶醉。

在“文心雕龙”的栏目下，本期推出的另一篇大作是张柏青、张泽寰两位先生的长文《〈二十四诗品〉作者问题辨疑》。如所周知，《二十四诗品》作者问题已然成为一个学术公案，数十年来并未达成共识，短时间内恐怕也难有定谳。本文另辟蹊径，以《诗品》文献的历史性为依据，以“一鸣集”包括其组成的“诗品”为中心论点，并以“一鸣集”与“诗品”互见及古籍著录《诗品》全诗等为佐证，又从《诗品》二十四首四言诗用韵情况，多方考求、探明其作者，认为《二十四诗品》的著作权仍应归于司空图。

两位张先生的大作以文献为依据，多侧面分析、论证，证明《二十四诗品》之作已收入《司空表圣集》十卷或司空图《一鸣集》三十卷之中；其考察的重要根据，则是所谓“大名”必包括其组成的“小名”这一理论。同时，苏轼在《书黄子思诗集后》中的那段著名论述亦必然成为考察的重点之一：“唐末司空图崎岖兵乱之间，而诗文高雅，犹有承平之遗风。其论诗曰：‘梅止于酸，盐止于咸。饮食不可无盐梅，而其美常在咸酸之外。’盖自列其诗之有得于文字之表者二十四韵，恨当时不识其妙，予三复其言而悲之。”论文考释句意，证明苏轼谓司空图“有得于文字之表者二十四韵”是“同位语”，并有《宋人品诗韵语》中《二十四品》四言诗参证。

文章进一步论证：唐宋有“韵”义同“诗”例，《诗品》《二十四品》之“品”字，义同晚唐《诗格》之“格”；苏轼所谓司空图“论诗”“二十四韵”，洪迈易其语序作“二十四韵”“论诗”，陈振孙则转述其名为《诗格》，亦置于“诗论”前，他们的理解证明苏轼其后列举“绿树连村暗”等语乃其“论诗”举例。文章还从《二十四诗品》的用韵考证，其韵脚分布的时代特征、个性特征与司空图诗韵相合，而与元代虞集的诗韵迥异。

笔者觉得，这些考证虽仍难说必是，但一方面作者用力至勤，多方探求，另一方面颇为细致，其中不无道理。如作者列举大量用例，认为苏轼所谓“二十四韵”前有“有得于文字之表者”，后有“不识其妙”，“瞻前顾后，它是比喻二十四种风格”。又如，《二十四诗品》都是用四言诗写成的，其用韵必然会留下时代特征和个性特征，作者“效法前贤刘盼遂先生等《胡笳十八拍》用韵考证，对《诗品》用韵做一分析，证明其作者”，这样的做法也是具有一定可行性的。

“文心雕龙”栏目下的第三篇文章是由王毓红教授审定的一篇译作、俄国汉学家的《俄译“文心雕龙”解析》。该文专门研究“文心雕龙”书名的翻译和解释，认为作为标题的翻译，必须最大程度接近作者所表达的思想；同时既要符合译语结构和表达习惯，又要不丢失译文的准确性。这样的原则显然是正确的，而要达到这样的标准又是非常困难的。对“文心雕龙”之理解，文章认为：如果只读《序志》第一段的开头和结尾，我们大概能得出“文心是雕龙”的认识；而刘勰对“文心”一语的详细解释与对“雕龙”一语的简短解释形成鲜明对比，这是因为“文心”这一词组对于当时读者来说有些陌生，而“雕龙”这一词组大家都听过，也就无须过多解释了。然而作者又指出，刘勰是“追求词藻华丽”的反对者，而且这一看法是根深蒂固，因此“雕龙”一语实际上才难以理解——本不应该将文学作品比作“雕龙”。作者指出，刘勰认为文学是揭示人类本性和精神的共同事业，然而，这项任务不是文学家们一起完成，而是由各个文学家独立完成。笔者觉得，这些理解都不一定很准确地符合“文心雕龙”的实际和刘勰的用意，但却是很有意思的，也是颇有参考价值的，代表了国外汉学家们对刘勰之作的一种理解。《文心雕龙》一书要想走出国门，融入世界文论、文学和文化的大家庭，汉学家们的推动是重要的一环，中外学者的互动更是不可或缺的。

本期“文之枢纽”栏目下，我们首先推出林其锬先生的宏文《历史唯物论与中国传统文化的传承与发展》。林先生指出，对于历史唯物论的内涵，马克思、恩格斯有前后两个不同的定义性表述：一是马克思在1859年撰写的《政治经济学批判·序言》的表述；一是恩格斯在1884年撰写的《家庭、私有制和国家的起源·第一版序言》中的表述。前后两《序》表述的不同在于："历史中的决定因素"，前者为一种生产即"物质资料"生产；后者是"两种生产"，即"生活资料生产"和"人类自身的生产，即种的繁衍"。后者定义更加全面、科学。林先生强调，由于东西方民族生存环境、自然条件和历史发展道路之不同，形成了不同的文化类型，运用后者定义的历史唯物论为指南研究中国传统文化和儒家思想，将会发现中华民族更为丰厚的文化资源及其最基本的文化基因和独特魅力，特别是在农耕生产、农业经济"普照的光"和"特殊以太"作用下形成的思维方式，以及由特殊历史发展道路所带来的家族网络和社会结构形成的"道德主体""和谐意识"等儒家思想。

据笔者所知，林先生对此一重大理论和现实问题的思考已历多年，此文亦反复修改，数易其稿。正如本文所论，马克思主义的"两种生产"理论乃唯物史观的前提，而如何将这一重要思想贯彻到我们的人文学术研究，尤其是对中华传统文化的认识和把握，从而发挥切实而具体的指导作用，乃是一个历久弥新的问题。林先生为五缘文化理论的创始人，又是著名的"龙学"家，且对六朝重要子书《刘子》有着深入全面的研究，他对历史唯物论的思考不做泛泛之谈，而是发挥自己所长，因而对中国传统文化尤其是儒学和中国文论的研究具有很强的理论和现实意义。比如，林先生指出："由人的生命生产和再生产形成的骨肉亲缘关系，及其社会结构——家庭，是后来随着人口的增加，社会交往的扩大，逐步衍生出来的诸如地缘、神缘、业缘、物缘以及政治和其他领域的社会关系和社会组织结构的源头，因而具有本原性。"这样的认识既贯彻了"两种生产"理论，又深入结合中国传统社会的特点，并融入著名的五缘文化学说，乃是生动而具体的。由此出发，林先生进而论证："由亲缘而产生的亲缘文化，其核心便是人类这种自然产生的亲情和爱心。正是这种亲情和爱心，跨越历史和地缘的时空，联结着人类生生不息的繁衍血脉，形成人群的强大、坚韧的亲和力、凝聚力，维系着大大小小民族群体的生存与发展，'在被人们认为是不可缺少和不可避免的人类的统一的过程中'也将成为'铸牢中华民族共同体意识'和'推动构建人类命运共同体'世界各族人民'心相通'的强大力量。”这样的论证，笔者觉得是言之有物的，因而是具有说服力的。

再如，林先生指出，中华传统文化乃是以汉文化为主体，包含诸多少数民族文化在内的多元一体的文化，是多民族文化的总汇，也是一个不断发展的文化体系。“就汉文化而言，早在魏晋南北朝时期，对其多元一体的文化结构就已经有了自觉。梁刘勰在其《刘子·九流》中就有明确的表述。他在分别指出先秦以后形成的道、儒、阴阳、名、法、墨、纵横、杂、农九家学派的特点和长短之后作了概括：‘观此九家之学，虽理有深浅，辞有详略，偕僪形反，流分乖隔；然皆同其妙理，俱会治道，迹虽有殊，归趣无异……道者玄化为本，儒者德教为宗，九流之中，二化为最。’这就是肯定了汉文化是以道儒为主体，包含九流的文化结构。”显然，这样的认识充分利用了《刘子》研究的成果，而又具有更为宽广的理论视野。正是在这样的视野中，林先生总结道：“刘勰把道、儒两家思维方式合二为一，形成中华民族独特的思维方式。成事需要知识，创新要靠智慧。这种思维方式使中国传统优秀文化具有强大创造力的特点，这也正是中华民族得以生生不息的内在因素，其中所包含的文化基因，具有跨越时空的‘独特魅力’和‘永恒魅力’。”类似阐述，在林先生宏文中可以说比比皆是，这里就不赘述了。

需要特别说明的是，在一本命名为《中国文论》的刊物中，我们何以推出林先生这样的大作？是否有越界之嫌，或曰名实不副呢？在本刊第五、六两辑的“文之枢纽”栏目中，我们曾经连续推出了蒋凡先生的长文《〈左传〉春秋齐文化述略》，分别为“春秋第一霸：齐桓公传叙”和“春秋改革第一相：齐国管仲传叙”，当时即有读者来函询问：这样的论题与《中国文论》的刊名是否相符？我的回答是，“中国文论”之“文”，延续的是中华传统文化中的“文”，也就是所谓“文章”，这是我们的办刊初衷和追求。刘勰说：“唯文章之用，实经典枝条。五礼资之以成，六典因之致用；君臣所以炳焕，军国所以昭明。”这样的文章，绝非诗歌、小说、散文等几种“文学”文体所能涵盖，而是包罗社会生活中所能用到的几乎所有动笔之事。正因如此，《文心雕龙》的“文之枢纽”是“本乎道，师乎圣，体乎经，酌乎纬，变乎骚”，“原道”“征圣”“宗经”乃刘勰“论文”的根本主张。一言以蔽之，“中国文论”不等于今天的“文学理论”或“文艺学”，《中国文论》也就不只是对所谓文学理论的研究；更况，即使文学理论，也仍然关乎一切社会意识形态。正如本期开篇左东岭会长所言：“古今的时空转移，专业的分工差异，使身处当代的学者已经与古代以经理天下为己任的文人之间产生了巨大的历史鸿沟，因而在阐释他们的观念时不自觉地发生了‘消费性的转换’。”这是一个至关重要的问题，短时间之内，我们或许无法扭转这一局面，但我们理应有这样的自觉意识，并略尽绵薄之力。

“文之枢纽”栏目下的第二篇文章是魏伯河先生的《再谈“走出自然之道的误区”——兼答韩湖初先生的驳议》一文。魏先生在本刊第四辑曾发表《走出“自然之道”的误区——读〈文心雕龙·原道〉札记》一文，对《原道》之“道”提出了自己的判断，并对已有相关研究成果提出了一些批评；韩湖初先生读到此文后，专门向我们提交了论辩文章《〈文心雕龙〉“文道自然”说的理论意义——兼评魏伯河先生对龙学界肯定该说的错误批评》，已发表在《中国文论》第八辑上。本期魏先生的文章则是针对韩先生文章的“驳议”而作，他坚持认为，《文心雕龙·原道》之“道”乃本于《易经》的“天道”，从刘勰所谓“自然之道也”这一叙述性语句中拿出“自然之道”四字，以之作为“刘勰论文原道之‘道’并将其归本于老庄属于误读”，而这一误读的产生其来已久，需要澄清。魏先生表示，他欢迎韩湖初先生的批评，但认为其理据并不充分，“未能做到以理服人”，因此对所谓“自然之道”有必要做进一步探讨。

笔者在上一期的“编后记”中即表示，我们欢迎这种相互辩难和争鸣的学术探讨，认为这是人文学术研究不可或缺的重要过程，所谓真理愈辩愈明，许多问题正是在切磋琢磨中得以发现甚或解决的。就此而言，笔者非常同意魏先生文章中的这段话：“龙学研究要进入深水，见到真‘龙’，不可能超越反复辩难的过程。即便对于名家大师的成说，也应该允许质疑。因为学术观点既经发布，便成为公共产品，要经受历史检验。即便今日碍于情面不去质疑，今后仍然会有人质疑，而且会愈来愈不讲情面。只要论辩中恪守学术规范，避免陷入意气用事即可。”因此，尽管笔者并不完全同意魏先生对刘勰“原道”之“道”的认识，但本刊仍然支持他的认真思考。同时，我们也真诚希望有更多的研究者像韩、魏两位先生一样，展开严肃的学术探讨与争鸣，从而促进“龙学”与中国文论研究的深化与发展。

“文之枢纽”栏目下的第三篇文章是黄炜博士的《庄子“齐物”思想的生态审美意蕴》一文。文章指出，“齐物”思想是从自然之道的立场出发，承认生态存在的多样性及合理性，故而能从平等的观念去看待万事万物，这体现出庄子潜在的生态智慧逻辑。文章分析道，庄子的“齐物”首先通过“吾丧我”来打破对主体“我”的执着，进入到物我冥合的“丧我”之境，认识到自然循环的可贵，从而尊重生态的平衡与发展。文章认为，“吾丧我”的生态智慧逻辑为当代人梳理生态文明观提供了宝贵的思想方向，反思过去在人类发展历史中所长期存在的人类中心主义观念，正视人不是生态自然唯一价值的事实。由此认识出发，文章对《庄子》书中一些有名的寓言故事有着生态美学角度的新的阐释，如庄周梦蝶的故事，“因为我与蝴蝶、与他者都是归属于悠然自得的自然世界，我与物之间不存在主客，不存在功利，因此物自在地存在，而我自由地回归道的本体。建立在道本体上的天地自然一切万物都有了安身立命的归宿，在这个自由平等的生态家园中，人的身体可以游于天地之间，与物同化，与自然相融”。又如庄子与惠子关于“鱼之乐”的辩论，“庄子不拘于个体生命有限视域，而通过‘以道观物’的方式去体认世界，实现了由人身入鱼身，从而体悟到了‘鱼之乐’的从容状态。这是一种物我冥合的状态，没有了物我彼此的分别，作为宇宙生态中的一种存在，是自然而然的契合与圆融。”通过这种颇具思辨意味的分析，文章得出了这样的结论：“庄子的‘齐物’思想真正意义上超越了人类中心主义，追求人与生态万物和谐共生的状态，并将这种同气连枝的关系转化为对生态万物的体贴，由平等带来共情，由共情转向尊重。”应该说，这些分析和结论未必是庄子思想中的清晰认识，但这种发掘不仅具有重要的理论和实践价值，而且对传统文化的研究也具有一定的启发意义。

本期“论文叙笔”栏目下也有三篇文章，首先是张晓丽教授的《“按实而书”的〈文心雕龙·史传〉篇》一文。文章指出，刘勰在《史传》篇强调“依经以树则”“附圣以居宗”，即运用征圣、宗经思想来指导史书的写作，但这与史书所需的“按实而书”之间是存在矛盾的。作者认为，如果说“实录无隐”“按实而书”是史书这种文体所要求的历史真实，那么征圣、宗经则是要求文本具有一定社会教化功用，属于伦理之善。因此，实录与宗经之间便有着求真与尚善的矛盾。文章分析说，在刘勰的历史观与价值观中，至少有两种“实”的价值判断。一是所记录的历史真实，属于事实判断，是史学追求；二是所体现的历史建构真实，属于价值判断，为经学所需。这两种“实”的认识，在《史传》篇中同时存在，呈现出价值真实与事实真实之间的矛盾。那么如何认识这一矛盾呢？文章特别指出，刘勰论述“实录”所体现出的局限性，与他所处时代之文学观、史学观尚未完全明晰，经史、文史之文体混杂相关；同时，史书所要求的实录以及历来所谓实录精神与“世情利害”之间原本有着不易调和的矛盾。因此，作者认为，我们不能苛责一千多年前的刘勰，让他能够明晰各种文体之实；“相反，我们在刘勰所言史官的‘素心’一说中，体味到了刘勰深深的无奈与乌托邦的理想期待”。

其次是徐维瑜的《〈文心雕龙·书记〉“书”体辨析》一文。如所周知，《书记》篇为“论文叙笔”之末，实际上论述了书牍、笺记等二十余种文体，但对《书记》篇的研究还很不够。本文指出，刘勰所论“书”体名目繁多，在发展流变过程中与“奏”“表”“笺”三种奏议类文体有着错综复杂的关系，因而对“书”与“奏”“表”“笺”三种应用文的书写对象、文体属性以及写作风格有必要予以辨析，从而明确“书”体属性与特质。文章通过多个角度的分析，得出这样的结论：“书”与“奏”“表”“笺”虽然在战国时期同源一体，但随着秦汉体制的完善，礼制的不断发展，从而决定了“奏”“表”“笺”三种文体在书写对象、行文格式及文体功用三方面区别于“书”体文；因此，“书”体文不同于“奏”“表”“笺”，它是一种用于平级之间交流情感，写作上可以畅所欲言的文体。正如作者所说，刘勰的《文心雕龙·书记》篇成为我国古代文体学史上第一篇书信体研究的专篇。

第三是张丽华教授的《八旗诗歌总集〈遗逸清音集〉的文献价值》一文。据作者介绍，清末民初蒙古诗人延清辑录的《遗逸清音集》是一部极具特色又长期被忽视的选集型八旗诗歌总集，具有较重要的文学价值、史料价值和校勘价值。从文学研究角度而言，本文认为这部《遗逸清音集》乃是继《熙朝雅颂集》之后选诗规模较大的八旗诗歌总集之一，对于全面展现八旗诗人创作风貌、构建完整的八旗诗歌史具有重要意义。而且，从近代文学与遗民文学视角考量，“总集所收八旗诗人生年皆在1840年后，所收诗歌创作时间基本止于辛亥革命之前，恰在近代文学的时段之内。因此，总集所反映的正是近代诗坛八旗诗人的创作情况，为近代文学中最具特色的研究内容之一，自是研究近代文学发展不可忽略的要素。”从社会史研究角度而言，作者指出，《遗逸清音集》选录了大量八旗文士感知时代风气、关注社会离乱的作品，既展现出新旧交替时期之风气与思想观念的变迁、政坛风云的变幻，更反映了旗人在纷繁错综的历史环境中独特复杂的人生体验以及对时局的认知，具有突出的纪实性与即时性，因而具有重要的史料价值。从文献学角度考量，其在辑佚、校勘清代文献方面具有特殊意义。最后，文章特别指出："作为一位八旗蒙古文人，延清乱世修书的行为本身，以及于所选诗中表现出的深切的遗民情怀，都显现了汉民族传统道德文化对其深刻的影响，因而，《遗逸清音集》也是蒙汉、满汉文化融合的产物，在满蒙文学与清代社会、八旗文化研究方面也有重要的价值。《遗逸清音集》无疑是一部极具特色、颇有价值的清诗总集。"对笔者而言，阅读张教授的大作是一次愉快的学习过程，该文语言老练，深思熟虑，文笔简洁而要言不烦，令人称赏。

本期"剖情析采"栏目下有两篇博士生的文章。首先是李鹏飞的《论〈文心雕龙·体性〉篇之"八体"》一文，作者认为，"八体"是从多种多样的文体中提炼出来的八种基本的篇章结构。为了让这一理论更明晰，刘勰特意给每一种加上了或情理、或事义、或字句、或文采的构成方式说明："典雅体"是模拟儒家经典的篇章结构，"远奥体"是谈论玄理的篇章结构，"精约体"是经过推敲、省字省句的篇章结构，"显附体"是言辞直白的篇章结构，"繁缛体"是运用比喻和铺排比较多、喜欢炫耀的篇章结构，"壮丽体"是议论宏伟壮阔、辞采明烁的篇章结构，"新奇体"是喜欢争奇斗艳、以稀奇古怪的事义为能的篇章结构，"轻靡体"则是文辞虚浮、内容庸俗的篇章结构。以此概括为基础，文章认为刘勰的"八体"是超脱于创作过程之外的一种抽象概括，它是各种"体"的总结，是所有文体的根本，也是文章篇章结构的基本种类；刘勰称"总其归途"，便是说虽然文体繁杂、波谲云诡，但基本的篇章结构就是这八种，创作者只要熟知了这八种结构，便能熟知"文辞"的"根"与"叶"，便能掌握一切文章的做法。应该说，如此理解刘勰著名的"八体"说，乃是颇有新意的，但行文中所用"文体"一词，常有古今混用之处而难与现代的"文体"相区分，某些理论思辨也还值得推敲。

为了说明刘勰"八体"理论的最终意义，本文还引入文学权力和文体秩序的概念，认为"八体"便是刘勰对当时文体秩序的建议。文章指出，"八体"不仅囊括了"五经"的创作范式与当时文坛新兴的文体形式，更是涵盖了作为基本创作方式的"繁、略、显、隐"四个范畴，这已然对所有文章的"体"进行了概述；刘勰通过"八体"的顺序排列，体现出了对每一种文体所应处位置的判定，也显示出其对每一种文体的褒贬，俨然对顺序意义上的文体秩序做出了规范；刘勰虽然将“典雅”体置于首位，让儒家思想掌握了文学权力，可这种权力却并非“霸权”，而是以兼容并蓄的方式来行使权力，体现出这种文体秩序的宽广与博大。因此，文章认为，“八体”的最终意指，也就由最初的基本结构变成了对文学权力和文体秩序的规范；刘勰不仅接受了儒家的文学观念，更吸收当时全新的文学思想，进而于“八体”理论中构建了一种艺术性与实用性并存的文学权力模式，从而形成各体兼容并蓄、和谐发展的文体秩序规范。笔者觉得，此文对“八体”的思考远未成熟，值得商榷之处尚多，但却展现了新一辈学者的理论勇气，因而值得鼓励。

其次是马玥《论〈文心雕龙〉中的“清”》一文。文章指出，《文心雕龙》全书出现“清”字凡47处，其中37处直接关涉刘勰的文学观念。文章从《文心雕龙》的理论体系出发，对刘勰的“清”进行了系统考察。如在“论文叙笔”部分，刘勰选取“清”作为部分文体（包括诗歌赋颂、笺记）应该具有的规范性特点，这就意味着，“清”是这些文体为其整体的构成性要素。譬如对诗歌而言，“清”是诗之为诗的重要条件，这一观点，则对我国古代诗学产生了深远影响。在“剖情析采”部分，刘勰则对诗文何以有“清”美的原因进行追溯，其内涵包括作者生命中清纯善感的气质、清高超俗的追求和诗文中表达出的纯粹的情感与纯正的思想内容。从这层内涵出发，我们能够更进一步理解“清”作为一个重要的审美概念所追求的美学特点。总之，文章认为，《文心雕龙》中所用的“清”，涵盖了文章的文辞、内容、风格以及作者的才性、文体的特点和文章的风骨，其内涵可分为两层，一层与文章鉴赏论、风格论相联系，指文辞的简约精练、文意明而不浅和文风的清新，一层与文章本质论、创作论相联系，指生命之气的清纯、作者才性之清高以及作品情感的纯粹、思想的纯正。这些内涵，与刘勰论文尚简尚精、以情为本和追求风骨的原则互为表里，既是刘勰文论思想的重要体现，又从另一个角度充实和丰富了刘勰的文论思想。

本期“知音君子”栏目下也有两篇文章，首先是王术臻教授的《辨章考镜，质疑开拓——读龚鹏程先生新著〈文心雕龙讲记〉》一文。龚鹏程先生是蜚声中外的学者，他的学术成果历来不乏拥趸，《文心雕龙讲记》之作甫一上市即引人瞩目，本刊以《文心雕龙》为研究中心，自然亦关注龚先生的这一重要“龙学”成果。术臻教授曾受业于龚先生，其所感所评必能心领神会而切中要害。其总评曰：“龚先生的学术研究，往往具有宏大的历史视野和强烈的方法论意识。统观《讲记》一书，颇能体现龚先生辨章学术、考镜源流的学术精神，以及质疑旧范式、开拓新视角的学术方法。”这应当是读过龚先生大著者的共同感受。具体而言，术臻教授的以下几点感评，笔者亦颇为赞同。

第一，龚先生指出，自近代以来，学者们是从文学理论、文学批评的角度来看《文心雕龙》的，但这并非《文心雕龙》的本质；从刘勰自述以及《文心雕龙》历代著录情况看，“古人主要是从作文的角度来看待《文心雕龙》，认为此书是讲为文之用心，谈的是怎样写文章，而不是评鉴文章”，因而《文心雕龙》的重心是在文体论部分，这跟今人所谈大不相同。笔者认为，这是符合刘勰的初衷和《文心雕龙》之实际的。第二，《文心雕龙》在历史上所承载的文化内涵和价值要远远超过一部文学理论著作，唯有采用中国固有的文学观念，做到以古释古，以刘解刘，方能彰显其全部价值和魅力；如果采用西方文学视角来评判讨论《文心雕龙》，一味纠缠于纯文学和杂文学之辨等命题，会使问题越来越混乱，实属无谓。笔者觉得，这一看法也是很有道理的。第三，《文心雕龙》属于经学传统影响下的文论，刘勰格外重礼，其讨论文学内部问题，无不围绕“文以经礼”来展开，因而南朝礼学的发达以及刘勰本人参与五礼建设的意志，才是刘勰文论背后起决定作用的因素。这一点既有龚先生的意思，又有术臻教授的发挥，我也觉得是颇有见地的。第四，对《原道》篇的解读，注意刘勰将宗教、哲学、文字、文学、文明熔为一炉的特点，龚先生一则运用道门文字教理论，一则运用文字—文学—文化一体化理论，对此进行了高屋建瓴的剖析论断，对理解《文心雕龙》一书是颇有帮助的。

其次是李超的《金庸小说女性人名探析》，这是一篇饶有趣味的文章。作者通过对金庸小说中女性人名进行总结归类，得出六类典型的命名类型，探索每一类人名的内在联系，寻求这些联系所产生的作用及其带给人的审美体验，并分析其中的美学意义和价值。如金庸以香草为名，写出了众多女性的绰约身姿、婀娜体态、秀美形貌，也暗喻了其性格别异、身世浮沉的殊途人生，诸如“春花灿烂，只享受自己片刻爱情最终难敌秋霜凛冽的马春花；秀美绝伦，典雅高贵，聪颖过人却对爱情隐忍不语成人之美的霍青桐；痴情为爱轰轰烈烈可悲可叹但不知为谁而生的何红药；吹气如兰典雅秀敏娇柔无比从容娴雅的苗若兰；气度芳菲，清逸飘然，为了爱默默开放时而自怜自伤的公孙绿萼；外刚内柔正直善良似芙蓉一触即破的纪晓芙……”正如文章所说，“在每一个香草花木的人名符号下，是一个个独一无二的鲜活女子，是一个个无可比拟的激情生命，每一个故事的结束都是未知的远去，然而远闻其名，踏花归去，可知其香”。文章指出，金庸小说中的女性人物名称是一个庞大复杂的系统，除了表面的符号意义与社会意义之外，还蕴含着丰富的美学价值，针对不同类型的人物，金庸有着不同的命名习惯，在这些女性人名的背后，关涉着人物性格、人物命运、故事背景等甚多因素，因此，不管是富有诗意的香草美名，还是朴实平淡的奴仆之名，五论是亲切可爱的温柔名字，还是江湖侠气的豪情大名，都是对其人生的写照与反映。

在“学科纵横”栏目下，首先是笔者《论明人对〈文心雕龙〉的品评》一文。明代的《文心雕龙》刊本为数不少，一般均有序言或跋语，其中自然少不了对《文心雕龙》的评价，虽或有不实之词，但总体上代表了明代学者对《文心雕龙》这部文论名著的基本认识，值得重视。比如，从冯允中开始提出“作者之指南，艺林之关键”之论，此后类似说法一直不断，令人印象深刻，如方元祯所谓“方圆之规矩，声音之律吕”，程宽所谓“文苑独照之鸿匠，词坛自得之天机”，朱载玺所谓“文苑之至宝，而艺圃之琼葩”，佘诲所谓“文章之奥区，声音之律吕”，顾起元所谓“述作之金科，文章之玉尺”，加上经常被引用的张之象所谓“作者之章程，艺林之准的”，这些对《文心雕龙》一书的基本定位，皆非泛泛之谈，却一反唐宋人有所保留的态度，给予刘勰“论文”之书以无与伦比的崇高评价，成为此后对《文心雕龙》一书评价的主基调，直至今日。诚如程宽所说：“后世讵知无沈之知音者耶!”不惟沈约堪为刘勰之知音，有明一代，刘勰可以说收获知音无数。

上述明代各家之序的另一个重要内容，则是对《文心雕龙》文论体系及其理论本身的把握，正如程宽所说：“君子诚欲启此文心，能无把玩于五十篇之文?”把玩的结果是什么呢？乐应奎有序曰：“《文心雕龙》一书，文之思致备而品式昭矣。”亦即思虑完备，纲领明晰。对此，朱载玺有准确认识，一则曰“纲领昭畅，而条贯靡遗”，这是从全书结构而言，谓其上下篇分工明确，即刘勰所谓“纲领明”“毛目显”之意；二则曰“什伍严整，而行缀不乱”，这是从理论布局而言，谓其体系严整、秩序井然；三则曰“标其门户，而组织成章”，这是从论文主张而言，谓其有所遵循而观点明确；四则曰“雕镂错综，而辐辏合节”，这是从具体内容而言，谓其丰富多彩而前后照应，有类沈约所谓“深得文理”之意。朱氏之论，可以视为清代章学诚所谓“体大虑周”“笼罩群言”之先声。

序跋之外，明人对《文心雕龙》多有评点，其中虽较少系统论述，却不乏真知灼见，对理解刘勰“论文”之用心，可谓颇有启发。最早对《文心雕龙》进行评点的是明代著名学者杨慎，他留下的评语虽不多，但其自谓“批点《文心雕龙》，颇谓得刘舍人精意”，实开有明一代评点《文心雕龙》之风。杨慎之后，对《文心雕龙》评点较多的首推曹学佺。曹氏对《文心雕龙》颇有研究，其对《文心雕龙》的批点虽表面上较为零散，却有着统一思考和全局观念，这是难能可贵的。明代还出现了《文心雕龙》选本，这是值得注意的现象。选本之产生，显然更着眼于读者之需要，也就更能体现编选者的主观色彩，在一定程度上显示出对《文心雕龙》的某种研究，如选择篇目、解说评论等。刻于崇祯年间的“汉魏别解”本《文心雕龙》即是这样一个选本，该本由黄澍、叶绍泰编选，共选三十二篇，不久后叶绍泰又刊出“增定”本，所选篇目大为减少，仅有十二篇，但篇目颇有不同。两种选本各篇篇末皆有叶绍泰的总评，对所选各篇内容从不同角度进行了概括和评述。

其次是刘尚才《创新阐释与创造借鉴：傅庚生先生对〈文心雕龙〉的接受》一文。应该说，包括笔者在内，我们以前对傅庚生先生的“龙学”成果关注不够，尚才此文对此是一个弥补。他认为，傅先生是新中国成立前的“龙学”代表性人物之一，为现代“龙学”的发展，做出了不容忽视的贡献，其《中国文学批评通论》《中国文学欣赏举隅》《中国文学欣赏发凡》等著作，对《文心雕龙》既有评论层面的创新阐释，也有文句引用、标题模拟、思想袭用等“互文性”层面的创造借鉴，其理论与实践结合、研究与应用并重的治学特色，对当代的“龙学”具有重要的启迪。文章特别指出，傅先生的学术研究分为前后期，前期以中国文学批评为主业，后期则以杜甫研究为重点；其杜甫研究，受到废名先生的沾溉及影响；其致力于《文心雕龙》及中国文学批评史的研究，则直接得益于黄侃先生的传授及影响。同时，傅先生在西北大学任教之后，在课堂上也是“龙学”的传播者，如党圣元先生便曾受其影响。文章也指出，由于受到西方文学观念的熏陶，傅先生对《文心雕龙》的创新阐释和创造借鉴，其对《文心雕龙》文体论多数篇章的重视程度都还远远不够。

在“文场笔苑”栏目下，首先是万奇教授的文章《那座山，那盏灯——

怀念恩师志彬教授》。万教授深情地写道："志彬师是一座巍峨的山。这座高山并非遥而不可及，而是时时刻刻为我们挡风遮雨，关爱、呵护着我们。从工作、学习到生活，无微不至。每一位在志彬师身旁的人都能感受到阳光般的温暖。"又说："志彬师是一盏明亮的灯。他照亮了我们前进的道路。……我们正是在志彬师带领下，一步一个脚印，从苍凉塞外走到繁华京师，走到烟雨江南，走到锦绣巴蜀，走到多彩南粤，走到'东方之珠'香港。被写作学界誉为'内蒙古师大现象''内蒙古现象'。"确如万教授所说，王志彬先生"深谋远虑，对'龙学'（文心学）建设与发展有总体规划，不愧是内蒙古'龙学'（文心学）的奠基者和带头人。"本期《中国文论》以左会长对王先生"龙学"作出高度评价的大作开篇，在最后一个栏目中，则是王先生高足万教授的深情怀念之文，我们以此表示对王先生"龙学"成就的敬意。

其次是书法家秦佑星先生的《大美书法，楷书为首》一文。作者以较为轻松的笔触，分析了楷书艺术之美。正如文章所说，书体的分类人们常习惯称之为"真（楷）、草、隶、篆"，楷书名列其首。那么楷书为什么会被列为四体之首呢？作者指出，我们不能简单地认为，这是按四种书体产生的先后顺序排列的，而是还有更为重要的两个方面：一是楷书最美，它几乎涵盖了书法艺术最基本的审美要素，乃是饱含书法艺术基因的"母体书法"；二是楷书生命力最强，只要我们还在使用汉字，它就会永不泯灭。以此认识为基础，作者对现代书法艺术的走势进行了分析与反思："我们应该让书法艺术与时俱进，沿历史而行，随时代而动，守本质而生""衷心期待着唐楷能与其他书体一道为我们这个崭新的时代书写灿烂的盛世华章"。作者特别强调，"标准楷体汉字相比于其他字体，承载了更多民族的聪明智慧、良知正直和忠真善美，正可谓人字合一，字如其人，见其字就如同看到了我们堂堂正正的中国人！所以，标准楷体汉字才是我们这个时代当之无愧的楷书！"可以感受到，作者对楷书宠爱有加，因而倍加赞赏，本文不啻是一首楷书的赞歌，无论我们是否同意作者的观点，我们都可以为作者对楷书之爱所感染，由此对中华瑰宝之一的书法艺术亦顿生仰慕之情，这无疑展现了中华文化的强大魅力。

良德记于辛丑年春分

稿　约

《中国文论》创刊于2014年，山东大学儒学高等研究院主办，1—4辑由上海古籍出版社出版，自第5辑开始，由山东人民出版社出版，每年两辑。欢迎各位同仁赐稿。兹就有关问题说明如下：

一、来稿字数不限，既欢迎短小精悍的佳作，亦不拒洋洋洒洒的长篇；然无论长短，均需作者独立创获，文责自负。

二、来稿请在文前加500字以内“摘要”和不超过5个“关键词”。

三、来稿请用WORD排版，简体横排，单倍行距，正文用五号宋体，独立分段引文用五号楷体。

四、稿件所有引文均需详细注明出处，并保证准确无误。

五、注释请采用脚注（即页下注），每页重新编码，用①②③……注释的要素和格式，示例如下：

①［唐］姚思廉：《梁书》，北京：中华书局，2011年，第712页。（文中再次引用本书可省略出版信息，简化为：［唐］姚思廉：《梁书》，第713页。下同。）

②［唐］杜甫：《偶题》，［清］仇兆鳌：《杜诗详注》，北京：中华书局，1999年，第1541页。

③［宋］晁公武撰，孙猛校证：《郡斋读书志校证》，上海：上海古籍出版社，1990年，第517页。

④［梁］刘勰：《文心雕龙·原道》，范文澜：《文心雕龙注》，北京：人民文学出版社，1958年，第1页。

⑤王重民：《中国目录学史论丛》，北京：中华书局，1984年，第134页。

⑥［美］勒内·韦勒克、奥斯汀·沃伦著，刘象愚等译：《文学理论》，南京：江苏教育出版社，2005年，第158页。

⑦牟世金：《〈文心雕龙〉的总论及其理论体系》，《中国社会科学》1981年第2期。

⑧庞朴：《一分为二，二合为三——浅介刘咸炘的哲学方法论》，《国学研究》第11卷，北京：北京大学出版社，2003年，第123页。

⑨曹顺庆：《〈价值理性与中国文论〉序》，刘文勇：《价值理性与中国文论》，成都：巴蜀书社，2006年，"序"，第3页。

⑩张清俐：《形成〈文心雕龙〉研究的中国学派》，中国社会科学网 http://ex. cssn. cn/zx/bwyc/201803/t20180323_3885240. shtml，2018年3月23日。

六、来稿请于文末注明作者详细通讯地址、邮政编码、联系电话以及电子邮箱。

七、来稿一个月内即决定刊用与否并作出回复，除作者特别要求外，一般不退稿，请自留底稿。

八、本刊拟用稿件，编辑有删改权，不同意删改者，请来稿时申明。

九、来稿一经采用，酌奉薄酬，并寄赠样刊两册。

十、本刊联系方式：

电子邮箱：zgwlck@163. com，zgwlck@126. com

通讯地址：山东省济南市山大南路27号

山东大学儒学高等研究院《中国文论》编辑部

邮编：250100